A vingança da mulher de meia-idade

ELIZABETH BUCHAN

A vingança da mulher de meia-idade

Tradução de
TALITA MACEDO RODRIGUES

EDITORA RECORD
RIO DE JANEIRO • SÃO PAULO

2006

CIP-Brasil. Catalogação-na-fonte
Sindicato Nacional dos Editores de Livros, RJ.

Buchan, Elizabeth
B934v A vingança da mulher de meia-idade / Elizabeth Buchan; tradução Talita Macedo Rodrigues. – Rio de Janeiro: Record, 2006.

Tradução de: Revenge of the middle-aged woman
ISBN 85-01-07189-7

1. Mulheres de meia-idade – Ficção. 2. Adultério – Ficção. 3. Romance inglês. I. Rodrigues, Talita Macedo. II. Título.

CDD – 823
06-0600 CDU – 821.111-3

Título original em inglês:
REVENGE OF THE MIDDLE-AGED WOMAN

Direitos exclusivos de publicação em língua portuguesa adquiridos pela
EDITORA RECORD LTDA.
Rua Argentina, 171 – Rio de Janeiro, RJ – 20921-380 – Tel.: 2585-2000
que se reserva a propriedade literária desta tradução

Impresso no Brasil

ISBN 85-01-07189-7

PEDIDOS PELO REEMBOLSO POSTAL
Caixa Postal 23.052
Rio de Janeiro, RJ – 20922-970

Para Lindy

Viver bem é a melhor vingança.

Antigo provérbio espanhol

Obtive informações sobre os ianomâmis no jornal *The Times* e sobre Roma na revista *The National Geographic Traveller*. Gostaria de agradecer às senhoras de Janet Buck por suas informações (elas sabem quem são), a Bernadette Forcey pela brincadeira e a Pamela Norris pelo constante apoio. Também à minha brilhante editora, Louise Moore, e à equipe da Penguin, Clare Ledingham, meu agente Mark Lucas e, como sempre, Hazel Orme, Keith Taylor e Stephen Ryan. Sem esquecer da minha família e de outros amigos.

Capítulo 1

— AQUI — DISSE MINTY, minha auxiliar, com uma das suas risadinhas nervosas —, a resenha acabou de chegar. É cômica de tão vingativa. — Ela empurrou na minha direção um livro com o título *Milhares de oliveiras*, de Hal Thorne, com uma resenha no meio.

Por algum motivo, peguei o livro. Em geral evito tudo que tenha a ver com Hal, mas não achei que tivesse importância desta vez. Eu estava bem resolvida, ocupada, diferente, e tinha feito a minha opção havia muito tempo.

Quando discutimos pela primeira vez meu trabalho na seção de livros, Nathan argumentou que, se eu chegasse um dia a concretizar a minha ambição de ser a editora literária, acabaria odiando livros. A familiaridade gera desrespeito. Mas eu disse que Mark Twain fora mais preciso ao dizer que a familiaridade gera não só desrespeito como filhos, e não seria o comentário de Nathan um reflexo do que ele mesmo sentia a respeito do seu trabalho? Nathan respondeu: "Bobagem, já me viu mais feliz?" e "Espere e você vai ver". (A última frase foi pronunciada com um dos seus sorrisos irônicos, de homem forte que sabe mais do que você, de que eu sempre gostei.) Até aí, ele estava errado.

Para mim, os livros continuavam repletos de promessas, e continham um mundo de possibilidades, qualquer tipo de possibilidade. Em tempos difíceis, eram tábuas de salvação e cintos de segurança, e quando eu era mais jovem eles inspiravam decisões que eu precisasse tomar. Há anos trabalhando com eles, eu já era capaz de classificá-los automaticamente só pelo toque. Papel grosso, áspero, barato, denotava um romance em brochura. A poesia pairava no imponderável, e vinha decorada com amplas margens brancas. Biografias eram repletas de fotos e segredos sobre a vida do biografado.

Milhares de oliveiras era fino e compacto, um roteiro de viagem cuja foto na capa era de um céu claro, azul, e uma praia isolada e rochosa. Parecia quente e seca, com o tipo de terreno onde os pés resvalam no cascalho e feridas brotam entre os dedos.

Minty estava observando minha reação. Ela tinha o cacoete de fixar os olhos escuros, ligeiramente amendoados, nas pessoas, e de parecer que não piscava. O efeito era o de atenção embevecida, solidária, que fascinava e, acho eu, confortava. Esse olhar sério, atento, certamente me confortou muitas vezes durante os três anos que trabalhamos juntas na redação.

— "Este homem é uma fraude" — ela citou as palavras da resenha. — "E este livro é pior..."

— O que você acha que ele fez para merecer uma crítica tão cáustica? — murmurei.

— Vendeu muitos exemplares — Minty disparou de volta.

Eu lhe entreguei *Milhares de oliveiras*.

— Cuide disso você. Ligue para Dan Thomas, e veja se ele escreve algo rápido.

— Não está a fim, Rose? — Ela falava devagar e com ponderação, mas com uma rispidez que não entendi muito bem. — Não acha que a essa altura já deveria estar?

Sorri para ela. Gostava de pensar que Minty era minha amiga e, como ela sempre falava o que pensava, eu confiava nela.

— Não. Não é um teste. Só não quero tratar dos livros de Hal Thorne.

— Tudo bem. — Ela avançou com cuidado por entre as caixas no chão, que estava cheio delas, e se sentou. — Como você disse, eu sei negociar.

Não tenho certeza se ela aprovou. Nem eu, porque não era uma atitude profissional ignorar um livro, certamente não um livro que ia receber muita cobertura.

Minha atenção foi distraída pelo telefone. Era Steven, da Produção.

— Rose, sinto muito mas vamos ter de cortar uma página da seção de livros do dia 29.

— Steven!

— Desculpe, Rose. Pode fazer isso para hoje à tarde?

— Já é a segunda vez, Steven. Não pode arranjar outro bode expiatório? Culinária? Viagens?

— Não.

Steven estava aborrecido e impaciente. Em nossa atividade — colocar uma edição na rua — o tempo ditava nossas decisões e nossas reações. Passado algum tempo, isso se tornava automático e falávamos uns com os outros em estilo taquigráfico. Nunca havia tempo para o toma-lá-da-cá das argumentações. Olhei para Minty. Ela digitava compenetrada, mas estava, eu sabia, escutando tudo.

— Posso dar um jeito para amanhã cedo — eu disse relutante.

— Não mais do que isso. — Steven desligou.

— Que azar. — Minty continuou digitando. — Quanto?

— Uma página.

Sentei-me de novo para refletir, e meus olhos caíram na fotografia de Nathan com as crianças, que tinha lugar cativo na minha mesa. Fora tirada numas férias na praia, na Cornualha, quando as crianças tinham dez e oito anos. Eles estavam na areia, de costas para um mar cinza, encrespado. Com um dos braços Nathan abraçava Sam, que estava quieto, enquanto com o outro continha uma alegre e agitada Poppy. Nossos filhos eram tão diferentes como água e vinho. Eu havia acabado de mencionar que um romancista famoso também tinha alugado uma casa em Trebethan Bay por seis meses para terminar um livro. "Puxa." Nathan tinha feito uma das suas caretas. "Não imaginava que ele lesse tão devagar."

Eu apanhara a máquina fotográfica e captara Poppy uivando de rir com este último exemplo das suas terríveis piadinhas. Nathan ria, também, com prazer e satisfação. Está vendo?, ele dizia para a câmera. Somos uma família feliz.

Debrucei-me e toquei o rosto de Nathan na foto. Inteligente, amoroso Nathan. Ele achava que a tarefa dos pais era distrair os filhos para que eles não percebessem o lado desagradável da vida até terem idade suficiente para enfrentá-lo, mas ele também gostava de fazê-los rir pelo simples prazer disso. Às vezes, na hora de comer, eu era obrigada a bater o pé: na melhor das hipóteses, os apetites de Sam e Poppy eram tão leves como seus corpinhos, e eu me preocupava com eles. "Madame Preocupação, não sabe que as pessoas que comem menos são mais saudáveis e vivem mais?", perguntava Nathan que, como era do seu feitio, tinha feito um certo esforço para descobrir esta realidade para acalmar os meus temores.

De volta ao problema. Como sempre no jornal, havia fatores políticos, nada importantes se vistos de forma isolada, mas, no conjunto, eles se somavam. Eu disse para Minty:

— Acho melhor brigar por isso. Senão Timon vai se acostumar a podar a seção de livros. Você não acha?

O "você não acha" era uma maquiagem para o que eu decidira fazer, mas eu havia me habituado a tratar Minty (só um pouquinho) como tratava as crianças. Eu achava importante que participassem de tudo.

Timon era o editor do jornal, que pertencia ao Vistemax Group, para o qual trabalhávamos, e sua palavra era lei. Minty estava de costas para mim e procurava o número do telefone de Dan Thomas no seu caderno de contatos.

— Se você está dizendo.

— Estou ouvindo aplausos?

Minty não se virou para me olhar.

— Talvez seja melhor esquecer isso, Rose. Talvez precisemos guardar nossa munição.

Quando se tratava de batalhas territoriais, Minty era tão defensiva quanto eu. Isso me deixou desconfiada.

— Você está sabendo de alguma coisa que eu não sei, Minty?

Não era uma pergunta tola. Pessoas e acontecimentos no Vistemax mudavam o tempo todo, o que o tornava um lugar muito arriscado para se trabalhar, e era preciso ser muito versátil, dissimulado e perigoso para sobreviver.

— Não. Não, claro que não.

— Mas...?

O telefone de Minty tocou e ela atendeu.

— Livros.

Esperei mais um segundo ou dois. Minty rabiscou num pedaço de papel: "Um ego aqui maior do que o seu traseiro", e estendeu na minha direção.

Aquilo queria dizer que ela ia demorar no telefone, portanto não toquei mais no assunto e saí para o espaço aberto a que chamavam de redação. A direção lembrava aos seus funcionários, com freqüência e com palavras de incentivo, que ele tinha sido projetado tendo em vista os seres humanos, mas os seres humanos retribuíam aquela consideração com ingratidão e desagrado: se era iluminado e arejado, era também sem privacidade e, curiosamente, apesar do zunzunzum das conversas e do gemido quase imperceptível dos computadores, dava a impressão de um silêncio verde-azulado.

Maeve Otley, do departamento de assinaturas, dizia com um profundo ressentimento que era o paraíso do *voyeur*. Era verdade: os funcionários não tinham onde se concentrar em seus próprios problemas ou esconder suas tristezas e preocupações, só o aquário onde os donos não se preocuparam em colocar uma ou duas pedras. Eu resmungava com Maeve, que era outra amiga, contra a imposição, o terrorismo dos nossos empregadores, mas, como todo mundo, eu tinha me adaptado e me acostumado com aquilo.

No andar de baixo, Steven estava rodeado de pilhas de páginas impressas de computador e mapas, e parecia desesperado. Um sanduíche de frango pela metade descansava na caixinha ao seu lado junto com várias garrafas pequenas de água mineral. Quando me viu chegando, ele ergueu a mão para me mandar embora.

— Não, Rose. Isso não!

— Por que livros?

Ele olhou com saudade para seu sanduíche.

— Quem se importa, desde que eu termine isso e mande imprimir?

— E se eu arrumar confusão com Timon?

— Você não vai chantagear, né?...

Nenhum progresso ali.

— O que *é* tão importante para roubar o meu espaço? Um bolo de batata?

— Um desagradável trabalho para desmoralizar um ministro de Estado. Não posso lhe dizer quem. — Steven tinha um ar importante. — A história de sempre. Uma amante com gostos exóticos, cumplicidades, interesses não declarados. Parece que a família dele não sabe do que está por vir, e é sigiloso.

Senti um calafrio, de desgosto e preocupação. No princípio, eu costumava sentir uma culpa simples e pura pelo sofrimento que estas revelações causavam. Ultimamente, minha reação se embotara. A familiaridade transformara essas coisas em lugar-comum, e elas não me perturbavam mais. No entanto, eu odiava pensar no que a exposição fazia às famílias. Como eu suportaria acordar de manhã e descobrir que a minha vida tinha sido construída sobre uma falsidade? Eu desmoronaria? O efeito dessas histórias de fraudes e traições sobre os filhos também não era levado em conta. Mas eu aceitava que não havia nada que eu pudesse fazer, exceto largar do meu emprego em sinal de protesto. "E você vai fazer alguma coisa?", perguntara Nathan, com muita razão. "*Não.*" Portanto, minhas dúvidas particulares e ocasionais lampejos de culpa permaneciam particulares.

— Tenho pena deles — eu disse a Steven. — Mesmo assim, repassei mentalmente uma lista de possíveis candidatos. Eu era humana.

— Não faça isso. Ele provavelmente merece.

Steven deu uma mordida no sanduíche.

— Vai me deixar continuar?

Por acaso, Nathan saía do elevador com Peter Shaker, seu editor administrativo, quando entrei.

— Oi, querido — murmurei.

Nathan estava preocupado, e os dois homens falavam em voz baixa. Eu sempre sentia um choque, agradável, ao ver Nathan agindo. Era a chance de testemunhar um aspecto diferente, desembaraçado, do homem que eu conhecia em casa, e isso tinha uma carga erótica. Fazia eu me lembrar de que ele tinha uma existência separada, distinta. E que eu também tinha.

— Nathan — toquei no seu braço. — Eu ia ligar. Estão nos esperando no restaurante às oito.

Ele teve um sobressalto.

— Rose, eu estava pensando em outra coisa. Desculpe. Falo... falo com você mais tarde.

— Tudo bem.

Acenei para ele e Peter enquanto as portas se fechavam. Ele não acenou de volta.

Não dei importância. Como editor adjunto de um jornal diário publicado pelo Vistemax Group, Nathan era um homem ocupado. Sexta-feira era um dia cheio de reuniões e, quase sempre, ele voltava exausto para Lakey Street. E então eu tinha de acalmá-lo e ouvi-lo. Se a expressão no rosto significava alguma coisa, e depois de 25 anos de casados eu conhecia Nathan, esta era uma sexta-feira ruim.

O elevador subiu comigo. Empregos e esposas tinham coisas em comum. Com sorte, encontra-se a coisa certa no momento certo. Você se apaixona por uma pessoa, ou um emprego, assina os papéis e passa a se dedicar às trapalhadas e rotinas que lhe convêm. Reconheço não ser totalmente por acaso que Nathan e eu trabalhamos na mesma empresa — um gigante da eletrônica que também publicava vários jornais e revistas —, mas eu gostava de pensar que conseguira meu emprego por meus próprios méritos. Ou, se isso não fosse exatamente a verdade, que eu o mantinha por meus próprios méritos.

Poppy detestava o que Nathan e eu fazíamos. Agora com 22 anos de idade, ela tinha parado de rir e acreditava que as vidas deveriam ser úteis e vivia para o bem maior, como dissera da última vez. "Por que contribuir para um vasto e destrutivo processo como um jornal?", ela queria saber. "Uma desculpa para derrubar árvores e imprimir lixo poluente." Poppy sempre lutara com tenacidade, mais do que Sam, e sua educação foi como uma luva sendo virada pelo avesso dedo por dedo. Se a gente tivesse sorte, as coisas aconteciam suavemente, a parte da educação, e Poppy não se dera tão mal, mas eu me preocupava com seus traumas.

Quando voltei para a redação, Minty estava falando ao telefone, mas encerrou a conversa quando me viu. "Falo com você depois. Tchau." Ela voltou a digitar com mais vivacidade.

Eu me sentei a minha mesa e liguei para a linha particular de Nathan.

— Sei que vai entrar em reunião, mas está tudo bem?

— Sim, claro que sim.

— É só que... bem, você parecia preocupado.

— Nem mais nem menos do que de costume. Mas por que a comovente preocupação de repente?

— Só queria ter certeza de que não estava acontecendo nada.

— Quer dizer que queria ser a primeira a saber das fofocas.

— *Nathan!*

Mas ele tinha desligado.

— Às vezes — falei para a fotografia — ele é impossível.

Normalmente, Minty teria dito algo como: "Homens? Quem precisa deles?", ou "Eu sou a sua terapeuta grátis, pode falar". E seus olhos escuros, amendoados, teriam brilhado com o espetáculo cômico de homens e mulheres e seus campos de batalha. Em vez disso, ela me surpreendeu observando com rispidez:

— Nathan é um homem muito bom.

Desarmada, levei um ou dois segundos para responder

— Pessoas boas também podem ser impossíveis.

— Podem também não receber o devido valor.

Houve um breve e desconfortável silêncio, não porque eu tivesse me ofendido, mas porque o que ela dissera tinha alguma coisa de verdade. Nathan e eu éramos pessoas ocupadas, ele cada vez mais. Como a umidade no porão, o trabalho em excesso pode corroer as fundações. Um segundo depois, tentei passar por cima.

— Estamos perdendo uma página porque há um trabalho de desmoralização em andamento.

— Azar o deles. — Minty olhou pela janela com uma expressão de *sauve qui peut*. — Então, a história continua.

De novo, não típico de Minty deixar de perguntar: "Quem — *quem*?", e eu tentei mais uma vez:

— Vai fazer compras hoje? — sorri — Bond Street?

Ela fez um esforço visível:

— Acho que estou engordando muito.

Uma brincadeira entre nós duas. Bond Street vendia tamanhos 40. Como Minty tinha membros delgados como uma corça, uma cinturinha minúscula e nenhum peito, isto era ótimo. Nenhuma vendedora desmaiava com o tamanho dos seus braços. Mas eu era forçada a comprar na Oxford Street, onde as lojas aceitavam de má vontade a existência do tamanho 46. *Ergo*, juntas formulamos a Lei da Terapia de Varejo: quanto maior o seu tamanho, mas longe do centro da cidade uma mulher era obrigada a se abastecer. (Quem precisasse dos tamanhos maiores teria de tomar a auto-estrada M25, ou ir mais longe). Fora isso, Minty e eu sofríamos — e na nossa estreita cultura de varejo, eu *digo* sofríamos — de pés grandes, e a questão de onde encontrar sapatos para mulheres que não tivessem feito o voto de ignorar a moda era uma fonte de especulações alegres e frutíferas.

A conversa se arrastava.

— Vai fazer alguma coisa este fim de semana?

— Olhe, Rose — Minty fechou a gaveta da sua mesa com um empurrão —, eu não sei.

— Tudo bem.

Não falei mais nada. Afinal de contas, até numa redação a privacidade era um direito básico.

Eu tinha de me decidir entre duas resenhas porque uma teria de ser sacrificada. O mais recente, e brilhante, livro sobre a atividade cerebral? Nele, o autor argumentava que a cada sete anos as células do nosso cérebro eram renovadas e reabastecidas, e nos tornávamos pessoas diferentes. Parecia uma idéia bastante revolucionária, que faria clérigos e psicoterapeutas estremecerem diante da perspectiva de serem retirados do mercado. Mas também dava esperança e chance de cortar os vínculos que prendiam uma pessoa a uma vida ou a uma personalidade difícil. Mas, se eu publicasse o artigo, teria de abandonar a resenha do último romance de Anna West, que ia vender aos montes. Seria o livro sobre o qual os leitores *deveriam* ser informados, ou aquele que eles *queriam* ser informados?

Liguei para Destaques. Carol atendeu e eu lhe perguntei se estavam publicando algum artigo especial sobre Anna West.

Carol ficou contente em me passar a informação.

— Na verdade estamos. Nesta edição. Um artigo ótimo. Está com algum problema?

— Talvez eu tenha de cortar a nossa resenha, por isso eu queria ter certeza de que havia cobertura na semana de publicação.

— Deixa com a gente — disse Carol, encantada porque Destaques teria uma vantagem sobre Livros. Eu sorri, porque tinha aprendido, a duras penas, que um senso de proporção era necessário num jornal e, se alguém tinha o hábito de guardar ressentimentos, era melhor desistir.

Corri para remontar as duas páginas remanescentes, dando destaque para a teoria do ciclo mental de sete anos. Ianthe, minha mãe, não entenderia o objetivo disso: ela preferia coisas simples e definidas.

Com o passar da tarde, o telefone tocou cada vez menos, o que era perfeitamente normal. Minty lidava com a sua pilha de livros e os transferia para a cesta do correio. Às cinco horas, ela nos preparou canecas de chá, e bebemos num silêncio que considerei amistoso.

No caminho de casa, entrei na St Benedicta. Achei que precisava de paz, de um momento de quietude.

Era uma igreja moderna, sem nada de especial, sem nenhuma pretensão de elegância ou excitação arquitetônica. A St Benedicta original tinha sido explodida numa campanha terrorista do IRA há uns trinta anos. A substituta era tão melancólica e econômica como devia ser um local de adoração numa época tão incerta sobre a função da Igreja.

Como sempre, sobre a mesa ao lado das portas de vidro da entrada, havia hinários e panfletos, a maioria anunciando os serviços da semana anterior. Um persistente traço de incenso misturado com o cheiro de suco de laranja, que vinha de uma garrafa de tamanho industrial colocada num canto — provavelmente para a escola dominical. Os bancos eram discretos, mas alguém bordara almofadas para ajoelhar que eram uma orgia de cores e padrões. Muitas vezes eu me perguntei quem seriam elas, as anônimas bordadeiras, e o que as teria feito utilizar os azuis, vermelhos, círculos e caracóis. Alívio para uma existência monótona? Um sentido de ordem na transferência dos símbolos de uma antiga e poderosa lenda para a tela?

St Benedicta não era a minha igreja, e eu nem era religiosa, mas sentia-me atraída por ela, não só quando estava com algum problema, mas também quando estava feliz. Aqui era possível sair da própria pele, respirar e gozar de alguns segundos sendo ninguém em particular.

Desci a nave central e virei à esquerda entrando na minúscula Lady Chapel onde a estátua de Nossa Senhora com um manto azul muito escuro tinha sido colocada ao lado do altar. Era uma criação grosseira, rude, mas estranhamente tocante. As mãos de gesso rosa erguiam-se em atitude de bênção sobre um candelabro circular no qual ardia uma única vela. Uma Nossa Senhora com uma consagração especial às vítimas da violência; mãos de gesso que abraçavam os mutilados e feridos na Irlanda e em Ruanda, as almas perdidas da América do Sul e aquelas sobre as quais nada sabemos, e nos lembravam que ela era a mãe de todas as mães, cujo dever era proteger e cuidar.

Às vezes eu me sentava diante dela e experimentava a paz e o contentamento de uma mulher com uma vida estável. Mas outras vezes eu me perguntava se o preço dessa paz e estabilidade não teria sido um certo orgulho.

Havia uma pilha de velas novas numa bandeja ali perto. Deixei cair algumas moedas na caixa e peguei três velas. Uma para as crianças e Nathan, uma para Ianthe, uma para manter a casa — *nossa casa* — quentinha, abastecida e como nosso local de refúgio.

Peguei a minha sacola de livros, pensei melhor, coloquei-a de volta no lugar e procurei na minha bolsa mais uma moeda. A quarta vela era para a esposa do ministro mulherengo, e para a minha consciência embotada.

Na saída, parei e arrumei os panfletos sobre a mesa.

Mesmo já tendo escurecido, continuei pelo parque até em casa, escolhendo com prudência o caminho que ladeia o rio.

Ninguém poderia dizer que fosse mais do que um parque na cidade, rodeado pelo tráfego, recortado de trechos com lama e árvores tristes, mas eu gostava da sua determinação de oferecer um espaço para se respirar. Entretanto, se alguém se desse o trabalho de olhar, ele continha todos os tipos de prazeres discretos. Uma minúscula coroa de campânulas-brancas debaixo de uma árvore, dando vivas em pleno inverno. A centelha de um papo-roxo divisada perto dos arbustos úmidos de azevinho. Fileiras de tulipas na primavera, com tufos de prímulas enfeitando suas bases.

Até agora, o inverno tinha sido um interlúdio suave e úmido. De manhã, tinham caído alguns borrifos de chuva sem muita convicção, mas agora estava quase fazendo calor. Era muito cedo para se ter certeza, só em fevereiro, mas havia uma promessa de primavera se formando, coisas brotando. Parei para mudar de ombro a minha sacola de livros, sentindo a tensão e o alvoroço da minha vida pulsar dentro de mim.

Eu estava atrasada. Precisava correr. Eu precisava sempre correr.

Cinco minutos depois, eu subia o caminho de lajotas do número 7 da Lakey Street. Vinte anos atrás, Nathan e eu tínhamos pensado em reformar a casa de um tecelão de seda em Spitalfields, ou encontrar a casa de quatro andares perfeita e a bom preço que — inexplicavelmente — ninguém tinha descoberto ainda. Lakey Street se encaixava entre o nosso pequeno apartamento em Hackney e qualquer outra especulação mais tresloucada. Um dia, nós nos prometemos, iríamos para um lugar melhor, mas nos estabelecemos de pronto numa casa vitoriana onde a nossa família coube confortavelmente e esquecemos o assunto.

As lâmpadas da rua estava acesas e a tinta branca fresca dos caixilhos das janelas estavam banhadas em matizes de néon. O loureiro respingou em mim quando eu passei e, pela milésima vez, eu disse para mim mesma que ele estava grande demais, plantado no lugar errado e teria de ser cortado. Pela milésima vez, deixei isso para depois.

Capítulo 2

SEIS HORAS DEPOIS ESTÁVAMOS na cama e Nathan colocou a mão sobre o meu seio do velho jeito familiar. Não havia problemas nem barreiras. Era tão fácil como seda escorregando sobre seda, e eu o envolvi com braços e pernas e o puxei para mim. Depois, ele murmurou: "Foi bom", e caiu no sono.

Eu também deveria ter pegado no sono, pois tínhamos chegado tarde de um jantar da empresa, mas estava cansada demais para dormir — reminiscência de quando os filhos eram pequenos. Lembranças da noite passavam pela minha mente, tênues, sem importância.

"Ao trabalho", Nathan tinha ordenado, andando apressado pelo quarto, com as pernas nuas e só de meias. Ele transpirava um ar de "tenho muita coisa para pensar", e eu fui pegar sua camisa. "A melhor beca, Rosie, e *glamour*. Senão esses malditos políticos pensam que só somos capazes de andar de mangas arregaçadas e viseira."

De vez em quando, a arraigada ambição de Nathan me exasperava; era tão determinada, tão imutável, tão... previsível, e eu vivia com isso havia muito tempo. Vender a alma era uma coisa; ter a maior parte da vida familiar ditada por um jornal era outra. Então me lembrei de que, a meu próprio modo, eu estava tão comprometida com o meu emprego quanto ele, e a irritação não durava muito. Eu o ajudei a vestir a camisa e fechei o botão de cima. "Querida, isso é só em Hollywood."

Só Nathan me chamava de Rosie — eu não permitia a ninguém mais ficar confundindo as coisas com diminutivos. "É porque as rosas são tão bonitas e importantes", Ianthe uma vez me disse. "Rosas são as únicas flores que jamais têm um apelido. Nada de amor-perfeito ou culote-de-holandês para a *rosa*." Ela estava me abraçando depois de um vacilo adolescente de insegurança. "Rosas farfalham ao vento e têm o perfume do paraíso. São provas de amor, assim como de tristeza. Pense nisso." Deus sabe em que ela estava se baseando, mas suas palavras fluíram dentro de mim, como gelatina, e determinaram o modo como eu percebia o meu nome e, suponho, a mim mesma.

Nathan era diferente. Ele podia me chamar do que bem entendesse.

Eu estava com um tubinho preto sem mangas, um pouco apertado demais, e sapatos de salto alto. Meus cabelos precisavam de um corte mas eu não tinha tido tempo para ir ao cabeleireiro, portanto enrolei tudo num coque — não era o estilo que mais me favorecesse, mas servia.

Com a mão de Nathan segurando meu cotovelo, entramos no restaurante elegante, do tipo que aparece nas revistas que deixam os leitores infelizes porque suas próprias vidas são tão diferentes das fantasias mostradas naquelas páginas. Estava repleto de prata e vidro e ranúnculos requintadamente rubros em vasos brancos.

Peter Shaker e a mulher, Carolyne, já estavam lá com um jovem astro em ascensão chamado George, do departamento financeiro, e a esposa grávida, Jackie, ambos parecendo nervosos. Já estavam atacando o champanhe. Embora não fôssemos íntimos, conhecíamos Peter e Carolyne muito bem: Carolyne também estava de preto e saltos altos, mas ela é baixinha e de cabelos escuros, enquanto eu sou alta e de cabelos castanhos, portanto o efeito era outro.

Carolyne me beijou, num gesto mais ou menos afetuoso. Ao longo dos anos tínhamos nos visto bastante nas reuniões sociais da empresa, mas era só isso. No início, Carolyne, que não trabalhava e era uma superesposa, me pedia para acompanhá-la a vários eventos de caridade durante a tarde, convites que eu sempre tinha de recusar, desta forma recusando também a possibilidade de uma amizade. Desde então, sempre que nos encontrávamos, eu não podia deixar de sentir que Carolyne, cujo lar era imaculado, cujas duas filhas cursavam a escola secundária com bolsas de estudo *e* faziam as próprias roupas, estava analisando as nossas respectivas escolhas. Da maneira mais gentil, é claro. Ela era, ela sugeria, uma Boa Esposa. As mulheres são tão competitivas quanto os homens, mas suas subversões são mais dissimuladas e às vezes a competitividade delas é, curiosamente, um sinal de afeto.

Enquanto esperávamos pelos nossos convidados — um casal de políticos e Monty Chavet, um autor especializado em escândalos de Westminster — bebemos mais champanhe e trocamos as fofocas que circulavam no trabalho.

— Já viu os números desta semana, Nathan? — indagou Peter. Ele se colocava numa atitude ousada na frente de Nathan, as pernas um pouco afastadas. Quando mais jovem, Peter era insuportavelmente magro mas, com o aumento da sua autoconfiança, ele engordou, o que lhe caía bem.

Nathan franziu a cara:

— Vamos ter de falar sobre a queda da semana passada...

Antes que o jogo dos números começasse para valer, os outros convidados chegaram e eu me vi sentada ao lado do ministro da Saúde, cujo nome era Neil Skinner. Tinha a pele pálida e os cabelos vermelhos, com o tipo de lábios que rachavam facilmente com o frio, o que não deveria ser bom para aparições na televisão no inverno. Eu me peguei sentindo pena dele: suas ambições eram bem claras, e a pasta da saúde era muito problemática — só para quem estivesse disposto a se suicidar politicamente. Caminhamos com dificuldade pelos altos e baixos da sua carreira, e então ele perguntou:

— O que você faz?

— Sou editora do caderno de livros de domingo.

Ah, livros, diziam as pessoas que eu encontrava em reuniões sociais, você tem sorte. Já esteve com Salman Rushdie?

— E uma editora muito boa — interveio Monty. Ele estava falando com Carolyne mas escutando a nossa conversa ao mesmo tempo. Era como ele encontrava o seu material, certa vez ele me contou. — As melhores páginas da cidade.

— Puxa — Neil Skinner franziu as sobrancelhas —, você deve achar que eu sou um idiota.

Dei um ligeiro sorriso e fiquei imaginando quem sofria mais de complexo de inferioridade: o político ou o jornalista? Com o canto dos olhos eu observava Nathan lançando todo o charme para o outro político mais velho que, diziam os boatos, chegaria a ministro na próxima troca de governo. Como de costume, ele estava totalmente concentrado e alerta.

— De modo algum — eu respondi. — Por que eu acharia isso?

Neil batia no copo com a ponta de um dedo que eu poderia jurar tinha passado pelas mãos de uma manicure profissional.

— Não é difícil trabalhar para uma organização capaz de prejudicar tanto as pessoas?

Eu olhei para aqueles olhos pálidos e respondi com toda a sinceridade:

— Às vezes.

Ele se debruçou e encheu mais meu copo.

— Mas você não trabalha?

— Sim, mas acredito no que faço e acho que a gente deve se agarrar a isso.

— Bem — disse ele —, nós temos alguma coisa em comum.

Um sexto sentido me disse que Nathan não estava dormindo, estava quieto demais, e eu me virei para ficar de frente para ele. Ele estava tenso debaixo do edredom, não no seu estilo de cotovelos afastados e mãos nos quadris. Coloquei minha mão no seu peito.

— Está preocupado com alguma coisa?

Houve um silêncio. Depois ele virou de costas para mim.

— Claro que não. Dorme.

— Nathan?

Nossas conversas na cama eram geralmente frente a frente, e era quando trocávamos informações que deveríamos manter em segredo.

— Temos um escândalo pela frente. Envolve um ministro.

Um resmungo.

— Eu sei. Timon me avisou. É Charles Madder. Estamos trabalhando nisso há meses. Uma equipe inteira no caso.

Isso significava que pelo menos seis pessoas tinham vasculhado todo o material onde conseguiram colocar as mãos — latas de lixo, registros do passado, esse tipo de coisa, e provavelmente ficado à espreita.

— Neil Skinner me perguntou se eu não me importava de trabalhar para uma empresa capaz de prejudicar tanto as pessoas.

— Você podia perguntar a mesma coisa dos políticos.

— É mesmo. — Cheguei mais perto dele e escorreguei meu braço em torno da sua cintura. — Mesmo assim, não gosto de pensar no que vai acontecer naquela família. — Beijei seu ombro, ali onde começa a curva para o braço. — A morte parece ser a pior coisa que pode acontecer, o acidente que parte seu coração, mas deve ser muito mais cruel ser iludida pela pessoa que você amava e em quem confiava. Pelo menos se a pessoa morre, você pode melhorar a imagem dela na sua memória.

— Quem não pode morder, Rose, não mostra os dentes.

Puxei entre os dedos a bainha da camisa do seu pijama.

— Ei, não precisa bancar o Gordon Gekko.* Estamos na nossa casa.

Eu estava esperando uma risada. Em vez disso, Nathan repetiu.

— Dorme — e se afastou.

Cochilei e sonhei, passando de uma lembrança a outra, sonolenta entre cenas da vida familiar, por entre as coisas que mudaram em Lakey Street. As crianças crescendo e saindo de casa tinham deixado um espaço na nossa vida de casados. Ou melhor, tinham erguido uma âncora e às vezes eu receava que tivessem deixado Nathan e eu curiosamente desatrelados. Não era de surpreender que de tempos em tempos fôssemos apanhados de surpresa tendo de fazer ajustes.

O que havia mudado desde aqueles primeiros tempos, em que vivíamos na expectativa de um desafio.

Quando subi a escada para entrar no avião no Brasil, estava tão fraca que minhas pernas tremiam. Eu tinha perdido um bocado de sangue e o médico me avisara mal-humorado que levaria tempo, *devido à minha tolice*.

A cabine cheirava a plástico, carne queimada de sol e loção pós-barba, e era artificialmente fria. Como estávamos no auge do verão, estava cheia de famílias com crianças barulhentas e mochileiros que tinham bebido muita cerveja, retornando à vida adulta. Ia ser uma viagem longa e difícil até Londres.

---

*Personagem inescrupuloso interpretado por Michael Douglas no filme *Wal Street — Poder e cobiça*. (*N. do E.*)

Encontrei meu assento perto de uma janela e afundei nele. Havia uma mancha de poeira no vidro, e eu o limpei com o dedo. Um ônibus vomitou mais passageiros que subiram os degraus em fila. Muitos eram idosos, que tinham ficado para trás, eu supus, para que pudessem subir sem pressa.

Meu dedo traçou um desenho na janela. Os velhos não sentiam tanto, sentiam? A agulhada e a dor da culpa e da saudade tinham se embotado, suas terminações nervosas se desgastado. Eu desejava ter deixado para trás os anos dos sentimentos, passado por cima deles e seguido para o próximo estágio.

Imagens corriam de um lado para o outro no asfalto derretendo lá fora. Por dentro eu também derretia. Não me lembrava de jamais ter chorado tanto como agora — parecia impossível conter as lágrimas. Olhei pela janela, e elas escorriam pelo meu rosto, pelo meu queixo e faziam um ângulo reto pelo meu pescoço onde se acumulavam na minha gola ensopada. Meu nariz escorria.

Adeus, meu bem.

O céu brasileiro, que se escondera de nós na floresta, nunca parecera tão azul. Quando escurecia na selva, os vaga-lumes se juntavam nos ramos em cintilantes colares entretecidos no dossel de folhas.

— Olha — disse uma voz de homem ao meu lado —, você provavelmente está tentando esconder, mas vejo que está chorando e que precisa de um lenço. Por favor, use o meu e prometo não notar.

Alguma coisa foi colocada no meu colo e meu dedos encontraram um quadrado de algodão, tão macio que devia ter sido lavado uma centena de vezes. Parecia tão civilizado, tão limpo e doméstico. Eu peguei. Quando o avião acabou de manobrar, ele também estava ensopado.

Já estávamos voando havia cerca de meia hora quando, finalmente, eu me controlei o suficiente para agradecer ao meu salvador. Ele era um pouco mais velho do que eu e estava muito bem vestido com uma camisa de linho e calças bem passadas, mas com fortes queimaduras de sol no rosto e no pescoço. Tinha uma maleta, flexível e muito bem-feita, que parecia cara. Lia um jornal com muita atenção. Eu sabia que era para me garantir de que não ia me impor a sua companhia.

— Você foi muito gentil — eu disse.

Ele baixou os olhos para a bola molhada na minha mão.

— Por favor, pode ficar com o lenço.

— Sinto ter incomodado você.

Seu sorriso quase sugeria que ele gostava da idéia de ter uma mulher chorando por ele. Notei, também, que ele sorria como se deve sorrir, com os olhos e os lábios também.

— Se servir de consolo, já encontrei coisas piores. Portanto, pode continuar se quiser.

Acreditei nele e continuei chorando esporadicamente durante quase todo o vôo, enquanto ele lia seu livro sobre política sul-americana, rabiscava nas margens e comia sua refeição e a minha.

Depois que levaram as bandejas, ele perguntou:

— Quer encostar no meu ombro para dormir?

Sentindo-me um tanto idiota, mas exausta demais para discutir, aceitei e logo me acalmei e adormeci. Quando acordei, já era noite e meu companheiro também estava dormindo, o seu ombro ainda me sustentando.

Quando o avião começou a descer em Heathrow, a monótona colcha de retalhos marrom e verde de Middlesex se enquadrou na moldura da janela. Ele colocou o encosto da sua poltrona na vertical.

— É bem possível que você esteja preocupada com a situação da política na América do Sul. Bem, não fique tão surpresa, muita gente está. Eu estou, e gostaria muito de lhe contar sobre isso algum dia. A não ser que você tenha assassinado um cobrador de impostos, e esteja indo para casa para enfrentar uma prisão. Ou, quem sabe, teve de dizer adeus a uma pessoa da família que jamais voltará a ver. Mas acho que é mais provável que isso tenha alguma relação com um romance.

Eu não disse nada.

— Deve ser um patife — observou ele. — Eu jamais abandonaria uma mulher com os cabelos como os seus.

Não havia nada a dizer para isso também.

A pista roncava debaixo de nós, e o avião aterrissou, quicou e foi deslizando para o terminal.

— Gostaria de dividir um táxi comigo até Londres? — perguntou ele. — Não se preocupe com a despesa, viajo com tudo pago.

Cansada demais para me preocupar com qualquer coisa, aceitei.

— Tentarei não chorar. — Olhei para um céu cinza, carregado. — Você sempre estraga seus livros?

— Só se o conteúdo não estiver à altura.

— Pobre livro. — Era como eu me sentia também. O fracasso tinha um gosto terrível.

— Meu nome é Nathan Lloyd. — Ele estendeu a mão. — E o seu?

Eu lhe disse.

Às sete e meia fomos acordados pelo telefone. Nathan resmungou e estendeu o braço para atender. "Sim", disse sonolento, em seguida prestando atenção: "OK, Peter."

Escorreguei para fora da cama. Eu conhecia o código. Havia uma crise e Nathan estava sendo chamado na redação. A guerra estava declarada, um nobre tinha se comportado mal, uma intimação de calúnia tinha sido jogada sobre sua mesa. Tínhamos passado por elas várias vezes. O curioso no comportamento humano era que isso continuava acontecendo, apesar de todos saberem que não deveria ser assim. Vesti o meu roupão e desci as escadas até a cozinha, parando no patamar para dar uma olhada no espelho e alisar os cabelos para trás das orelhas. Lembrei-me da charge onde a mulher se olha no espelho e exclama: "*Peraí, tem alguma coisa errada. Sou muito mais jovem do que isto.*"

Os anos tinham apagado os contornos bem definidos e era uma estratégia de alto risco sair direto da cama e contar com uma boa aparência. Não, mais do que isso: era impossível. Embora eu gostasse de rostos que iam adquirindo suavidade em troca do viço da juventude — Ianthe, por exemplo, era muito mais interessante agora do que aos 40 anos — também era preciso se habituar. Eu não imaginei que seria mais inibida aos 47 do que tinha sido vinte anos antes. Eu sempre pensei que nesse aspecto ser mais velha dava uma sensação de liberdade. Mas não dava, e nem era preciso dizer que esse era um assunto sobre o qual eu não comentava com Nathan.

Na cozinha, abri as persianas, e o aposento ficou banhado por um sol tênue. Respirei fundo. Ia ser um dia para cuidar das plantas na estufa, para fazer o que nunca era feito se o tempo estivesse muito frio.

Coloquei duas fatias de bacon na frigideira, arrumei a mesa, espremi as laranjas para o suco e fiz o café. Eu adorava a minha cozinha. Era o lugar onde eu sentia um prazer infinito, e estava cheio de objetos creme e brancos, canecas, tigelas, porcelanas, que eu tinha escolhido cuidadosamente ao longo dos anos. Meu roupão batia nas minhas pernas enquanto eu ia de um lado para o outro arrumando, colocando as canecas sujas no lava-louças, dobrando a roupa lavada numa pilha para passar.

Quando o bacon ficou pronto, aqueci o leite numa panela, retirando a nata com uma colher, depois chamei Nathan. Ele veio voando para a cozinha nas suas calças de trabalho e paletó. Sua mente já estava fixada nos negócios. A transição de Nathan, o correspondente político em começo de carreira que eu tinha conhecido no avião, para editor adjunto, tinha sido dura. Certa vez, quando lhe perguntei se ele se incomodava de não sair mais em campo atrás de reportagens, de não escrever mais artigos, ele respondeu que como não lembrava mais de como tinha sido não podia sentir falta. Fazia sentido.

Servi o café e sentei-me do outro lado da mesa.

— Gostaria que você não precisasse ir.

Ele sacudiu os ombros.

— Todos nós conhecemos o ritual. Não deve levar o dia inteiro, mas eu lhe aviso.

Depois de uma pausa:

— O que você vai fazer?

Eu olhei pela janela.

— Vou arruinar um pouco a casa, e depois, se o tempo firmar, vou cuidar do jardim.

O jardim era meu, e sempre que me sobrava tempo eu ia para lá. Nathan detestava qualquer coisa que tivesse a ver com terra: seu papel era ficar sentado numa espreguiçadeira e não fazer comentários.

Ele terminou o bacon e pegou uma torrada.

— O jardim vai nos levar à falência.

— Vai ficar lindo este ano. Aguarde. Fiz maravilhas.

— É o que você sempre diz.

— E é verdade.

Um pálido sorriso matinal passou pelo seu rosto.

— É mesmo.

Nathan e eu discutíamos porque eu ficava andando pela casa com sacos de composto de cogumelos e estrume — e, sim, eu fazia muita bagunça. Discutíamos por causa do dinheiro que eu gastava com plantas e discutíamos porque eu me recusava a aproveitar um feriado quando a *Paeonia suffruticosa* sacudia as suas saias para revelar as nódoas secretas, sangrentas.

Ele não gostava quando eu ficava lendo livros de jardinagem até altas horas da noite, mantendo-o acordado, e se queixou muito quando mandei construir uma pequenina fonte no jardim. Essa tinha sido uma vitória de Pirro, porque a fonte foi origem de infindáveis problemas, exigindo manutenção e limpeza constantes.

Mas eram discussões boas, do tipo que as pessoas que vivem juntas devem ter. Elas criavam o turbilhão, sacudiam os móveis e desapareciam, deixando tudo calmo. Nathan e eu nos sentíamos felizes em ocupar lados opostos da cerca do jardim, por cima da qual podíamos gritar um com o outro.

O leite quente tinha formado uma segunda camada de nata, portanto eu peguei o coador e depois completei a xícara de Nathan.

— Já ligou para Poppy?

Em maio ela faria as provas finais na Universidade de Nottingham, e nenhum de nós dois acreditava que ela estivesse estudando. Nathan tinha resolvido lhe passar um sermão, embora eu tivesse argumentado que, com 22 anos, Poppy podia escolher o que quisesse fazer da vida, e Nathan tinha respondido que, nesse caso, ela escolhesse entre a minha posição e a dele.

— Ainda não, mas vou ligar — disse ele, irritado. — Hoje à noite. Não insista.

— Não estou insistindo. Só estou lembrando.

Coloquei um pouco de café na minha xícara e Nathan subiu para escovar os dentes. Um pouco mais tarde ele desceu com estardalhaço a escada, gritou até logo e a porta da frente se fechou.

Mais um sábado.

Eu olhei para o meu café. Plaquetas de nata flutuavam na superfície, deixando uma trilha de bolhas de gordura num líquido cinza. Joguei fora.

Capítulo 3

QUANDO LIGUEI, Poppy estava dormindo.

— Só queria saber como você está — disse eu.

Ela estava mal-humorada.

— Mãe, que horas *são*?

— Desculpe. Só queria falar com você.

— Fale comigo numa hora decente. — Ela fungou. — E papai?

— Trabalhando. Uma crise.

— Ele curte isso — a filha dela desabafou. — Faz com que se sinta necessário.

— Ele vai ligar para você. Achei melhor eu falar antes.

O suspiro de Poppy veio feito uma lufada pelo telefone.

— Olha, eu sei o que você vai dizer... mas não precisa. Eu cuido da minha vida...

Houve muito mais nesse mesmo estilo. Poppy estava me avisando educadamente para ficar dentro dos limites e, logo depois, desisti. Ela prometeu que vinha nos ver em breve, que estava bem e feliz, e ponto final.

Alimentei Parsley com seus biscoitos para gatos idosos e ela foi tirar uma soneca na prateleira em cima do aquecedor. Parsley tinha 16 anos, o que eu procurava ao máximo ignorar. Ela segurava o meu coração na sua patinha castanho-amarelada assassina e, até onde me dizia respeito, ia viver para sempre.

Empilhei a louça do café da manhã na lavadora, escutando as notícias pelo rádio. Outro assassino em série nos Estados Unidos, a ameaça de guerra civil na Indonésia. Um casal britânico desesperado viajara para a América do Sul para adotar uma criança, só para descobrir que tinha sido enganado.

Eu me forcei a escutar. Por um triz, eu tinha me livrado disso. Minha vida tinha sido plena de filhos, de Nathan e de trabalho, o que me dera felicidade. Eu tinha me fartado gulosamente dessa felicidade, sabendo que para outras pessoas ela era negada.

— É *possível* ser feliz quando em algum lugar do mundo alguém está morrendo porque não tem comida suficiente, ou nasceu com os genes embaralhados, ou o seu próprio estilo de vida é um problema político? — perguntei a Nathan, sentados diante da mesa da cozinha, logo depois de nos mudarmos para Lakey Street.

Eu tinha 22 anos, estava grávida de Sam, apreensiva e sonhadora. Antes que chegassem os filhos, ainda havia tempo para essas conversas.

— Elas não deveriam lançar uma sombra sobre nós, essas vidas pavorosas, inconscientemente, talvez?

Nathan serviu vinho para ele, leite para mim.

— Se você está falando do conceito freudiano de "o Outro" pelo qual buscamos inconscientemente, não, você a está aplicando de uma forma muito vaga. De qualquer modo, não passa de uma teoria, e os seres humanos são muito mais egoístas do que você sugere.

A referência a Freud me derrubou e me fez lembrar de que havia muitas coisas que eu não sabia a respeito de Nathan. Ainda.

— Não sei de Freud, estava só especulando — falei. — Espero que *nós* possamos ser felizes.

Fez-se um silêncio assustador, e eu desejei ter ficado de boca fechada.

— Rosie, olhe para mim. *Claro* que podemos ser felizes — ele disse com veemência, preocupado com o rumo que a conversa estava tomando. Eu me levantei e o beijei até ele esquecer.

Por sorte, tudo isso era coisa do passado, só uma agitação na superfície de um casamento recente.

Se houve algum benefício com a saída dos filhos, foi a minha redescoberta dos prazeres da vida doméstica, que tinham sido esquecidos. Algumas mulheres odeiam essas coisas, mas eu adorava fazer faxina — o ritual de varrer e limpar uma casa era velho como o tempo e eu gostava da idéia de ser mais uma na longa linha de mulheres a cumpri-lo. Nathan também gostava de me ver esfregando e polindo, e confessava que às vezes, no trabalho ou viajando, ele se lembrava de mim brandindo um espanador num cenário encerado e brilhante. Era uma intimidade da qual ninguém mais compartilhava. Ele acrescentava, com um sorriso, que eu estava livre para passar o espanador de penas em cima dele a qualquer hora. Eu prometi que faria isso.

Hoje a mesa exigia seu polimento semanal. Era de nogueira francesa e inadequada para o uso na cozinha, mas, como fazíamos as nossas refeições ali, eu queria uma mesa onde pudéssemos celebrar nossa vida familiar. De qualquer modo, era linda. Eu percebi isso logo quando a encontrei, arranhada e gasta, num loja de velharias em Norfolk, e me dispus a salvá-la.

Os produtos de limpeza ficavam guardados num quarto que dava para a cozinha. O corretor que nos vendeu a casa, cuja imaginação não se podia negar, referia-se a ele como "a despensa para guardar a carne de caça", mas era mais provável que tivesse sido o toalete ou a lavanderia. Era um quartinho e eu empilhava ali todos os objetos que não conseguia jogar fora — um carrinho de bebê velho (podia ser útil um dia), o aviãozinho que Sam tinha jogado fora e a casinha de bonecas de Poppy (uma lembrança da vida de fantasia dela). Nas prateleiras ficava minha coleção de vasos, também pinçados das lojas de velharias — taças excessivamente decoradas, vidro barato que tentava parecer cristal e imitações de *art déco*. Eu me emocionava com a ambição de seus criadores.

O lustra-móveis espalhava nuvens leitosas na superfície da mesa, e eu ia polindo até achar que a madeira acetinada estava protegida para mais uma semana. Então eu dava um passo atrás e analisava o meu trabalho.

Desde que tínhamos mudado para lá, um ano apenas depois de casados, o número 7 da Lakey Street tinha abrigado a maior parte da vida de Nathan e da minha juntos. Alguém certa vez me disse que velhas paredes podiam ser lidas como livros. Os conteúdos das casas não eram menos íntimos e fascinantes. Se alguém estivesse interessado, bastava um olhar de relance por uma sala para dizer quem era meticuloso, quem tinha desistido, quem tinha perdido as esperanças.

A casa de Lakey Street estava precisando de muitos reparos quando a compramos e, por isso, não foi cara. Lutamos contra a umidade, os ratos e desníveis estruturais. Reformá-la tinha sido como aplicar camadas de verniz: uma tarefa lenta. Erros tinham sido cometidos — a infeliz pintura em terracota na sala de jantar, que nunca nos dispusemos a mudar, o banheiro colocado no lugar errado, o feio e desconfortável sofá que ficava agora no quarto de empregada. Quando o escolhi, achei que era elegante. Quanto menos se disser a respeito das cortinas com babados no andar térreo, melhor. ("Calçolas de prostitutas", foi o veredicto de Vee quando as viu. "Você tem um passado, Rosie?") Eram tão velhas agora que estavam rasgando.

Nathan e eu tínhamos prometido um ao outro que quando os filhos estivessem criados daríamos um jeito na casa. Nunca demos. Nos sentíamos confortáveis demais do jeito que ela estava.

Passei aquela manhã de sábado tranqüilamente na cozinha, arrumando, limpando e fazendo listas de compras. O rádio tocava uma sinfonia de Mahler, cheia de desespero e lamentos pela infiel esposa do compositor. De vez em quando a música me forçava a parar e escutar. A angústia de Mahler era sorte nossa. O perfume fresco, engomado, das roupas passadas, misturado com o lustra-móveis à base de cera de abelhas e a mais leve lembrança de café, pairava pelo aposento. Ocasionalmente, Parsley ficava de pé e se espreguiçava.

Saí da cozinha para subir com as roupas passadas até o armário arejado no quarto de hóspedes. Um quarto sobressalente era um luxo e, por isso, eu o mantinha imaculado. Tinha acolchoados de algodão branco sobre as duas camas, um leve toque rosado de *toile de Jouy* como cortinas e, na parede, um quadro com rosas brancas contra um fundo escuro, que tinha sido um presente de aniversário de Nathan. "É para o nosso quarto de dormir", ele disse quando me deu. "O artista é russo, jovem ainda, e suas obras são contrabandeadas. É um arranjo bastante complicado, mas eu tive uma dica. Quando o vi, soube que era para você."

Nathan muitas vezes recebia dicas. Ele fingia que elas apareciam espontaneamente, mas eu suspeitava que ele as incentivava porque se sentia vaidoso de estar bem informado sobre as últimas novidades.

— Adorei, Nathan — eu lhe disse com sinceridade. — É lindo.

Ele ficou satisfeito.

— Estou contente de ter lhe dado alguma coisa de que você gosta.

Ele demonstrava menos confiança ao falar sobre arte, o que eu achava comovente.

— Gosto como ele pinta na antiga tradição européia, não parece ter sido afetado pelo modernismo — ele acrescentou com prudência.

— Não — concordei.

A combinação de realismo e beleza, religiosidade e verdade diligente, melancolia e profundidade me dizia muitas coisas sobre o pintor desconhecido, e não fiquei surpresa por Nathan ter se sentido atraído. Dispostas dentro de um vaso de estanho, com um rosário largado ao lado, as rosas estavam pintadas de várias tonalidades, cinza, branco-giz, gelo, mas o efeito era de esplendor, um rufar sensual de flores desabrochadas, mesmo que o pintor tenha incluído algumas frágeis pétalas espalhadas pelo vento. O fundo escuro mascarava outros dramas, mas eu jamais saberia quais.

— Elas me lembram você e o jardim — disse Nathan.

Estávamos de pé olhando juntos para o quadro, e nossos reflexos cintilavam levemente no fundo escuro.

Nunca conseguimos concordar quanto a um lugar para ele no nosso quarto. Além do mais, eu achava que o quadro cabia perfeitamente no quarto de hóspedes.

Empilhei a roupa lavada no armário, lençóis duplos numa pilha, fronhas em outra, sacudi uns dois saquinhos de lavanda para liberar o perfume e saí do quarto.

Sam estava passando o fim de semana em Londres e apareceu para o almoço de domingo. Sem Alice.

Sam era bonito e elegante mas, diga-se a seu favor, não sabia disso. Ele trabalhava para uma empresa de pesquisas científicas numa velha fábrica de produtos suínos nos arredores de Bath. Era considerado um jovem liberal e tinha o salário e o estilo de vida para provar isso. Tinha uma grande intuição em genética e previa o alvorecer de um mundo onde os genes humanos seriam manipulados para o conforto e a saúde de todos. Ele realmente acreditava que as coisas ficariam melhores e eu o amava de paixão por ele mesmo e por suas crenças.

Entretanto, ele não mantinha firme o pulso da vida emocional.

Enquanto eu preparava o almoço, ele entrou na cozinha e assumiu um posto na janela. Eu sacudi na peneira as batatas fervidas.

— Por que você faz isso? — ele perguntou.

Coloquei-as às colheradas numa travessa com gordura quente.

— Elas ficam mais torradas.

— Preciso dizer isso a Alice. Estamos aprendendo a cozinhar.

Empurrei a travessa para dentro do forno. Sam, a essa altura, já deveria estar sabendo que Alice não era o tipo de mulher que apreciasse dicas culinárias. E além disso, sua aparência imaculada e ambição sem limites fazia as mulheres mais velhas se sentirem desconfortáveis.

— Como ela está? — eu evitei o seu olhar.

— Bem — uma pausa. — Eu acho.

— Você acha?

— Ela foi esquiar na Áustria. — Sam enfiou as mãos nos bolsos, o que o fazia parecer exatamente igual ao pai. — Uma garota sociável.

Alice estava sempre magoando Sam. Quanto a isso, as reticências dele eram admiráveis, mas Nathan e eu não precisávamos de citações em prosa e verso. Um belo dia ele encontrou a loura Alice numa conferência e, rápido demais para conselhos, se apaixonou. Não havia nada que se pudesse fazer, exceto esperar.

Para acompanhar a galinha, eu tinha planejado um molho de estragão e cenourinhas, ervilhas e favas. As cenouras eram minúsculas e eu tinha de me concentrar em raspá-las. "Desiste, mãe", diria Poppy — mas não fazia sentido ter filhos e não se envolver em suas vidas. Era tão natural quanto respirar.

— Eu a pedi em casamento.

O descascador pegou a minha unha e eu chupei meu dedo. A resposta de Alice estava refletida na atitude rígida de Sam. Eu sabia que deveria bancar a samaritana, a sábia conselheira, mas a dor e a decepção de Sam me deixaram tão triste que eu não sabia o que fazer.

— Sam, por que não abre a garrafa de vinho?

— Está tudo bem. Posso falar sobre isso.

— Então...?

— Ela não vê nenhuma necessidade de se casar. Tem um emprego fantástico e um salário fantástico. Um apartamento fantástico. Um carro fantástico. Tudo junto. Por que estragar uma coisa boa? — Seus olhos estavam sombrios de saudade. — Mas eu quero começar alguma coisa.

— Você explicou isto a ela?

Ele sacudiu os ombros.

— Claro, Alice acha que as pessoas fazem coisas inexplicáveis umas com as outras quando se casam. Ela pensa que está errado basear a vida dela na idéia de amor. As mulheres não aceitam mais isso. Como um princípio organizacional, o amor tem falhas.

— Você vai desistir?

— Não sei.

— Ah, Sam... — Peguei a mão dele e a acariciei, desejando que sua dor passasse para mim, que é o que todas as mães fazem.

Quando a galinha ficou pronta, Nathan trinchou uns pedaços de peito e os arrumou em leque no prato do Sr. Sears. Eu acrescentei as batatas assadas e os vegetais, e uma porção de molho feito separadamente: o Sr. Sears tinha aversão a ervas.

— Não demoro — eu disse, e deixei Nathan mexendo o molho e Sam colocando a mesa.

O Sr. Sears morava ao lado e estava de cama. Desci os degraus de pedra para o porão do número 9. Durante a guerra, Lakey Street tinha sido alvo aleatório de uma bomba disparada de um avião a caminho de casa na Alemanha, que destruíra três casas. Nos anos 1950, o conselho demoliu o resto e construiu em seu lugar três edifícios feios e sem graça.

— Quem é? — gritou o Sr. Sears quando bati na porta.

— Rose.

Eu nunca era a pessoa que ele queria, que era Betty, sua filha, que havia muito tempo tinha feito as malas e se mandado. Betty ligava para o pai uma vez por ano, e mesmo assim de má vontade.

Entrei na sala de estar, ele estava sentado na cadeira, cercado de jornais e cinzeiros cheios.

— Trouxe o seu almoço de domingo.

Era importante dizer ao Sr. Sears em que dia estávamos porque era difícil para ele se lembrar. O tempo não funcionava mais para ele do jeito convencional, e os calendários não lhe serviam para nada: nunca olhava para eles.

— Muito gentil — disse ele, parecendo surpreso. — Por que faz isso?

De vez em quando, nos últimos cinco anos, eu lhe trazia o almoço de domingo.

Fui buscar uma bandeja na quitinete, e a coloquei sobre seus joelhos.

— Galinha. Seu prato preferido. A não ser que tenha mudado de idéia.

Ele espetou uma cenoura e percebi que precisaria de incentivo.

— Achei que o senhor gostaria de saber, Sr. Sears, que estão substituindo os ônibus vermelhos de dois andares da linha 88 por outros mais modernos.

— Estão?

— Tudo mundo está reclamando. Vão fazer uma reunião em protesto.

Esta informação deixou o Sr. Sears tão excitado que ele engoliu a primeira garfada e relaxou.

A nossa amizade era desenvolvida com muito cuidado, e tinha levado anos para amadurecer. Antes de ficar preso em casa, o Sr. Sears passava os dias andando de ônibus. Eram a sua paixão e ele conhecia tudo sobre o sistema e suas linhas, como se fosse o dono. O que ele não soubesse sobre horários, bilhetes e itinerários, ninguém mais sabia. Assim, numa escala menor, eu tinha me interessado por ônibus também. Eu lhe contava sobre paralisações, os últimos anúncios colados nas suas laterais, e às vezes passava pela garagem em Stockwell para colocá-lo em dia com as últimas novidades.

A outra grande paixão do Sr. Sears era Parsley, que considerava o número 9 seu segundo lar. Se o assunto dos ônibus se esgotava, conversávamos sobre ela e Ginger, o gato que o Sr. Sears teve um dia.

Conferi na escala de serviço qual das enfermeiras do seu atendimento médico domiciliar o colocaria na cama.

— Marilyn vem esta noite, Sr. Sears. É a que o senhor gosta.

Escutei aquele tom falsamente animador insinuando-se na minha voz. Senti um arrepio.

O Sr. Sears me olhou.

— Espero que tenha gostado do seu almoço — eu disse.

— Galinha me dá dor de cabeça — disse ele, para me castigar.

Imediatamente depois do almoço, Sam foi embora, e eu insisti com Nathan para tomarmos nosso café no jardim.

— Está vendo? — eu disse, escancarando as janelas francesas. — Perfeito.

A primeira muda da Buff Beauty estava lutando por espaço entre o valentão *Solanum jasminoides*. A clematite Marie Boisselot já tinha despontado alguns botões e a rosa Rambling Rector estava se preparando para polvilhar, mais tarde, na primavera, os seus minúsculos botões creme — como os punhos de Poppy quando bebê — ao longo da cerca. De fato, todas as plantas estavam a postos para despejar a plumagem para o espetáculo anual. *Lavendala* "Nana alba", *Artemisia nutans* "Silver Queen" — minhas encantadoras e meigas filhas. Eu quase esqueci a oliveira no pote de pedra. Essa também tinha um brilho prateado na luz fraca.

Durante o inverno, o limo tinha avançado sobre as pedras e colonizado o banco. Ele precisava ser encharcado e esfregado com desinfetante e fui buscar um balde. Nathan raspou o pátio com o sapato, revelando estrias infestadas de larvas na pedra embaixo.

— Você está muito quieto, Nathan.

Eu esfregava o banco e secava com um pano. Ele me observava.

— Está frio demais.

Ele se sentou mas não olhou para mim, e eu fiquei imaginando se estaria zangado comigo.

Tentei de novo.

— Acho que salvei a clematite.

— Não sei por que você é obcecada por branco. Não podemos ter um pouco de cor para animar as coisas?

Já tinha passado pela minha cabeça mais de uma vez que Nathan tinha ciúmes do jardim.

— Não sei. Adoro branco, mas quem sabe, só para variar, posso escolher o vermelho.

Então Nathan disse algo que me soou estranho.

— Acho que nunca compreendi você, Rosie.

Era uma declaração séria demais para não ser tratada como brincadeira.

— Você não precisa. — Inclinei-me e lhe dei um beijo. — Faz parte do mistério.

— Não seja tola.

Por que eu gostava de branco no jardim? Sem dúvida, alguns livros que passavam pela minha mesa explicavam a fase branca na história de um jardineiro. Picasso tinha tido uma azul, e muita coisa impressa fora dedicada a analisá-la. Talvez os jardins brancos revelassem um anseio inconsciente de pureza. O mais provável é que os gordos e inocentes botões abrindo caminho através da terra cor de chocolate, a suave e confiável bondade de um jardim, proporcionassem um contraste direto com o que acontecia no mundo. Mas qualquer idiota é capaz de lhe dizer que o importante não são as respostas, mas o jardim em si. Minhas belezas brancas traçavam caminhos sobre cercas apodrecidas e espalhavam toldos frios sobre o solo cansado da cidade. Talvez fosse verdade que eu estivesse tomada pelo desejo de claridade e resolução que o branco sugere, o que eu não poderia explicar a Nathan, mas a beleza visível é que era o objetivo real.

Nathan se levantou.

— Vou entrar.

— Quer caminhar um pouco? Posso fazer isso outra hora.

— Não. Sei que você quer tirar o limo. Talvez eu dê um passeio sozinho.

— Ótimo.

Enchi de novo o balde na torneira externa, coloquei o desinfetante, fiquei de quatro e comecei a esfregar. O desinfetante era adstringente e com cheiro de limpeza, e fez a minha pele pinicar. Nathan andava de um lado para o outro dentro de casa. Ele lavou alguma coisa, deu um telefonema e em seguida escutei a porta da frente bater.

A escova era nova e arranhava forte o limo. Uma faixa de lajotas apareceu. Um substituto barato do calcário, a pedra tinha sido importada da Índia, cortada de planícies quentes e poeirentas. Era antiga e algumas tinham fósseis impressos nelas. Uma folha espumosa. Uma samambaia em forma de espinha de peixe.

Tracei a samambaia com um dedo molhado. A natureza produz a sua enorme variedade a partir de dez padrões básicos apenas: a espiral, a hélice, o cristal, o ramo etc. Aprendi isso quando estudava em Oxford. Adorava essas informações. Eu achava a rigidez da natureza reconfortante — e eu era a mulher que ainda guardava com carinho uma medalha de prata gravada "Rose Uttley: pelo Capricho e Pontualidade. Terceira série". Eu gostava da idéia dessa ordem, dessa simplicidade. Era uma das razões pelas quais tinha me casado com Nathan.

Etc. etc.

Terminei o pátio e passei para os móveis do jardim. Era um trabalho duro e comecei a sentir um calor agradável. De vez em quando olhava para cima — só pelo prazer de olhar — para o verde e o marrom do jardim à espera. Quando nos mudamos, 13 metros de argila londrina árida, lavada, emaranhada com urzes e lixo — o mesmo corretor criativo a tinha chamado de "uma perspectiva amadurecida" — havia me recebido. "Experimente-me", eu a imaginei dizendo. "Eu desafio você."

A fonte ficava no fundo e a água caía de uma jarra, sustentada por uma mulher com um pano enrolado no corpo, dentro de uma piscina de tijolos na qual eu havia empilhado pedras colecionadas com Sam e Poppy na praia de Hastings. Eu via nisso uma característica amorfa, eterna. As coisas mudavam, mas elas também permaneciam as mesmas.

Meus olhos deslocaram-se para o lilás, que era velho e lenhoso. Mas tinha nele aquela aparência grávida — assim, também, tinham as rosas, as moitas de folhas de onde emergiriam papoulas brancas e pretas, e o meu valioso verbasco castanho. Tudo, de fato. A primavera *estava* chegando. Mais uma vez o ciclo retornara ao início, pronto para começar de novo.

CAPÍTULO 4

NA SEGUNDA-FEIRA, o jornal reverberava com o escândalo de Charles Madder. No prédio inteiro telefones tocavam, advogados eram consultados e jornalistas discutiam as provas. O clima era estridente e rancoroso e, suponho eu, nós também.

O cheiro de café velho das cafeteiras era repugnante. Alguém tinha derramado uma xícara no carpete vermelho bem na frente da minha área. Ficara uma mancha escura, como sangue, na qual fui obrigada a pisar.

Na terça-feira, o furor foi menos intenso. Foi noticiado que Charles Madder renunciara ao cargo de ministro para dedicar mais tempo cuidando do seu eleitorado. O consenso entre os seus eleitores era de que ele merecia isso. Só uma pessoa foi mencionada dizendo que ele era um homem bom e honesto. O barco seguia deixando para trás água poluída, e a mulher do ex-ministro, Flora Madder, afogando-se em tristeza.

— Não seja chata — disse Minty, na fila para o almoço quando demonstrei simpatia por Flora. — A mulher precisa saber se o marido está pulando a cerca. Quanto aos interesses escusos, é conivência, certamente. Ela também está nisso até o pescoço. — Ela se controlou. — Não me olhe assim, Rosie. Você sabe tão bem quanto eu que às vezes uma boa explicação não resolve.

Eu estava acostumada com o cinismo de Minty, mas não era do seu feitio ser tão dura.

— Se você quer dizer que os seres humanos nunca são francos, bem, sim — eu disse.

Ela corou, e foi aí que percebi que ela deveria estar tendo um caso com um homem casado. Senti uma agulhada de... o quê? Cumplicidade? Não exatamente — mais de curiosidade, mas não, eu acho, de inveja. Alívio, também, porque a sua escolha não era problema meu. A minha já estava feita.

Olhei firme para ela. A sua cor acentuada a fazia parecer jovem e cheia de esperanças.

— E o que você está aprontando, Minty?

Ela agarrou um iorgurte desnatado:

— Nada.

Há muito tempo eu tinha decidido o que queria. Falando cruamente, minhas ambições eram ser uma boa mãe, uma Boa Esposa (para Nathan, é claro) e ter a minha carreira. Eu queria outras pessoas na minha vida para cuidar. Nada muito grandioso, certamente nada de extraordinário, alguns diriam até monótono. Conveniente? Sim e não. Temos de escolher alguma coisa, optar por algumas espécies de abrigo — eu achei essas ambições imensamente absorventes, até transformadoras.

Como Minty sempre me lembrava, ela era diferente. Era ousada e, para Ianthe, chocante na sua franqueza — ser mulher não era um problema. Ela era corajosa e direta — "Eu quero me divertir." Ela não tinha família de quem falar — "Quem precisa disso?" — e detestava a idéia de filhos: "Por que colocar um peso em volta do pescoço?" Ela escolhia os seus modelos em Holywood ou na televisão. Não tomava drogas, mas reconhecia que era preciso boa aparência para ter sucesso. Ela gostava de sexo, e avaliava a performance e a apresentação. Era uma coisa de geração, ela argumentava, uma coisa de mentalidade.

Às vezes Minty parecia velha como o tempo. Às vezes era a criança numa loja de doces, louca para provar todas aquelas bobagens grudentas. E por que não? Ela tinha vindo de um outro planeta e me fascinava. Aos 29 anos, inteligente, esperta, sofisticada, livre, ela era tão diferente de mim nessa idade quanto era possível.

— Odeio o meu peito.

Esta foi a primeira de várias intimidades que ela deixou escapar durante o nosso primeiro almoço juntas depois que ela entrou para a redação.

— É do tipo que promete muito, mas oferece pouco. Mas eu o uso assim mesmo.

— Estou vendo.

Qualquer escassez nos seios de Minty era compensada por sua franqueza e ambição.

— Os homens são fáceis de lidar — disse ela também, e seus olhos escuros faiscaram conhecimentos subversivos. — Fácil, fácil. Especialmente se você lhes diz que não há vínculos.

— Mas para onde eles são levados? — perguntei.

Ela grudou em mim aquele olhar fixo, animador.

Na quarta-feira, Charles Madder foi relegado para a página cinco, estava lá, com as notícias, e o clima passara de choque para *a necessidade de fazer alguma coisa*: o jornal agora enfocava um escândalo médico. Em conseqüência da falta de verbas, um porteiro de hospital, sem qualificações médicas, vinha agindo como o enfermeiro responsável pela triagem na emergência de um hospital da Cornualha. Uma mulher tinha morrido por causa da sua ignorância. Os jornalistas expressavam sua revolta e se tornaram a consciência social da nação, os reveladores das doenças da sociedade.

Na quinta-feira...

Na quinta-feira, Minty chegou — extraordinariamente — mais de uma hora e meia atrasada. Vestia uma saia rodada, um *top* de *lycra* justo e sapatos de saltinho rosa perolado. Parecia fresca e corada mas, também, curiosamente determinada.

— Desculpe, Rose.

Era dia de revisão, o tempo estava apertadíssimo e o telefone não parava de tocar, na maioria das vezes com autores e editores queixando-se de estarem sendo tratados injustamente. Todos precisavam ser tranqüilizados.

— Você podia ter telefonado.

— Já pedi desculpas.

Eu não costumava me zangar, mas quando me zangava era para valer.

— Vá ver com Steven se está tudo certo com as páginas esta semana.

— Não acho uma boa idéia.

Minty pendurou o seu casaco.

— *O quê?*

Ela se sentou e ligou o computador.

— Devemos economizar nosso poder de fogo.

Era a primeira vez que discordávamos abertamente sobre política, e fiquei intrigada.

— Minty, não sei o que está acontecendo na sua vida particular, mas você podia fazer o que lhe peço e não descarregar em mim as partículas radioativas. Se você pensa de outra forma, podemos discutir isso mais tarde.

— Partículas radioativas? — ela perguntou.

Consultei meu relógio.

— Não me interessa o nome que damos a isso. Por favor, vá falar com Steven.

Os telefones tocavam, os computadores ronronavam, o carrinho do correio, empurrado por Charley, desviava-se por entre as mesas. As paredes do prédio deixavam lá fora sabe-se-lá que tempo. De cara fechada, Minty levantou-se — ela me fazia lembrar de Poppy quando era contrariada. Meus lábios se crisparam.

— Começamos mal. Vamos fazer as pazes e depois resolver a política. Ou, melhor, levar as páginas para o prelo.

Ela pensou por um momento.

— Esse é o seu problema, Rose. Você leva tudo para o lado pessoal. É típico das mulheres.

— Você também.

— Não como você.

Era uma trégua. Mais ou menos.

No final do dia, Minty levantou, vestiu o casaco e se despediu com um boa-noite. Não olhou para trás ao sair batendo os saltinhos perolados.

Na sexta-feira, um nobre tinha sido fotografado numa posição comprometedora e havia uma discussão acirrada sobre privacidade. Até que ponto? Quanto? De quem?

A mesa da redação no aquário dos peixinhos dourados fervilhava e zumbia. Quando cheguei, às nove em ponto, Maeve Otley estava debruçada sobre sua mesa, pálida e muda. Um mau dia de reumatismo. Preparei para ela uma xícara de chá e assumi o comando, mas não era o momento para comiserações. Charlie entregou uma pilha de correspondência e duas caixas de livros.

Minty ligou:

— Não posso ir hoje. Estou com... enxaqueca.

Isso não era coisa dela.

— Ligo mais tarde para ver se você está bem?

— Não — ela parecia chocada. — Não faça isso. Não precisa.

— Espero que você melhore.

Mas Minty tinha desligado.

Em termos de planejamento, o verão estava chegando e passei o dia tentando achar idéias para as páginas de junho. Repetir as mesmas coisas mas de maneira diferente era quase impossível nas categorias familiares de "viagem" e "leituras para as férias", mas eu estava imaginando a possibilidade de uma seção de livros "para serem lidos mais uma vez".

Enquanto isso, para a coluna de viagens da semana, tínhamos feito a cobertura de livros sobre a Índia, Tailândia, Grécia, *Milhares de oliveiras* de Hal Thorne, é claro, e um grosso livro de viagens ilustrado dedicado a Roma.

Muito tempo atrás, quando era Rose-a-viajante, eu tinha ido a Roma.

O sol brilhava nos meus braços nus e queimava o suor nas minhas costas. Meus pés espalhavam-se úmidos dentro das minhas sandálias baratas e eu sabia que ficaria com bolhas. Não me importava. Eu estava com 16 anos, em Roma, e apaixonada pela primeira vez — apaixonada por estar ali, fora da Inglaterra. Roma era barulhenta, repleta de cheiros — café, escapamentos, suor, prédios quentes — e o seu fluxo de vida, ruídos e sensações corria dentro de mim, intensamente, luxuriosamente.

Eu estava em Roma. Eu estava embriagada.

A vida, escreveu Virginia Woolf, era um halo luminoso, um envelope semitransparente. Ah, não, não era não. Não para algumas pessoas. Alguns de nós vivem num envelope simples de papel pardo. Foi preciso a viagem até Roma para ver o halo luminoso, o semitransparente.

Ianthe quase me convenceu a não ir: eu não tinha roupas de verão ou sapatos adequados, e minhas roupas de baixo não serviam, ela disse, a não ser que eu quisesse usar os meus calções de ginástica e tênis de lona.

Uma madrinha teve pena da viuvez pobre de Ianthe, sem falar da filha faminta, louca por sensações (que tinha lido o seu E. M. Foster e refletido seriamente sobre as experiências de Lucy Honeychurch)* e pagou por um lugar na excursão

*A autora se refere ao romance *Uma janela para o amor* (*A Room with a View*), que foi adaptado para o cinema sob a direção de James Ivory e Helena Bonham Carter no papel de Lucy. (*N. do E.*)

do colégio. Ianthe estalou a língua e fez o seu sermão de "eu-sou-uma-mulher-de-Yorkshire-não-sou-uma-causa-para-as-pessoas-defenderem-e-aliviarem-as-suas-consciências". Eu tive de abandonar Lucy Honeychurch e incorporar Jane Eyre:* "Por favor, por favor, mamãe... 'Você acha que, porque sou pobre, desconhecida, simples e pequena, não tenho alma nem coração?'", antes que ela desajeitadamente permitisse que minha madrinha sacasse o talão de cheques.

Talvez fosse realmente a minha falta de roupas o que preocupava Ianthe, mas era pouco provável: Ianthe, no estilo inventa-e-reforma, era capaz de fazer de um saco um vestido. Eu buscava uma explicação melhor. Eu sabia pelas minhas leituras que as mães têm dificuldade para se separarem de seus filhos adorados. Elas temiam o término do seu papel feminino e o acenar da morte, o final lógico. Isto me deixava com um dilema moral. Eu deveria sacrificar o meu desejo para devolver a minha mãe o seu papel?

Calculei que ela poderia passar sem isso por uma semana. Em troca, decidi colocar três libras na caixa de caridade, o que na época era uma quantia considerável e, portanto, servia para tranqüilizar a consciência.

Lábios cerrados, Ianthe pôs-se a preparar o meu guarda-roupa entre o trabalho e as tarefas domésticas. Escrupulosa como sempre, ela lavou todas minhas roupas a mão e as secou no cabide de pé na cozinha.

Na véspera do dia da minha partida, ela armou a tábua de passar. Um pernil assava no forno e a cozinha fumegava de goma e caldo de carne. O rádio tocava de mansinho. De

---

*Romance de Charlotte Brontë. (*N. do E.*)

vez em quando ela mergulhava a mão numa caneca de água e salpicava gotas sobre a tábua de passar. O ferro picava a fazenda com um chiado. Quando terminou, ela dobrou cada peça de roupa com um cuidado primoroso.

Eu observava, sonhadora. Ela estava usando os sapatos sem salto de todos os dias, brilhante como sempre, e havia um cuidadoso cerzido na sua meia, mas os cabelos tinham escapado do coque e uma carranca franzia sua testa. A toda hora ela olhava para mim, o movimento acentuando sua extrema fragilidade. Eu sabia o que ela estava pensando. *Ela vai ficar cheia de idéias acima da sua situação social.* Minha mãe tinha tido muito cuidado para não aumentar minhas expectativas.

— Rose — ela interrompeu o meu devaneio —, não fique sentada aí, desmanche a bainha desse vestido. E não fique com essa cara.

Ela não estava aceitando a derrota facilmente, nem eu esperava que ela aceitasse, e minha vitória era precária demais para ser colocada em risco. Peguei a caixa de costura e comecei a trabalhar no vestido, cuja bainha já tinha sido refeita duas vezes. Eu cortei e piquei e no final o centímetro a mais restante de fazenda, que era de uma cor muito mais escura, estava pregado no lugar. Ergui o vestido.

— Vai ficar horrível.

— A cavalo dado não se olham os dentes — Ianthe estava no auge da raiva, mas seus olhos estavam enevoados de tristeza. Esta era a prova final, se ela precisava disso, de que eu estava fugindo do seu alcance.

Então, ali estava eu: uma criatura num vestido de algodão anarruga com uma bainha que obviamente havia sido abaixada, de uma ilha fria e úmida, sem a minha própria história, fascinada por uma cidade que tinha história quase que demais.

Ali estavam elas: as grandes *fontane* de Trevi e da Barcaccia, ou as mais alegres, como a Fontana delle Tartarughe com suas tartarugas de bronze, que encontrei enfiadas por trás do *ghetto*, e nas esquinas as aconchegantes *fontanelle*. Mulheres gorduchas reclinadas exibindo os seios, deuses marinhos agarrando tridentes, ninfas agachadas aos seus pés, enquanto golfinhos, cavalos-marinhos, leões e ânforas emergiam do bronze e da pedra. Criaturas míticas e legendárias tinham sido convocadas dos quatro cantos do mundo.

Esses homens, mulheres e animais lustrosos, cintilantes, não faziam outra coisa a não ser garantir que a água jorrasse de conchas e bocas, e como eles me pareciam felizes guardando os arcos de água ao sol. Mas também imaginei, com uma pequena ajuda de Keats, que eles eram felizes porque nada acontecia com eles.

Nosso hotel ficava na via Elisabetta, numa esquina, e o último andar quase colidia com o do vizinho em frente. Era um lugar simples, com camas duras, cobertas de algodão branco e um minúsculo nicho em cada quarto que abrigava uma estátua de plástico da Virgem, que nos disseram para não tocar.

— Duvido, duvido que você faça isso — gritou Marty, minha companheira de quarto. Marty ia ser muita bonita. Ela vinha de uma família de recursos e seu guarda-roupa era enorme. E porque ela me desprezava, e porque eu tinha medo dela, aceitei o desafio e pendurei a chave da porta na mão de plástico da Virgem.

De noite fiquei deitada escutando o barulho do trânsito e esperando que Marty adormecesse. Quando tive certeza de que ela estava dormindo, escorreguei debaixo dos lençóis ásperos, fui de mansinho até a Virgem e retirei a chave. *Mãe de Deus, perdoe-me. Eu não sabia o que estava fazendo*. Onde eu tinha lido isso? Na penumbra, a debochada Marty dormia, quase como um anjo.

A via Elisabetta cruzava o bairro de Trastevere saindo de San Pietro em Montori, passando pela *piazza* Santa Maria e descendo até o rio. Os trasteverinos têm vozes sonoras e roucas, bebem muito café, comem *maritozzi* no café da manhã e *spaghetti cacio e pepe* no jantar. (Eu tinha feito a minha pesquisa.) Era uma área que tradicionalmente abrigava estrangeiros e não-conformistas. Desde os tempos antigos, ela compreendia a diversidade e os cacoetes de pessoas diferentes.

Ecco.

Era uma rua sinuosa, descendo em espiral até o rio Tibre mas, no final do segundo dia, se você me colocasse uma venda nos olhos, eu seria capaz de levá-lo até a lavanderia, ou à loja que vendia quadros de Cristo, com o coração exposto cercado de rosas, lírios e flores-do-campo. Eu tentava decifrar os cartões, que me pareciam extremamente vulgares, e entender por que Cristo parecia ter sofrido uma cirurgia a céu aberto.

Andando na direção sul a partir de San Pietro, a primeira parada tinha de ser para um *café ristretto* no Nono's para se preparar para a caminhada até o rio. (Em sinal de penitência, Marty me oferecera um.) Muito antes de ver a água, você sentia o seu fluir e escutava os seus antigos sons, mas, antes que fosse vista, a via Elisabetta alargava e dava para uma modesta praça, ladeada por prédios rosados de terracota. No centro da praça havia uma fonte: um jovem de pedra com uma espada desembainhada guardava uma mulher de mantos flutuantes, que usava uma coroa e equilibrava um pote no ombro de onde jorrava a água. O pote era decorado com abelhas entalhadas.

Ali, descobri o Café Nannini, dirigido pela família. De manhã, a *Signora* Nannini presidia uma máquina mágica que produzia um elixir chamado café, que não era nada parecido com o café que eu conhecia, mas vinha coberto com uma espuma sobre a qual pousava um polvilhado de chocolate. De tarde, o *Signor* Nannini assumia o posto. Num italiano trôpego, eu lhe perguntei sobre a fonte no meio da praça, que parecia muito enfeitada para uma praça tão modesta.

— Por que as abelhas?

— Abelhas de Barberini. Um Barberini deu o dinheiro para a construção da fonte. Faz muito tempo.

— *E la donna?*

— Ela é a esposa do rei dos deuses. Uma mulher que sofreu porque o marido gostava de moças bonitas.

Eu lembrei o rosto congelado de pedra.

— Não bastava ser esposa do rei dos deuses?

— É a natureza.

Lucy Honeychurch e Jane Eyre não me ajudaram nessa questão. Esperando um esclarecimento, examinei novamente o rosto, mas não encontrei nenhum.

— Rosie — disse Nathan, quando larguei a minha sacola de livros sobre o sofá da sala de estar naquela noite. Ela caiu, derramando o seu conteúdo. — Rosie, precisamos conversar.

Ele estava de costas para mim e olhando pelas janelas francesas o jardim lá fora. Não tinha trocado o terno de trabalho, o seu terceiro preferido, cinza-escuro com leves riscas vermelhas. O corte o favorecia, e eu insistia para que ele o usasse com mais freqüência.

Nathan às vezes emitia ordens. Elas não significavam nada. Eu estava atrasada, cansada, meus pés estavam molhados e o dia tinha sido difícil.

— Desculpe o atraso. Minty estava doente eu tive que dar conta do trabalho. Você deve estar com fome. Vou só trocar de sapatos.

— Agora... — Ele parecia constrangido, o meu enérgico, insistente, ambicioso marido.

Cheguei perto dele, passei os braços ao redor da sua cintura e encostei meu rosto no seu ombro.

— Tudo bem. Fale.

Então, ele se virou e me afastou. Olhou firme nos meus olhos. *Pelo menos ele fez isso*. Os deles estavam acesos com uma excitação e um medo que eu não consegui identificar.

— Não é uma conversa agradável.

Capítulo 5

EU NÃO CONSEGUIA EXPLICAR — nunca conseguia quando ele fazia isso. Nathan se ausentava. Ele simplesmente recolhia a mente para um lugar secreto e desaparecia dentro de si mesmo. Era um hábito seu, visível principalmente quando ele estava tomando coragem para uma confrontação no trabalho.

— Alguma coisa com as crianças? — perguntei num lampejo de medo que estava sempre à espreita.

— Nada a ver com eles. — Nathan precisava fazer alguma coisa com as mãos e as enfiou nos bolsos.

Foi o que ele fez quando me pediu em casamento. Então, seus bolsos quase se rasgaram — "Diga *sim*. Agora."

Ele começou a falar, pensou melhor, tentou de novo.

— Rosie, temos sido felizes, não temos?

Palavras podem ser ditas, podem ser escritas em gótico, podem ser cantadas, e todos nós concordamos com o que elas significam. Mas o verdadeiro significado está em *como* elas são ditas.

— Não temos...?

Com assombro, percebi que Nathan tinha pronunciado aquelas palavras de forma conclusiva. Susto e perplexidade começaram a arranhar o meu estômago. Respondi:

— Sim, temos.

— Antes de tudo, quero dizer que tenho sido feliz com você. Muito, muito feliz. Apesar de eu não ter sido a sua primeira escolha, por assim dizer.

— Nathan...

— Vamos estabelecer isso, eu tenho sido feliz. Apesar... de tudo — ele murmurou.

— Do que você está falando? — Eu olhei para ele, e a compreensão veio chegando. — Você não vai começar de novo, vai? Não posso acreditar que ainda está falando de um caso que... Todo mundo tem um caso antes de se casar. Você não pode imaginar... ou pensar...

— Só porque você pensa.

— Não. Juro que não.

— Ah, deixa disso, Rosie. Nós nos conhecemos bem demais. A verdade?

Eu engoli em seco.

— Acho que sim, muito raramente penso em Hal, de uma forma remota, mas só para me lembrar de como sou feliz e de como eu amo você. Ocasionalmente, eu penso, e daí, mas só quando temos uma discussão. É coisa boba, inofensiva. Por que está falando disso agora? O que aconteceu?

Ele agarrou meu braço, os dedos enterrando-se na carne.

— Sem arrependimentos?

Eu sorri para ele, carinhosa e dedicada.

— Você sabe que sim. Seu tolo — acrescentei. — Você sabe como sou agradecida, o que você significa para mim. As crianças, a casa. Nossa vida. Nós. — Toquei seus lábios com o dedo, contornado o seu formato, gentil, com delicadeza. — Por que não vai tomar um banho, Nathan, e depois jantamos?

Não era bem verdade a respeito dos arrependimentos. Nenhuma vida, ou decisão, é possível sem alguns, pelo menos eu acho que não. Mas eu os guardava dentro de mim, essas lembranças de quando vivia despreocupada e ignorante — nem mesmo Vee ou Mazarine sabiam delas. Certamente, não Nathan. Arrependimento é uma ferramenta que só deve ser usada em último recurso. De qualquer maneira, ela aborrece as pessoas.

Os dedos de Nathan enterraram-se mais fundo no meu braço.

— Poderia largar o meu braço, ou pelo menos não apertar tanto? — perguntei.

Ele me soltou na mesma hora.

— Não tem como dizer isso de um jeito fácil, Rosie, então vou ser direto.

Mas não foi. As palavras caíram no silêncio, e ele voltou para a sua contemplação do jardim pelo qual não se interessava. Finalmente, ele deu um sonoro suspiro e disse:

— Encontrei outra pessoa.

O choque atingiu-me como um martelo.

— O quê? — tateei para encontrar a proteção da poltrona azul. — O que você disse?

— Encontrei outra pessoa e me apaixonei por ela — Nathan virou o rosto para mim. — Sinto muito. Sinto muito, muito.

Eu disse a primeira coisa idiota que me veio à cabeça.

— Não pode ter encontrado. Eu teria sabido.

Ele sacudiu os ombros. Eu tentei mais uma vez.

— Não acredito em você.

Ele balançou a cabeça como se dissesse: "Não. Não torne as coisas piores."

Lutei para me concentrar. Casos acontecem com outras pessoas, não com Nathan e eu, um casal bem casado. Puxei um fiapo que escapava do braço da cadeira. Eu sempre insistia em me sentar ao sol perto da janela e o azul Delft forte original do estofo da poltrona tinha desbotado ao longo dos anos para um leve tom empoeirado.

— Me escute — Nathan sentou-se na minha frente debruçando-se sobre os joelhos. — Encontrei outra pessoa e nós precisamos falar sobre isso.

Olhei para minhas mãos. Diziam-me que elas eram bonitas, com dedos longos, e que a simplicidade de uma pesada aliança de ouro lhe davam mais realce.

— Não sei o que dizer.

— Olhe para mim, Rosie.

Eu olhei, mas estava me concentrando no meu peito onde o coração batia de um modo desconhecido.

— Não compreendo — sussurrei.

Ele me deu um longo olhar de pena e o sangue me fugiu do rosto.

— Você parece muito feliz, Nathan.

O silêncio dele contava-me outra história, a verdadeira história. Ele estava feliz por causa de outra pessoa. Retornei à observação das minhas mãos, que de repente pareciam magras, gastas e frágeis, a pequena protuberância da articulação do dedo anular mais visível. Fiz um esforço para me controlar.

— Por que está me dizendo tudo isso?

Nathan levantou-se com ar cansado.

— Não é óbvio?

— Não, não é. Eu deveria estar estourando um champanhe, ou coisa parecida?

— Rosie...

A sensação no meu peito crescia, e eu me senti enjoada. Dei um salto e fui tateando até o banheiro onde me debrucei sobre a pia e fiquei olhando as torneiras. Nathan nunca era rude. Descuidado e preocupado às vezes. Um homem que esperava tanto do seu trabalho, e fez de tudo para obtê-lo, sim. Determinado. Previsível. Por isso eu o amava, e precisava dele. Mas ele nunca fora cruel.

Pouco a pouco, fui forçada a enfrentar a conclusão: se esses julgamentos estavam corretos, Nathan devia estar falando sério.

Passados alguns minutos eu me senti mais firme. Bebi um pouco de água e me armei de coragem para confrontar Nathan, que estava hesitante esperando na porta.

— Você está bem?

— O que você acha?

A sua pergunta era estúpida e me deu raiva, que era a maneira mais fácil de lidar com os muitos sentimentos que se avolumavam dentro de mim. Descrença, intensamente perseguida pelo terror, depois, pisando num matagal escuro, sem mapa, extrema humilhação.

Nathan colocou uma das mãos no meu ombro, e examinou meu rosto. Deu um leve sorriso de culpa.

— Cheguei a achar que você ia fazer alguma tolice. Mas você não deve, sabe, não por minha causa.

— Pensei que a questão era essa, Nathan. Se você ama alguém, está preparado para fazer qualquer tolice.

— Precisamos conversar, e direito.

Ele pegou minha mão e me levou pelo patamar descendo as escadas. Tentei me desvencilhar, mas ele segurava firme. Fui arrastada atrás dele, os pés escorregando nas proteções dos degraus.

— Você está me dizendo que está tendo um caso e quer que eu passe com você as letrinhas miúdas? Que eu o aconselhe sobre que roupas de baixo deve comprar para ela?

— Cala a boca, Rosie.

Voltamos às tontas para a sala de estar, onde Nathan tirou o paletó e o jogou no chão. Ele agarrou o encosto do sofá, respirou fundo — a pose de discurso. *Precisamos discutir a circulação do jornal.* Nathan costumava praticar comigo quando precisa de conselhos e dados. *Não proteja. Seja clara.*

Eu disse, desesperada:

— Nathan, podíamos esquecer esta conversa. Não precisamos continuar.

Ele ficou surpreso e resmungou:

— Rezei para que não chegasse a esse ponto.

— Obviamente, mas não o bastante — escutei uma voz agressiva, e era a minha, e detestei isso.

— O absurdo é que eu estou precisando de ajuda e não posso pedir a você.

Sentei-me na poltrona azul e puxei o fio solto. Azul era a cor da vida: o lápis-lazúli usado pelos mestres pintores que eu tinha visto em Roma, o azul dos céus quentes, o brilho metálico da asa de um pato, a veia pulsando sob a pele.

— Não, você não pode pedir minha ajuda.

Essa tinha sido a regra no nosso casamento. Nunca falávamos sobre isso, mas estava implícito: se um estava com um problema, o outro vinha ajudar. Ele me ajudava. Eu o ajudava. Nós nos ajudávamos.

Outra vez fez-se um silêncio. Por fim, Nathan pigarreou.

— Você tem toda a razão de estar zangada.

Zangada? Amargamente, por Nathan ter sido idiota a ponto de me contar. Pessoas casadas apaixonam-se por outras, e depois passa. O truque era ser muito esperto e muito reservado a respeito dessa situação complicada, e eu esperaria que Nathan tivesse sido muito esperto e muito reservado, e deixado seu amor morrer de inanição.

— Por que você me contou? Não e... era necessário.

— Rosie, você não compreendeu.

— Não, não compreendi. — Mas aí a ficha caiu. Eu me forcei a olhar para cima. — Você quer sair de casa? Você quer me deixar? Não pode. Tem que pensar nas crianças.

— As crianças estão com 22 e 24 anos. Elas podem lidar com isso. Muitas lidam.

— Não importa a idade delas.

Ele sacudiu os ombros com uma ênfase pouco familiar, e notei uma mecha grisalha sobre suas orelhas. Nathan devia ter notado também, pois ele mantinha uma marcação rigorosa sobre os sinais de decadência.

— Mas por que você quer ir embora? Certamente podemos superar este... episódio. Eu gostaria... eu gostaria que você não tivesse me contado, mas eu não sou cega, sei que estas coisas acontecem. Coisas acontecem sob a superfície o tempo todo, todos os dias. Nathan, confie em mim. Podemos superar isso.

Era verdade. Eu não era idiota. O amor tem muitas formas e assumia diferentes formatos em épocas diferentes, às vezes gloriosas, às vezes terríveis, sempre necessárias. Era uma questão de acreditar nele, e lutar por ele, e o freio necessário às vezes significava sacrifício, exatamente porque tudo podia mudar. Num piscar de olhos. Com uma ou duas frases. Sim, Nathan e eu podíamos encontrar uma caixa, colocar lá dentro mentiras ou decepções, fechar a tampa e seguir em frente. A vontade era o fator crucial, aquele que coloca em ordem as gavinhas desordenadas e os erros.

Ele andava até as janelas francesas e voltava.

— Há um tempo que venho pensando em acontecimentos importantes na nossa vida e em como estamos ficando velhos.

— Nathan, você só tem 51 anos. De qualquer maneira, a questão não é esta.

Mas esta era a questão.

Ele parou onde estava.

— É e não é. Eu preciso de liberdade, de espaço. Nós construímos gaiolas para nós mesmos, Rosie, de todos os tipos. Trabalho, família, hábitos. Percebi que me sinto prisioneiro das paredes que construí ao meu redor.

Em todo nosso casamento, eu nunca tinha escutado aquelas palavras da boca de Nathan. Era uma nova linguagem para nós dois, e eu não achei que ele as pronunciasse com fluência ou com clareza. Tateei meu peito descompassado.

— Prisioneiro? Mas você quis ser. Você gastou... energia, tempo nisso. Você quis uma família e uma carreira. Você conseguiu, e gostou delas, e não pode simplesmente descartar uma família porque se sente um pouco entediado.

— Você não quer viver com alguém que esteja nas minhas condições?

— Cabe a mim decidir?

— É melhor eu ser totalmente honesto com você, Rosie.

Estremeci com a idéia da completa honestidade de Nathan.

— Com outra eu poderia ter lidado, mas esta pessoa... Ela me dá... o que eu acho que estou procurando. Ela admite novas possibilidades.

— Ou você quer dizer sexo? — disparei.

Olhamos com raiva um para o outro, e me arrependi de ter me permitido dizer algo tão óbvio, tão revelador. Mas, era óbvio.

— Não seja tola — disse Nathan, no entanto o brilho no seu olhar me disse o contrário.

Lembrei-me da noite anterior, quando tinha sido tão fácil, tão afetuoso, e senti uma mortal indignação. Lá estavam de volta as mãos de Nathan dentro dos bolsos.

— Quando nos casamos, combinamos que sempre daríamos espaço um ao outro. Eu tenho sido um bom marido, não tenho?

— Sim. — Eu falava com toda a calma possível.

— Fiz tudo que você me pediu?

Eu concordei.

— Bem, eu estou lhe pedindo agora meu espaço.

Fiquei imaginando o que poderia me ajudar. Uma bebida? Uma pancada na cabeça?

— Faz quanto tempo que... Nathan? *Quem?*

— Um ano mais ou menos.

— Ah, meu Deus — eu disse. — Tanto tempo. Estamos vivendo uma mentira há tanto tempo.

Tanto tempo que incluía o último Natal. ("Nathan, o que você acha — almoço de Natal ou ceia de Natal?") As férias de outono na Escócia quando a chuva caía suave como água engarrafada e encontramos uvas-do-monte na colina. A festa de aniversário de Nathan em agosto (quarenta pessoas vieram e fizeram um brinde), e o ciclo familiar de segunda a sexta, os jantares que fizemos juntos, as garrafas de vinho, as intimidades... Tudo isso tinha sido diferente do que eu esperava que fosse.

Nathan parecia pálido e abatido.

— Não uma mentira, Rosie, porque não começou como uma coisa séria.

— Nathan, você teve outros casos antes?

— Não. Nunca. — Ele pegou na minha mão. — Juro. — E a deixou cair.

De certo modo, ele piorou as coisas.

— Nathan, você foi forçado a isso por quem quer que seja? Você realmente, realmente está querendo dizer isso?

— Eu preciso de uma mudança. Preciso de ar. Não posso mais ficar onde estou.

Deixei a cabeça cair entre as mãos.

— Pelo amor de Deus, Nathan, *não*. Me poupe. Por favor, não disfarce um caso como um grande apelo por liberdade. Eu não suporto.

— Se é assim que você quer.

— Mas quem é?

Nathan tirou as mãos do bolso e alisou os cabelos. A transição do executivo bem-sucedido de um jornal para um homem de meia-idade perturbado me chocou.

— Não posso acreditar que estou fazendo isto...

A cabeça inclinada, como uma vítima, eu esperei.

— Quem, Nathan?

Ele engoliu em seco:

— É a Minty.

Depois que Nathan atirou algumas coisas dentro de uma mala e partiu, eu caminhei pela casa. Não sabia mais o que fazer. Subi as escadas e atravessei o patamar. Na porta do quarto principal, o nosso quarto, parei porque não conseguia me decidir a entrar.

É a Minty.

Não, eu engasguei. Afastando-me de Nathan. Não é possível. Minty não faria isso.

Mas ela fez.

Agarrei-me na balaustrada para não cair. Os corações param de bater de tristeza? O meu batia disparado como um louco, e eu tremia descontroladamente.

Desci as escadas, aos tropeções e frenética, até a sala de estar e, com mãos que não pareciam ser as minhas, esvaziei a sacola de livros no chão: papéis, um romance, um livro de culinária, uma biografia de Gladstone.

Por que eu tinha feito isto?

Abandonei-os ali, uma torrente congelada no chão, e fui examinar os convites apoiados no console da lareira. Fazia um dia apenas, eu tinha rabiscado um A em ambos e marcado as datas na agenda da família. Virei-os de cabeça para baixo — que tolice, que bom, eu não queria ir mesmo. Ao fazer isso, a minha aliança me chamou a atenção. Olhei para ela, pesada no meu dedo, com o peso dos anos. Não devia mais estar ali. *Esse não é o lugar dela.* O anel beliscou minha pele quando tentei arrancá-lo — arrancado com o peso daqueles anos — e o larguei ao lado dos convites.

O ferrolho das janelas francesas era duro e estava sempre emperrado. Precisei puxar com força para abrir as portas. O ar frio da noite entrou na sala de estar. Sentei-me na poltrona azul e fiquei tremendo.

Finalmente, quando a noite interminável acabou, subi para o quarto de hóspedes, para as cortinas *toile de Jouy* e as rosas brancas, e deitei de bruços, os braços estendidos no meu calvário pessoal.

No meio da noite acordei, assustada, estranhando a cama e sem entender onde eu me encontrava. Ainda estava de bruços e o travesseiro sob meu rosto se relevava molhado.

Lembrei. Levantei-me, fui para o meu quarto e me meti nos lençóis, aspirando um leve cheiro de Nathan. Estava escuro, porém não mais do que a escuridão da minha mente.

Como eu não vi?

Como não percebi?

Você foi uma tola, Rose.

Eu tinha me casado com Nathan porque ele compreendia. Ele também tinha querido entrar dentro de casa e fechar a porta para o mundo. Dentro da intimidade fechada, a unidade de nós dois, nós tínhamos nos amado com delicadeza, ternura e gratidão, e tínhamos nos dito que poderíamos tentar construir um Jardim do Éden juntos.

Acho que ambos esquecemos que tudo é finito e tudo se deteriora.

Em junho passado Minty tinha vindo a Lakey Street para o jantar, *apenas spaghetti e um copo de vinho*, durante o qual planejávamos discutir vários projetos. "Você não se importa?", perguntei a Nathan. "Ela não vai se demorar". "Desde que não demore", ele respondeu. "Estou cansado."

Como eu me atrasei com o jantar, fiquei muito tempo na cozinha, refogando os tomates e passando-os pela peneira.

"Ah, Nathan", escutei Minty exclamar, e depois a sua sonora risada. Eles estavam sentados no jardim, atacando uma garrafa de vinho. Eu fritei uma cebola até ficar linda e transparente, acrescentei uma pequena cenoura ralada e misturei no ragu. Folha por folha, lavei a alface, sequei-a e coloquei uma panela com água para ferver no fogo para cozinhar o macarrão. Deixe-os conversar, pensei comigo mesma. Vai fazer bem a Nathan.

Eu estava com calor e cansada, mas a cozinha estava suja e levei um tempo para lavar e secar os utensílios e guardá-los. Já passava das nove quando levei os pratos para o jardim e a garrafa de vinho estava vazia.

Nathan falava e gesticulava, e Minty o observava com seus olhos amendoados. Coloquei a bandeja na mesa.

— Do que estão falando?

— Lealdade — disse. — Estamos discutindo como a gente é leal com as pessoas que se conhece há muito tempo.

— Em que sentido vocês estão falando?

Nathan se levantou, abriu outra garrafa de vinho e serviu.

— Se a gente perde de vista os motivos originais para a lealdade e acaba sendo leal simplesmente porque conhece a pessoa há muito tempo — a mão dele pousou sobre o meu copo. — Não concorda, Rosie?

Ele estava sorrindo, mas percebi que estava zangado também.

— Acho que sim.

— Acho que você concorda.

Segurando o copo contra o peito, Minty reclinou-se na cadeira.

— Não tenho idéia. Espero descobrir... — Uma onda dos seus cabelos sedosos caiu sobre seu rosto e ela a afastou para trás. — Quando estiver mais velha, eu acho.

Mais tarde, durante a conversa, quando estávamos falando sobre férias, Nathan surpreendeu-me dizendo:

— Rose tem esta ânsia secreta por aventuras, embora a esconda porque eu prefiro ir sempre aos mesmos lugares. Ela viajou um pouco antes de me conhecer.

— Nathan está implicando, Minty — fiz um aparte ligeiro. — E também está muito enganado. Desisti de tudo isso quando me casei com ele. Não foi nenhum sacrifício. Viajar o tempo todo não é tão bom como contam por aí.

Os olhos escuros de Minty, pousados em Nathan, brilhavam de compreensão.

— Ah, sim — ela falou. — Rose me disse que costumava viajar com Hal Thorne.

Eu gritei no silêncio do quarto de dormir. Uma vez. Duas vezes. Gritos de dor e descrença.

Muito tempo depois, a escuridão da minha mente fundiu-se com a escuridão do quarto e eu devo ter adormecido.

Capítulo 6

O TELEFONE AO LADO da cama acordou-me abruptamente. Com esforço, virei a cabeça e o relógio informou-me que eram seis horas. A possibilidade de Sam ou Poppy estarem com algum problema venceu o meu torpor e agarrei o fone.

— Rose?

Era Nathan e, por um segundo, imaginei que ele estivesse ligando para me dizer que tinha ficado preso na redação a noite toda — *um escândalo vindo à tona, Rosie* — e que estava vindo para casa.

— Queria conferir se você está bem. — Era o tom calmo, sensato, negociador. — Está?

Tinham sido necessários alguns anos para eu compreender a arte de negociar com Nathan. Era só responder a uma pergunta com outra pergunta.

— O que você acha?

Minha mão rastejava pelo espaço que ele deveria estar ocupando na cama.

Houve uma rápida tomada de fôlego e o tom da voz mudou.

— Não suportei deixar você naquele estado...

Ele continuou dizendo uma porção de coisas sobre não querer me magoar, e que sua decisão tinha sido tomada depois de muito pensar.

— Não tanto — disparei de volta.

E que ele não faria isso se não tivesse considerado necessário para sua felicidade... e, até, para a minha.

Etc. etc.

— Deixe a minha felicidade fora disso — falei. — Você está colocando nós dois no mesmo saco.

— Desculpe. Foi idiotice minha. Mas eu precisava saber se você está bem.

— Muito comovente, Nathan.

Aparentemente o passado é um território estranho ao qual é preciso estar atento. Isso não era verdade: a gente mesmo é que é o território estranho, o inexplorado, o lado possivelmente perigoso. A mulher que agarrava o telefone com os nós dos dedos pálidos, e desejava infligir ao marido uma dor tão cruel quanto ele lhe havia causado, era desconhecida para mim. Eu não a reconhecia e, embora essa estranha mulher despertasse meu interesse, até me intrigasse, ela também me causava aversão.

— Pensei que o problema era que você não estava mais preocupado com o meu bem-estar. Por isso você foi embora. Você se preocupa com o... de outra pessoa.

— Claro que me preocupo.

— Ah, Nathan.

— Você não precisa viver com uma pessoa para se preocupar com ela.

— Essa conversa não tem sentido.

— Eu sei — ele concordou desanimado. Depois sua voz adquiriu firmeza. — Tentei explicar ontem.

Era como se estivéssemos de patins, girando num rinque, sem chegar a um ponto em que nos víssemos face a face. Comecei a tremer de novo, mas consegui dizer:

— Não posso falar mais.

— Espere... espere, Rose. Precisamos discutir detalhes. Dinheiro e outras coisas... Você vai precisar.

Nathan não era mercenário nem avarento, mas o dinheiro sempre precisava ser discutido antes. Era o jeito dele. Uma vez feito e discutido, ele estava livre para lidar com considerações mais sutis. Ao longo dos anos eu havia descoberto estratégias para lidar com isso — uma das mais bem-sucedidas era, se eu estava desesperada, ignorá-lo.

— Onde você está agora?

— No Zeffano's.

Era um hotel usado pelos funcionários do jornal quando ficavam trabalhando até tarde demais para voltarem para casa.

— Por que não está na casa... de Minty?

Houve um breve, sugestivo, silêncio. Parsley entrou no quarto, pulou sobre meus pés e me olhou fixo.

— Minty não está pronta para ter seu espaço invadido.

Mais termos novos para Nathan.

— *É mesmo?*

— Eu a respeito por isso.

Eu tinha uma vantagem com relação a Nathan, porque estava familiarizada com o vocabulário de Minty. Ela falava de liberdade, espaço, ausência de compromissos e sexo pelo prazer e não por amor, do mesmo modo como Ianthe falava comigo sobre dever e moderação.

Onde eles tinham estado juntos? Quantas vezes? Era durante a tarde? Ou naquele momento de penumbra entre o trabalho e a volta para casa, que Mazarine chamaria de cinq à sept*? As horas destinadas aos amantes casados?*

As perguntas me deixavam engasgada. Como? Por quê? Eu queria saber os detalhes. Eu queria saber tudo, para me fartar como um inseto sobre a fruta podre. Mas não desejava que Nathan testemunhasse a minha necessidade, ou dar a ele o poder de recusar-se a responder.

Em vez disso, eu falei:

— Nathan, a empresa não vai patrocinar os seus romances.

— Eu sei.

Pensei nos nossos anos juntos: Nathan, incentivador e dedicado, ambicioso, às vezes mal-humorado, na maioria das vezes doce; eu mesma, ansiosa para me estabelecer, agitada com a chegada dos filhos, talvez um pouco confiante demais na última parte do nosso casamento, um pouco disposta demais a aceitar que a vida havia se acomodado a um determinado formato. Tudo isso podia mudar. Na folga que a partida dos filhos tinha deixado, tudo isso poderia, deveria ter sido examinado.

— Nathan, você vivia assim tão infeliz? Se vivia, desculpe, sinto muito. — As palavras saíam arrastadas de dentro de mim. — Eu pensei que fazia você feliz.

— Ah, Rosie, você sabe como eu te amei. Desde o momento em que te vi no avião.

— Então, por quê?

Ele disse com tristeza:

— Você nunca me amou do mesmo modo.

— Isso não é verdade, você sabe que não é. Sim, eu amei Hal, mas amei você também. No final muito mais, com um amor real baseado numa vida real. Lembre-se de todas as coisas — *todas* as coisas — 25 anos... Nathan, me escuta, você está deixando sua imaginação atrapalhar. Nós nos conhecemos bem demais para jogar isso tudo fora. Eu sei que o romance termina. Eu sei que não tenho mais 29 anos, e que Minty é um encanto. Eu compreendo... — eu fazia um esforço enorme. — Ainda não é tarde demais.

— Olhe — Nathan me cortou. — Sobre o dinheiro. Não vou abandonar você.

Eu acreditava nisso sem dúvida alguma, mas agarrei-me ao meu orgulho.

— Eu tenho um ótimo emprego. Se precisar, eu dou um jeito.

Ele disse, paciente e teimoso:

— Por enquanto vou contribuir com metade das contas. Não quero que você se preocupe.

Eu não suportava continuar escutando. Sabia que deveria ser esperta e buscar uma resolução melhor, mais razoável. *Pense de novo. Pelo bem das crianças. Pelo seu bem. Você vai superar isto, vai perdoá-lo. Talvez deva perguntar: O que foi que eu te fiz? Talvez deva implorar: Nathan, você precisa me perdoar.*

Mas a voz que costumava sair de mim — aquela com que as esposas e mães adulavam, controlavam, implicavam, suplicavam, que podia ser mal-humorada, terna e poderosa — falhou. Ela se calou.

Bati o fone no gancho e afundei de volta nos travesseiros. Percebendo sua chance, Parsley chegou mais perto. Tapei o rosto com as mãos. *Falar de dinheiro.* A bondade de Nathan era insuportável. Eu teria preferido, com certeza, que ele tivesse sido cruel. Já era difícil, quase impossível, absorver o que tinha acontecido, muito mais considerar uma operação de salvamento. Mas Nathan tinha feito isso. Ele estivera trabalhando dissimuladamente e debaixo da terra, sua lanterna de mineiro iluminando um veio novo e rico.

Pensei em Poppy, e numa luva sendo virada pelo avesso, dedo por dedo.

Às oito e meia liguei para Vee, consciente de que era sábado e a pior hora do dia para ela. Junto com Mazarine, Vee era a minha amiga mais antiga e nós três estudamos juntas na universidade.

— É Rose, Vee. Desculpe ligar a esta hora, mas preciso falar com alguém.

— Ah, Rose. Meu Deus. Faz tempo que não conversamos. Sim, claro. O que aconteceu?

— Nathan me deixou. Foi viver com minha assistente.

Os gritos de Annabel, sete anos, e Mark, cinco, eram fortes ao fundo. A voz de Vee passou para um registro mais alto, chocado:

— Está brincando. Quando?

— Ontem de noite.

O choramingar de uma criança pontuava diálogo, e Vee gritou para ela ficar quieta, que mamãe estava indo.

— Desculpe, Vee, a hora não é boa.

— Olhe — disse ela —, não posso falar agora. Tem um táxi na porta esperando por mim e Luc, e as crianças estão aprontando. Eu ligo assim que puder.

O diálogo tinha me deixado exausta e eu cobri a cabeça com o lençol. Se eu ia sofrer — isto é, mais do que estava sofrendo naquele momento, e não havia dúvida de que isso ia acontecer — era melhor fazer isso direito e me entregar a uma grandiosa e augusta dor.

Mas pensamentos como minúsculos barcos de velas brancas cruzavam inconseqüentemente as águas. Eu precisava deixar um bilhete para o leiteiro. A conta do gás estava atrasada. Meu passaporte precisava ser renovado. Eu devia ligar para as crianças — mas eu não queria enfrentá-los com o terremoto que havia chocalhado o casamento dos pais deles. Eram os filhos que vinham pedir ajuda e conselho aos pais, não o contrário.

Afastei o lençol e lutei para me aprumar.

Coitada da mamãe, ele a trocou por uma mulher mais nova.

Comecei a chorar, um choro forte, convulso, dos pés à cabeça, e continuei assim até chegar à exaustão. Finalmente, arrastei-me até o banheiro, apoiada na pia, abri as torneiras da banheira. Nathan tinha usado a pasta de dente pela última vez. Como sempre, não tinha colocado a tampa de volta.

Como uma convalescente, trêmula e insegura, entrei na água. Deitei e fiquei olhando para a prateleira em cima de mim. Óleo para o banho. Anti-séptico bucal. Um sabonete de reserva — as miudezas da vida familiar.

Baixei os olhos para o meu corpo parcialmente submerso. O que eu esperava ver? O bronze cintilante de uma ninfa de fonte, cujas linhas flutuavam intocadas e sem marcas? Meu corpo tinha inchado com as gestações. Tinha sido esticado, rasgado, costurado. Tinha carregado filhos, abrigando-os e, quando chegou a hora, empurrando-os gentilmente para fora. Tinha aprendido a estar eternamente ocupado, a pular da cama de repente, a suportar em silêncio as inúmeras crises familiares. Como toda essa atividade não poderia estar marcada na carne?

"As mulheres vieram ao mundo para isso." Ianthe era clara neste ponto. "Não tem nada mais a ser dito. Aceite ou não, Rosie." Lembrei que ela estava tirando a pele marrom e pegajosa de um presunto cozido. "Se você fizer o que é direito, não pode errar." Pegando a faca, ela riscou a gordura, transparente por causa da fervura, fazendo losangos e enfeitando com cravos. "Criar filhos e manter unida a família têm suas próprias recompensas."

Minha pele estava começando a enrugar. "Mamãe é uma ameixa, mamãe é uma ameixa..." Eu me lembrava de Poppy, que costumava entrar na banheira quente e cheia de sabão onde eu procurava refúgio. Era sinônimo de um esfregar de braços e pernas magrinhos, água espalhada e um corpinho ossudo e molhado grudado no meu. Às vezes Sam aparecia também e perguntava: "Posso entrar?" E nós acabávamos numa pilha de corpos molhados e risadas. A não ser que eu estivesse cansada e respondesse de mau humor.

Enquanto vestia um jeans velho e um blusão, notei que minhas mãos estavam tremendo. Pare com isso, Rose, ralhei comigo mesma. Você precisa pensar. Precisa ser forte. Desci para abrir as cortinas, escrever o bilhete para o leiteiro, começar a tarefa de viver o hoje, o amanhã, o dia seguinte e o que vinha depois dele.

Mais tarde saí para o jardim. Durante o inverno, o telhado da meia-água havia cedido com a geada, embora eu desconfiasse de esquilos, e havia uma goteira. Peguei o garfo e as tesouras de podar e os levei até o lilás. O lilás é guloso: absorve cada gota de umidade do solo, o dipsomaníaco do jardim, mas o meu era perdoado pelo prazer que eu sentia com seu perfume e suas flores pesadas e eróticas, mas o terreno debaixo dele continuava sendo o único lugar onde eu lutava para fazer alguma planta crescer, por mais que me colocasse de joelhos e o adulasse.

Uma solução era abrir um túnel para a água da chuva nos seus ramos agora, antes que os novos brotos estivessem pesados demais ou que as primeiras florezinhas aparecessem, quando eu não suportaria cortá-los.

Galhos secos são um alvo muito fácil: basta uma tesourada aqui e ali e as pontas secas e frágeis caem. Mas o crescimento do ano passado estava forte, cheio de seiva e lubrificado com a proximidade da primavera. Ele resistiu à minha invasão: ele não compreendia a necessidade de um túnel para a chuva. Por meia hora ou mais, lutei com ele, e as minhas tesouras de poda cortavam fundo na carne suculenta, deixando cicatrizes que gotejariam na chuva.

De qualquer modo, eu precisava de Nathan na escada para terminar o trabalho direito. Meu senso de equilíbrio nunca fora bom, e ele nunca me deixara subir na escada. "Quero você viva", ele dizia. "Como vou fazer sem você?"

Comecei a chorar de novo.

Peguei o garfo e enfiei na terra. Na melhor das hipóteses, cavar era uma atividade calmante; na pior, levava à exaustão. Eu não me importava com qual delas fosse. Esta tarefa comum, tantas vezes repetida, devia me ajudar: era a segurança de que a energia continuava fluindo a despeito de tudo, e que cavar e capinar sempre seria necessário. Mesmo que uma esposa não fosse.

Apesar das aplicações de palha para proteger as raízes, a terra continuava teimosa e refratária, obstruindo os dentes do garfo. O cabo escapuliu das minhas mãos. De novo, levantei o garfo e o mergulhei no barro seco, encaroçado. Desta vez, ele bateu numa massa de raízes e se recusou a sair dali.

— Vamos, desgraçado — resmunguei. — Por favor.

Mas não adiantou: o garfo estava preso. Sequei o rosto com as costas da mão.

Deu um clique na minha cabeça. Quase imediatamente, minha visão se alterou por uma fração de segundos, mas o que eu vi foi maior e mais amplo, menos exclusivo. Foi como cortar a massa de uma torta e descobrir que por debaixo havia carne podre. Foi como espiar o meu quadro das rosas para ver não apenas o franzido das pétalas e o delicado cálice verde, mas o cancro, o vergão sulfuroso, queimando o botão.

Como eu não tinha visto a podridão na rosa Iceberg? Ou os tatuzinhos e as centopéias rastejando pelo mirrado pedaço de terra que eu havia revirado. Ou a espuma de pedras, ou o fragmento de plástico laranja e um anel da tampa de uma lata. Entretecidos, também, em torno desses cidadãos e invasores subterrâneos estavam as robustas e ubíquas raízes da trepadeira.

— Não posso acreditar — disse Vee, quando ligou depois naquela noite. — Você tinha alguma idéia? Não falo com você direito faz tanto tempo, Rose, que não sei o que estava acontecendo.

Antigamente, nós saberíamos exatamente o que estava acontecendo nas vidas uma da outra, mas, recentemente, não tanto. Nossa amizade íntima, interligada, tinha sido vítima de nossas vidas ocupadas. Vee era a editora de livros de um jornal concorrente — "Rivais são as *melhores* amigas" —, estava no segundo casamento e era uma mãe temporã, enquanto eu estava presa ao meu emprego. Não sobrava espaço entre estas intensas atividades de construção de vida para outras coisas.

Vee parecia cansada e eu me senti culpada por tê-la incomodado.

— Não, não tinha, mas não estava procurando. Ele não comprou roupas íntimas novas, nem usou loção de barba, ou leu poesias. Vee, desculpe ter incomodado você, mas não pude pensar em ninguém mais para me ajudar.

— Claro que você tinha de me ligar. Mas eu estava saindo para o casamento da minha ex-babá. A última coisa que eu queira fazer num precioso sábado, mas tudo por uma boa causa. Eu queria ter certeza de que a atual percebesse como o nosso relacionamento pode ser firme e amigável.

Eu compreendia os subterfúgios que uma mãe que trabalha fora tinha de usar. Eles eram justificados com base em que nenhum escrúpulo moral era maior do que garantir o cuidado e o conforto dos filhos — o que deixava um bom espaço em branco tratando-se de comportamento.

— Olhe, gostaria de vir até aqui? Posso preparar alguma coisa para comermos.

Eu estava tendo dificuldade para me concentrar em qualquer coisa, e a idéia de sair de casa me deixou em pânico.

— Não, não, está bem. Só falar com você já basta.

— Já contou para as crianças?

— Não consigo. Não por enquanto.

Sam ficaria mudo de susto; a boca vermelha de Poppy ficaria pálida e trêmula.

— Rose, sei como você está se sentindo, acredite em mim. Você deve me ligar, de dia ou de noite.

— Obrigada.

Não havia mais nada a acrescentar.

Fui atrás do uísque de Nathan e o encontrei no escritório. O copo vazio com uma mancha escura com forma de uma unha no fundo estava ao lado da garrafa. Sem dúvida ele havia bebido, esperando eu chegar e planejando como sair do nosso casamento. Eu não gostava de uísque, mas me servi de um trago e ele me beneficiou com um soco no estômago.

Pensei em Minty balançando sua cabeça brilhante, a delicada risada, e Nathan junto com ela. Supus que eu tivesse sido o alvo de parte da diversão deles.

Tive a sensação muito curiosa de que meu corpo tinha se tornado uma entidade estranha para a qual eu não tinha a chave; nem possuía um mapa para suas combinações de pele, ossos e sangue. Ergui a mão. Meus dedos dobrariam? Eu conseguiria engolir? O ar nos minúsculos alvéolos nos meus pulmões realizariam a troca química? Uma dor pulsava sobre meu olho esquerdo, e minha garganta doía de chorar. Choque, é claro: meu corpo tinha se antecipado à minha mente. Embora eu tivesse ouvido Nathan, escutado a porta bater atrás dele, e passado um dia e uma noite numa casa vazia, uma parte de mim não acreditava que ele tivesse ido embora.

Nathan adorava seu estúdio. O aviso na porta dizia "Mantenha distância", e ele insistira em instalar duas linhas telefônicas e ronronava satisfeito quando as duas tocavam ao mesmo tempo. O estúdio tinha sido a pista de ensaio para o escritório, e ali ele refletia sobre questões importantes de trabalho. Ele se esforçara também para montar sistemas para lidar com contas, seguro e finanças familiares.

Eu sentei diante da mesa, abri uma gaveta e confrontei-me com o arranjo perfeito de fita durex, esferográficas e chaves de fenda. No bloco de notas ao lado do telefone estava escrito: "Ligar para o contador."

Sem dúvida ele ligou — antes de deixar o estúdio para dar o bilhete azul para a esposa. Nathan sempre realizava metodicamente as tarefas a que se dispunha.

Tempos atrás, Vee tinha acusado Nathan de não ter imaginação, mas eu argumentei que ele era o oposto. Era exatamente por ser capaz de imaginar muito bem os desastres que poderiam ocorrer com a família que ele se esforçava tanto para prevê-los.

Na parede em frente à sua mesa, no ponto onde seu olhar cairia sempre que ele levantasse a cabeça, estava uma fotografia emoldurada de Nathan e seus colegas no jantar do último Natal. Os homens — eram todos homens — estavam de *smoking*, o que conferia um ar de clube e sugeria que a ocasião, que era para comer e beber, era importante. Eu tinha brincado com Nathan sobre isso.

Ele estava sentado entre o presidente e o editor, e eu gostei da fotografia quando Nathan me mostrou porque ele parecia firme e relaxado. A interpretação agora era outra: o que brilhava na expressão de Nathan não era o prazer natural de um homem tranqüilo com o trabalho e o lar, mas a excitação de um homem que tinha embarcado num caminho totalmente diferente.

Capítulo 7

NO DOMINGO, DE MANHÃ CEDO, acordei meio atordoada. O som de passos no corredor e de alguém subindo as escadas tinha me despertado.

Era Nathan subindo com o café-da-manhã. Como ele sempre fazia aos domingos. "Esta é a nossa hora", ele dizia, quando as crianças estavam grandes o suficiente para prepararem o próprio café, e depois tão grandes que o café se tornou uma vaga lembrança. "Só você e eu." Às vezes, ele não esperava que eu terminasse e tirava a bandeja. "Nossa hora." Nos últimos tempos, consciente da minha cara de manhã cedo, eu me escondia debaixo dos lençóis e ele tinha de me encontrar ali.

O ar no quarto cheirava a ranço e desespero, e eu não menos. Fiquei deitada imóvel, sem curiosidade, sem medo. Se era o lenhador dos pesadelos de Poppy, a minha morte nas suas mãos seria fácil. Não mais do que um gentil suspiro de aceitação e um apelo para que fosse rápido.

— Mãe? — Sam espiou pela fresta da porta.

Uma breve felicidade percorreu meu corpo e eu lutei para me levantar.

— Sam... você veio.

— Claro.

Ele entrou no quarto, inclinou-se e me beijou.

— Não podia deixar você sozinha. Papai me ligou ontem de noite e me contou sobre sua extraordinária decisão. Não consegui pensar em mais nada para fazer. Exceto algo idiota, como lhe trazer flores. — Ele me olhou com expressão triste. — Eu não sabia.

— Junte-se aos bons.

Ele estendeu o braço e pegou uma das minhas mãos. Eu grudei nele.

— Você deve ter acordado de madrugada para chegar aqui — eu disse.

Sam teria colocado o despertador no quarto de solteiro de seu elegante apartamento na cidade, saído de mansinho do lado da adormecida Alice, vestido a roupa tão silenciosamente que ela nem se mexeu. Talvez nem lhe tivesse dito aonde estava indo. Talvez Alice nem estivesse ali.

Sam nunca soube lidar com emoções fortes e bateu na minha perna desajeitado.

— Você está horrível. Quando foi a última vez que comeu?

— Não sei. Deve ter sido ontem, mas ataquei o uísque do seu pai... Está bem — reconheci —, não é bom, mas não vai se tornar um hábito. E achei que tinha direito a um traço.

Ele suspirou.

— Acho melhor preparar um café para você.

Parsley enfiou a cabeça pela porta para entrar no quarto. Sam a ergueu e a colocou nos meus braços.

— Aqui, toma sua gata neurótica.

Ele andou pelo quarto, abrindo as cortinas e empilhando minhas roupas sobre uma cadeira — de um jeito pouco característico, eu as havia espalhado pelo chão. Que se danem, eu pensei, lutando com o jeans e o suéter, que eu parecia não conseguir tirar na noite anterior. Talvez as roupas tivessem um ponto de vista também — talvez estivessem protestando pelo meu destino.

Não foi uma boa idéia pensar demais na noite anterior, e eu enterrei o rosto no pêlo quente de Parsley e batalhei com um estômago pesado.

— Sam, não faz café para mim.

— Você bebe café demais, mesmo.

Ele saiu e fechou a porta.

Parsley rebelou-se contra a camisa-de-força e eu a liberei. Seus olhos verdes questionaram a minha confiabilidade antes de se ajeitar ao meu lado.

Sam voltou, trazendo chá com torradas numa bandeja. O chá tinha derramado no pires e a torrada tinha uma camada finíssima de manteiga, mas o meu coração derreteu.

— Coma *agora* — ele ordenou.

A torrada se esfarelou na minha língua. Pensei rapidamente em outros cafés da manhã — torrada de pão branco, grossa, manteiga em abundância e uma cobertura de geléia ácida — que eu tinha compartilhado com Nathan. Eles já pareciam ter acontecido há muito tempo, numa outra vida.

— Seu pai estava bem quando você falou com ele? — perguntei.

As sobrancelhas de Sam se levantaram.

— Mais ou menos.

Ele estava tentando me proteger de qualquer coisa que pudesse me causar mais tristeza. Ao mesmo tempo, ele não queria escutar palavras irritadas, iradas, contra o pai.

Fechei os olhos e tentei evocar a lealdade perfeita para com Nathan que ontem ainda tinha sido tão fácil, tão automática. Eu não queria que Sam protegesse Nathan. Gulosamente, eu queria reivindicar para mim toda a lealdade e afeto de meus filhos. Círculos luminosos passaram pelos meus olhos, e a minha respiração soava áspera e difícil aos meus ouvidos.

— Mãe — disse ele —, por favor, não faz essa cara.

Eu me controlei.

— Sam, tem mais chá?

Depois que me vesti, desci as escadas e entrei na cozinha. Sam folheava o *Sunday Times*, de olho no bacon que estava fritando. Ele gostava de comida quente no café da manhã. Nathan também. Exceto aos domingos, é claro. Um pouco tonta, apoiei-me no umbral da porta e fiquei observando Sam. Um movimento de cabeça, o estremecer de um músculo, ele era igualzinho ao pai.

Percebendo minha presença, ele se virou.

— Não tive tempo de comer.

Ele puxou com o pé uma cadeira debaixo da mesa.

— Vem, senta aqui.

Eu sentei e o vi destruindo o bacon e a torrada, depois descansar o garfo.

— Eu só quero dizer que não sei o que papai está fazendo, mas por favor não pense muito mal dele.

Esse era o Sam. Desde criança ele tinha sido uma pessoa justa, modesta, com uma noção inata de justiça natural. Mesmo quando Poppy nasceu e o desalojou, Sam seguiu com a sua vidinha e tranqüilamente aceitou não ser mais o centro das atenções.

— Não sei o que pensar, Sam. Ou, melhor, tem muita coisa para pensar e ainda não consegui engolir. Por exemplo, eu me sinto uma tola. Idiota, até.

— Você realmente não tinha idéia?

Balancei a cabeça, não muito contente.

— Quem sabe ele acordou hoje de manhã e percebeu que cometeu um monumental engano.

— Seu pai me disse que queria uma certa liberdade, e isso antes que fosse tarde demais. Claro, é muito natural pensar essas coisas, mas... — minha voz faltou.

Sam franziu a testa e eu entendi que, a esta altura da vida, as ambições de Nathan não faziam sentido para ele e ele não compreenderia. Mordi o lábio.

— Vai ser preciso perdoar muita coisa.

— Isso sugere que você acha que talvez ele volte.

Sacudi os ombros e Sam perguntou com ar grave:

— Quer que eu converse com ele?

Sacudi a cabeça.

Sam afastou o prato.

— Você vai ter de enfrentar a Minty.

— Já pensei nisso.

Ele deu um sorriso sinistro.

— Não gostaria de estar na pele dela. — Ele se levantou e passou um braço sobre meus ombros. — Tenho certeza de que papai vai descobrir que cometeu um erro.

A defesa de Sam lembrava-me de que havia coisas importantes, imutáveis, no meio desta confusão às quais eu podia me apegar. Eu tinha tido sorte. Algumas famílias não têm tantas lembranças.

— Me dá a Poppy. — Nathan se equilibrava na trilha que conduzia precipitadamente até a praia. — Eu seguro ela.

Ele passou para mim a cesta de piquenique e ergueu Poppy nos braços. Ela deu um gritinho de entusiasmo e se contorceu encostada nele.

— Quieta, minhoquinha.

Ele a beijou no pescoço e começou a cuidadosa descida.

O caminho era traiçoeiro. Eu me inclinei para Sam:

— Fica perto do papai.

Agarrado à pá e ao balde, Sam seguiu a pé atrás de Nathan, colocando uma sandália cuidadosamente atrás da outra, transpondo as pedras soltas e buracos. Eu joguei a manta sobre os ombros como uma capa escocesa — um soldado jacobita partindo para a guerra, diria Sam — e cobria a retaguarda com as garrafas térmicas chacoalhando na cesta.

— Estou na frente — gritava Poppy.

O tempo estivera quente e seco, e em alguns lugares a trilha tinha se esfarelado. Moitas de relva-dos-caminhos e manjerona silvestre acumulavam-se de um lado e do outro nas margens em declive e, bem lá em cima, os andorinhões chamavam uns aos outros. Fomos descendo até a orla pedregosa da praia. No último minuto a trilha desapareceu, e tivemos de pular.

— Vai — Nathan colocou Poppy no chão e, um duende de short amarelo, ela correu pelas pedras até o mar, que cintilava ao sol de verão. Sam pulou e olhou para trás para ver se eu tinha testemunhado sua bravura.

— Rosie? — Nathan se virou.

Eu estava para me lançar sobre a praia mas ele me pegou e me colocou no chão. Nesse breve momento de contato, eu escutei a batida de um coração firme. Até o meu estava acelerado com o esforço.

— Leve como uma pena — mentiu Nathan.

O calor refletia-se latejante nas pedras, quentes demais para oferecer conforto, e preferimos nos sentar numa que estava coberta de frias e refrescantes fieiras de algas marinhas. Nathan estendeu a manta e eu a prendi com pedras. Os membros magrelas de Poppy agitavam-se como os de um inseto enquanto eu a despia da camiseta e do short. Ela escapou de mim, nua em pêlo, e pulava de um lado para o outro tentando enfiar uma das pernas no maiô. Agarrei a minha risonha filha e a cobri de beijos. Numa pedra ao lado, Sam tinha montado um acampamento para os seus pertences e vinha solicitar que ninguém mexesse neles. Eu lhe garanti que estariam seguros.

De onde estávamos, a visão era de um mar sem fim e as rochas escondiam as casas e bangalôs espalhados pelo campo. Não tinha mais ninguém na praia. O sol fazia lacrimejar nossos olhos, e o perfume de coco da loção bronzeadora nas nossas peles quentes era carregado por uma brisa salgada.

As crianças saíram em disparada, pensaram melhor quando as pedras feriram seus pés descalços, e seguiram saltitando até a beira da água, dando gritinhos agudos quando ela batia nos seus pés. Nathan sentou-se na manta e despiu a camisa.

— Eles estão crescendo, não estão?

Com seis e quatro anos, era um pouco de exagero.

— Não tem jeito — eu disse.

Nathan sempre se queimava se eu não tomasse providências. Não era uma pessoa que se desse bem em climas quentes. Abri a loção bronzeadora, fiz um laguinho na palma da mão semifechada e esfreguei nas suas costas.

— Mais — ele exigiu —, aqui — enquanto eu explorava a área perto do pescoço que estava cheia de nós e dolorida de tensão.

Um pouco depois ele se levantou e foi ficar com as crianças. Peguei meu livro, deitei de barriga para baixo e li. De vez em quando levantava os olhos e observava minha família que não conseguia ser mais esperta do que o mar. O livro perdeu a graça e deixei a cabeça cair sobre os braços. Eu podia escutar o mar vibrando, o tênue sibilar da areia deslocada e do bater das pedras. Se eu ficasse bem quieta e imóvel, pensei, poderia me fundir neste mundo elementar de sol, água e amplo, aberto, horizonte.

Sam voltou correndo com um punhado de conchas para me mostrar antes de transferi-las para seu esconderijo.

— Poppy não vai mexer nelas ali.

Sentei-me e coloquei meus braços sobre seus ombros que pareciam tão infantis, tão vulneráveis.

— Poppy não pega tudo — eu lhe garanti.

Ele me deu um daqueles seus olhares de desafio:

— Pega, sim.

Meus dedos devem ter pressionado demais na junção do seu ombro com o braço, ali onde os nervos passavam sob a pele, e ele recuou.

— Não, Poppy não pega — prometi. — Espere e veja.

Ele se soltou das minhas mãos.

— Por que não me ajuda a preparar o piquenique, Sam?

Ele dispôs sobre a manta quatro pratos de plástico de cores diferentes e distribuiu os pacotes individuais de sanduíches que eu tinha feito e rotulado: no de Sam eu desenhara uma rosto sorridente, no de Poppy, um grande ursinho de pelúcia, no de Nathan um par de óculos de sol. No meu, eu tinha escrito "Sono". Em seguida ele colocou as canecas de plástico, combinando atentamente as cores com os pratos.

Comemos sanduíches de queijo e pepino e bebemos suco de laranja. Poppy não quis comer o queijo nem o pepino, e deu para mim. No lugar do pudim, abrimos um pacote de biscoitos e um saco de maçãs.

Cheguei mais para perto de Nathan de modo que nossas coxas se tocassem. Músculos firmes, tensos ao lado da carne mais macia, coberta de areia. Por maiores que fossem os meus pés, os de Nathan eram ainda maiores, e a comparação sempre me fez sentir ridiculamente feminina e protegida.

— Feliz? — perguntei.

Ele se inclinou e esfregou delicadamente o nariz no meu.

— Como nunca.

Eu suspirei de satisfação. Nathan endireitou-se e esfregou seus antebraços avermelhados.

— Não se pode querer mais — ele falou. — Pode?

— Preciso voltar — disse Sam. Ele juntou as mãos sobre a mesa, os polegares cruzados. — Acho que você e papai precisam se entender.

Ele esperava sair com alguma esperança, e era um alívio ter de pensar nas suas necessidades.

— Vou preparar alguns sanduíches para você.

Cortei o pão, passei manteiga, notando com surpresa como meus movimentos eram competentes. Cuidei para fatiar bem fino o *cheddar*. Partículas minúsculas caíram sobre a mesa; afastei-as com a mão.

Sam ficou me observando e aceitou o embrulho bem-feito de papel-alumínio.

— Você não precisava fazer isso.

— Precisava sim. Você não sabe o quanto. Obrigada por me deixar.

— Só estava imaginando — disse ele — se você e papai não estão entediados, quem sabe vocês gostariam de ir à Grécia em julho, com Alice e comigo?

Avancei na sua direção, agarrei-o pela cintura e o beijei.

— Não, mas você é o filho mais maravilhoso do mundo por pensar nisso.

Ele me abraçou forte.

— Achei que devia convidar.

— Um sacrifício grande demais.

— Já falou com Poppy?

— Ainda não, mas vou falar.

— Ela não vai aceitar bem.

— Eu sei.

Quando Sam saiu, o número 7 da Lakey Street retornou ao silêncio. Liguei o rádio, mas estava tocando um concerto de violino. Cada nota doce e perfeita entrava dentro de mim, como uma faca cortando minha carne. Sufoquei um grito, senti náuseas, fiz um movimento brusco para a frente, desliguei o rádio e fugi da cozinha.

Meu estúdio ficava no patamar do primeiro piso, um espaço surrupiado onde a escada fazia a curva. A janela dava para o jardim e não fechava direito. Eu deixava uma manta sobre a cadeira para me envolver nos dias frios quando me sentava diante da mesa que tinha colocado espremida naquele espaço. A família ria do termo "estúdio", e da idéia de que eu precisava de um. Durante anos, as crianças tiveram seu próprio jeito de fazer notar a censura: faziam questão de subir e descer as escadas, batendo os pés o mais alto que tivessem coragem — "Shhh, mamãe está trabalhando no estúdio", eles diziam um para o outro, em sussurros, com a garantia de se infiltrarem na Torre de Babel. Eu estava sentada ali agora, com tanto frio que tive de me enrolar duas vezes na manta.

Peguei o telefone e liguei para Poppy:

— Querida, está tudo bem?

— Mamãe, pára de se preocupar comigo? Estou ótima. — Sua voz abrandou. — Mas é bom falar com você.

— Seu pai não ligou para você ontem de noite?

— Só cheguei de madrugada, mãe.

— Querida, preciso lhe dizer uma coisa. Acho... acho que seu pai encontrou... — Isso soava muito simples e achei que Nathan merecia algo melhor. — Ele se apaixonou por outra pessoa e saiu de casa.

O grito de quem não estava acreditando ecoou pelo telefone.

— Quem? Quem é a mulher?

— Minty.

Houve um longo, muito longo silêncio. Quando Poppy falou, sua voz estava diferente — envelhecida, de fato, como se uma certa jovialidade nela tivesse mirrado e morrido.

— O bode velho. Papai virou um bode velho.

— Por favor. Não fale assim dele.

— Mas é *verdade*.

— É um pouco mais complicado. Obviamente, ele chegou a um ponto que achou que precisava de uma mudança.

— Não vou escutar isso — Poppy falou com voz estridente. — Preferia que você não tivesse me telefonado. Mãe, não posso falar sobre isso. Converso com você mais tarde.

— Claro.

Com isso Poppy se acalmou.

— Eu deveria estar consolando você... e vou fazer isso, mãe, prometo, mas primeiro tenho que me recuperar do choque.

Em seguida, disquei o número particular de Timon.

A mulher de Timon, Mary, não gostava de intromissões nos fins de semana. Tínhamos discutido isso às vezes nas festas da redação, e ela me disse que uma das táticas era tratar as pessoas com frieza. Quando ela atendeu, recebi o tratamento gelado. Expliquei que não teria nem sonhado em ligar num domingo de manhã se não fosse necessário.

— Então está bem — disse ela, conquistada talvez pela curiosidade —, mas estamos com visitas.

E passou o telefone para Timon.

— Rose, aconteceu alguma coisa?

Um processador de alimentos deu sinal de vida no fundo, acompanhado por um significativo bater de panelas.

— Achei que deveria explicar que terei de demitir Minty na segunda-feira.

— Compreendo — disse Timon. — Pode aguardar na linha? Vou trocar de aparelho.

Quando ele voltou, os ruídos tinham parado.

— Pode me dar os detalhes?

E eu dei.

— Nathan trocou você pela Minty.

Timon riu de leve, o que significava: "Quem pensaria que havia vida naquele cachorro velho", o que me deixou com raiva em nome de Nathan.

— Isto sem dúvida vai trazer complicações — ele continuou.

— Não posso ficar com ela na redação. Você compreende?

— Calma. — Timon ficou mais formal. — Existem regras e normas, Rose. *Você* não pode despedir as pessoas assim. Acho que deve deixar isso comigo.

Engoli em seco.

— Tudo bem. Mas não quero ela sentada na minha sala. Ela vai ter de ir para outro lugar.

Timon pigarreou.

— Nessas circunstâncias, você poderia tirar um dia de folga, Rose. É justo. Tire uma semana.

— Não — eu disse —, você não compreende. O trabalho é importante para mim, eu não sonharia em abandoná-lo.

— Como quiser. — Ele pensou melhor — Deixe comigo, passe no meu escritório às onze e meia, na segunda-feira.

Encerrei a conversa sentindo-me melhor. Pelo menos tinha feito alguma coisa. Tomado uma posição contra Minty.

Encolhida dentro da manta, fiquei pensando na falta de sinceridade. Como era possível viver tanto tempo sem deixar escapar nenhuma pista? De um jeito peculiar, eu só sentia admiração por Nathan e Minty, porque achava que eu não teria a esperteza e o estilo para manter tanto segredo. Como Minty harmonizava o interesse tão grande por minhas roupas, minhas idéias, minha família, que eu sabia ser autêntico, com o conhecimento de que estava levando o meu marido para a cama?

Como, por exemplo, Nathan conseguiu insistir para que eu me sentasse com ele e analisasse a situação da nossa aposentadoria sabendo que não ia estar comigo? Talvez os efeitos de estar guardando um profundo e assustador segredo sejam tão debilitantes que um piloto automático assuma o controle dos detalhes normais e rotineiros da sua vida e permite a você agir naturalmente.

Talvez nós todos vivamos em vários níveis e façamos malabarismos com eles sem pensar muito a respeito. Talvez a gente se prenda tanto a hábitos e problemas do dia-a-dia — tão entranhados no sangue e nos ossos — que não suporta desistir deles, mesmo sabendo que, segundo qualquer lei de justiça, é o que se deveria fazer.

Capítulo 8

Na segunda-feira de manhã, preparei-me para ir trabalhar. Sentei-me diante da penteadeira e passei uma camada após a outra de creme no rosto. Ele estava seco e irritado de tanto chorar, e a pele sob a ponta dos meus dedos parecia papel de seda amassado.

A luz do sol no quarto não me poupava de nada: uma veia na perna surpreendentemente azul, preocupantes círculos escuros sob os olhos, um dedão do pé que antes tinha sido imaculado. *Espera aí. Esta não é a mulher certa no espelho. A certa é a jovem e feliz.*

Escolhi uma camiseta de algodão, um terninho de linho e um par de escarpins pretos sem salto. Passei base, um toque de batom e escovei os cabelos até ficarem brilhantes e obedientes. Em seguida, com Parsley no colo, pintei as unhas de vermelho forte. Essa era a minha couraça, a melhor que pude arrumar, mas quando me levantei, e Parsley escorregou para o chão protestando, descobri pêlos de gato agarrados no esmalte.

— Parsley, sua danadinha.

Os olhos verdes se voltaram na minha direção.

Rose, sua tolinha.

Catei os pêlos das minhas unhas e desci para a cozinha. Abri a tampa do pote de café, mas mudei de idéia e tentei comer uma banana, mas a deixei de lado.

Lá fora, parecia que o tempo ia melhorar de novo e, zeladora e guardiã, fui de quarto em quarto, abrindo cortinas, afofando uma almofada, tirando um vestígio de poeira, buscando conforto na familiaridade das minhas rotinas. O tiquetaque do relógio na sala de estar parecia soar alto demais na atmosfera tranqüila e silenciosa.

O conteúdo da minha sacola de livros continuava onde eu havia deixado. Conferi tudo. Um artigo que eu deveria ter editado. Um par de memorandos que eu deveria ter lido. O romance, o livro de culinária e a biografia, que, no curso normal das coisas, eu teria lido por alto antes de mandar para a crítica.

Sacola pendurada no ombro, fechei a porta para a casa, para a tranqüila sala de estar e o seu relógio marcando o tempo, para o jardim, e o respingado de uma leve chuva na grama, para o quarto de casal onde, num passado longínquo, Nathan tinha murmurado para mim que era uma sorte tão grande, *tão grande*, ter alguém como eu ao seu lado e, em resposta, eu tinha respirado gratidão a noite inteira.

A alça da minha sacola tinha feito um sulco no meu dedo — eu estava agarrando com muita força — quando saí do elevador na redação. Jenny, do Recursos Humanos, estava esperando para entrar. Ao me ver, sua expressão foi de leve pânico e eu pensei: Cedo demais. Não que eu tivesse imaginado que Nathan e eu estaríamos imunes às fofocas. Para dar uma chance a Jenny de se recompor, fingi estar mudando a sacola pesada de mão.

— Bom dia, Jenny.

— Olhe — ela murmurou —, quero que você saiba...

Era a piada cruel correndo na redação que, apesar de ser uma especialista em recursos humanos na teoria, Jenny não era boa nisso na prática, e não conseguia terminar o que queria dizer. Em vez disso, ela entrou correndo no elevador. As portas se fecharam com um estalo.

Não era um bom começo e, dirigindo-me para minha mesa, invoquei todo o controle e senso de humor de que iria precisar para vencer as longas horas. Então, com um choque, percebi que não estava interessada em vencer as longas horas. Sentindo-me enjoada e trêmula, afundei na cadeira e a fotografia me chamou a atenção.

O rosto de Nathan sorria para mim, e eu tentei pensar em outra coisa. Ianthe sustentava que estamos aqui para ser testados. Eu sempre ria quando ela dizia isso e falava que ela estava sendo antiquada, usando expressões do Novo Testamento. Eu dizia isso mesmo sabendo que ela estava certa.

A máquina de café estalava e esguichava. A copiadora vomitava lâminas de papel quente. O bate-papo e a agitação da vida na redação ia se fechando, isolando os ocupantes do prédio com as grossas paredes de poliestireno do hábito.

O telefone tocou. Era um autor cujo romance tinha recebido uma crítica ruim. Escutei polidamente uma explosão de raiva, que terminou com:

— Você está me perseguindo.

— Não, de jeito nenhum. O artigo afirmava que você venderia magnificamente. Sinto muito se o meu crítico não gostou.

Ele retrucou:

— Você não *gosta* do fato de eu ter ganho muito dinheiro.

— Muito gentil da sua parte.

Com o canto do olho, vislumbrei Nathan... no seu terno cinza, dirigindo-se para a sala de Timon e desaparecendo lá dentro. Ele não olhou para a direita nem para a esquerda. Apanhada desprevenida, larguei o fone e enterrei o rosto nas mãos.

— Rose — Maeve Otley chegou mancando —, você não parece bem. Trouxe uma xícara de chá para você. — Ela a pousou sobre minha mesa com as mãos nodosas, doloridas. — Coloque um pouco de açúcar. Vamos, você vai precisar.

Maeve era muito mais perspicaz do que deixava transparecer. Ela tocou no meu ombro de leve. A sua solidariedade era fácil, mas eu nunca tinha imaginado que seria tão difícil de aceitar.

— Obrigada — consegui responder.

Maeve preferia usar mangas compridas para esconder as mãos, e ela mexia nos punhos do seu vestido roxo. Acho que ela estava calculando o quanto eu seria capaz, ou não, de suportar.

— Não deixe que eles a vençam — disse por fim, e voltou para sua mesa.

Eu não tinha energia nem concentração para pensar no que ela queria dizer, e estendi a mão para pegar alguma coisa, qualquer coisa, da cesta mais perto de mim sobre a mesa.

Por acaso, era a crítica descartada do livro de Hal. "Este homem é uma fraude...", escreveu o crítico empolgado. Eu o segurei entre os dedos que estavam frios com o choque de ver Nathan. Hal era um escritor muito bom e rigoroso para ter uma campanha fácil. De qualquer modo, ele sempre havia sustentado que um gene fora implantado nos ingleses que detonava o pior. Qualidade e brilhantismo reagiam com a inveja para produzir ácido.

Minha norma tinha sido a de nunca olhar para os livros de Hal, e eu a havia cumprido religiosamente. Mas agora peguei *Milhares de oliveiras* da pilha de junho. Um dia eu havia imaginado que o rosto de Hal permaneceria gravado na minha memória para sempre. Não ficou. Os detalhes e os traços finos tinham desaparecido, deixando uma impressão, uma lembrança borrada — como todas as supostas lembranças eternas. Como a pedra antiga que sofre a ação do tempo e perde os contornos. Como a areia transformando-se em dunas. Olhei a orelha do livro, e ali estava ele, mais magro, mais velho, os cabelos louros mais claros e maltratados pelo sol, com a aparência que eu esperava.

Nathan trinchava a galinha. A cozinha estava úmida de vapor e cheirando a comida e ervas; o rádio tocava ao fundo. Eu cortava cenouras em palitinhos. Arrancados da cama ao meio-dia, Sam, 17 anos, e Poppy, 15, estavam em seus quartos, vestindo-se a contragosto. Do ponto de vista de um costureiro, eles estavam na fase punk-anárquica atenuada. Sam nos agraciava com uma variedade de camisetas pintadas com *spray*, incorporando a palavra "matar". Poppy preferia jeans sem o cós.

"O livro da semana", dizia o locutor, "é o relato de uma jornada pelo deserto do norte da África. *A travessia do deserto*, de Hal Thorne..."

Na panela a água chiou e espumou quando as cenouras tocaram a superfície.

— O almoço está quase pronto — eu disse. — Pode cortar a galinha?

Como Nathan não se mexeu, fui até a escada gritar para os dois lá em cima.

— Obrigada — agradeci de má vontade.

— Já leu? — Nathan cortou uma fatia de carne branca e suculenta.

A pergunta tinha brotado com a tranqüilidade do caçador.

— Não.

— Por que não?

— Porque... — cheguei perto da pia e derramei as cenouras no escorredor. O vapor golpeou-me no rosto.

— Porque — Nathan terminou de trinchar e arrumou a galinha numa travessa oval — ele ainda está com você. Ou a idéia dele.

"Este é o noticiário da uma hora", interpôs o locutor.

Eu transferi as cenouras para um prato e o coloquei no forno para não esfriar. Nathan e eu vínhamos nos desentendendo, mas nada de muito grave. Estávamos cansados e trabalhando demais, só isso. A verdade é que o trabalho de Nathan estava atrapalhando nossa vida familiar, que estava mudando de qualquer maneira, e meu emprego exigia muito de mim, mas eu achava que poderíamos superar as irritações. Mesmo assim, eu não considerava Hal um assunto agradável. Eu disse sem dar muita importância:

— Isso não é verdade, Nathan. Não leio os livros dele porque não me interessam.

— Mas faz parte do seu trabalho ler coisas de que às vezes você não gosta...

Eu estava ocupada picando a salsa.

— Nem sempre.

— Ah, Rosie, você não sabe mentir.

Sei, sei sim, eu pensei. Sou uma brilhante e perfeita mentirosa. Mas sempre menti por uma boa causa, por uma boa razão. Quando Nathan se aproximava de mim na cama e eu, tendo me virado o dia inteiro com choro de criança, exigências de trabalho e atenções para acalmar o marido, pensava: *Sono, sono, paz*. E ele dizia algo como: *Faz tempo, Rose*. E eu respondia, ainda querendo dormir: *Muito, muito tempo*. Essa era uma das minhas melhores mentiras.

— Por que está lembrando disso agora, Nathan? Já passou, está acabado. Eu me casei com você, lembra-se? Somos felizes. — Voltei para o fogão e dei uma rápida mexida no molho. — Eu não poderia ser mais feliz.

Nathan continuou, como se eu não tivesse dito nada.

— Você não ia atravessar o deserto com ele?

— Chegamos a falar sobre isso, mas não deu em nada. Faz muito tempo. Por favor, vai chamar de novo as crianças ou o almoço esfria.

Nathan deixou cair a faca de trinchar e o garfo com um estrondo que cortou o murmúrio do rádio.

— Chame você.

Ele deu meia-volta e saiu da cozinha.

Eu sabia onde encontrá-lo: no seu estúdio. As mãos dobradas no colo, ele estava sentado diante da sua mesa, olhando para a pilha bem arrumada de contas e documentos de família. Havia lágrimas nos seus olhos, lágrimas que quase certamente eram culpa minha, mas eu não sabia por quê.

Parei com as mãos nos quadris.

— Nathan, você está dando mais importância a Hal do que eu jamais dei. Já se tornou um hábito, uma desculpa. Você sabe perfeitamente bem que, como assunto, Hal está mais do que morto.

Nathan deu de ombros. Era um gesto que implorava por conforto e segurança. Ajoelhei-me ao seu lado, peguei suas mãos e as beijei.

— Nathan, você está muito enganado.

Um sexto sentido me avisou para olhar para cima. Minty estava vindo na minha direção, com toda a firmeza que os seus saltinhos permitiam. Ela parou ao lado da minha cadeira.

No princípio, recusei-me a olhar para ela. Depois, olhei.

Ela se sentia triunfante, dona de um prazer secreto, ou assim me pareceu, a Rose com uma nova visão de mundo. Encolher-se não era do estilo de Minty, e eu sempre admirara sua coragem. Isso e o corpo esguio por baixo da camiseta branca sem mangas e a sainha preta. Sua beleza e convicções eram tratadas... como? Com a confiança de uma mulher cuja geração não compreendia por que o feminismo era necessário.

— Por favor, saia — eu disse. — Já pedi para você ser transferida, se não despedida. Timon não ligou para você?

— Sim, ligou. — Ela debruçou-se sobre sua mesa e ligou o monitor. — Pensei em não vir, mas achei que lhe devia isso, enfrentar você, e você pode me chamar do que quiser. E agora que fiz isso, vou-me embora por enquanto, mas antes de abandonar o campo de batalha vou conferir meus e-mails.

Fria e eficiente, ela digitou a senha.

— Por quê? — perguntei. — Éramos amigas.

— Claro. — Ela executou um ou dois comandos, examinou a tela, depois desligou.

— Eu lhe dei sua chance.

— E eu lhe agradeci isso, Rose, mais de uma vez. Terei de ser grata o resto da minha vida? — Ela abriu a gaveta e tirou seu livro de contatos e a agenda, que jogou dentro da bolsa. — Por que não falamos sobre o motivo real desta conversa? Nathan estava disponível para quem quisesse pegar, Rose. Pergunte a ele.

— Nathan estava muito feliz.

Seus olhos escuros não piscaram.

— Ele diz que não. Ele diz que preciva de atenção. Eu lhe dei isso.

De repente, tive medo por Minty.

— E você acreditou nele? Pensei que fosse mais esperta.

Minty se aprumou.

— Você pode dizer o que quiser, Rose, mas não vai mudar nada.

Eu não queria ouvir mais nada, e ansiava pela misericórdia do silêncio. Eu queria ceder ao desespero, sair rastejando, deitar e morrer, como um cão vira-lata doente ao sol. Mas, se fizesse isso, estaria dando todas as vantagens a Minty. Não era como se Nathan e eu tivéssemos nos afastado quilômetros e não sobrasse mais nada. Não era isso. Eu tinha lembranças, alegres e confortantes, de uma família boa e feliz que Nathan e eu tínhamos construído tijolo por tijolo. Boas e fortes conquistas, pelas quais valera a pena lutar.

Forcei-me a ficar de pé, extenuada.

— Você está interferindo em algo que não compreende. Você não sabe a verdade sobre nosso casamento, seja lá o que Nathan tenha lhe contado.

Minty recostou-se na mesa e riscou um círculo no carpete com um pé esguio. Isso me deixou furiosa e aterrorizada. Acrescentei:

— Ele só diz isso por uma razão óbvia.

— Ele conseguiria de qualquer maneira. Sem precisar mentir.

— Oh, Deus — e afundei de novo na cadeira.

A esperança de que esse episódio fosse uma bobagem, que Nathan e eu lutaríamos para superar, desapareceu, e com ela o lampejo de esperança de que eu pudesse me mostrar superior a este... teste. Se Nathan tivesse mentido para conseguir o corpo de Minty, então eu teria chorado, teria ficado indignada e perdoado. Mas isto. *Sem precisar mentir.*

— Foi você... ou ele? — Baixei o olhar para a minha mão. — Quem?

Ela compreendeu.

— Fui eu, Rose. Sempre gostei de Nathan. Ele é um homem gentil, um homem maravilhoso, um gato, que por acaso é muito poderoso. No início foi uma brincadeira, nada para você se preocupar e eu nem ia deixar que você soubesse. Depois foi ficando mais... complicado, e acho que você tinha de saber.

— Ele é maravilhoso — eu disse.

— Que pena que você não disse isso para ele — Minty refletiu. — Mas eu direi.

Sua arrogância era impressionante. Concentrei-me no único aspecto desta fria historinha do qual eu me achava capaz de dar conta.

— E você continuou trabalhando comigo?

— Não dá certo misturar as coisas. É um mau hábito. — Ela conferiu o conteúdo da sacola e a levantou do chão. — Sinceramente, Rose, sinto muito que tenha sido você. Gostaria que tivesse sido outra pessoa.

Às onze e meia em ponto bati na porta de Timon — os editores tinham portas — e me deixou entrar.

Timon me viu atravessar o tapete até sua mesa enorme.

— Você não parece bem, Rose.

Ele não quis ouvir minhas desculpas por ter ligado num domingo e me disse para sentar.

— Nathan veio ver você. Como ele está? — perguntei.

Timon reorganizou papéis, que, na sua vasta mesa, pareciam selos de correio.

— Não é fácil para ninguém. Mas agora tive a chance de avaliar a situação.

— Tenho certeza de que você concorda que não posso trabalhar com Minty.

Timon pegou uma caneta e traçou um círculo grande num bloco com capa cor-de-rosa forte.

— Quero resolver isso logo.

— Tudo bem — eu estava absorta no forte colorido que se fragmentava diante dos meus olhos cansados.

Timon traçou um segundo círculo, menos perfeito.

— Sinto muito que sua vida particular esteja um caos. Acredite em mim, nós todos já passamos por isso. — Ele levantou os olhos, que não mostravam nem piedade nem compreensão. — O fato é que fizemos uma análise rigorosa da seção de Livros. Está precisando de uma reformulação. Como você sabe, por mim jogaríamos tudo no lixo porque não tem nenhum atrativo para a publicidade.

Eu não havia me preparado para aquele tipo de conversa, mas, se era o que Timon queria, eu ia reunir minhas energias e cooperar. Eu tinha fatos e números na ponta dos dedos e comecei a enumerá-los, mas Timon me cortou:

— Você não está compreendendo. As mudanças estão acontecendo mais rápido do que nunca, e devemos usar todas as nossas energias para não ficarmos para trás. Não — ele ergueu um dedo —, para não ficarmos para trás, não, para ficarmos à frente.

Era o discurso pomposo do mundo industrializado e eu estava acostumada a responder: "Ótimo."

Timon não escutava.

— As páginas precisam ser mais picantes, mais sensuais. Mais celebridades. Precisamos de uma mudança radical.

— Eu posso fazer isso. Me diz qual é o orçamento.

— Claro que você pode fazer isso. Mas o fato é que eu quero outra pessoa para assumir uma abordagem totalmente nova, o que significa que estamos dispensando você, Rose. Dez anos... é muito tempo num emprego. Jenny do Recursos Humanos está preparando a rescisão. Vamos tratar você da forma correta. Não precisa ligar para nossos amigos advogados, Rose. — Ele desenhou um terceiro e último círculo. — Você deve limpar sua mesa, é claro, mas gostaria que não estivesse mais aqui na hora do almoço.

— Não acho que você possa fazer isso.

A expressão dele não se alterou:

— Você conferiu seu contrato recentemente?

Mantive a minha voz firme.

— Não vou abandonar a seção no momento em que estamos aprontando tudo para ser impresso, Timon.

— Claro, claro, admirável, mas Minty pode cuidar disso.

— Não quero que ela faça.

Timon levantou-se devagar como se estivesse fazendo um esforço enorme.

— Acredite, não é uma decisão fácil, mas a mudança na sua situação me fez decidir. Liguei para Nathan esta manhã para lhe contar o que ia acontecer. Já pedi a Minty para assumir suas tarefas.

Encurralei Nathan na sala dele.

— Me dá cinco minutos — murmurei para Jean, sua secretária, ao passar. — Particular.

Lívido, Nathan ficou de pé quando escancarei a porta e entrei.

— Você sabia? — perguntei.

Ele foi fechar a porta.

— Não, não sabia. Você não pode achar que eu não lhe diria se soubesse de alguma coisa. Eu não faria isso com você, Rose.

Não, ele não faria, mas a raiva fluía pelo meu corpo e eu me agarrei a ela com alívio. Raiva era melhor do que angústia.

— Ah, você não me demitiria no trabalho, mas me demitiu em casa.

Ele se retraiu e disse:

— Sinto muito, não quis dizer isso.

Fez-se um silêncio enquanto minha raiva esfriava e eu lutava para acertar as coisas, para desenredar os fios retorcidos daquela situação. Eu disse cansada:

— Por que você não me falou que estava tão infeliz? Podíamos ter feito alguma coisa. Conversado. Procurado alguém. Alguma coisa. Até, até — bati com o punho na mesa dele —, você poderia ter tido seu caso, se precisava ter, Nathan, se decididamente precisasse ter, e voltar.

— Isso não funciona assim.

— Funciona. Pode funcionar. Se você decidir. Um bom casamento é flexível. Por que você não chegou para mim e disse: "Rose, acho que não estou tendo de você o que eu preciso." Ou: "Rose, você não está me dando muita importância, podemos mudar isto?" Ou...

— Ou "Tenho sido comparado com outro homem durante muito, muito tempo..."

Este era um Nathan que havia se dobrado e viajado para um lugar muito, muito distante.

— *Por favor*, não vem com esta desculpa de novo, Nathan. Está desgastada, e não é real. Você está usando uma justificativa cômoda para encobrir outra coisa.

Nathan balançou a cabeça e não respondeu.

A surpresa me tirou o fôlego; que o inteligente, ponderado Nathan pudesse tomar tal decisão baseado em tão poucas razões. E se iludir tanto.

— Tudo isso foi há tanto tempo, Nathan. Pensei que já tivéssemos superado. Eu fico falando dos seus casos amorosos desse modo? Não, claro que não. Pensei que tivesse convencido você. Esses anos todos que passamos juntos não provam nada? — Coloquei minhas mãos sobre a mesa e me debrucei na sua direção. — A verdadeira razão é que você não me acha mais atraente e está tentado me poupar inventando coisas?

Teríamos dividido o banheiro com muita freqüência, comido em silêncio com muita freqüência, escutado o outro repetir a queixa preferida com muita freqüência?

Não houve resposta, e eu tentei de novo:

— É porque quando envelhecemos nos sentimos menos confiantes? Mais nervosos porque estamos com uma aparência horrível, muito rígidos nas nossas maneiras de ser? E precisamos recuperar a confiança em nós mesmos? É isso, Nathan? Porque de uma coisa eu sei, não pode ser a sua leve ansiedade por causa de um romance que aconteceu faz tanto tempo... É alguma coisa, talvez, que você não consegue descrever ou compreender, mas pelo menos seja honesto e reconheça.

Ou o que eu disse calou muito fundo em Nathan, ou ele não compreendeu, mas estava claro que eu não arrancaria mais nada dele.

— Estou cansado, Rose. Quero começar de novo. Eu me apaixonei por Minty. As crianças já têm idade suficiente para aceitar.

Andei até a janela e olhei lá fora. O tráfego engarrafava a rua, e as vitrines das lojas estavam coloridas com as luzes de néon e as modas para a primavera. Acompanhei o progresso de uma viatura da polícia desviando-se das filas de carros. De repente, percebi o que tinha acontecido. Como uma sombra tinha se tornado substância. E uma desculpa. Um acostamento mental conveniente.

— Hal significa mais para você do que para mim — eu disse devagar. — Ele se tornou uma fantasia.

Atrás de mim, Nathan mexia nos papéis. Minha raiva crescia, acesa e inflamada. Virei de frente para ele.

— Sabe o que fez Timon decidir me dispensar? Pelo visto, foram você e Minty resolvendo morar juntos...

— Não diga isso — ele falou e parecia muito abatido.

— Tenho certeza de que você não queria que isso acontecesse, mas aconteceu.

— Rose... se você quer ajudar com os detalhes, a rescisão...

Olhei para ele, impotente.

— Os únicos detalhes que quero examinar são com você, Nathan, são os *nossos* detalhes, aqueles que deveríamos estar discutindo.

Por um segundo ele ficou me olhando com a antiga ternura, e houve uma leve suspeita de que estaríamos fazendo progressos, que íamos conversar. Direito. Exaustivamente. Com honestidade.

— Nathan, por favor, *vamos* pensar melhor...

Jean abriu a porta e nos interrompeu.

— Nathan, alerta vermelho na sala da diretoria. Agora.

Os olhos de Nathan não abandonaram meu rosto.

— Cinco minutos, Jean.

Ela sacudiu a cabeça loura de cabelos tingidos.

— Agora. A mulher do ministro se suicidou.

Capítulo 9

A VIAGEM, QUE CONHECÍAMOS como a palma de nossas mãos, tinha sido uma dificuldade pela esteira rolante de carros estendendo-se de Londres até a Cornualha, mas agora o carro lotado fazia o contorno do promontório. Desde Launceston, Nathan vinha cantarolando baixinho e insistia em dizer "Sim, senhora", quando eu fazia uma pergunta. Sam, 20 anos, e Poppy, 18, que passaram a noite numa festa e não tinham ido para a cama, acordaram. Poppy colocou os óculos e cutucou Sam levemente no braço.

— Você me deve uma cerveja.

O carro transportou os famintos e sedentos peregrinos pela estrada destruída. *Sim, sim, lá estava, janelas cintilando ao sol*. Localizada numa depressão dando para o mar, que o abrigava, o chalé possuía uma privacidade que, na nossa família, ia além da sua localização física.

A essa altura, já éramos especialistas na luz e no clima que varriam o litoral: tempestades cor de cinza, fins de tarde ensolarados em tons de rosa e ouro, azuis meditativos em dias claros e calmos. Às vezes, uma névoa encobria a costa e escondia a praia. Com freqüência as nuvens se acumulavam no horizonte, causando o curioso efeito de trazê-lo mais para perto. Às vezes eu me imaginava atravessando a água a pé e subindo nele. Se o céu estava azul, íamos pescar. Se chovia, saíamos em busca de *fish and chips* ou caminhávamos pelo promontório até a aldeia onde comíamos melado com creme da Mrs. Tresco, chás "trovões e relâmpagos" e bebíamos cerveja no *pub*.

— Sim, senhora. O tempo está ótimo. — Nathan parou o carro. — Nem vou entrar.

Cruzei as mãos no colo e perguntei com voz doce.

— E as malas?

Ele deu a volta até o meu lado do carro e abriu a porta.

— Danem-se as malas. As crianças cuidam disso. Você vem também.

— Danem-se as malas. — Eu abandonei o carro e sua bagunça de malas, papéis, embalagens vazias de bebidas e caixas de comida.

Sam deu um suspiro.

— Vale quanto?

— Muito. — eu disse. — A gente acerta o câmbio depois.

Nathan pegou a sacola de pesca e agarrou minha mão. Só tive tempo de apanhar meu suéter. Fomos descendo até a praia, como as crianças excitadas que um dia pastoreamos com tanto cuidado. Meu pés nos tênis de lona corriam sobre a relva, saltavam sobre as pedras, mergulhavam na areia branca seca.

Johnny, o marinheiro, tinha rebocado o barco até a praia e o deixara no lugar de sempre, com o motor de popa lubrificado e pronto. Nathan soltou a lona e jogou sua sacola lá dentro. Juntei-me a ele e empurramos o reboque até a beira da água.

Nathan deu um impulso pulando por cima do costado e preparou o motor. Eu puxei o reboque de volta para a praia, e avancei por entre ondulações sedosas de água em direção ao barco.

— Vamos — Nathan estendia a mão. — Vai ficar aí o dia inteiro?

Orgulhosa da perícia adquirida ao longo dos anos, prendi os remos nas toleteiras. Eles mergulharam na água, e eu iniciei a tração constante, medida, sentindo os músculos enrijecendo nas minhas costas e nos meus braços, e a maré trabalhando contra mim. Acelerei o ritmo e, não demorou muito, parei de tremer.

O vento estava mais cortante na Fiddler's Rock e tomei cuidado para me desviar de um campo de algas do mar planas e cheirando mal, que ocultava rochas de dentes pontiagudos e afiados que gostavam de barcos no café-da-manhã. "OK", disse Nathan, e eu parei de remar. No mesmo instante ficou tudo em silêncio, exceto pelo barulho da água batendo na lateral do barco. Nathan puxou a corda, o motor estalou, roncou e se acalmou. Ele pegou a cana do leme e navegamos sobre as ondas em direção ao lugar onde as cavalinhas circulavam.

Eu me ocupava desembaraçando a linha. Por mais cuidado que se tivesse ao guardá-la no final da temporada, ela sempre enrolava no armário e eu tinha de prestar atenção para que os anzóis não furassem meus dedos. Nathan desligou o motor e preparou-o de novo, pronto para uma rápida partida se necessário.

— Você primeiro.

Eu joguei a linha, observando as penas coloridas da isca inflarem ao tocar na água. O sol batia nos meus braços, aquecendo a carne que tinha ficado escondida na cidade. Olhei para cima. Nathan estava me observando.

— Vamos ter um tempo para nós este ano — disse ele. — Não vamos?

A linha estava esticada nas minhas mãos, a água batia de leve contra o barco e a luz era atordoante. Eu me vi surpresa e trêmula de alegria. Era a alegria de estar viva, de fazer parte do mistério da existência, a alegria mais simples do amor de Nathan.

Mais ou menos uma hora depois, subimos a passos pesados o caminho de volta a Beach Cottage. Eu levava a sacola de pesca e Nathan carregava nosso jantar. Três cavalinhas: as melhores para o primeiro dia de pesca.

No topo do caminho, Sam estava sondando o rochedo, uma das mãos protegendo os olhos. Quando nos viu, começou a descer na nossa direção. Preguiçosamente, imaginei que ele poderia dizer. *Tudo pronto. Camas feitas. Comida no armário. Pode pagar*.

Em vez disso, quando ele chegou, ofegante, na saliência onde tínhamos parado para olhar o mar e Nathan estava com o braço apoiado nos meus ombros, ele disse: "Pai, alguém telefonou. Querem você de volta em Londres."

Por que não bati o pé naquela ocasião, pensei, e em todas as outras vezes? Por que não tinha feito isso agora?

— Desculpe — disse Jean. — Sei que você e Nathan tinham coisas para conversar, mas foi impossível não interromper.

Ela parecia constrangida, e eu sabia que ela sabia.

— Sempre foi assim, Jean.

— Eu sei — ela disse com tristeza.

A mulher do ministro tinha apenas 37 anos. Pela foto na televisão da redação, que irradiava um fluxo constante de notícias, ela parecia bonita e com um tipo bem inglês, loura e de ossos grandes. Na fotografia, ela estava de calças compridas e suéter de gola pólo, a roupa correta e comportada de uma Boa Esposa. Havia dois filhos adolescentes, o mais jovem a encontrara dependurada na balaustrada.

Boas Esposas se matam tão bem como qualquer outra pessoa.

O rosto dela aparecia numa vinheta no canto direito superior da tela, enquanto os comentaristas eram apresentados para discutir sua morte. Acompanhada por seus tons modulados, esvaziei minha mesa e fiz minha mala, arrumei as pilhas de livros na ordem de publicação e deletei arquivos do computador. Liguei para Steven para avisá-lo sobre as páginas que estavam atrasadas.

— Deixa isso para Minty.

Maeve estava nitidamente furiosa. A rádio-corredor tinha funcionado e ela apareceu para supervisionar a morte da minha carreira — e saber dos detalhes. Suas sobrancelhas desenhadas a lápis se fecharam.

— Não sei o que Timon pensa que está fazendo. É um absurdo. — Mas sua indignação tinha matizes de insegurança. — A próxima sou eu, sem dúvida, não sou mais um brotinho. — Ela se debruçou e insistiu: — Vá para os tribunais. Lute em defesa da mulher mais velha, porque o motivo é esse.

Eu estava tremendo de fúria e choque, mas continuei a arrumar a pilha de livros.

— Não acho que seja assim tão simples, Maeve.

— Acorde, Rose. — Ela arrancou dois livros da minha mão. — Pare com isso. Não perca nem mais um minuto com eles do que você precisa. Você não deve nada a eles.

O comentarista da televisão estava na porta da casa do ministro, que estava cercada, e relatava as atividades caridosas e eleitorais da esposa, a reação dos amigos estarrecidos, e dizia que os filhos estavam escondidos.

Com a tristeza dos filhos do ministro em mente, e a morte da mulher, eu não me decidia a fazer o gesto de deixar aquelas últimas tarefas desnecessárias incompletas. Juntas, Maeve e eu enchemos uma caixa com meus papéis de carta e canetas, meus arquivos — a fotografia — e deixamos para que ela fosse entregue em Lakey Street.

Maeve olhou de relance para a tela da televisão onde o advogado do ministro fazia um apelo em defesa da privacidade da família.

— Que idiotas — disse ela, furiosa e surpreendentemente. — Deixarem se pegar assim.

Beijei Maeve, prometi manter contato, dei-lhe a minha caneca, estampada com os dizeres “I is edikacated”, e fui procurar Jenny, no Recursos Humanos. Nenhuma das duas gostou dos 15 minutos que tomei do seu tempo, e saí de lá com uma pasta de documentos que me recusei a assinar antes de consultar meu advogado.

— Timon não vai gostar disso — disse Jenny, atarantada, e eu brinquei com a idéia de lhe dizer que ela tinha errado de profissão.

Na recepção, entreguei meu crachá a Charlie.

— Sinto muito o que aconteceu, Rose — disse ele, ao cancelá-lo. Ele tinha assinado o cartão pelo meu aniversário de 45 anos, organizado por Jean — mais de quarenta assinaturas espalhadas, com piadinhas sobre o trabalho (eu lembraria o que elas queriam dizer?) e me desejado muitos anos de vida.

— Gostei de trabalhar com você — eu disse a ele, mas Charlie tinha transferido sua atenção para um mensageiro.

Saí do prédio e parei. Apenas uma vez na minha vida eu não tinha tido idéia do que fazer, para onde ir. Apenas uma vez antes eu tinha me sentido exposta e esmagada pelo peso da dor e do desespero.

Aspirei a fumaça dos carros, um toque de lixo podre e a consciência de que, por enquanto, eu estava perdida. A sacola de livros pendia frouxa do meu ombro, um símbolo do vazio que existia dentro de mim.

Uma mulher esbarrou em mim e continuou correndo. Uma mulher passou empurrando um bebê num carrinho. Um homem de sobretudo preto gritou para um ônibus.

Meus pés moveram-se para a frente. O ar entrava e saía do meu peito. Eu continuei descendo a rua, mas observava aquela mulher caminhando com sua sacola vazia. Eu sentia um enorme desapego, e um curioso desejo de rir. *Veja o lado positivo, Rose. Você não precisa se incomodar que o pessoal no trabalho saiba o que Nathan fez.*

Na porta da academia de ginástica, eu parei. Todo mundo sabia que aquele era o melhor lugar. As fofocas e assuntos do vestiário feminino superavam os da cantina na redação. Era privado, íntimo, nu — a essência de uma questão sempre alcançada rápida e plenamente: as vitaminas no bar, o que os aparelhos faziam pela anatomia e, especialmente, a qualidade do ar era avidamente discutido. Às vezes o ar estava bom, outros dias estava denso pelo suor exalado de corpos malhando. Em outras ocasiões, dizia-se que havia doenças espreitando nas tubulações.

Era exatamente o tipo de lugar que Minty escolheria como seu segundo lar.

A grossa porta de vidro cinzelado abria e fechava, abria e fechava, revelando uma recepcionista numa camiseta justa, verde ácido. Um pelotão de mulheres carregando bolsas de esporte entrou, tagarelando. A porta se fechou silenciosamente, reforçando a exclusividade da academia.

Do lado de fora, olhei para dentro.

Acabei empurrando a grossa porta divisória e entrando.

Minty não estava no bar, nem no spa, ou num dos aparelhos. Procurei por ela no vestiário. Encurvada num banco, ela estava nua, absorta, distraída, secando os dedos dos pés. Em seguida ela se levantou e esfregou loção no corpo rígido, confiante, que ela tratava tão bem.

Rosa, branco, marfim e preto, cabelos desarrumados, pernas longas, barrigas firmes: a sala palpitava de carne feminina. Mulheres deslocavam-se entre os armários e chuveiros, zumbiam os secadores de cabelo, uma porta de armário bateu. Eram todas ainda jovens. Os corpos ainda não estavam frouxos e desobedientes, e o vácuo entre seus desejos e o que recebiam de volta ainda não se ampliara ao ponto do impossível. Talvez fosse isso que Nathan estava tentando resgatar, e achava que não podia me contar.

Minty continuava a acariciar e aperfeiçoar o corpo que ele preferia. Com a mão trêmula, sequei a umidade que, no calor, tinha aflorado no meu lábio superior. Eu deveria enfrentar Minty e pedir satisfações. Mas, tremendo e com medo, fugi.

Quando cheguei em Lakey Street, havia uma mochila no vestíbulo. Poppy surgiu da cozinha assim que entrei em casa.

— Mãe, estou aqui.

Abracei minha filha. Ela aninhou-se nos meus braços e o alívio de tê-la comigo foi como uma explosão de sol. Eu pensei: É isso que importa. Finalmente, ela se afastou, passou o braço pela minha cintura e me levou para a cozinha.

— Você está com uma cara horrível, mãe.

Ela tirou os óculos e limpou na sua saia de musselina, os olhos arregalados no esforço para enxergar. Poppy era extremamente míope, detestava os óculos que tinha de usar e nunca se sentia confortável com eles, mas detestava ainda mais a idéia das lentes de contato.

Tentei sorrir, fracassei, então expliquei que tinha perdido o emprego para Minty.

Os lábios vermelhos cheios se apertaram com fúria e desgosto. Na maioria das vezes, Poppy não achava a vida fácil e não tinha tido, ainda, tempo para desenvolver um sentido de ironia que a protegesse. As armadilhas colocadas à sua frente eram diferentes daquelas que Sam tinha de enfrentar, mas ambos podiam ser terrivelmente magoados. Isso não me deixava dormir de noite também.

— Papai não pode querer viver com alguém que fez isso. — Ela se esforçava para pronunciar as palavras, e sua perplexidade era como uma estaca enfiada no meu coração. — Pode?

Tentei explicar que Nathan não tivera a intenção de causar nada daquilo, e que não existia necessariamente essa relação entre os acontecimentos, por incrível que parecesse.

— Foi uma coincidência, foi decisão de Timon. Papai não sabia. Eu estava ali havia muito tempo, Poppy, e eles queriam uma abordagem diferente.

— Imagina! — Os olhos de Poppy se encheram de água e transbordaram. — Timon não teria feito isso se papai não tivesse deixado você. Ele não teria tido coragem. Oh, meu Deus — ela enxugou as lágrimas com a bainha da saia. — Estou tão triste.

— Aposto que ainda não comeu. — Procurei refúgio sendo previsível e maternal.

Poppy foi fazer carinho em Parsley, que estava sentada no seu lugar de sempre.

— Parsley parece mais velha — ela disse.

— Parsley é uma velha senhora — eu disse rapidamente. — Vou preparar uma omelete para você — eu já estava pegando os ovos e o queijo.

— Vou ligar para Richard.

Quinze minutos depois, fui procurar Poppy e a encontrei ferrada no sono no sofá da sala de estar, o celular agarrado em uma das mãos estendida. As marcas das lágrimas ainda estavam no seu rosto. Quando a acordei com um beijo, ela se virou para mim daquele velho jeito e eu tomei fôlego.

No meio da omelete, ela descansou o garfo.

— Não tem nada que eu e Sam possamos fazer, tem?

— Acho que não. A coisa é entre mim e seu pai.

Poppy tentava digerir isto.

— Como ele *pôde* deixar você?

Meus joelhos enfraqueceram com o esforço de concentração. Como imaginar regras rapidamente para uma situação da qual eu não tinha experiência? Sentei-me, de frente para Poppy, e lutei para ser justa e imparcial.

— Vamos tentar fazer as coisas da forma mais civilizada possível. Não vamos expor você e Sam a cenas.

— Por que não? Você não se sente civilizada, sente?

Às vezes eu esquecia como Poppy podia ser ousada. Tinha uma mancha opaca na superfície de madeira e eu esfreguei.

— Não, não me sinto. É como se me tivessem cortado fora uma perna ou um braço.

— Não posso acreditar nisso.

A cozinha ficou silenciosa.

— Nem eu.

Sem nenhum entusiasmo evidente, Poppy atacou o resto da omelete.

— O comportamento de papai é muito instável, *e* isso é constrangedor. Quem ele pensa que é, correndo atrás de uma mulher mais nova? É uma coisa tão... tão batida.

Sua veemência me deixou ansiosa.

— Tenho certeza de que ele vai falar com você sobre os seus sentimentos. Você devia ir falar com ele.

Ela estalou a língua num gesto de impaciência.

— Não sei se quero falar com ele. Ele arruinou nossa família. Ele nos abandonou.

— Poppy, você é uma pessoa adulta agora, e ele continua sendo seu pai.

Ela não queria me ouvir.

— Como você vai viver? Onde você vai viver? Qual de vocês dois formará um novo lar? — Poppy levantou as mãos em direção ao rosto e cobriu os olhos. — Lakey Street será vendida. Imagine isso, mãe. Uma semana com você, uma com papai. Encontros desagradáveis em casamentos e funerais... — Ela se calou. — Acabou. A nossa vida. A imagem da nossa vida.

Quando se curva demais, o rio pega um atalho, ou assim eu tinha aprendido nas aulas de geografia, criando um lago em forma de cotovelo de relva encharcada, agriões e vida buliçosa e secreta. Poppy tinha o mesmo jeito de cortar caminho por entre curvas e esquinas como o rio, e eu ficava intrigada sem saber onde ela havia adquirido essa característica teimosa, de puladora de carniça — a característica que também ignorava regras e coisas inconvenientes como exames e a necessidade de ganhar a vida.

"Deixe que ela — a criança — lhe fale sobre suas necessidades", escreveu um mestre, em quem eu acreditei no início. Nathan lia o livro enquanto eu andava de um lado para o outro com uma Poppy de três meses de idade que esganiçava, que tinha anunciado que dormir era coisa muito chata. Era um sentimento bem sintonizado com uma sociedade que queria se reformar e repensar as suas mulheres. Quando descobrimos o que o mestre *realmente* queria dizer, que "devemos permitir que os filhos pisem em cima de nós", como Nathan expressou (depois de uma colisão), Sam e Poppy já estavam bem crescidos.

Ajeitei o prato de Poppy na lava-louças e coloquei uma maçã na frente dela.

— Aqui, coma isto.

Ela olhou para mim.

— Não foi nada que Sam e eu fizemos, foi? Eu costumava achar que nós sugávamos você tanto que não sobrava tempo para papai. Depois, veio seu trabalho. — Ela tirou os óculos e os colocou na mesa na sua frente. — Não pode ter sido isso, pode?

— Não.

Ela afastou os óculos.

— Jura?

— Juro.

Poppy deu uma mordida na maçã. Parecia mais relaxada e confiante.

— Eu cobrei isso de papai, pelo telefone. Eu o deixei irritado, na verdade.

Eu não queria olhar dentro daqueles olhos intrigados, míopes, e me ocupei com as coisas que estavam na pia.

— Poppy, um dia... tudo ficará mais normal e teremos de construir pontes. Você entende? Você compreende isso?

— Claro. — Poppy pegou o celular, que nunca estava longe, e brincou com os botões. — Mensagem de Richard. Ele me ama. — Ela riu. — Eu o amo, ele é tão cheio de vida. Tão aventureiro. Tão generoso. Acho que Richard nunca vai ser um chato. Por falar nisso, partimos para o Oriente assim que terminarem as provas finais.

— Pensei que você e Jilly fossem fazer alguma coisa. — Jilly era a melhor amiga de Poppy. Tinham se conhecido na universidade e entrado logo naquela intimidade absorvente só possível antes de começar a vida real.

— Jilly vai para a Nova Zelândia, ver uma tia ou coisa assim.

Poppy falava como se fosse uma coisa à-toa, mas eu via que ela estava se sentindo um pouco traída. Sequei a pia e pendurei o pano de prato na torneira. Meu peito estava apertado, como quando Sam tinha anunciado que ia para Moçambique dar aulas antes de entrar para a faculdade. Em parte era pelo perigo, porém mais porque os filhotes estavam abrindo as asas e voando.

— Para onde vocês vão? E como vão pagar?

Da sua forma típica, Poppy ignorou a última parte da pergunta.

— Índia, eu acho. Talvez Tailândia. Não sei ainda. É a última folga, mãe, antes de nos tornarmos chatos e sérios. Não precisa se preocupar, Richard vai tomar conta de mim.

Isso não garantia nada. A última vez que Nathan e eu vimos Richard, ele tinha cabelos caindo sobre os ombros, estava vestido com um *shalwar kameez** e nos pregou um sermão sobre a perversidade do imperialismo econômico ocidental, usando expressões como "bárbaro" e "opressores". Até hoje, não sei ao certo se ele estava provocando ou falando sério.

Eu sabia perfeitamente bem o que não deveria dizer, e disse:

— E quanto a procurar um emprego?

---

*Vestimenta tradicional dos afegãos, composta de túnica longa e calça larga. (*N. do E.*)

A cor voltou aos lábios de Poppy.

— Não quero ficar amarrada e desesperada um minuto antes do necessário, mãe. Como você fez.

— O que os pais de Richard pensam?

Ele viviam em Northumberland e eram, até onde pudemos descobrir, uma presença bastante obscura.

— Richard já pensou no futuro?

O tédio estava registrado em cada linha do corpo de Poppy.

— Não tenho idéia. Talvez. — Ela virou a cabeça e ficou olhando pela janela. —Todo mundo insiste em falar comigo sobre o futuro — bem, quem tem mais de 25 anos, que parece ser quando a degeneração do cérebro se instala de forma mais grave. É como uma doença. Não conseguem esperar que eu me encaixe numa categoria que possam compreender. "É tão excitante", dizem. Se soubessem o que penso dessa gente.

Passei os olhos pela cozinha, viva com murmúrios do passado.

— Lembra dos sapatinhos vermelhos?

Poppy caçava um caroço de maçã no prato.

— Aquela velha história.

No dia do seu aniversário de 7 anos, Nathan, Ianthe, Sam e eu levamos Poppy para comprar aquele par de sapatos vermelhos que, segundo a propaganda, iriam transformá-la numa princesa. Não se concretizando o *status* de nobreza (nem também o vestido longo), os gritos de Poppy esvaziaram a loja. "Mas eles prometeram, e não é verdade", ela soluçava. "Eles prometeram."

— Foi uma das raras vezes que papai disse: "Toma, você cuida dela." Era ele quem geralmente acalmava você.

A cara de Poppy caiu.

— Ah, mamãe — ela engasgou —, é tão horrível. Tudo mudou. Pensei que a única coisa que nunca mudaria era você e papai. E é tão horrível que não estou agüentando.

Poppy ficou três dias, fingindo estudar e se recusando a ver Nathan. Nem queria falar com ele. Isso o deve ter magoado.

"Meu pai", alguém escutou Poppy confidenciando a uma amiga na sua festa de aniversário, aos 9 anos, "não briga comigo". Mas ele brigava com Sam, de quem esperava outras coisas, mais rígidas. Além do jardim, esse era um dos raros motivos de discussão entre nós dois. Sam tornou-se uma pessoa séria quando compreendeu que a vida era intrinsecamente injusta. Reivindicando com sucesso o monopólio do coração de Nathan, com sortilégios, um par de olhos grandes e lábios vermelhos amuados, Poppy tinha ensinado muito cedo ao irmão um lição útil e brutal.

Entupida de comida e pílulas de vitamina, ela pegou o trem de volta para Nottingham. Eu me ofereci para pagar a passagem, mas ela não aceitou.

— Eu *gosto* dessas coisas de estudante.

Teimosa e insistente.

— Depois deste, só falta mais um período.

Capítulo 10

Como metade de mim era minha mãe, nada mais natural do que eu compartilhar com ela alguns de seus hábitos.

Quando as coisas ficaram insuportáveis, meus pensamentos sombrios demais e deprimentes demais, eu me vi andando de quarto em quarto, como Ianthe tinha feito quando meu pai morreu. Subindo até meu estúdio, remexendo papéis a esmo sobre a escrivaninha, seguindo para o quarto de hóspedes, descendo de novo as escadas até a cozinha.

Era um reflexo que devo ter aprendido com ela — uma forma de ter certeza de que o corpo ainda funcionava, de lidar com uma grande perda.

Os dias se arrastavam até a noite, a noite até o dia.

Um homem da Gleeson's ligou.

— É a Sra. Lloyd que está falando? Recebi o novo aspirador de pó que a senhora encomendou. Vai ter alguém em casa na quarta-feira?

— Não sei — respondi.

— Sra. Lloyd?

— Sim, sim, vai ter.

Eu estava assustada com minhas respostas. Da noite para o dia eu tinha perdido a capacidade de decidir até as questões mais simples. Passava horas imaginando o que dizer a Nathan — toda uma arquitetura de novos começos e promessas, e o mesmo número de horas decidindo não vê-lo de modo algum, nunca mais.

Se fechava os olhos, via-me insultando Minty com expressões violentas. Se as ignorava, outras igualmente vívidas de estar *magoando-a* tomavam o seu lugar.

Passei por todas as cansativas rotinas de como-você-foi-fazer-isso-comigo-Nathan. Eu mostrava que tinha sido uma Boa Esposa, que o amara, lhe dera filhos, contribuíra financeiramente. Eu tinha sido fiel. Não era este um mau retorno desse investimento emocional?

E o emprego que perdi? Como *isso* podia ter acontecido? Onde estava a justiça natural?

Assim eu ia como um ioiô. Do emprego para o casamento. Do casamento para o emprego. Um era maior do que o outro, no entanto estavam ligados.

Eu não conseguia comer e, no fim da semana, estava trêmula por falta de alimento.

Tentei ler, mas os livros não me interessavam.

A música era pior.

Quando escurecia, eu deitava na cama com os olhos vermelhos, ardendo e implorando para dormir.

De tempos em tempos, eu tinha sorte, cochilava e sonhava, sempre, com um jardim ensolarado: com as folhas aveludadas da oliveira, com o perfume da primavera, fresco, leve e doce, com meus dedos mergulhando na terra e deixando-a escapar entre eles. Nesses sonhos, uma voz soava do outro lado dessas gentis telas: o jardim é uma âncora para você, ela sugeria. Suas complicações e sutilezas jamais são traiçoeiras. Mas quando eu lutava impaciente com o ferrolho das janelas francesas e saía, não podia vê-lo. O ar abafado dos carros lá fora asfixiava sua nítida e picante fragrância, o solo estava duro e ácido, as plantas murchas. O jardim estava morto para mim, e eu para ele. Quase sempre eu voltava para dentro.

Assim, eu bebia o uísque de Nathan e, como minha mãe antes de mim, andava de um lado para o outro pela casa.

— Ele ficou muito aborrecido com o caso Suez — Ianthe me contou, quando tive idade suficiente para compreender o que era Suez. — Esse foi o assassino.

Acho que ela estava certa. Suez atingiu fundo a honra antiquada de meu pai, sacudiu o que soubemos tarde demais ser o seu músculo cardíaco fraco.

— Ele ficou tão zangado — disse ela. — E humilhado pelo fracasso. Ele disse que devíamos liderar o mundo mas nos tornamos Hitlers. Ele nunca mais foi o mesmo depois disso.

Fez muito frio naquele janeiro, na semana do meu décimo primeiro aniversário. O frio matou, os cemitérios estavam transbordando, e o Conselho emitiu uma nota proibindo as pessoas de morrerem dentro dos limites paroquiais de Yelland. Se houvesse a mínima possibilidade de alguém fazer isso, deveria ser transferido para a paróquia vizinha. Meu pai riu a valer com a piada.

— Nada como um Conselho que pensa ser Deus.

Fico feliz por ele ter encontrado alguma coisa de que rir, e ainda mais contente porque ele não deve ter percebido a ironia.

O frio esfolava as pontas dos dedos e rachava os lábios. Na manhã da morte do meu pai, eu abri a janela do meu quarto e espiei lá fora. Mais neve tinha caído durante a noite e limpado o céu. O chão estava branco e cintilante, e o vento havia traçado desenhos nas belas planícies cobertas de neve. Debrucei-me sobre o caixilho da janela e imaginei que lá fora havia um bolo de aniversário gigante, só para mim.

No andar de baixo, na sua cadeira perto do fogão, meu pai torrava pão num garfo, bebia seu chá e representava a pantomima diária de encontrar seus óculos. Em seguida ele abotoava o paletó de *tweed* e colocava o boné.

— Vou pegar a pá — disse ele para minha mãe — e limpar a entrada.

Ele não voltou mais.

Foi Ianthe que o encontrou, ainda segurando a pá, as mãos rapidamente congelando. Um ataque cardíaco. O modo como ele morreu era tão comum que ninguém deu muita importância, assim como o fato de não ter deixado um testamento, o que resultou em mais confusão e angústia. É possível que meu pai acreditasse que os médicos fossem capazes de curar a si mesmos. O mais provável, entretanto, é que ele ignorasse o seu estado. Se tivesse suspeitado que seu coração era tão frágil, tenho certeza de que teria tentado saldar suas dívidas, contraídas por ter clinicado no interior com base nas necessidades do pacientes e não no lucro.

Lembro-me de ter ficado muito assustada com a expressão no rosto de minha mãe: estava tensa, contida, fúnebre.

Só de noite, andando de um lado para o outro do chalé, ela se entregava. Deitada na minha cama, angustiada e congelando de frio, eu sabia exatamente que degrau estalaria, que porta estava pesada de umidade, e que tábua do piso se deslocava quando ela parava na porta do meu quarto para ver se eu respirava.

Durante todo o resto do inverno até uma cruel primavera, o vento matraqueava pelas frestas e a neve se enfiava pelos cantos mais estranhos. Foi um verão úmido, desanimado, também, e um outono molhado, e um dia uma van parou na porta de Medlars Cottage.

— Estes cavalheiros vieram buscar nossos móveis — uma Ianthe de olhos vermelhos, e agora parecendo uma alma penada, anunciou. — Não precisamos deles, Rose, e vai sobrar um pouco de dinheiro para uma casa nova. Nós vamos para uma casa nova. Não é uma boa surpresa? Não se preocupe, vai ser divertido.

Ela segurou firme minha mão enquanto os homens colocavam nos ombros as nossas coisas e carregavam para a van.

As lágrimas escorriam pelo seu rosto e cada linha do seu corpo gritava em protesto. No entanto...

— Rose — ela proclamou, através das lágrimas no seu jeito treinado —, não é uma sorte termos uma nova casa para ir? Temos muita coisa a agradecer.

Eu olhava da minha mãe para a sala que ia rapidamente ficando vazia. Eu não tinha percebido que o rodapé da parede estava frouxo, que a pintura estava descascando, ou que o assoalho debaixo da janela estava podre.

Por que eu não tinha percebido, também, que Ianthe mentia?

Como está a minha gatinha? Eu escutava meu pai murmurar, dentro da minha cabeça. Eu queria que ele estivesse ali, eu queria que Medlars Cottage continuasse sendo nosso, mesmo com as rachaduras, o espaço e o vazio.

— Mas não tem nada para agradecer — eu gritei.

— Shh — Ianthe me apertou mais contra o seu corpo. Senti os ossos dos seus quadris me espetando, senti o cheiro de algodão limpo e sabão. — Shhh, agora.

Mas pais vêm e vão, lares se esvaziam, mães não falam a verdade. Apesar de todo o empenho do conselho, a morte não podia ser obrigada a obedecer. E a superfície luminosa e esfregada do meu lar escondia depósitos secretos de neve e gelo.

Durante a primeira semana, os livros enviados diretamente pelos editores, fora do sistema normal, continuaram a chegar. Eu não me dei ao trabalho de abrir os embrulhos pois podia adivinhar quais eram. A pesada biografia, o grande livro de culinária ilustrado. Um manuscrito.

Na segunda semana, a notícia tinha circulado. Os embrulhos diminuíram e, em breve, o carteiro não tocava mais a campainha.

Minty escreveu uma carta.

Cara Rose,

Você não vai acreditar quando eu lhe disser que não sabia o que Timon planejava até muito recentemente. Entretanto, diante da idéia, eu não ia recusar. Raciocinei que você tinha tido sua vez, tinha tido seu dia ao sol, e agora era a vez de outra pessoa, a minha vez, e que nisso havia uma justiça natural. Sei que justiça natural é um conceito no qual você acredita e espero que um dia reconheça que fiz a escolha certa para mim. Mas o propósito desta carta é lhe dizer que Nathan não sabia de nada. Sinto falta das nossas conversas.

Minty

Eu li e reli a carta, com sua pretensa honestidade, sua explicação ilusória e suas espetaculares suposições, que eram uma máscara para os apetites de Minty.

Eu não podia mais adiar contar para Ianthe e liguei para ela, peguei o carro e fui até Kingston.

— Bom e barato, Rose, exatamente o que precisamos — tinha sido o magistral veredicto de Ianthe, expresso com o típico entusiasmo da Sra. Miniver, na Pankhurst Parade. O número 14 ficava em uma das várias estradas idênticas no conjunto residencial nos arredores da cidade. Por que Kingston? As razões de Ianthe para nos levar de Yelland lá para o sul eram complicadas demais para nenhuma das duas entender na época. Barato tinha sido; bom, não.

Hoje, vestida com uma camiseta e saia de lã, ela estava sentada na sua cadeira com as mãos entrelaçadas. Esta era a pose de espera de Ianthe. Você a vê nos quadros: uma forma feminina — quase sempre feminina — composta numa cadeira, ou num banco, aguardando ordens, ou esperando que a vida comece ou acabe.

Para uma mulher tão ocupada, Ianthe tinha um talento extraordinário para isso — esperar por mim, esperar que a comida ficasse pronta no fogo, esperar por Deus na igreja de chapéu e casaco de *tweed*, esperar que as coisas se acertassem, desde que ela observasse as regras. *Paciência é ter paciência*, ela dizia.

Excepcionalmente, ela estava pálida e sem maquiagem, os cabelos malcuidados.

— Diga-me o que aconteceu, Rose.

Eu me inclinei para beijá-la, sentei-me e tomei suas mãos nas minhas.

— Estou com um problema.

— Achei que fosse isso. — Os dedos de Ianthe estavam cravados nas minhas mãos. — Alguma coisa com as crianças?

— Não. — Eu tive de fazer força para continuar. — É Nathan. Ele resolveu me deixar por outra mulher. Na verdade, é Minty, minha assistente. — Engoli em seco. — E perdi o meu emprego... também para Minty.

Ianthe balançou a cabeça.

— Acho que você vai ter de me contar de novo.

— Nathan q-quer liberdade. Ele pensa que Minty lhe dará isso.

Ela estremeceu para absorver a notícia, e tentou equacioná-la com a imagem do genro de que gostava.

Corria na família a piada de que Nathan e Ianthe desafiavam qualquer clichê de sogra, pois eles se amavam. De férias, Nathan lhe mandava cartões-postais gigantescos, trazia de presente jóias enormes e mel em potes de porcelana com abelhas pesadíssimas gravadas em relevo. Ele se preocupava com sua pensão, fazia seu imposto de renda e insistia em pagar seu plano de saúde, o que ela desaprovava. "Não quero incomodar, e não gosto de médicos particulares", ela me disse. "E não gosto das mãos deles. Muito tratadas."

Ela remexeu de leve os ralos cabelos na nuca.

— Você estava sempre tão ocupada, Rose. Nunca tinha tempo. Sempre correndo.

Concordo que só podemos ver as coisas do nosso próprio ponto de vista, mas a sua reação doeu.

— É só isso que você tem para dizer?

— É terrível. — Ianthe reclinou-se na cadeira. Parecia magoada e, de repente, exausta pelas expectativas que se revelavam cada vez mais cruéis em suas frustrações. Eu me levantei e fiquei de pé perto da janela. — Que mulher má.

Isso não me surpreendeu. Na única ocasião em que Minty e Ianthe tinham se encontrado num almoço de domingo, Minty não soubera lidar com Ianthe. "Não me dou com gente velha", eu a escutei explicar a uma amiga pelo telefone da redação. "Não entendo essa gente." E Ianthe tinha exibido um surpreendente ponto cego. "Gente como ela faz tanta *questão* de ser jovem, que é muito egoísmo. Faz as outras pessoas se sentirem supérfluas."

— Rose, você falou com Nathan, tentou resolver isso?

— Nathan não deu muita opção.

Seu tom ficou mais exasperado.

— Casamentos não terminam assim. Você verá. Os homens são umas criaturas muito engraçadas. Precisam de muitos cuidados.

— Azar para Nathan, então, mãe. Minty só está interessada no número um.

— Talvez Nathan precise ser lembrado do quanto é importante para você. O sangue lhe subiu um pouco à cabeça e, no momento, ele não está enxergando direito.

— Não foi bem para a cabeça, mãe.

— Você sabe o que estou dizendo.

Eu sabia. Ianthe tinha aprendido suas opiniões com a mãe, que aprendera com a mãe dela antes, mulheres que tinham esfregado os degraus da porta de casa, feito o próprio pão, tido seus bebês em casa. Ela tinha abaixado a cabeça e feito da obediência às restrições delas o objetivo da sua vida.

A campainha da porta tocou, eu fui atender. Com uma rapidez surpreendente, Ianthe levantou-se e correu para o toalete do andar de baixo onde guardava o batom e o pó de arroz de emergência, aparecendo meio minuto depois com os cabelos penteados e os lábios rosa-alaranjados.

Charlie Potter estava entregando os horários do *bridge*. Observei minha mãe flertando gentilmente e dizendo que, sim, ela chegaria a tempo e estava planejando fazer uma travessa com os sanduíches de ovos preferidos dele.

Enquanto conversavam, subi para meu antigo quarto, que permanecia intacto, mas que parecia encolher a cada vez que eu entrava. Neste ritmo, não demoraria muito para a colcha branca de algodão e o abajur com a cúpula cor-de-rosa ficarem do tamanho de uma casa de bonecas.

Lá embaixo, Charlie Potter deu uma risada e minha mãe o acompanhou com uma discreta risadinha. Era um som agradável, o inocente flerte de Ianthe.

Minha infância parecia muito distante e eu precisava agarrar alguma coisa dela, qualquer coisa. Abri o armário onde Ianthe guardava meus objetos infantis, mas não descartados. O pó cobria as caixas e havia um odor seco, mofado, de lavanda velha. Apoiada no fundo estava uma colagem de recortes de jornal e fotos de revistas e retratos de autores preferidos grudada num papelão. Ela havia me ocupado durante anos e habitado o quarto. Ianthe detestava, mas tinha sido o meu jeito de definir quem eu era e a interminável passagem para a vida adulta. Eu implorava, salvava, armazenava e escondia recortes, fotografias, cartões-postais e com aquelas imagens construía reinos. Uma das primeiras foi a foto de uma família fazendo um piquenique à beira-mar: mamãe, papai e duas garotinhas.

Eu tinha estudado aquela fotografia em busca de pistas do que eu estava perdendo: sorrisos, uma toalha de mesa riscadinha, sanduíches de carne em conserva, o pai abraçado com a filha mais velha, a mãe ocupada com o piquenique. Como eu tinha desejado ser aquela família. Como eu tinha desejado o meu pai de volta, e ver minha mãe arrumar os cabelos quando escutava os passos dele no final da tarde. Como eu tinha desejado vê-lo sentado à mesa.

Uma família.

Quando entrei na adolescência a colagem mudou. As imagens que eu escolhia falavam de fuga. Ali estava a fotografia de um lago e uma vista aérea de um deserto da Patagônia, rosa, azul e verde-acinzentado, roubada da revista *National Geographic.* A cola tinha feito os cantos se enroscarem como casca de maçã. Ali havia desertos, selvas e estranhos cenários aos quais eu atribuíra poderes mágicos para transformar e encantar. Era só entrar nele e a menina de uniforme de escola barato se tornaria poderosa e esperta. Quanto mais diferentes e distantes de Kingston elas pareciam, mais forte o seu fascínio e mais eu sonhava com elas.

— Te vejo de noite, Charlie — gritou Ianthe lá embaixo.

Eu toquei nos cartões-postais de Jane Austen e das irmãs Brontë, parte de uma série de fotografias de escritores, que formavam o outro lado da colagem. Os cartões estavam se esfarelando e escurecidos pelo tempo e manuseio, e os percevejos tinham furado os cantos, mas os rostos tensos e inteligentes das mulheres permaneciam inalterados. *Elas conheciam os segredos de homens e mulheres, e como eles se comportavam*, e eu imaginava, também, que ia me servir do conhecimento delas e daquela inteligência aguçada.

Quando voltei do Brasil, levei Nathan para conhecer Ianthe e, por incrível que pareça, eles se apaixonaram à primeira vista. Na cozinha Ianthe servia ensopado de carne e cenouras com purê de batatas. Ela colocou com cuidado uma colherada do purê no prato de Nathan, e disse com um inclinar tímido, constrangido, de cabeça:

— Você vai me achar tola porque não tenho cérebro. Não sou como aquela gente na colagem de Rose.

Nathan debruçou-se sobre a mesa.

— Também não gosto muito dessas intelectuais inglesas. Nunca consegui entender o jeito delas.

Ianthe sorria e me passou uma travessa de ensopado.

Agora, espirrando, eu desci.

— Um sujeito tão bom... — Ianthe observava Charlie Potter se afastando. — Uma esposa tão terrível.

Sentamos e bebemos chá de uma bandeja arrumada com um pano engomado, porcelana e uma travessa de biscoitos arranjados em forma de leque. Ianthe partiu um pedacinho e comeu.

— Você acha que ajudou Nathan o bastante? Você acha que ele queria algo mais de você?

Era uma pergunta de se esperar da mulher que desistira de todos os direitos a uma carreira de professora ao se casar com meu pai, que ganhou de uma só tacada uma secretária, uma conselheira e uma faxineira de graça para ajudá-lo a exercer sua profissão.

— Nós nos ajudávamos mutuamente — tive o cuidado de explicar. — Ambos fazíamos isso. Mas eu terei de arrumar outro emprego. Assim que resolver minha rescisão.

— Ah, trabalho — Ianthe ergueu os ombros num gesto de pouco caso.

— Mãe, eu preciso ganhar a minha vida. Não vai ser fácil, não posso ficar sem trabalhar.

Ianthe olhava para seu chá pensativa.

— É isso que eu digo — ela falou finalmente, a advogada vencedora encerrando o seu caso.

Para me sustentar, Ianthe tinha trabalhado 15 anos numa agência de viagens em Kingston, como responsável pela emissão de passagem. ("E não quero saber de esnobismo por isso", ela disse mais de uma vez. "Para mim está ótimo.") Ela olhou para mim com tristeza.

— Eu trabalhava porque tinha de fazer o papel do seu pai. Você não precisa.

Minha mão sem anel, que segurava a xícara, parecia estranha, leve, pouco familiar.

Ianthe aquecia-se para o ataque e avançou para cima de mim, como sempre tinha feito.

— Nathan ama você. Eu sei que ele ama. Vocês se casaram e isso não mudou. Tem as crianças para considerar. Elas sofrem, também, você sabe, mesmo com mais de vinte anos. Olhe para mim, Rose. Uma mulher precisa pensar nos outros.

Com um gesto zangado, ela tornou a encher sua xícara e acrescentou o leite, uma viúva que suportava o tormento das suas convicções, a noção de dever e suas décadas de espera com uma graça inquieta.

— Vá para casa, ligue para Nathan e faça com que ele caia em si.

Como sempre, eu ignorei a ordem de Ianthe, mas isso me deixou aflita. Ela tinha esse dom. Em vez disso, liguei para Mazarine, em Paris.

— Oi, estranha — disse ela, com frieza. — Estava esperando algum sinal de vida. Vee e eu estávamos comentando outro dia que você quase não dá notícias.

— Eu queria ligar, mas estava ocupada demais.

— Ocupada demais para falar com sua amiga mais antiga?

— Sim.

— Então, você precisa reavaliar sua vida.

Uma bola quicou no pátio. Quinze anos atrás eu tinha dito a Mazarine algo semelhante quando ela estava correndo o risco de perder Xavier, o homem com quem acabou se casando.

— Mazarine, Nathan me deixou.

Houve um silêncio.

— Você não precisava reavaliar tanto assim.

— Quer me escutar?

— Você sabe que sim.

Eu estava tão cansada que errava no francês — nós sempre conversávamos em francês —, e Mazarine me corrigia com toda a paciência possível para alguém tão rigorosa. Ela deu seu ponto de vista com a mesma rapidez.

— Você não deve ficar histérica, Rose. É só um interlúdio. Nathan vai voltar.

— E você sabe se eu quero ele de volta?

— Bem, seja lá o que acontecer, você vai se adaptar.

— O que eu devo fazer?

— Fazer? Você procura um emprego e espera que Nathan descubra que fez papel de bobo. Rose, você precisa facilitar as coisas. Seja prática e sensata, é o nosso papel num mundo maluco. Ter um caso não é uma coisa assim tão extraordinária, você sabe. *Claro* que você sabe, e Nathan está ligado em você. Só que no momento ele não está vendo as coisas assim. O que você comeu hoje?

— Um biscoito, eu acho.

— Não seja tão convencional. Isso é exatamente o que toda mulher abandonada faz. Seja diferente e alimente-se direito.

Mazarine não podia ver o sorriso amargo nos meus lábios. Essa era a mulher que, incoerente com o choque, havia me ligado quando Xavier, que estava comendo *foie gras*, caiu morto de um ataque cardíaco num restaurante. ("Bem-feito", disse Poppy. "*Foie gras.*") Eu tinha tomado o primeiro trem para Paris e lhe dado sopa, de colher em colher, convencendo-a a abrir a boca relutante.

— Vou tentar.

— Você vai fazer mais do que tentar, e virá até aqui me ver. Por falar nisso, achei Vee um tanto desleixada a última vez que a encontrei.

— Vee está feliz e perdeu a noção de estilo. Acontece.

— Nesse caso, deve haver um bocado de mulheres inglesas felizes.

Eu ri até ser obrigada a parar por falta de fôlego, e pensei como era estranho estar rindo quando a minha vida estava em ruínas.

Capítulo 11

O SILÊNCIO ENTRE MIM e Nathan prolongou-se por mais de um mês — e o gelo da raiva, da incompreensão e da falta de perdão insinuou-se na fenda forçando-a a se alargar. Durante esse tempo, fui aconselhada pelo meu advogado a aceitar a rescisão, e o editor do jornal de Vee ligou para perguntar se, no contexto do suicídio da mulher do ministro, eu gostaria de colaborar com um artigo pequeno, sentimental, sobre ser abandonada.

Aquela solicitação polida continha várias armadilhas, no mínimo a oportunidade de expor o infortúnio conjugal de um executivo de um jornal concorrente. Quando eu disse que não, mas que ficaria satisfeita em pesquisar e escrever um artigo sobre as dificuldades de ser esposa de um político, o interesse do editor desapareceu. "Bem..." Ele soou vago. "Temos nossos próprios jornalistas para esse tipo de coisa."

Então, uma noite, Nathan apareceu na soleira da porta com uma mala novinha em folha. Com a formalidade de um estranho, ele perguntou.

— Posso entrar?

O misto de esperança e desespero no meu peito foi insuportável.

— Claro.

Ele entrou no vestíbulo e colocou a mala no chão. Era evidente que estava vazia.

— Preciso das minhas coisas, então pensei em trazer a mala.

Minhas esperanças tomaram um rumo realista, e eu disse com frieza:

— Como você quiser.

— Ótimo.

Ele subiu a escada até o nosso quarto de dormir e eu fui para a cozinha, onde podia ouvi-lo andando de um lado para o outro. Gavetas eram abertas e fechadas, sapatos caíam no chão, uma cadeira rangeu. Rapidamente, eu não suportava mais ouvir aqueles sons. Peguei Parsley no colo, fui com ela para a sala de estar e me sentei na cadeira azul e a abracei forte.

Eu tentava ver as coisas do ponto de vista de Nathan. Eu realmente tentava ver o que tinha mudado, o que havia reformado sua filosofia — tinha sido a óbvia excitação do sexo.

No nosso aniversário de vinte anos de casados, ele me levou ao La Sensa. ("Meu Deus", exclamou Vee. "Ele deve ter feito outra hipoteca.") Ele fez muita história com a escolha do champanhe, que era tão seco que minha boca ficou formigando. Ele ergueu a taça.

— Quero lhe agradecer, minha querida Rose.

Pareceu-me que os papéis estavam invertidos.

— Eu é que deveria lhe agradecer. Você me salvou.

Não era a coisa certa para dizer, mas não foi um escorregão tão atroz.

Imediatamente Nathan fechou a cara, eu me apressei a falar:

— Você veio me salvar e me ensinou o que é o verdadeiro amor.

— Ah — disse ele, com uma expressão suave, íntima, que pertencia a mim e às crianças. — Entendo.

Meu alívio por termos superado as incompreensões que atrapalham qualquer casamento e termos chegado a esse ponto foi enorme.

— Eu amo você, Nathan. Você sabe disso.

Ele estendeu o braço, pegou a minha mão e a beijou, selando nosso acordo.

Finalmente, ouviu-se o barulho de uma mala escorregando e batendo nos degraus da escada, e Nathan reapareceu.

— Rose, se você me avisar quando não vai estar aqui, eu combino para vir buscar o que falta.

Parsley usou-me como trampolim para chegar no jardim. Esfreguei a pontinha de sangue na minha coxa que suas patinhas deixaram.

— Suponho que você está sendo aceito no espaço pessoal de Minty.

— É, sim.

Aproveitei a oportunidade para estudar meu marido. O brilho que refrescava sua pele e endireitava seus ombros era diferente. Fechei meus olhos e fiz a pergunta que precisava fazer mais uma vez:

— Eu me tornei tão pouco desejável, Nathan?

— Não sei o que você quer dizer.

Abri os olhos.

— Sabe.

— Não. — Os olhos dele eram gentis, e eu fiquei com medo de que estivesse mentindo. — Você ainda é... muito bonita. — Ele deu um sorriso constrangido. — Seus cabelos continuam os mesmos também. Ainda cor de mel.

— Então, por quê?

Ele enfiou as mãos nos bolsos.

— Estou tão surpreso quanto você. Nunca imaginei que a deixaria.

— Então, *por quê*, Nathan? Suas razões costumam ser tão claras e pensadas.

— Eu sei.

Olhei para minhas mãos, para os contornos das impressões digitais, para a linha do coração, para a linha da vida. Talvez eu nunca tivesse conhecido Nathan muito bem. Talvez ele tivesse guardado escondido de mim uma parte sua secreta. Provavelmente. Se eu fosse falar a verdade, havia em mim mesma espaços profundos, escuros, que ele não conhecia.

— *Por favor*, pense melhor.

Nathan não respondeu e eu tentei mais uma vez.

— Foi quando comecei a trabalhar?

Aquela época em que ele voltava para casa e me encontrava ainda com roupa de trabalho, magra, exausta, parecendo um dervixe, dando o jantar para um filho, supervisionando o dever de casa de outro. Então ele era obrigado a esquecer seus problemas daquele dia e prestar atenção nos meus. Teria ele entrado em pânico com essa criatura chata, sombria, atormentada? Mais de uma vez ele deve ter se perguntado se todas as mulheres, todas as *mães*, perdem o brilho sexual e se tornam desvairadas, angustiadas, e por que a transformação deveria ser tão injusta para ambas as partes.

Em um dos piores dias, quando eu estava chorando pelas exigências impostas pelos filhos e pelo trabalho, a que Nathan fora contrário, ele me pegou nos seus braços e acariciou meus cabelos. "Shh", disse ele, "estamos nisso juntos."

Agora eu falei:

— Ianthe acha que não ajudei você o suficiente. Ela está certa?

Nathan deu de ombros.

— Deus sabe, Rose. Houve momentos, sim, quando eu gostaria de ter tido você mais do meu lado, mas tenho certeza de que isso também acontecia com você.

Estávamos de novo andando de patins, desviando no rinque, nenhum dos dois chegando à essência da questão. Automaticamente, esfreguei meu ombro, que me afligia com a rigidez, uma dor contínua de tanto digitar.

— Está doendo?

— Sim.

— Muito?

— Bastante. Devo ter dormido em cima dele.

Automaticamente, Nathan se aproximou de mim. *Se eu esfregar aqui, melhora? Ou aqui?* No último instante, ele virou as costas.

— Rose, eu não sei o que dizer a respeito do emprego.

— Timon teve coragem de despedir a mulher do executivo do grupo e colocar no lugar a amante dele.

— Eles tiveram coragem de aceitar você em primeiro lugar.

Isso era verdade.

— Eles vão me pagar razoavelmente, se eu sair de mansinho e concordar em não aceitar um emprego semelhante durante seis meses. A coisa de sempre. Eu, provavelmente, aceitarei.

Ele concordou.

— Timon está ansioso para aumentar a circulação. Tem havido muitas discussões e reuniões de estratégia.

Circulação, política, receitas... Nathan e eu estávamos acostumados a conversar sobre esse assuntos, e para isso Nathan confiava em mim. Receita e número de circulação podem ser uma cola tão forte quanto a poesia ou o sexo apaixonado.

As pessoas são indelicadas tratando-se de hábito. Supõe-se que ele sugere preguiça e desleixo, mas não acho que elas tenham pensado bem nisso. O hábito é útil e confortante: passa sobre trechos acidentados, é o caminho que atravessa montanhas e vales e leva os passageiros com segurança.

— Como estão as contas? — perguntei, mais astuta e interessada.

Como um raio, ele respondeu:

— Não vi as de quarta-feira, mas julgando por...

A frase ficou por terminar, pois Nathan desconfiou, com razão, que as antigas conversas poderiam nos envolver.

— Nathan, Minty estava sabendo que provavelmente ficaria no meu lugar, e não lhe disse nada.

Com a mesma frieza como se estivesse negociando, ele tinha a resposta pronta:

— Minty estava me protegendo. A muralha da China...

— No entanto, foi Timon que contou para você, não Minty.

As implicações eram óbvias, e Nathan ficou roxo.

— A situação era complicada, e Timon tinha de pensar com cuidado como ia agir. Era impossível para Minty dizer alguma coisa.

Extraí um obscuro e vergonhoso conforto deste reconhecimento. Desde o início, Nathan e eu tínhamos feito um pacto de contar tudo um ao outro.

— Veja o lado positivo então — eu disse, e odiei o que estava dizendo. — Pelo menos você não teve de se preocupar em ficar dividido entre Minty e eu.

Ficamos olhando um para o outro. Em voz baixa, Nathan admitiu:

— O silêncio de Minty deveria fazer uma diferença, eu sei, mas não fez.

Foi este extraordinário diálogo que finalmente me convenceu de que Nathan estava falando sério. Ele amava Minty o suficiente para ser honesto, tão honesto a respeito da ambição e duplicidade dela que não podia, ou não queria, conceder-me a graça de um pequeno artifício verbal.

Eu dei uma risada trêmula.

— E eu vinha me preparando para perdoar e esquecer.

Fui até as janelas francesas e olhei lá fora. Apesar dos meus esforços para arrancá-la, a trepadeira estava de volta com toda a força sob o lilás, e eu me perguntei por que, até agora, eu não tinha percebido como ela se tornara invasiva.

— Espero que não demitam você também, Nathan.

— Tudo é possível.

— Seja honesto, Nathan. Diga-me o que está errado.

Eu cruzei os braços sobre o peito, pronta para me defender do pior.

Nathan começou a falar.

— Não posso deixar de pensar em como Minty me lembra você quando a conheci. Você era tão jovem, tão ferida, mas com tanta certeza de ter feito a coisa certa.

Eu gritei:

— Minty não é nada, *nada*, igual a mim — e meus ombros tremiam com o esforço para não chorar.

Nathan aproximou-se por trás de mim e colocou as mãos sobre eles.

— Minty me lembra de como você era antes... não sei, antes de nós termos mudado. Antes de chegarmos à meia-idade, eu acho.

— Mas isso não é justo — gritei com paixão. — Como eu poderia não mudar: eu *estou* mais velha. Não posso evitar isso. Nem você. Não pude evitar mudar porque tive filhos. Nem você.

Nathan tirou as mãos dos meus ombros.

— O que você contou para ela? — perguntei. — O que você inventou para convencê-la de que você é tão mal compreendido. Pelo menos foi o que ela disse.

Nathan sentou-se na cadeira azul.

— Tem certeza de que quer que eu entre nisso?

Virei-me e olhei para ele.

— Seria bom.

— Se precisa saber, eu lhe disse que viver num casamento "apertado" é pior do viver num casamento cruel, e ela me olhou com aqueles olhos grandes e firmes. "Mas Rose é dedicada a você", ela retrucou.

— Ela não poderia ter dito outra coisa — aparteei. — Ela me ouviu falar muitas vezes. — Eu virei o rosto para o outro lado — Como você foi dizer que era "apertado"? Não compreendo.

O rosto de Nathan se entristeceu.

— Sempre que havia alguma dificuldade entre nós, quando uma das fases sombrias que baixam sobre todos os casamentos baixava sobre o nosso, eu não podia deixar de pensar que você estava buscando refúgio numa antiga história de amor e que era a imagem dele que a confortava. Minty disse que ela tinha certeza de que você não sabia que estava fazendo isso.

— Nathan, não posso acreditar que você tenha dado importância a isso. Que tivesse tanto medo. Que não confiasse em mim. A esta altura, é bem mais provável que eu fantasie a respeito de fazer uma operação plástica no rosto ou escrever um bom livro do que voltar para um antigo amor... por mais que ele tenha sido importante para mim no passado. Nós não pensamos mais assim. — Girei nos calcanhares para olhá-lo de frente. — É uma desculpa esfarrapada, e não posso aceitá-la.

Nathan não prestava atenção.

— Eu sabia quando aquele homem voltava sorrateiro.

— Você é inteligente demais para fantasias, Nathan.

Uma expressão obstinada baixou sobre ele.

— Eu estava enfrentando uma fantasia.

— Nathan, eu deixei Hal para sempre quando conheci você. Eu fiz uma escolha.

— Foi o que pensei. E tinha isso acertado na minha cabeça. Então... por que contou para Minty?

— Fofoca de mulheres. Nada para você se preocupar.

— Minty diz que eu deveria. Ela acha que é bom para a minha saúde emocional.

— E o que mais Minty diz? De que outro modo ela manipula você? Porque é isso que ela está fazendo.

— Ela me disse que se divertiu muito no passado, mas que isso ia ficar para trás.

— E isso acerta tudo? Isso dá a você espaço livre? Ah, Nathan, que tolo você é.

— Bastante. — Nathan levantou-se. — Estou indo.

Mantive os braços cruzados firmes no peito.

— Entendo.

Nathan pegou a mala. Depois colocou-a de novo no chão.

— É terrível. Você não vai acreditar, Rosie, mas eu te amo tanto, e não posso acreditar que estou fazendo você sofrer.

Eu não estava ouvindo. Estava buscando alguma lógica no meu atroz desespero. Alguma orientação.

— E ela vai ajudá-lo na sua carreira? Ela vai dar a contribuição que eu aparentemente não dei?

Um leve sorriso brincou nos lábios de Nathan.

— Ah, sim.

— Minty é muito ambiciosa, você sabe. Para ela mesma.

— Minty é forte, enérgica e livre. Me faz sentir que posso ser a mesma coisa.

— E ela tem estilo. É preciso estilo para roubar o marido da chefe e o emprego dela de uma vez. Economia e frugalidade também.

Nathan me olhou com uma expressão gentil e carinhosa que sugeria que ele não esperava outra coisa de mim. Fiquei nauseada de humilhação.

— Vá embora — ordenei —, antes que eu diga alguma coisa realmente horrível.

Ele se virou para a porta, parou e tirou um envelope do bolso.

— Já ia esquecendo, Rose. Aqui tem um cheque por enquanto, para ajudar você até as coisas se resolverem.

— Não quero.

— Eu esperava que você fosse teimosa.

Ele o enfiou por trás do vaso sobre a lareira, que tinha sido da sua mãe. Era um troço abominável, Rockingham da primeira fase, eu acho, coberto de flores de porcelana que agarravam poeira, mas Nathan gostava muito.

— Leve o cheque de volta — eu disse.

— Não. — Ele parou ao ver a minha aliança na prateleira, depois pegou o vaso da mãe. — Se não se importa, vou levar isto comigo.

Na porta da frente, ele colocou a mão sobre o ferrolho e o puxou para baixo.

— Rose, sei que Hal foi ao nosso casamento. Eu me lembro dele.

Engoli em seco, e o ônus do passado pesou sobre os meus ombros.

— Ele veio se despedir, Nathan.

Sem experiência do que fazer depois que um marido finalmente sai de casa (deixando um cheque atencioso para cobrir qualquer eventualidade), fiquei imaginando se Flora Madder teria recebido um cheque quando Charles Madder partiu para ir viver com a amante de gostos exóticos. Talvez o acerto de contas tenha sido a última gota que a fez buscar a corda e uma vingança com uma longa cauda que, durante muitos anos ainda, açoitaria aqueles que ficaram para trás.

O quarto estava em silêncio. O recém-liberado Nathan não tinha se dado o trabalho de fechar a porta do guarda-roupa ou as gavetas da cômoda que dividíamos. Essa era uma peça sentimental que restara daquela primeira época de vacas magras, quando não tínhamos dinheiro e os móveis eram poucos. O simbolismo das nossas roupas íntimas tão próximas umas das outras nos divertia, e tínhamos conservado o hábito.

As gavetas estavam semivazias. Raciocinando que era mais sensato embarcar logo num processo doloroso inevitável do que deixar para depois, passei uma camisola dobrada para a metade desocupada de Nathan. O movimento desalojou os saquinhos de lavanda enfiados nos cantos, liberando uma fragrância intensa.

Mas até os cheiros eram um problema — intensos demais, evocativos, enjoativos demais — e eu larguei tudo onde estava, desci e telefonei para Maeve.

— Oi — eu disse —, só queria saber como estão as coisas.

— Ah, Rose — disse ela, como se estivesse tentando me localizar, lembrar de mim, até. — Como vai?

— Nada de fantástico. Eu só queria falar com você. Ver como você está. Talvez almoçar. Eu lhe devo um almoço e estou pagando. Podíamos nos encontrar em algum lugar neutro.

— As coisas estão muito complicadas — disse ela rapidamente. — Timon está pressionando. Não sobra um instante para a gente. Suponho que você queira saber como Minty está se saindo.

O problema era que, sim, eu queria.

— Como no início. — Maeve era prudente. — Olhe, eu gostaria de almoçar... um dia, mas estou ocupada demais no momento para fazer qualquer plano. O único dia livre que posso ver no futuro próximo já reservei para o cabeleireiro. Tenho de ir. Preciso cuidar dos cabelos grisalhos. — Ela deu uma risadinha. — Não me *atrevo* a deixar que eles apareçam. Mas, Rose, ligue sempre.

Como sempre, todos os casacos ficavam misturados nos ganchos perto da porta. Peguei ao acaso a minha velha capa cinza, que tinha visto muitos anos de passeios pelos rochedos da Cornualha, prendi o cinto e saí de casa. Estava chovendo, uma chuvinha fina, penetrante, que escorria pelo meu pescoço e pelas minhas costas.

Um pouco ofegante, o estômago roncando, como fazia ultimamente, atravessei o parque a pé, parando de vez em quando porque me sentia trêmula demais, e me enfiei pelo portão de entrada da St Benedicta.

A nave e os transeptos estavam vazios, mas houvera um casamento ou batismo recentemente, porque havia lírios brancos em vasos na pia de água benta, no altar e em ramalhetes minúsculos nas extremidades dos bancos. Apenas uma vela ardia sob a Nossa Senhora, cujo tom rosado brilhava como a maquiagem de uma atriz idosa.

Eu não tinha idéia do que estava fazendo ali, ou o que esperava encontrar.

Tirei uma vela da pilha, acendi e prendi na garra de ferro.

Como eu ia superar isso? Eu teria me iludido achando que se, e quando, momentos difíceis chegassem eu saberia enfrentar? Agora, neste momento, eu não possuía nada que chegasse perto das reservas necessárias, ou da coragem. Por mais que procurasse o rosto corajoso, não conseguia encontrar.

A vela derreteu, inflamou e voltou a queimar.

Quando estava pela metade, eu me levantei, sacudi a umidade da minha capa e caminhei de volta pelo corredor. Como de costume, na mesa havia hinários e panfletos espalhados. Achei que ninguém se importaria se eu os arrumasse.

Capítulo 12

— VOCÊ NÃO QUER IR PARA LÁ — disse Ianthe, quando anunciei que estava tentando uma vaga para estudar inglês em Oxford. Seus lábios franziram e seus olhos ficaram toldados de tristeza, o que acontecia com mais freqüência à medida que eu ficava mais velha e independente. Ela farejava uma pitada de liberdade. A idéia de Oxford representava uma ameaça mais séria, possível de se concretizar, do que os sonhos de viajar pelas vastidões e desertos da Patagônia. — Você não quer ir para lá — ela repetiu. — De qualquer forma, eles não gostam de meninas, não importa o que o Sr. Rollison lhe diz. — Ela pensou um pouco melhor. — Ele não devia colocar idéias na sua cabeça. Eles não gostam de gente como nós.

— Ele está me dando aulas particulares. Ele acha que vão me oferecer uma vaga.

— E que emprego você vai conseguir no final?

Nesse momento eu odiei minha mãe, que era, como sempre, perita em enfiar uma faca por baixo da minha vacilante autoconfiança e soltá-la das amarras. Mas fiquei firme.

— Me aguarde — falei.

Eu tinha 18 anos, *quase* 19. No primeiro dia do semestre, do meu primeiro ano, Ianthe me acompanhou no ônibus, e nos vimos por engano na porta da Christ Church, não da Santa Hilda. Na entrada, Ianthe olhou para os numerosos pátios e a confiante arquitetura, e deixou cair no chão a mala barata.

— Eu me despeço aqui — ela falou. — Você entra sozinha. É melhor.

Ao beijá-la, senti o gosto de lágrimas salgadas e a leve, fugaz, lembrança da sua colônia de lavanda. Ianthe me agarrou pelo braço e, por um segundo ou mais, me abraçou forte. Depois me afastou.

— Vá — disse ela. — Curta sua nova vida.

O que minha mãe sentiu ao subir de novo no ônibus e começar a jornada de volta a Pankhurst Parade, para emitir passagens na agência de viagens? Ela me deixou com o peso da sua apreensão e censura, mas eu penso com freqüência naquela figura correta, teimosa, afastando-se no seu paletó de *tweed*. Ela poderia ter acreditado que tinha sido descartada como uma casca de noz. O seu papel de mulher terminara. Ou, quem sabe, ela estava livre para se recolher dentro da sua infelicidade, para explorá-la mais plenamente.

— Meu Deus — foi o que Hal Thorne disse, segundo Mazarine, quando um mês depois ele me derrubou da bicicleta na rua principal. — Eu a matei.

Ela também me contou que Hal tinha agido de forma impecável, mantendo-me imobilizada, chamando a polícia, designando Mazarine, sua passageira, para anotar os nomes de possíveis testemunhas. Ele foi heróico nas suas atitudes e na sua culpa, ela disse, e sabia disso. A última parte foi dita com a leve, dardejante ironia na qual Mazarine era mestre.

Hal era um péssimo motorista, mas não o suficiente para me matar. Eu não tinha percebido sua van branca embicando atrás de mim, e não tinha escutado o guincho dos freios, mas ainda me lembro de ter esticado os braços para me proteger antes de cair no chão.

Ficou uma outra lembrança... de Hal sentado ao lado da maca fazendo uma bola com a minha malha de ginástica, e do sol baixo de outono, que brilhava pela janela e o envolvia num halo de luz. A memória me informa que ele colocou a malha ao lado das páginas cuidadosamente empilhadas do meu ensaio sobre Donne e dos faróis da bicicleta salvos do acidente.

Passado e presente rodopiavam impotentes na minha cabeça chocada, confusa, e eu imaginava que estava de novo na praça da via Elisabetta, em Roma... pois o estranho homem de cabelos claros, tão absorto em arrumar as minhas coisas, parecia, para a minha visão pouco confiável, possuir a perfeição do jovem de pedra que guardava a fonte Barberini.

Eu devo ter mudado de posição, e meus ossos contundidos estalaram uns contra os outros. Isto me fez gemer e a cabeça dele fez um movimento rápido.

— Oi.

Ele se debruçou e segurou minha mão com delicadeza, como se soubesse como lidar com pessoas machucadas.

— Eu deveria levar um tiro. Foi culpa minha, e temo que a sua bicicleta tenha se acabado. Você quase se foi, também.

Eu registrei que seu sotaque era americano e cometi o erro de franzir a testa, o que doeu. Eu gemi e ele veio rápido me tranqüilizar.

— Você fez um corte na cabeça, mas é acima da linha do cabelo, graças a Deus, e está muito machucada. Fizeram um raio X de você e não tem nada quebrado. — Seu sorriso era inteligente, confiante e enigmático. — Não destruí sua beleza, o que eu nunca me perdoaria.

Ainda semiconsciente, eu estava mais preocupada com a idéia de ter esbarrado com a Morte do que com qualquer destruição da minha possível beleza.

— Você é um anjo? — Parecia razoável conferir se eu não estava falando com um, a preparação para ser conduzida ao outro mundo.

— Se quer que eu seja, serei.

— Ainda não, espero.

Eu me fixei no movimento dos seus lábios, na inclinação da sua cabeça. Aquelas figuras nas fontes tinham trazido com elas o fulgor do sol tropical, o açoite do vento polar, o rufar da grama das savanas e o silêncio do deserto — e uma delas estava aqui, segurando minha mão.

Começou assim.

Durante uma semana, todos os dias Hal ia me visitar no hospital. Bolsista de Rhodes, do Meio-Oeste americano, estudando arqueologia e antropologia, ele trazia objetos que não tinham nada a ver com o ambiente da ala feminina do Annie Brewer. Um cobertor tuaregue, uma fotografia dos irmãos Naudet de uma mulher nua tão rechonchuda e de tez perolada como uma galinha alimentada a milho — tudo parte de uma estranha convalescença.

No meu último dia no hospital, ele chegou vestido de uniforme de campanha cáqui com um lenço vermelho amarrado no pescoço e segurava na mão um pedaço de arame farpado.

— Um exemplo primitivo usado pelos pioneiros americanos. Peça de colecionador.

Meu rosto ainda estava machucado e inchado, e doía falar.

— Tem gente que coleciona arame farpado?

— Existe um museu disso. — Ele apertou o arame na minha mão e as farpas, que tinham uma configuração estranha, me espetaram. — Os pioneiros criaram isto para delimitar as fronteiras das propriedades rurais e fazendas.

Eu imaginei espirais de arame farpado rolando pela terra seca. Dentro da cerca, havia o matraquear de gansos e galinhas, cachorros, crianças, o cheiro de comida no forno, mulheres de vestidos estampados cor-de-rosa desbotados e toucas de sol, móveis rústicos de madeira e um balde com água. Lá fora, na imensidão, ficavam os atentos peles-vermelhas, o búfalo, o sorrateiro coiote, o cachorro-do-mato.

— Você não quer dizer defender? É uma coisa agressiva. O objetivo é esse.

— Muito engraçado — disse Hal e o pegou de volta. Fez uma pausa. — Claro, a propriedade é um roubo.

Recostei-me de novo nos travesseiros.

— Você roubou essa frase.

Com um movimento rápido, ele se debruçou e alisou o emaranhado quente dos meus cabelos.

— Claro que roubei. Estamos sempre roubando as coisas uns dos outros.

Aparentemente, Hal vivia numa casa pequena, sem aquecimento (gueto *ferenghi*), na região de Oxford chamada Jericho, que ele dividia com dois outros bolsistas de Rhodes e um casal de estudantes de língua estrangeira, um deles era Mazarine. ("Muito chique, muito elegante — disse Hal, e no seu jeito divertido — e eu, por outro lado, sou apenas um caipira reacionário." Eu não tinha idéia do que ele estava falando, só que o seu conhecimento e a sua autoconfiança estavam muito além dos meus.)

A casa desconfortável era cheia de gente, malcuidada pelo senhorio — e mágica. Depois que os médicos me deram alta, com o conselho de ficar longe de motoristas malucos, Hal me pegou na van branca e paramos ali rapidamente antes de ele me levar para jantar.

— Quero que você conheça Mazarine, vai gostar dela.

Ele estava certo. Ele tinha visto logo que éramos iguais.

Hal tinha uma mochila sempre arrumada no seu quarto: garrafa d'água, casaco, saco de dormir para todas as estações, calças leves para caminhada e tabletes purificadores de água. Ele explicou que ela estava pronta para ser agarrada a qualquer momento, quando ele não suportasse mais ficar confinado. Para ele, explicou, ela era necessária.

Ele falava rápido, sem ter muito cuidado com o que dizia, com a confiança que eu gostaria de ter. Tinha aprendido isso com a mãe. "*Isso, meu bebê de cabelinhos dourados*", ela teria dito, beijando-o freneticamente, "*nada de timidez para você. Nada de dúvidas, nenhum engano. Não se eu puder protegê-lo*". Ou Hal tinha trabalhado nisso, burilando os sofrimentos acumulados da infância e da adolescência?

Mazarine ficou escutando a explicação da mochila. Vestida com uma saia preta e um blusão folgado, ela era muito mais esperta e sofisticada do que qualquer uma das meninas que eu tinha cònhecido na faculdade. Num inglês com forte sotaque, ela disse:

— Devo observar que ele se serve dos outros para lavar as suas meias... Não deixe que ele a mantenha acordada até muito tarde, ainda deve estar fraca.

Hal me levou a um restaurante marroquino, inaugurado recentemente nos arredores da cidade e, uma novidade, extremamente popular.

— É um jeito muito humilde de pedir desculpas — disse ele, fazendo-me entrar.

Estava cheio de estudantes curtindo suas bebidas e enrolando seus cigarros, mas, aos meus olhos deslumbrados, Hal se destacava como um farol.

Ele se sentou na minha frente, colocou as mãos sobre o tampo da mesa de fórmica e ficou me examinando.

— Poderia ter sido pior. Gosto da blusa. A jovem beleza arrebatadora *versus* roupas antigas. Adivinhe quem leva a melhor na competição. Mesmo com os machucados.

Ele tocou no meu rosto.

Senti-me corar e brinquei com a renda do meu punho. O dinheiro era tão curto que eu quase só me vestia com o que encontrava em brechós, e eu estava usando uma blusa de musseline enfeitada com rendas. Era usada e macia, e tinha uma leve sugestão de outras vidas.

— Se eu fosse uma senhora idosa, não teria ganho um jantar?

— Provavelmente não. Um belo buquê de cravos, sim.

— Não gosto de cravos.

— Pena. Eles têm uma história interessante. O termo em inglês vem do árabe *qaranful*, um cravo, através do grego *karpyhillon*, do latim *caryophyllus*, do italiano *garofolo* e do francês *giroflée*, mas eles são muito ingleses. Você deveria gostar deles.

Essa foi a primeira das muitas provocações, mas eu não ia deixar passar. Eu ainda era muito insegura, muito crua, muito pouco confiante, mas juntei coragem.

— Quero defender as senhoras idosas. Você está discriminando com base na idade, o que não é base alguma.

A passagem da provocação para a seriedade foi instantânea.

— Pelo contrário. Com base em que tudo, dinheiro, sorte, espaço, neste planeta é finito você pode argumentar que a velha senhora já teve o seu quinhão de encontros decisivos ou importantes e não deve ser gananciosa. Por outro lado, em virtude da sua idade, você ainda não teve.

Chocada, fiquei olhando para ele, só para ficar hipnotizada pelos olhos azuis. Eles me lembravam as gencianas num campo nos Alpes, o azul intenso do manto de um nobre italiano num quadro, a pura ressonância cristalina de uma safira.

— Você não acredita realmente nisso?

— O que você acha?

Eu engoli em seco.

— Eu exijo ser gananciosa.

— Por sorte, Rose, falta muito tempo para você ficar velha. E eu. Mas devemos cultivar a atitude certa para manter a idade acuada. Viajar. Não ficar parado no mesmo lugar.

— Pobre velhinha — eu disse, o coração leve e flutuante como uma pena. — Pobre velhinha sem jantar.

— Para falar a verdade, ela ficou sem o jantar porque você está aqui.

Mais uma vez, aquela mão gentil e confiante traçou uma linha no meu machucado.

— Graças a Deus.

Os sentimentos impotentes, incontroláveis que vinham se acumulando dentro de mim enquanto eu estava no hospital fundiram-se, incendiaram-se e explodiram em chamas. Hesitante, levantei a mão. Nossos dedos se encontraram e a batida do meu coração soava como um tambor.

Hal rapidamente recuou mão e pegou o cardápio.

— *Tagine* de frango?

Ele fazia o nome parecer incrivelmente exótico.

Estávamos na metade da refeição, ele pousou os talheres:

— Estou me apaixonando por você, Rose. Não é engraçado?

Eu estremeci.

Hal estava quase sempre longe numa escavação e, com sua firme percepção intelectual da vida, Mazarine aprovava.

— A dor é essencial — ela argumentava —, senão como reconheceríamos o oposto?

Esse era, eu observei, um ponto de vista baseado na inocência, pois até então nenhuma dor havia tocado a inteligente e encantadora Mazarine. Sem dúvida, a validade do argumento baseava-se na experiência dele.

— Puf — disse ela.

Fora uma incômoda rigidez num dos quadris, eu me recuperei rápido do acidente. A adição de amor e adrenalina na corrente sanguínea provou ser um ótimo remédio. De certo modo, a rigidez do quadril foi uma bênção, pois tive tempo suficiente para estudar nos dois períodos seguintes.

— Esta é uma estudante batendo à porta de um primeiro lugar — escreveu meu feliz tutor no final do período de verão. — Vamos ver se ela pode derrubá-la.

Hal era muito atencioso com relação aos meus ferimentos. Fazia muito estardalhaço, chamava táxis, me mantinha aquecida e me fazia sentir que não existia mais nenhuma outra mulher neste mundo.

— Quero ver você boa — disse ele. — Depois podemos nos concentrar em nós.

Esse era seu modo de ser. Ele nunca fazia perguntas — não estava interessado no meu passado. Nem estava interessado em me contar sobre o seu. Não importava quem ou o que tínhamos sido, ele dizia, é o agora que importa.

Como isso era verdade. O sol nunca brilhou tão forte, o céu nunca esteve tão azul. Meu corpo era leve, palpitante, nunca saciado. Eu estava repleta de uma alegria louca e de agradecimento, em êxtase por isso ter acontecido comigo.

Ele era o estranho que tinha vindo de outras terras; ele era o outro por quem eu estivera esperando.

No último dia do período de verão, caminhamos na beira do rio, no jardim botânico; o barulho da água correndo encobria o do trânsito. O céu havia lançado um meio véu de nuvens e o cheiro da terra depois da chuva excitava delicadamente as nossas narinas. Colhi entre os dedos um talo de lavanda no canteiro.

Hal sorriu.

— *Lavandus* — disse ele com um ar malicioso —, do latim, para ser lavado. Os romanos tomavam banho nisso.

Eu peguei a mão dele e mergulhei nas flores azul-púrpura, e as folhas liberaram sua fragrância. Pressionei seus dedos contra meu rosto e inalei.

— Estou banhada em você.

Abruptamente, ele me puxou para si e me beijou.

— Encantadora Rose — ele murmurou. — O que eu faria sem você?

No dia seguinte, depois de ter feito as malas e estar pronta para partir, liguei para a casa.

— Querida — Mazarine parecia preocupada —, ele saiu hoje de manhã, com a mochila.

Senti um calafrio na espinha.

— Deixou algum recado?

— Não. Pensei que você soubesse.

— Está vendo? — disse Ianthe, quando voltei para Pankhurst Parade, tremendo e com o rosto manchado de lágrimas. — Eu lhe disse que você não ia ter sorte.

Hal desaparecera havia três semanas, durante as quais eu fiquei angustiadíssima, e repassando na minha cabeça diversas vezes o que poderia ter dado errado. Por quê? Eu questionava tudo: a minha mente, o meu corpo, a minha inexperiência sexual, que Hal tinha achado tão tocante. Tentei identificar onde eu tinha falhado, *onde eu tinha falhado*, onde eu tinha errado e por que ele me deixaria sem uma palavra.

Três semanas depois, abri a porta da frente e lá estava Hal. Ele estava bronzeado e bem-disposto, mas necessitando de um bom chuveiro e com todos os dedos envoltos em esparadrapo.

— Calce as botas, vamos para a Cornualha.

Meio sem fala e meio rindo, perguntei:

— Onde você esteve? Eu não tinha...

Ele estava sinceramente surpreso.

— Não lhe disse? Estava numa escavação no norte. Romana.

Eu me senti empalidecendo de raiva.

— Não, não disse. Por que você não me disse?

— Estou aqui agora, então está tudo bem, não está?

— Vá embora.

Ele enfiou o pé na porta.

— Comprei uma mochila para você. Uma mochila boa.

Apesar do seu sedutor apelo dizendo que, como um americano ignorante, ele queria ver o máximo possível desta ilha e apenas Rose poderia lhe mostrar, Ianthe era contra ele me levar de um lado para o outro. Moças não saíam passeando pelo interior como se já estivessem casadas. Mas eu não estava dando a mínima para isso e deixei-a de pé na soleira da porta, furiosa.

Quando voltei, tinha um brilho rosado no rosto, meus pés estavam mais firmes, meu quadril não dóia mais e eu tinha me acostumado com o barulho do mar. Contei a Ianthe sobre Penzance, Marazion, Helston, St Mawes... sobre como percorremos a pé o caminho costeiro, observando como as silhuetas das rochas mudavam de granito para ardósia e comemos *fish and chips*. Claro que não lhe contei sobre as noites, noites brancas e violeta, quando eu retirava o esparadrapo dos dedos machucados dele e, uma por uma, beijava as feridas provocadas pelo martelo e o cinzel. Ou de como ele me virava para cá e para lá até eu achar que ia morrer, não de prazer mas de amor.

Não era uma coisa superficial. Eu não estava me reinventando como a menina liberada e boa-vida. Eu queria entrar em algo sério. Eu não queria aqueles sentimentos extraordinários indo e vindo, como pássaros girando e levantando vôo num milharal. Eu queria que Hal deixasse uma marca em mim e eu nele. Eu queria que o nosso namoro tivesse peso e profundidade e queria passar conscientemente de um estado de inocência para o abandono pouco familiar que afluía de cada terminação nervosa, energizava cada pulsação.

Em Fowey, tínhamos virado para o Saint's Way, que subia até Padstow, uma trilha com uns 48 quilômetros de extensão através dos campos. "O caminho dos mercadores e missionários da Era do Bronze que ia de Gales até a Irlanda."

Nós olhávamos as igrejas com suas lápides, os epitáfios de inundações, pragas e mortes prematuras, e eu pensava: "Não devemos nos iludir: os celtas ainda governam aqui e este é um país de fogo e paixão."

Em Port Isaac, o caminho nos levou para o norte e o terreno ficou mais difícil. Freqüentemente, Hal parava para esfregar minhas costas onde as tiras me machucavam, mas fizemos um bom progresso. No final, fizemos a curva e paramos.

O mar rugia lá embaixo e as gaivotas deslizavam nas correntes térmicas. Diante de nós erguiam-se monumentais rochedos negros e, bem em cima deles, os vestígios de muros fustigados de sal. Eram as ruínas de Tintagel.

Soltei a mochila e caí extenuada. A relva era dura e elástica, meus lábios e a minha pele estavam salgados, e eu estava cansada. Hal agachou-se ao meu lado.

— Esta é a primeira de muitas jornadas, eu espero.

— Eu também — respondi.

Hal abraçou seus joelhos dobrados e falou de escalar montanhas, atravessar desertos e descobrir o vale onde damascos duros eram colhidos e mergulhados na água da fonte.

O mar corria para cima da praia, indiferente e sem preocupações. De repente eu estava com frio. Pensei nos bolinhos de Ianthe numa travessa azul e branca e num fogo ardendo na lareira, e como eles estariam longe do vale onde cresciam damascos duros.

Mais tarde, encolhidos atrás de uma pedra na praia, nós comemos nossos sanduíches e contamos histórias sobre o castelo.

Pisando com cuidado nas pedras de ardósia e atravessando as piscinas escavadas na rocha, a Rainha Igraine, grávida, teria embrulhado o corpo inchado no manto revestido de pele e entrado em Tintagel, a porta batendo atrás dela. Ao subir e se preparar para dar à luz um filho chamado Artur, ela teria dado graças por estar a salvo da violência que havia assassinado seu marido.

E aqui também, em outros tempos, lá em cima onde as gaivotas voavam atravessando as janelas em arco, o Rei Mark instalou a mulher, Iseult, da cintura do tamanho de um palmo, para reinar sobre o rochedo e o mar. Aqui, também, um jovem cavaleiro parou para prestar homenagem ao rei. Seu nome era Tristão.

— Estas não são histórias felizes — eu observei para Hal. — A mãe que ficou sozinha. O marido abandonado. Amantes que morrem.

Os braços de Hal me apertaram com força. Por trás do seu casaco, eu escutava seu coração bater.

Capítulo 13

QUANDO EU ESTAVA GRÁVIDA de Sam, engolia comprimidos de ferro, derramava leite garganta abaixo e evitava vinho, café e *curry*. Dormia de tarde, visitava o dentista para *check-ups* regulares e todas as semanas consultava o manual para saber o que tinha acontecido com o punhado de células, na época um jogador de futebol em miniatura, que eu carregava. Eu lhe dizia que estava fazendo o máximo para lhe dar uma chance nos esportes, que, por mais enfadonho que fosse, eu sabia que a minha renúncia às comidas preferidas e outras pequenas adaptações de comportamento eram vitais para o seu futuro. E como o tempo custava a passar! As semanas arrastavam-se uma após a outra.

O tempo se arrastava agora. Março passou claudicando. Abril e maio foram lentos, ah, tão lentos. Junho chegou e a minha difícil gestação de tristeza não mostrava sinais de acabar.

As lembranças mais antigas são mais intensas e claras do que o passado próximo e, pensando nesta hipótese, eu via que — em parte — era com isso que Nathan tinha batalhado quando o encontro com Minty o forçara a fazer uma avaliação. Ele preferiu acreditar que aquelas velhas lembranças intensas significavam mais do que os momentos embaçados, confusos, frenéticos da nossa vida familiar. Ele temia que o meu doce, vívido despertar para a paixão sexual e o amor por Hal tivessem uma capacidade de resistência na memória maior do que os anos que vivi com ele.

Robert Dodd, o advogado, e eu costuramos os últimos detalhes do meu acordo de demissão, e eu assinei um documento concordando que não aceitaria um emprego semelhante durante seis meses. A troca foi uma razoável, mas não generosa, quantia em dinheiro.

— Deve ser bom ter seis meses — Robert se permitiu demonstrar um lampejo de franca inveja.

— Talvez eu volte — eu lhe disse — para o divórcio. — Mas espero que não. Espero que Nathan e eu possamos superar isto.

Ele sorriu com um distanciamento profissional que sugeria que a experiência lhe ensinara o contrário, em seguida acompanhou-me até a porta.

Sam fazia questão de vir me ver nos fins de semana, e no feriado bancário de maio trouxe Alice com ele. Eu passei camadas de batom vermelho demais, e preparei um jantar com peitos de frango cozidos com alho e erva-doce, e fiquei brincando com um pedaço de um lado para o outro no meu prato.

A não ser observar que eu devia comer mais e beber menos, Sam ficou calado, mas Alice compensou o silêncio. Elegantíssima num terninho cinza e com jóias de ouro, ela me interrogou atentamente sobre o que tinha acontecido no trabalho.

— Espero que você os tenha feito chiar — disse ela no final, brincando com a pulseira. Tinha pintado as unhas com um esmalte brilhante, transparente, que faziam as suas mãos parecerem eficientes. Em seguida ela perguntou o que mais me incomodava: perder o emprego ou o salário. E percebi que, nessa questão, Alice era vulnerável. Era também uma boa pergunta.

— Deve ser difícil — disse ela —, não ter um lastro financeiro. Se você não tem dinheiro, não tem poder, e são os outros que dirigem as negociações.

— A experiência serve para alguma coisa — eu observei.

Ela sorriu sem acreditar.

— Não o bastante.

Eu gostei mais de Alice por sua honestidade, mas ela estava tocando fundo na ferida. Tentei mudar de assunto e perguntei se ela tinha visto o último filme de Spielberg.

— Alice não pode perder tempo.

Quando queria, Sam tinha seu próprio estilo irônico.

— Sua base de poder exige toda a sua atenção.

Exibindo as unhas eficientes, Alice levou aos lábios a taça de vinho.

— Com ciúmes, Sam?

Mas quando nos despedimos, Alice surpreendeu-me com um beijo: breve e formal, mas mesmo assim um beijo.

— Vou pensar em você, Rose — disse ela. — Vou mesmo. Sinto muito a respeito de... Nathan.

Ela era sincera e eu me vi retribuindo seu beijo.

Ao contrário de Alice, eu tinha muito tempo livre à minha disposição e, mestre no passado em beliscar minha consciência, o Sr. Sears aproveitou.

Além de levar para ele o almoço de domingo, minha caridade consistia em jogar moedas em chapéus estendidos nas ruas e responder irritada aos pedidos de donativos ao telefone, mas a imagem do Sr. Sears sentado todos os dias no seu quarto abafado e sem graça não era fácil de esquecer. Por mais rabugento e mal-humorado que ele pudesse ser, seu direito a mais do que isso me doía como um espinho. No final, eu lhe disse que ia sair com ele. "Tanto faz", ele falou, o que, considerando-se que não saía de casa havia três anos, foi bastante frio. Seja como for, forcei os relutantes serviços sociais a providenciarem uma cadeira de rodas e uma enfermeira por mais algumas horas. "Chama isso de ônibus?", ele disse, quando o ônibus de um só andar apareceu. Nós duas o colocamos a custo no número 88, onde ele se sentiu felicíssimo. Os três fizemos uma viagem dupla, o que levou quase o dia inteiro, e ele sentado à janela descrevendo um panorama da cidade onde pontos familiares, na maior parte *pubs*, tinham se transfigurado em bares e restaurantes de carnes grelhadas. "O que há de errado com os *pubs*? Se você queria uma xícara de café você ia beber no Kardomah."

Não estaria totalmente além dos limites da possibilidade que o Sr. Sears tivesse concluído, em vista do traiçoeiro ritmo das mudanças, que era melhor ficar no seu quarto.

Assim que terminaram as provas finais, Poppy materializou-se em Lakey Street e descarregou suas coisas por toda a casa. Num relâmpago, ela refez a mala, me deu um beijo de despedida e pediu dinheiro para o táxi até o aeroporto.

— Proíbo você de se preocupar — disse ela. — Preocupação é coisa de gente medrosa.

Naquele fim de semana eu comprei um exemplar do jornal e o *Digest*. Até então, eu não tinha tocado nele, mas queria ver o pior por mim mesma. Levei tudo para o parque e fiquei andando de um lado para o outro, tomando coragem.

Minty podia ser tudo, mas era uma profissional. As páginas estavam diferentes mas ótimas: mais celebridades, mais fotos, e mais livros cobrindo uma faixa etária mais jovem. No entanto, eu não tinha sido totalmente apagada porque Minty partira de algo já existente, mas as minhas idéias não ocupavam mais o palco central. Era uma espécie de concessão, um aceno para o relacionamento que tivemos um dia.

Para minha surpresa, conforme eu ia lendo, não sentia inveja, mas um crescente afastamento daquilo que antes me absorvera. Um pequeno marciano de capacete brilhante e joelheiras passou correndo, seguido de um adulto ofegante. Acompanhei o progresso deles, sentindo que neste assunto eu podia respirar mais aliviada, e parecia que me fora concedida uma trégua da rivalidade profissional. Não é que eu não me importasse, eu não me importava mais *tanto*.

Passei para outras seções. "Onde Estará a Nossa Equipe Neste Verão?", dizia a matéria debaixo de um mapa reduzido do mundo. O editor da cidade ia para Martha's Vineyard, o editor de destaques, para a Toscana (naturalmente) e a editora de livros estava planejando duas semanas numa remota ilha grega. O artigo incluía uma foto de Minty num *top* bem decotado e saia muito curta. "Kea é realmente quente e isolada", ela era citada dizendo. "Nada além de mar e areia."

Li o artigo duas vezes. Minty não sabia, ou não tinha se dado o trabalho de descobrir, que Nathan detestava calor e era quase certo ele ficar num extremo mau humor numa minúscula ilha grega.

Uma brisa dava às páginas na minha mão uma vida própria. Uma mulher agora vinha caminhando com dificuldade, trazendo duas crianças num carrinho duplo. Um cachorro passou correndo numa marcha ansiosa que sugeria ter se perdido do dono.

Pobre Nathan.

Eu me contive. Havia uma regrinha triste que se aplicava às esposas abandonadas: se não tomassem cuidado, elas se alimentavam com apetite dos erros e deficiências de suas usurpadoras. *O seu gosto é vulgar... ela envenenou seus convidados... ela é desagradável com as crianças.* Eu tinha visto acontecer com Vee e agora estava percebendo os sinais em mim. Não — como Poppy tinha o hábito de dizer.

Joguei o jornal na lixeira mais próxima e continuei meu caminho. No futuro, eu não me preocuparia com isso.

A chuva recente tinha transformado a grama num charco. Perto do rio, um bordo havia desfraldado sua nova folhagem e debaixo dele florescia uma moita de tulipas. Inclinei-me e examinei a mais próxima. Seus estames estavam inchados e pegajosos, e o pulgão tinha se abrigado na curva lisa e convexa. Insetos e pétalas em forma de sino pareciam tão quietos, tão imóveis, como uma peça de porcelana de Rockingham. Como o vaso de Nathan.

Minha calma desapareceu. Não precisava muito, só uma cutucada, uma alusão passageira, e eu mergulhava no ponto em que Nathan tinha saído.

Ansiando por um dia longe de mim mesma, voltei para casa. A brisa tinha refrescado e eu puxei o suéter para baixo cobrindo as mãos. Então escutei. Clique. *Clique*. Por um segundo ou dois, minha mente escapou da rede na qual estava presa e vislumbrou a perspectiva de liberdade, um futuro no qual eu estaria vazia e limpa. Era o vento frio, fresco, soprando num quarto de doente. A promessa de chuva sobre uma paisagem ressecada. O borrifar de uma fonte. Foi só por um momento e eu estava de volta, chapinhando com os sapatos enlameados na grama molhada.

Quando acordei na segunda de manhã, Parsley não estava na cama. Saí atrás dela e a encontrei esticada na cadeira azul.

— Parsley? — Ela não reagiu. Tinha um cheiro estranho e tremia toda. Chocada, percebi que ela estava sofrendo. — Parsley...

Na minha última visita ao veterinário, Keith tinha me avisado. "Não espere milagres na idade dela." Mas eu tinha esperado. Eu tinha.

Acariciei uma das patas. Eu a conhecia muito bem para saber que ela não ia querer que eu interferisse, que desejaria lidar com seu abatimento e morte nos próprios termos felinos. Eu sabia também que era inútil imaginar que por trás dos olhos verdes havia uma emoção tão profunda por mim quanto a que eu sentia por ela. Tentei de novo.

— Parsley.

Minha voz penetrou no seu sombrio limbo. Com um óbvio esforço, ela ergueu a cabeça e me olhou, a pessoa que mais a amou.

Quando me viu com a cesta na sala de espera, as sobrancelhas de Keith subiram até o corte de cabelo que a família jurava ter sido inspirado no retrato de Henrique V. É o tipo de corte que as pessoas, depois de passarem a juventude sendo desagradáveis, adotam quando os excessos se tornam cansativos demais. Keith tinha a aparência perfeita de um veterinário cuja clínica abrigava o amor, a loucura, os sentimentos desvairados entre os humanos e seus animais.

Convenci Parsley a sair da cesta. Keith colocou a mão ossuda no meu ombro.

— Você sabe o que eu vou dizer, Rose. Eu podia entupi-la de vitaminas e antibióticos, o que lhe daria força para mais um ou dois dias. Mas é só isso que você vai conseguir na idade dela.

Ele apertou meu ombro e se afastou. *Onde estava a família?*

"Faça isso agora", Sam provavelmente diria.

"Não, ainda *não*. Não temos o direito de intervir num processo natural." Essa seria Poppy.

Nathan perguntaria: "*Exatamente* por quanto tempo Keith acha que pode mantê-la viva?"

— Tudo bem — eu disse a Keith. — Mas rápido, porque ela está assustada de estar aqui.

Com toda a delicadeza possível, embrulhamos Parsley numa toalha. Ela se debateu ligeiramente e Keith raspou um pedacinho da sua pata da frente, baixou sua cabeça de Henrique V e a beijou.

— Pronta?

Eu nunca estaria pronta, mas segurei no colo a minha gata querida enquanto a agulha entrava. Eu lhe devia isso. Eu lhe devia muito mais, porém não havia nada que eu pudesse fazer para pagar a dívida. Parsley fora a companheira na maternidade, no barulho, com as crianças: a comentarista silenciosa, sensual, feminina. Uma testemunha de um mundo caloroso, físico, doméstico.

Quase imediatamente, sua cabeça caiu para trás sobre meu ombro. Os olhos verdes se arregalaram, deixaram entrar a luz, depois se apagaram, fechados, e Parsley entrou na noite escura.

Keith afastou-se e eu a ninei até o último frêmito de vida.

De novo em casa, levei Parsley para o jardim e a coloquei debaixo do lilás ao lado dos heléboros negros e das anêmonas duplas. Em seguida subi para o quarto de Poppy e procurei na cômoda o xale branco de lã no qual eu tinha embrulhado meus bebês chorões e caminhado com eles de um lado para o outro na tentativa de tranqüilizá-los.

Peguei a pá e o forcado e cavei a terra dura, cheia de insetos, infestada de campainhas. Os dentes do garfo cortaram raízes brancas e fibrosas e expulsaram os insetos de seus refúgios subterrâneos.

Um lugar reservado e excelente, Parsley.

Esqueça o *clique* na minha mente, a serena promessa do futuro. Para mim bastava. Eu queria ver minha tristeza morta, meus anseios terminados, meu corpo protegido dos olhares alheios.

Continuei cavando.

Eu enterrava um passado, um casamento, um emprego. Aquela engraçada, cansativa, desesperada fatia da minha vida, quando Parsley caminhava furtiva ao meu lado com as patinhas que estalavam nos pisos de pedra e de madeira e me fazia companhia nas noites em que as crianças choravam, e Nathan dormia.

Quando o buraco ficou grande o suficiente, coloquei Parsley dentro dele, e arrumei as pontas do xale, envolvendo-a bem até me sentir satisfeita. A lã era macia, com a textura das roupas de bebê muito lavadas, e ainda retinha aquele leve cheiro tão sugestivo de criança e leite fermentado.

Joguei uma pazada de terra, depois outra.

O túmulo de Parsley não levou muito tempo para encher.

Eu disse a mim mesma que deveria comer alguma coisa, mas tinha perdido o hábito de fazer refeições regulares. De qualquer modo, meus dedos estavam duros e congelados. Servi-me de uma boa dose de uísque, que esvaziou a garrafa, e subi me arrastando para a cama.

Durante a noite, senti um forte enjôo. Ofegante e coberta de suor, sentei-me nos calcanhares. Eu estava ardendo, eu estava me consumindo. Eu tinha saído às tontas da cama para o banheiro sem acender a luz e o brilho de néon que vinha da rua tingia a louça num leve tom alaranjado desagradável. Apertei as mãos contra o rosto.

Eu estava entrando em decadência. Onde eu tinha lido que as mulheres que estavam decaindo bebiam demais, choravam demais, usavam batom demais, lidavam com sua solidão em quartos vazios iluminados a néon?

Quando o sol raiou fiquei enjoada de novo, e uma dor no estômago se instalou. De manhã eu estava com febre alta e passei o dia encolhida na cama. No segundo dia, minha temperatura subiu mais ainda e eu flutuava febril, dormindo e acordando de um sono pesado, mas inconstante. Eu sentia o coração batendo forte no peito. Eu estaria morrendo de tristeza? Morrendo porque tinha sido descartada? De tempos em tempos, eu imaginava o telefone tocando — mas era o sino da igreja dobrando pelo funeral do meu pai.

Nathan materializou-se nos meus sonhos. Alto e muito ambicioso. "Vou abandonar você, Rose", ele falava. Eu lhe dizia que ele já tinha feito isso. *Mas não é tão fácil assim, Rose.*

Durante este diálogo, eu parecia ter criado um par de asas e erguia-me acima de Nathan, que desaparecia num pontinho.

Então Minty surgia e me puxava. Parecia preocupada. "O que você pensa de mim, Rose? O que você pensa da sua ex-amiga?"

"Se quer saber, acho você uma ignorante", eu respondia, acrescentando bondosamente, "mas a culpa não é sua. Espere até ficar mais velha".

Grossas lágrimas escorriam pelo seu rosto. "Recuso-me a envelhecer. Vou usar sempre *tops* minúsculos e saias curtas." Eu balançava a cabeça e ela gemia, como uma criança. "É tão injusto."

Com um forte bater das minhas excelentes asas, subi aos céus, que tinham substituído o teto do meu quarto. Bem lá embaixo, o rosto molhado olhando para cima era chato e sem relevos como um pântano.

— Rose...

Nathan estava debruçado em cima de mim e eu pisquei os olhos. Minha língua parecia feltro e meus lábios estavam tão rachados que senti gosto de sangue, e parecia já ser de noite.

— O que você está fazendo aqui, Nathan?

— Você está com uma aparência *horrível*.

Seus olhos deram com o termômetro ao lado da cama.

— Aqui, coloque isto.

Tentei levantar a cabeça.

— Não consigo.

Ele deu um passo atrás. Nathan era desses homens que detestavam ver alguém doente, exceto eles, e nunca era a melhor pessoa nessas situações.

"Você não está assim tão mal", ele protestava se eu ousasse mencionar que não estava me sentindo bem para obedecer, e assumia sua expressão de sofredor. Durante um dia ou dois ele suspirava e olhava como se quisesse dizer: *Estou carregando esta família inteira nas costas*. Logo em seguida, ele desenvolvia sintomas idênticos, que eram *piores, muito piores do que os seus, Rosie*. Por causa disso, eu raramente caía de cama. De qualquer maneira, mães não têm tempo para ficar doentes.

— Estamos saindo para jantar com Timon e pensei em vir ver o que está acontecendo, porque ligo, ligo e ninguém atende.

— Estive doente — observei querendo ajudar.

— Espere aí — ele falou. — Vou arrumar alguém para me ajudar.

Ele desapareceu e, minutos depois, voltou com Minty.

Eu estava fraca demais para sentir raiva, distanciada demais para me importar com a presença dela. Eles cochichavam na soleira da porta... temperatura... terrível... médico. Minty descansava numa perna, depois na outra, e me lançava olhares agudos com aqueles olhos amendoados.

Fiz um esforço enorme.

— Nathan, você me traz um pouco de água?

Era sempre uma jogada inteligente dar uma tarefa a Nathan. Isso o acalmava.

Enquanto ele estava longe, Minty manteve distância.

— Eu não ia entrar — confessou. — Nathan me forçou. Mas eu não teria feito...

Eu fechei os olhos.

— Não me importa o que você faz.

Ela ficou calada. Eu abri os olhos. Ela estava examinando o quarto — um vislumbre das roupas de Nathan, que tinham ficado, pela porta do armário semi-aberta, uma fotografia de Sam e Poppy, tirada num raro momento em que eles estavam se divertindo juntos. Livros empilhados na cama do lado de Nathan.

Foi então que percebi como ela estava decidida com relação a Nathan, como ela estava excitada com a tarefa de fazer as coisas darem certo, mas, também, secretamente aterrorizada com o pouco que ela sabia.

Eu não podia culpá-la por querer Nathan. Como eu poderia? Eu também o queria.

Mas esta era a Minty que tinha dito: "Compromissos? Não me faça rir."

Ela deve ter lido a minha mente.

— As pessoas mudam, Rose, principalmente se tem alguém como Nathan metido na história. — Ela passava a mão na suéter, um *mohair* azul curto que mal chegava na cintura. Sempre que ela se mexia, revelava um pedaço de carne. Olhe para mim, ela estava dizendo, para a minha beleza e plenitude, e você talvez sinta inveja e desejo.

— Tenho 21 anos — ela falou com uma voz perplexa.

Com um esforço enorme, virei de lado e apaguei sua visão.

— Você está muito magra. — Ela se inclinou e alisou os lençóis úmidos com um gesto de proprietária. — Devia se cuidar mais.

Eu estava quase engasgada de febre e ódio.

— Se você tem um mínimo de compaixão, vá embora.

Os saltos dos seus sapatos saíram batendo pelo corredor, deixando-me para refletir exausta sobre os objetivos que Minty havia um dia confessado desprezar. Anos de casamento — as guerras esporádicas, *ententes* e uma profunda e protetora paz. Nathan tinha se casado com uma menina de calças *jeans* que se transformara em mãe, que tinha virado uma mulher de carreira que vestia terninhos, carregava uma sacola de livros e lia memorandos da redação. De tempos em tempos, essa mulher havia se congratulado por ter feito malabarismos com esses vários estados e emergido sadia e otimista.

Muito cedo depois do nosso casamento, Nathan tinha abandonado a jaqueta safári pelos ternos, os botões das calças aos poucos sendo afrouxados. Havia dias em que ele chegava em casa assobiando entre os dentes, sinal de que se sentia feliz e confiante nas suas decisões. Em outros, eu o surpreendia olhando pela janela do seu estúdio tentando resolver problemas. Às vezes ele se preocupava com dinheiro e fazia listas para saber onde economizar. Algumas delas ainda estavam grudadas na geladeira com ímãs, amarelando. No verão ele se sentava numa cadeira no jardim e ficava me vendo trabalhar. No inverno, ele me implorava para fazer torta de carne com batatas e pudim de chocolate. *Para me manter em funcionamento, Rosie*. (Mais cinturas afrouxadas.) Nós comíamos na mesa da cozinha, discutíamos nossos filhos, discutíamos nossas ambições. Quando as crianças cresceram, tínhamos mais energia, falávamos menos de assuntos domésticos e mais de política, jornais e o estado confuso em que o mundo se encontrava — um arejamento regular da geografia mental um do outro, que tinha parecido certo, natural e feliz.

— Fiz umas torradas e arrumei umas aspirinas para você. — Nathan depositou uma caneca na mesinha-de-cabeceira. — Dou comida para Parsley?

A menção do nome dela encheu meus olhos de lágrimas. Nathan ajoelhou-se ao lado da cama.

— Rosie, o que aconteceu? Está sentindo dor?

Eu contei para ele, e ele disse:

— Pobre Parsley, tão velhinha.

E acariciou meu rosto.

— Faz uma coisa para mim?

— Se for possível.

— Escove meu cabelo. Deve estar horrível.

Nathan foi buscar a escova, ajudou-me a sentar e me colocou apoiada no seu ombro. As cerdas passavam arranhando pelos cabelos escorridos como estopa.

— Ela teve uma vida boa, Rosie.

Sequei o rosto com o lençol.

— Isso é o pior. Achei que ela ia durar para sempre.

— Lembra quando ela desapareceu e eu a encontrei naquela casa estranha, a da trepadeira crescendo por cima das janelas?

— Eu a encontrei — murmurei. — Você estava trabalhando.

— Não, fui eu — ele parou de falar. — Você está roubando as *minhas* lembranças.

Entortei a cabeça para olhar para ele.

— Estou. Mas você está roubando as minhas.

Ele se inclinou e apoiou seu rosto no meu.

— Estou.

— Nathan? — Minty chamou lá de baixo.

Nathan parou de escovar, mas eu me deixei ficar relaxada contra o seu ombro.

— Nathan...

Minty se materializou na porta, os olhos escuros apertados, com raiva. Talvez ela estivesse olhando através de um túnel para a luz no final, que brilhava no passado, contra a qual ela precisava competir.

— Nathan, vamos nos atrasar.

Quando ela se virou, o suéter azul subiu expondo a barriga firme.

No mesmo instante, Nathan se desvencilhou e ficou de pé, o meu alto, enérgico, ambicioso marido, que sabia o que queria, que até agora tinha sido equilibrado e previsível. Eu virei o rosto porque não suportei ver a mudança nele.

— Estou indo — ele respondeu.

Capítulo 14

Levou um certo tempo para eu me colocar de pé novamente. Não só estava fraca mas, sem as rotinas de trabalho e recreação, os dias pareciam fluidos, como ovos malpassados. Eu estava acostumada com eles bem diferentes, todos arrumadinhos e cheios.

O jardim me dizia que o verão tinha chegado: um lânguido serralho em êxtase de perfumes e coberto de uma espuma rendada branca. Quando me senti disposta, abri as janelas francesas e saí. Eu o conhecia tão bem. Cada tijolo da parede. O buraco no pátio cavado por um esquilo. A interseção onde a cerca tinha apodrecido. Quando pequenas, as crianças tinham pedido grama para jogar futebol e críquete francês, mas, depois que estavam crescidas, como o holandês reconquistando os pôlderes, eu peguei de volta os meus canteiros de flores.

A oliveira no seu vaso estava derreada e verde-acinzentada. Isso significava paz. Significava lar. Significava azeite verde cheirando a tomilho e manjerona para mergulhar uma casca de pão e o queijo feta. Isso significava boas coisas.

Hal tinha me dado a oliveira na nossa segunda expedição juntos, atravessando a pé a península de Mani. Magros, sujos, empoeirados, felizes, estávamos voltando para casa. Em Kieros, sentamos debaixo de um grupo de oliveiras e esperamos o ônibus para nos levar para o norte até Atenas e comemos pão e queijo feta. O sol resplandecia e a poeira seca da época da colheita flutuava no ar quente. No vale, mulas carregadas subiam com esforço a encosta e as papoulas desabrochavam nas margens dos campos e ao lado da estrada. Recostei-me sobre a mochila e pensei que nunca tinha visto um lugar tão agrestemente belo: azeitonas cinza-esverdeadas, vegetação rasteira pedregosa, papoulas vermelhas e o azul do céu. Ele escolheu aquele momento belo, maravilhoso, quente, para me dizer que pretendia ficar na Inglaterra por enquanto. Por quê?, perguntei. Ele pegou o canivete e esgaravatou a terra ao seus pés. Você sabe por quê, respondeu, de costas.

Ele arrancou um galhinho com uma lasca de casca na ponta e me deu de presente. Envolto em papel úmido, ele ficou escondido na minha mochila até chegarmos em casa. Eu misturei terra e adubo num dos vasos de Ianthe, mas não demais para uma árvore que gosta de calor e poeira, e o plantei. Oliveiras não crescem neste clima — Ianthe era suspeita e inconveniente — eu não tinha notado?

Mas perseverei e, um dia, apareceram dois brotos.

Agora eu beliscava uma folha entre os dedos. Soprava uma brisa e, enfraquecida pela doença, ela me dava arrepios.

Caminhando pelo jardim, a depressão se abateu sobre mim como uma névoa fria. Na ausência dos meus cuidados, o Iceberg estava magro e fraco. O Buff Beauty estava semi-enterrado pelo *Solanum* e eu não tinha ido salvá-lo. Minhas rosas não estavam acostumadas à negligência e, derramada sobre os seus galhos, alimentando-se dos botõezinhos, havia uma ondulante capa de pulgões. Eu parei, peguei um ramo de "Ispahan" e, sem me incomodar com os espinhos, passei entre o dedo indicador e o polegar. *Assim* é que se matam pulgões.

Uma nódoa verde e amarela brilhou nos meus dedos. Abaixei-me e limpei-os na grama. Em seguida entrei em casa, fechei e tranquei as janelas francesas atrás de mim.

Eu não queria voltar para o jardim. Eu não sabia explicar, mas sentia como se ele tivesse me abandonado.

Ianthe deu o seu telefonema semanal.

— Falou com Nathan? *Falou?*

Robert Dodd ligou (telefonemas ao preço de vinte libras). Nathan tinha lhe pedido para discutir comigo os detalhes da separação, cujo acordo ia sair caro.

Poppy ligou sabe-Deus-de-onde para dizer que estava viva.

Mazarine ligou de Paris:

— Você precisa vir.

— Não posso — eu disse. — Não quero ir a lugar algum.

Olhei pela janela a rua, que parecia incrivelmente larga, e senti os joelhos tremerem. Quanto mais tempo se passava, menos eu me sentia capaz de dominar o espaço lá fora.

— Estou achando difícil sair de casa.

— Escute o que eu estou falando. Você pode. Vai ajudar você a esquecer o terrível Nathan e seu empreguinho.

— Não era um *empreguinho*.

— Se você diz assim, *chère*.

Curadora de uma galeria de arte na Rive Gauche, Mazarine ainda preservava os seus altos padrões intelectuais e a disputa entre a sua visão exigente e as minhas tendências populistas tinha nos dado muito prazer ao longo dos anos. Segundo o folheto que ela enviara, o espetáculo atual era uma desconstrução da mitologia das roupas íntimas. Fiz um esforço enorme e me controlei.

— Como vão as calçolas?

— Pare com isso — ela sibilou pelo telefone. — Espero você quinta-feira que vem.

Nathan não gostava de Mazarine. Pelo menos, não naquela época antes de eu começar a trabalhar, quando Mazarine e eu conversávamos com freqüência e éramos muito íntimas. "Não é o meu tipo", disse ele, o que era um absurdo, porque Mazarine tinha o cérebro, a aparência e o tipo de visão que Nathan apreciava nas mulheres. Ele não gostava porque Mazarine estava associada com Oxford e Hal, a parte da minha vida com a qual ele não tinha nada a ver.

A antipatia de Nathan não nos impedia de viajar sempre para a sua casa em Paris. (Depois que Nathan foi promovido, preferíamos os hotéis, cada vez mais luxuosos.) Na época de Mazarine, empilhávamos as crianças no banco de trás do carro. Eles pontuavam a viagem com gritos de "Já chegamos?" Quando as perguntas viravam choro, o que sempre acontecia, eu executava uma manobra precária para trás e me sentava entre eles numa bagunça de brinquedos e biscoitos, segurando-os firme e gritando para Nathan por cima do barulho deles e do motor.

Numa determinada viagem deixamos as crianças — Sam, 13 anos, Poppy, 11 — com Ianthe. O carro seguia acelerado pela auto-estrada, de Calais para o sul, e, num ritmo adulto, toquei no assunto de voltar a trabalhar.

O efeito sobre Nathan foi imediato. Ele franziu a cara, curvado sobre o volante, esse ato de desaparecer dentro dele mesmo.

— Por quê? Não está feliz? — Ele olhava fixo para a frente. — Você queria tanto ter filhos. Por que não cuida deles? Estamos dando conta.

— Você também queria.

Eu sentia a sua luta, contra o que eu não tinha certeza.

— Minha mãe cuidava de mim — disse ele por fim.

Minha sogra não era um assunto que eu desejasse — jamais — continuar discutindo.

— E a minha também, tão bem quanto a sua, só que ela combinava isso com o trabalho.

Ele transferiu a sua atenção para uma ultrapassagem de um caminhão carregado de gado.

— Uma alternativa seria trabalhar em casa. Você pensaria nisso?

Eu estava intrigada.

— Que estranho, Nathan. Não tinha idéia de que você se oporia. Achei que ia me incentivar.

A sugestão de qualquer deficiência o deixava irritado.

— Sei que muitas mulheres trabalham. Não sou contra. Longe disso. Mas por que *você*? Estamos falando de nós dois. Quanto mais crescem, mais as crianças precisam de você.

— Ah, pelo amor de Deus — rebati. — Existe um meio-termo. Se para você é tão importante, cuide deles você mesmo.

Ele não respondeu.

— Ah, isso não deixa você muito entusiasmado, não é?

— A questão não é você trabalhar — ele repetiu. — Claro que não. É nas crianças que estou pensando.

— E eu?

Mas Nathan tinha me sacudido. Eu tinha considerado de todos os ângulos a possibilidade de trabalhar fora de casa de uma forma racional, e fiquei magoada por Nathan ter suposto que eu não tivesse pensado nos filhos primeiro.

— Por que você sente essa necessidade? Está faltando alguma coisa?

As vastas planícies do Pas de Calais brilharam de relance.

— Não é uma pergunta estranha? Não pode imaginar ficar sem trabalhar? Nathan, *eu* estou ficando velha também, não só as crianças, e se não me cuidar será tarde demais. É tanto egoísmo assim?

— Não — ele respondeu, a cara fechada. — Claro que não. É só que achei que éramos felizes do jeito que estamos.

— Mas nós somos — eu gritei. — Nada altera isso.

Ele me perguntou o que eu estava pensando fazer e eu lhe contei que tinha ambições de ser editora da seção de livros de um jornal.

— Quero ver se consigo chegar lá pelos meus próprios méritos.

— Que merda — disse ele. — Isso não é um emprego. Não, eu não quero dizer isso... não sei o que eu quero dizer.

Eu gritei "Que merda" de volta e mandei ele parar o carro no próximo acostamento, o que ele fez. Eu escancarei a porta e saí. Uma família estava sentada num dos bancos que os franceses sabem oferecer tão bem, comendo um piquenique do meio-dia. Um riacho margeava os limites da área, flanqueado por um gramado. Andei até lá e parei olhando a água. Alguém tinha jogado uma fralda infantil descartável e o plástico branco redemoinhava melancólico na corrente.

Nathan veio atrás de mim.

— Não quis dizer que não era um emprego. Claro que é.

— Gostaria que você não tivesse atitudes paternalistas comigo.

— Não estou tendo — ele estava sinceramente desnorteado —, mas você tem de pensar em quem vai cuidar das crianças e se toda essa revolução vai valer a pena.

Eu estava gelada de raiva.

— Estou tão zangada com você. Não me lembro de ter sentido tanta raiva antes. É melhor irmos para casa. *Agora* — acrescentei.

Nathan passou a mão pelos cabelos e coçou a nuca.

— Fui apanhado de surpresa, só isso. Não gosto de surpresas.

— Não é *tão* surpreendente.

— É só que parecíamos tão bem, e as coisas estavam funcionando. — Com as mãos ele fez um gesto imitando o formato de uma caixa. — Tudo estava tão bem encaixado.

Eu me afastei em direção a um grupo de álamos que subiam altos em direção ao céu e gritei para ele, furiosa:

— Tenho o direito de mudar. Todo mundo muda. Até você.

Nathan jogou a cabeça para trás e caiu na gargalhada. A família francesa parou de comer para assistir ao drama na estrada.

— Você está tão engraçada.

— Ah, estou? E como *você* acha que está?

Ele sorriu e, como sempre, o sorriso transformou seu rosto e relaxou a tensão.

— Bobo que nem você. — Ele chegou perto e pegou na minha mão. — Não mude muito, está bem?

Ainda zangada, eu soltei minha mão.

— Vou pensar.

Entramos de novo no carro e dirigimos por mais uma hora, quase o tempo todo em silêncio. Conforme nos aproximávamos de Paris, o tráfego se tornava mais intenso e Nathan era forçado a se concentrar. Só quando passamos o desvio para Senlis ele retomou a discussão.

— Claro — ele falou. — Vou perguntar lá no jornal. Assim fico de olho em você.

Aí eu compreendi parte do problema. A preocupação de Nathan era que eu abrisse a porta e pulasse para fora da gaiola. Ele estava com medo de que eu abrisse as asas e fugisse.

Mas eu não queria isso.

Vestindo uma jaqueta vermelha bem justa de mangas curtas, saia e sapatos pretos de salto agulha, Mazarine estava me esperando na Gare du Nord, que cheirava a tabaco francês e *a croissants*. Meu humor melhorou por uma fração de segundos. Estar de novo em Paris.

— Você está horrível.

Ela me deu um beijo, o que confirmou o veredicto, pois ela não costumava demonstrar afeto abertamente.

— E o que é isso? — ela indicava meu terninho de linho.

Enfiei a mão por baixo do seu cotovelo pontudo, macio.

— É um terninho bonito, reconheço, mas um pouco quente. Esqueci como faz calor em Paris.

— O corte é terrível — ela falou. — Não favorece.

Apesar dos seus interesses intelectuais ao estilo *rive gauche*, um casamento tardio, sem filhos, com um homem de negócios, confirmava Mazarine como uma parisiense chique que preferia lenços de seda, bolsas com monogramas, saias justas e saltos altos.

Ela me colocou num táxi, que nos deixou na porta de Mimi, um restaurante com um toldo listrado azul e dourado. Meu coração desfaleceu.

— Não consigo comer muita coisa no momento — confessei.

— Estou vendo, mas o objetivo em parte é estar aqui. Curta apenas. Bons restaurantes são uma terapia.

Eu ri.

— Mazarine esperta.

Eu sabia que ela não ia querer saber detalhes íntimos sobre Nathan e sua saída de casa. Ela se manteria na visão geral, e nas elegantes teorias que a faziam forte. Nada de "se", "mas" e reminiscências confusas, certamente não com relação a Xavier, o marido morto, que era muitos anos mais velho do que ela.

— Então... vai matá-lo? — Mazarine ajeitou o guardanapo no colo escarlate.

Eu me concentrei na minha chicória recheada, e no seu sabor fino, amargo.

— Não. Eu causaria mais danos me suicidando.

— Se está pensando em fazer isso, me avisa, e não levo você para fazer compras, porque vai ser um desperdício.

Eu contei a Mazarine sobre a mulher do ministro. Ela suspirou.

— O que ela esperava? Só prazer e nenhum sofrimento?

— Ela teve muito sofrimento e provavelmente muito pouco prazer.

Ela considerou:

— Você acha que existe algum sinal de que Nathan vai voltar a si?

— Ele já saiu de casa há um tempo. Desde fevereiro — eu levantei os olhos para Mazarine. — Desde fevereiro. Uma vida. E isso torna as coisas mais difíceis de consertar, se quiséssemos. Ele queria uma mudança. Ele queria uma fantasia antes que fosse tarde demais. Ele não acreditava mais em mim. Também, e isto é estranho, acho que Hal está metido nisso.

— *Aquela* velha história. Tão peculiar.

— De qualquer maneira... — lembrei-me de como Nathan levantou na mesma hora quando Minty o chamou. E o brilho suave e polido. — ...Nathan está intoxicado com Minty.

Mazarine me interrompeu.

— A jovem e bonitinha sabe ser bem mazinha, e Minty vai escapar impune... por enquanto.

O luminoso ambiente cosmopolita pareceu escurecer.

— É o que você sente quando alguém morre... você deve saber. Mas não existe um defunto para chorar.

Mazarine ajustou o brinco, e me ocorreu que ela parecia atipicamente hesitante e insegura.

— Espero que não tenha feito cenas intermináveis.

— Não, realmente. Agora, é claro, gostaria de ter feito.

— Claro. Os ingleses aceitam melancolicamente não só seus prazeres, mas também seus sofrimentos.

Deixei passar essa. Mazarine espetava seu crustáceo, e a boca pintada de batom estava repuxada numa expressão cínica.

— Nunca sabemos, não é mesmo, o que nossos supostos amados planejam fazer para nos surpreender. — A pausa foi uma fração de minuto longa demais. — Quando Xavier morreu, tive de examinar os papéis. É claro. E descobri uma coisa que eu nunca, nunca poderia imaginar.

Outra pausa.

— Arrumar as coisas de uma pessoa que morreu lhe dá uma superioridade que você às vezes não está querendo...

Um garçom trouxe os pratos com o linguado sofisticadamente decorado com vagens. Mazarine olhou sem o seu usual sarcasmo crítico.

— Quando Xavier morreu, faz dois anos, ele possuía vários interesses comerciais, a padaria, propriedades e tudo o mais. E, parece, uma casa — por acaso uma bela casa no décimo sexto *arrondissement*.

Eu estava intrigada. Uma bela casa no décimo sexto deveria ser uma das melhores surpresas. Coloquei minha mão sobre a dela, que tremia.

— Mazarine?

— Acontece que esta é uma casa para *poules de luxes*. Muito cara e exclusiva. Agora você compreende?

O linguado tinha esfriado. O barulho de pratos e talheres de um almoço caro sendo servido a um preço elevado continuava à nossa volta. O calor, as toalhas e os guardanapos engomados, as roupas casualmente chiques dos outros comensais, o sol transbordando sobre o toldo azul e dourado me faziam lembrar dos filmes de arte a que Mazarine e eu íamos assistir em Oxford e, quase sempre, não compreendíamos.

Ela repetiu:

— É uma bela casa, cheia de coisas bonitas, e me disseram que Xavier se esmerou na decoração e nos arranjos. E as mulheres são bonitas. Pelo jeito, muitas fazem bons casamentos e saem dali para seguir carreiras de sucesso. Especialistas em câncer e produtoras de televisão. — Ela me olhou com uma expressão triste. — O velho tonto. Podia ter me contado... eu teria feito uma cena, eu lhe digo, mas teríamos dividido isso.

— Você vai morar lá?

— *Morar* lá? Não. Quero vender e por um bom preço.

Eu fiz o melhor que pude.

— Xavier não esperava morrer, Mazarine. Ele não teria feito isso com você de propósito. Ele ia lhe contar um dia.

Mazarine olhava para todos os lados, menos para mim. O garçom deslizou xícaras minúsculas de café sobre a mesa e deixou um bule entre nós duas. Eu servi e lhe dei umas das xícaras. Era tudo muito complicado e doloroso.

Mazarine protegeu os olhos da luz.

— Sou uma boba. Quase tão boba quanto você.

Eu lhe dei um sorriso trêmulo.

— Tudo bem. Vamos computar os nossos bônus de fidelidade. A sua recompensa por ter sido uma boa e encantadora esposa é um bordel, o que, eu devo dizer, é infinitamente mais excitante do que ser substituída por uma mulher mais jovem.

Depois do almoço, Mazarine me levou para fazer compras.

— Esta viagem é para você colocar as idéias em ordem — ela disse. — Acho que você precisa enfrentar a realidade e cuidar da sua aparência.

— Estou com uma aparência tão ruim assim?

— Está.

— Fazer compras vai colocar minhas idéias em ordem?

Ela deu de ombros.

— É um dever.

A nossa primeira parada foi La Belle Dame Sans Merci, uma butique especializada em roupas íntimas. Havia um cartaz da exposição de Mazarine na vitrine.

— Nada de piadas, Rose.

Lá dentro, ela me entregou a um jovem de aparência sofisticada.

— Esse aí não está interessado em mulheres — ela murmurou.

Eu me observei no espelho.

— Que sorte.

Enquanto ele media e espetava, eu olhava constrangida para os nós da fita de cetim creme que amarravam as cortinas. Mazarine e o rapaz cochichavam e me empurravam de um lado para outro, como se eu não pesasse nada.

Um espelho de corpo inteiro confirmava a minha magreza mas não me agradava como seria de esperar. Quem era essa pessoa no espelho, sem presença, sem postura?

— Preste atenção, Rose, e experimente isto — Mazarine me entregava a primeira de muitas roupas.

Eu obedeci e senti minha carne se acomodar em rendas e arames.

— Pronto — disse ela, um mágico feliz com a sua obra. — Bom.

Para quem quiser saber, o quociente de cura quando se consegue entrar sem dificuldade num corpete de renda preta bordado com minúsculas borboletas é alto.

— Como estão as finanças? — Mazarine indagou, um pouco tarde demais, quando deixamos a butique carregando sacolas de aparência extravagante.

— Eu tenho seis meses de salário. Ou tinha, até uma hora atrás.

Mazarine parecia confiante na sua superioridade.

— Isto é um investimento no seu futuro.

— Não estou procurando substituir um marido.

— Quem disse que você estava?

A nossa próxima parada foi na Zou Zou, cuja proprietária, uma mulher esguia, chique, parecia se entender muito bem com Mazarine. As duas mulheres confabularam rápido e enfaticamente gesticulando muito na minha direção, e me pareceu que elas achavam que eu não possuía um trapo que merecesse colocar nos ombros. Elas me empurraram para dentro de um cubículo e praticamente arrancaram minhas roupas.

Mãos e vozes remexiam, tagarelavam e espetavam alterações.

Eu me descobri num vestido de linho sem mangas, cortado bem no estilo francês. Mas, que pena, os botões não combinavam com meu busto. Confesso ter ficado encantada com isso. Tantas coisas na vida são desperdiçadas ou perdidas — pacotes de supermercado, emoções, gás metano das vacas, anos construindo um casamento —, mas este aspecto da elegância era a única área onde nada ficava esquecido. Botões que combinavam com a linha exata dos bicos dos seios estavam ali para curar as feridas do tempo e do amor, abertas e sangrando depois que uma breve frase tinha sido pronunciada: *Encontrei outra pessoa.*

Capítulo 15

A ROSE NO ESPELHO tinha passado por uma metamorfose, alcançada com a intervenção de Mazarine. Seios, cintura e pernas estavam envoltos em renda, arames, linho e seda: eu não era mais a sombra neutra, simples, que imaginava ter me tornado — a sombra que passava pelas ruas junto com centenas de outras mulheres neutras, simples, cujos corações batiam, como o meu, com raiva de terem chegado a esse ponto. Mais do que isso, eu havia passado por cima do medo e do hábito, chutando-os para longe. Era por isso que eu parecia diferente.

— Olá, Rose — eu disse baixinho.

A figura no espelho movia-se, e os materiais caros e delicados embalavam curvas, acentuavam a protuberância dos ossos sob a pele. Não, certamente não era um fantasma. Certamente não era frágil. Mazarine deu-me um tapinha e eu estava cheia de gratidão para com a amiga que enfrentava o que a vida lhe oferecia com teorias elegantes e compras.

— Depressa — disse ela —, vamos chegar atrasadas para o *salon de beauté*.

Duas horas depois, ardendo com a depilação mais forte que já tinha suportado na vida e brilhando depois de uma máscara de lama colhida numa fonte pré-histórica, sentei-me numa cadeira de seda cor-de-rosa e apresentei mãos e pés para a etapa final.

Uma menina sentou-se num banquinho na minha frente e um par de mãos finas e brancas seqüestraram as minhas. O resto dela era magro também, e começou a trabalhar distraída de um modo que sugeria que, se seu corpo estava presente, sua mente estava em outro lugar. Até que ela falou:

— Madame não tem cuidado das unhas.

Isso era inegável.

Ela examinou minha mão direita.

— Se a senhora cultivar o hábito, pode deixá-las sempre perfeitas.

O grão de areia na ostra, sentei-me na sala luxuosa enquanto camadas de creme, pó e verniz eram aplicadas para fazer de mim uma pérola. A menina começou a afastar uma cutícula, que certamente não tinha adquirido o hábito, e o desconforto era tamanho que resolvi me defender.

— Mas vou adquirir o hábito — falei. — Com certeza.

Como filosofia tinha suas limitações, mas servia.

Como eu estava curiosa, Mazarine me levou para ver a casa no elegante décimo sexto *arrondissement*, e, numa área onde brotavam casas bonitas como cogumelos, ela *era* bonita. Construída com uma deslumbrante pedra branca, com muitas janelas, ela transpirava pose, segurança e memórias de uma história civilizada.

— Por volta de 1730 — Mazarine sussurrou, enquanto espiávamos o pátio, como crianças, pelos portões de ferro batido.

— Por que estamos sussurrando?

— Não sei. — Mazarine ajustou a voz para um tom normal. — No passado, pertenceu ao Duc de Sully. Não vamos entrar, mas o estado de conservação é impecável. Nada fora do lugar. Musselina branca, madeira desbotada, esse tipo de coisa. Camas enormes. A caseira é maníaca pelo seu trabalho e me deu uma aula sobre como me livrar das traças.

Duas janelas estavam abertas e via-se um adejar de musselina branca.

— Não é um lar, portanto — eu disse.

Não era abrigo para uma criança soluçando, um adolescente exausto, ou um adulto magoado. Apenas um lugar onde o desejo era mantido artificialmente numa estado de permanente expectativa.

— Vamos embora. Odeio isto.

Mazarine estava rígida de tensão.

Um menina atravessou o portão quando estávamos indo embora, batendo os saltos altos e finos. Ela era esguia, morena e de aparência nobre. Ela parou para ajustar a corrente dourada que ancorava a bolsa a tiracolo no ombro, me viu olhando e deu um leve e seco sorriso.

Uma vendedora de flores estava posicionada na entrada do Metrô, com um maço de lírios e rosas murchas dentro de um balde. As pétalas dos lírios tinham se retraído como garras e as rosas pareciam machucadas. Ao lado delas havia outro balde, repleto de gérberas cor de laranja berrante. Feias, mas vivas. Num impulso comprei um maço.

De volta ao seu apartamento, Mazarine arrumou as gérberas num vaso. Os cantos dos seus lábios estavam caídos.

— Xavier *devia* ter me contado.

A boca tornou-se mais trágica.

Voltei a Lakey Street numa tarde quente de domingo e a correspondência estava espalhada pelo chão. Peguei tudo e classifiquei em pilhas. Contas, circulares, um cartão-postal de Poppy, outro de Sam. Ambos me informavam que estavam bem e felizes, e que eu não precisava me preocupar.

Aquecida pelos meus filhos, andei pela casa abrindo janelas, deixando entrar o ar fresco, e telefonei para Ianthe, que vinha jantar comigo. Em seguida, fui ver como estava o Sr. Sears.

— Não percebi que tinha viajado — disse ele, quando coloquei no seu colo a caixa de chocolates que tinha comprado para ele.

— Estou feliz por saber que sentiu a minha falta.

— Tenho contado as minhas bênçãos. Leva o dia inteiro.

Eu ri.

— Também, tenho contado as minhas.

De novo em casa, preparei um macarrão ao queijo e arrumei a mesa na cozinha. Minha mãe não perdera o gosto pela boa comida, simples e pesada.

Pontualmente, Ianthe chegou com seu jeito composto de sempre, com um cardigã macio azul e um vestido de algodão florido com uma saia rodada, mas um pouco pálida. Ela notou que eu tinha arrumado a mesa.

— Não podemos almoçar no jardim? É uma pena ficar dentro de casa.

Não tentei explicar minha negligência com o jardim. Peguei uma bandeja e empilhei em cima pratos e talheres.

Ianthe ficou me olhando.

— Alguma novidade?

— Não que eu saiba.

Ela suspirou, o som bloqueado, irritado, de pais colocados contra uma parede de tijolos.

— Não sei o que seu pai pensaria.

— Papai era muito prático, mãe. Tenho certeza de que ele teria compreendido. Sinto... bem, fomos longe demais para haver retorno. Tenho de enfrentar o fato de que Nathan resolveu ir embora. Não posso desfazer isso. Sei que ele não teria feito nada tão decisivo se não tivesse intenção, e não é tão simples como dizer perdoe e esqueça.

— Sim, é, se você resolver fazer isso.

— Mãe, acredite em mim... — A expressão assustada de Ianthe me forçou a mudar de tática. — Já que estamos falando nisso, você nunca me explicou realmente por que não voltou a se casar.

— Não encontrei a pessoa certa.

Era a minha vez de suspirar.

— Bobagem. Tinha o Jimmy Beestwick. Ele ficou rondando durante anos. Ou o gentil Neil... então, por quê? Você viveria com muito mais conforto. Menos solidão. Tudo isso.

Ianthe desviou o olhar.

— Anda, me conta.

O reconhecimento foi lento.

— Seu pai era tudo. Eu não tinha certeza de poder fazer isso duas vezes. Ter sorte, você sabe.

— Então, *não* é tão simples assim. É magia, feitiçaria e oportunidade.

Ianthe pegou a bandeja.

— Às vezes, Rose, acho que estou sendo intencionalmente idiota. É bom senso e altruísmo. Mas não estou certa se alguém continua vendo as coisas assim.

— Você está se contradizendo, mãe. Reconheça.

Derrotada, ela deu de ombros.

— Não posso explicar.

Este ano eu não tinha tirado as cadeiras do abrigo do jardim, portanto peguei duas da cozinha. Ianthe deixou-se cair sentada na sua.

Macarrão com queijo é reconfortante, e comemos em silêncio. Depois, Ianthe disse:

— Seu pai era uma pessoa maravilhosamente segura, e fazia quem estava do seu lado se *sentir* seguro. Por isso nunca consegui superar a história do testamento. Tão diferente dele.

Para meu horror, seus olhos se encheram de lágrimas.

— Ah, mãe, não. Por favor, não.

Ianthe extraiu da manga do cardigã um lenço bem passado a ferro e secou os olhos.

— Não é nada... Estou bem... Na verdade, tem uma coisa. É só que preciso fazer uns exames e não tenho dormido muito bem.

Sua pausa era mais alarmante do que qualquer coisa que ela dissesse.

— Nada grave, você sabe.

Puxei a cadeira mais para perto dela.

— Não, não sei, mãe. É melhor você me contar.

Ianthe deu aquela risada irritante que reservava para ocasiões sociais quando se sentia desnorteada.

— É só um caroço. O médico disse que é mais provável que seja um cisto. — Ela bateu no peito.

Pensei rapidamente.

— Quando você vai fazer os exames, e onde?

— É isso. Tem uma fila de espera.

Dei um salto.

— Vou ligar para Nathan. Você tem seguro-saúde.

O número de Minty ainda estava na memória do telefone da sala de estar e, com um simples toque num dos botões, eu estava falando com Nathan.

— Nathan, Ianthe precisa fazer uns exames urgentes. Quero saber se posso usar o seguro.

Nathan pigarreou. Sempre um mau sinal.

— Estava querendo falar com vocês sobre isso. Tive de retirar os nomes das duas.

— Entendo.

Uma pausa.

— Ou melhor, não entendo. — Mas eu entendia. — É porque você *teve* de colocar o de Minty.

— Certo.

— Não podia ter me dito?

— Eu deveria ter feito isso, mas esqueci. Eu explico outro dia, mas foi necessário. Não se preocupe, não fiz mais nenhuma alteração.

— Deixa eu entender isso direito. Ianthe não pode usar o seguro para exames urgentes, mas podemos chamar o homem do gás para consertar o boiler. Podemos morrer com segurança numa casa aquecida.

Eu lutava para manter a calma. Afinal de contas, o que mais eu podia esperar? Eu disse mais para mim mesma do que para Nathan.

— O que vou fazer com Ianthe?

— Eu...

Escutei Minty fazer um comentário no fundo e Nathan cobrir o fone com a mão. Houve uma troca de palavras abafada e, julgando pelo tom de Minty, bastante acalorada.

— Rose — Nathan retornou —, se quer alguma ajuda...

— Está bem, Nathan, não se preocupe.

Desliguei e fiquei olhando para os meus pés. Ianthe sempre disse que ela não ia durar para sempre, mas eu esperava que sim. A sala estava gelada, e eu junto com ela. Tremi um pouco, de raiva ou de medo, eu não tinha certeza. Uma coisa era certa, entretanto: eu estava sozinha.

Menti, e disse a Ianthe que estava tudo arranjado e que ela devia pedir para mandarem a conta para Lakey Street, para eu conferir tudo e encaminhar para Nathan.

Ela pareceu mais tranqüila e insistiu dizendo no seu jeito calmo que queria ver o jardim e me conduziu pelo caminho, parando freqüentemente para avaliar uma planta. Eu a segui relutante.

— Você não está cuidando dele direito — ela me repreendeu. — Que vergonha.

— Não tenho saído muito.

— Devia.

Ela se debruçou para examinar uma clematite e seu vestido florido fez um gracioso volteio.

— Esta está com praga. Se podar, talvez a salve. — Ela me olhou com ar sério, questionador. — Você está desistindo das coisas. Não importa o que aconteceu, você não pode desistir. Outras pessoas dependem de você, e você precisa ser um exemplo para as crianças e para mim. Nós todos dependemos de você.

Sermão feito, ela beliscou entre os dedos uma folha de oliveira.

— Nunca pensei que você fosse vingar — ela disse para a planta.

Sofrendo como eu estava, ri do mesmo modo.

— Nunca pensei ver você falando com ela. Espere mais alguns anos e você não vai reconhecê-la.

Ianthe virou de costas. Eu quase podia sentir o seu medo e a sua ansiedade, e podia ter mordido a minha língua. *Talvez eu não tenha mais alguns anos* ficou pairando entre nós duas.

— Mãe... — pensei rapidamente —... mãe, eu ia lhe pedir para me ajudar com a fonte. Preciso de uma mãozinha.

Imediatamente o seu rosto se abriu.

— Claro.

Peguei o carrinho, a pá e o balde, e comecei a limpar o entulho acumulado. Mesmo molhadas, as folhas não apodrecem muito rápido e aquelas que extraí de dentro da água conservavam as suas formas. Trabalhamos juntas, sem falar muito. Ianthe levantou a tela de arame que cobria o motor e ficou segurando, enquanto eu enfiava um dedo no mecanismo e tirava um girino morto e torrões de lama.

— Ok, mãe.

E ela soltou a tela de novo no lugar. Liguei o mecanismo e a água saiu pingando, depois escorreu para a piscina limpa.

Fiz mais alguns ajustes para as pedras maiores que Poppy, Sam e eu tínhamos colecionado anos atrás em Hastings, e me afastei para admirar o nosso trabalho.

Ianthe limpou com a mão a frente do vestido salpicado de água estagnada.

— Estou contente de termos feito isso.

Quando a mãe de Nathan morreu, ele disse que queria se lembrar dela como tinha sido no passado, antes que a doença a dominasse, e que eu deveria fazer o mesmo. Era uma idéia boa, útil, e típica de Nathan. Naquela mesma hora, resolvi que era assim que eu pensaria nele quando ficasse repassando as lembranças. O homem que se preocupava com a sogra, e a ajudava com impostos e pensões. Não era, talvez, como ele gostaria de ocupar o seu tempo livre, mas ele fazia isso. O homem que havia me dito em particular que algumas pessoas eram muito ignorantes a respeito de como as coisas funcionavam neste mundo, mas fazia o possível para ajudá-las mesmo assim.

Na noite seguinte a campainha tocou de repente. Era Vee, corada e ofegante.

— O transporte está terrível por aqui — ela falou.

— Sempre foi.

Eu a beijei, e a levei para a sala de estar.

— Só vim ver se não tenho uma suicida nas minhas mãos.

Vee mergulhou na poltrona azul e eu sabia que ela devia ter falado com Mazarine. Saber que elas estavam me vigiando fazia com que me sentisse melhor.

— As crianças estão bem?

— Sam aparece bastante por aqui e Poppy me manda cartões-postais dizendo para eu não me preocupar.

Vee sorriu.

— Eles são ótimos.

Ouvir meus filhos sendo elogiados nunca falhava. Vee recostou-se na poltrona e fechou os olhos.

— Estou *totalmente* exausta. Completamente, *totalmente* exausta. Por que fiz isso?

Entreguei-lhe uma taça de vinho branco. Eu não precisava perguntar o que ela estava querendo dizer.

— Beba isto.

— O meu maior sonho é ficar sozinha, completamente sozinha. E dormir.

Falando, seus traços se abrandaram, sua pele empalideceu, e Vee adormeceu, simplesmente. Bebericando o meu vinho, fiquei sentada olhando tranqüila pela janela. Uns dez minutos depois, ela acordou.

— Ah, Rose. Por que me deixou fazer isso? É horrível. Faço isso em toda a parte. Tenho medo de adormecer numa reunião.

— Desde que você não esteja falando, ninguém vai notar.

— Nojenta.

Rimos à vontade. Ela enfiou a mão na bolsa, a *sua* bolsa de livros.

— Além do prazer de ver você, quero usá-la. Um dos meus críticos ficou temperamental, portanto eu o demiti ontem, o que me deixa sem o meu resumo de livros de viagem para o verão.

Os olhos de Vee se arregalaram.

— Conhecendo a sua *histoire*, sabendo que tem muito tempo, pensei em você. Você está sendo silenciada à força pelos chefões? Não é um emprego em tempo integral. Eu pago bem... O problema é que você tem dois dias. — Ela engoliu em seco. — E um dos livros é...

Eu não esperei que ela terminasse:

— De Hal.

— É.

As lágrimas escorreram pelo meu rosto, uma incontrolável descarga de emoção, e eu não podia fazer nada. Vee deu um salto e secou meu rosto com um lenço de papel.

— *Idiota.*

Meus hábitos antigos estão, por assim dizer, entranhados no meu sangue e nos meus ossos, e tenho de cavar fundo para acabar com eles. *Milhares de oliveiras* desperdiçaram uma hora ou duas de um tempo valioso descansando sobre a mesa da cozinha, até eu estender a mão e, pela segunda vez, pegar no livro.

Era a descrição de uma viagem que ele tinha feito a pé pela Itália. "Uma viagem", ele escreveu no prefácio, "marcada por uma sucessão de bolhas doloridas, uma aflição comum, que tem mais efeito sobre a história e a guerra do que se pode supor."

Ele começou no Vêneto e foi avançado para o sul, ao longo de uma antiga rota usada por mercadores. "Quem se mete por estas antigas trilhas normalmente está procurando recompensas seculares, o benefício do exercício, o charme de cenários desconhecidos, uma sensação de conquista — mas quase sempre é surpreendido quando experimenta uma sensação que se poderia dizer espiritual."

A linguagem de Hal era tão pouco familiar para mim quanto a de Nathan tinha se tornado, e, se eu não me enganava, ele era menos fluente, e isso me fez sorrir. Mas eu podia imaginar sua caminhada, uma marcha rápida e impaciente que costumava me deixar sem fôlego. Eu também carregava minha mochila e colocava meus pés nas suas pegadas e resvalava nos seixos, subindo a trilha serpenteante até as colinas, passando por uma *maquis* de ervas silvestres, tão machucadas ao passar que o seu aroma perfumava o ar quente.

As bolhas o forçaram a parar na aldeia de Santa Maria, que se encaixava numa curva da encosta entre bosques de oliveiras na Umbria. E ali ele tinha descoberto um campo de oliveiras que estava precisando de um dono. A segunda metade do livro era seu relato da compra e de como decidiu aprender sobre o cultivo das oliveiras.

Escrevi a resenha, dedicando a *Milhares de oliveiras* nada mais, nada menos do que a atenção que dava aos outros da lista. Disse que era um livro para sonhadores.

Capítulo 16

MANDEI A RESENHA POR e-mail e fiquei sentada na minha cadeira, as mãos cruzadas atrás da cabeça.

Com certeza havia uma vantagem em ter trabalhado um pouco. Um passo à frente: e eu estava me sentindo melhor por ter exercitado meu cérebro. Na paz e no silêncio do meu estúdio, estar sozinha não parecia um destino tão drástico. Eu estava até começando a desconfiar que tinha uma ou duas compensações. Já não tínhamos confessado, Vee, Mazarine e eu, que o casamento era exaustivo? Saber lidar com o casamento não era apenas uma questão de estar um passo à frente do marido ou da mulher, mas dois. E tinha sido Nathan quem me ensinara que a boa e competente administração é a chave para o conforto e a eficiência, o que, se como princípio lhe falta poesia, tinha o mérito de ser honesto.

Ele sentiu, da sua parte, eu fiquei imaginando, que tinha de me administrar assim como a si mesmo? O que tínhamos de administrar era a familiaridade. Eu via isso agora. Mark Twain estava certo afinal de contas. A familiaridade era delimitada pela ameaça do tédio.

O sol inundava o patamar da escada e eu sentia a casa se acomodar à minha volta, o meu ambiente quente, companheiro, familiar. O carpete debaixo da janela tinha uma marca de umidade e a janela de guilhotina — pelo jeito — precisava ser trocada. Ociosamente, acrescentei isso à lista das coisas para fazer e, com a mesma preguiça, abri a minha caixa de entrada de e-mails. Havia uma mensagem. O título era *SURPRESA, SURPRESA*.

`Querida mamãe. Esta é a maior surpresa.`

Sem pensar muito, passou pela minha cabeça que as nossas insistências tinham dado certo e Poppy se saíra bem nos exames finais.

`Estamos em Koi Sumui. É o máximo. Nunca estive num lugar tão bonito. É tão intacto. Você ia adorar. Eu gosto do Oriente. Tão tranqüilo, tão diferente. Mas, respire fundo: Richard e eu nos casamos. Na praia, e foi lindo. Foi bastante barulhento e eu estou muito feliz. Por favor, conte ao papai. Eu vou telefonar para você. Eu amo você. Poppy.`

Peguei minha bolsa e corri para o carro.

"Meu pai" — escutaram Poppy confessar à amiga Emily no seu aniversário de nove anos — "gosta mais de mim."

E, mais de uma vez, expliquei a Poppy que não era esse o caso. Nós dois amávamos a ela e a Sam igualmente. Mas Poppy, que nunca estava nem um pouco interessada em justiça no jogo, simplesmente sorria com ar malicioso e estendia os braços para ser apanhada do colo. A esperta, instintiva Poppy sabia que a conspiração para apresentar a vida como justa e igual era apenas isso.

Na porta do apartamento de Minty, grudei o dedo na campainha. A porta se escancarou para revelar Minty, com o rosto semimaquiado, vestindo um corpete de cetim debaixo de um robe de toalha.

— O quê...? — Ela franziu a cara. — Rose, ficou maluca?

— Quero falar com Nathan.

Ela hesitou.

— Vou ver se ele está livre.

— Chame ele agora! Pensando melhor — empurrei Minty com o cotovelo e entrei no corredor diminuto, mais estreito ainda por causa de duas malas grandes, que reconheci como sendo de Nathan, encostadas na parede. — Nathan?

Escutei um som de água correndo no banheiro, que parou e Nathan apareceu, também com um robe de toalha branco neve. Sua estranheza me pegou de surpresa.

— Rose, o que aconteceu? — Ele parecia assustado. — É Ianthe?

— Não, nada de vida ou morte, mas chocante. Nathan, Poppy acabou de me mandar um e-mail dizendo que ela e Richard se casaram. — Fiz uma pausa. — Ela parecia bem feliz.

— Você está brincando?! — disse Nathan tranqüilamente.

— Meu Deus — disse Minty.

Ele foi caminhando para uma minúscula sala de jantar, apinhada de jornais, livros e canecas sujas de café. Um sofá enorme e uma cadeira a deixavam ainda mais apinhada. Nathan caiu sentado no sofá e enterrou a cabeça nas mãos. Estava tremendo.

— Não sei o que dizer, só que vou matá-lo.

Sentei ao lado dele.

— Ela é só um criança, seja lá o que ela pensa.

— Você também era — observou Minty.

— Mas isso era diferente — Nathan dirigia-se a mim, não a Minty.

— Não, não é. — Minty olhava para nós dois com uma expressão azeda. — Pelo amor de Deus, Poppy tem 22 anos.

Nós a ignoramos. Nathan procurou minha mão.

— Você tinha alguma idéia? Deixamos escapar alguma coisa?

— Como podíamos saber? Poppy nunca deu a entender.

Nathan agarrou-se a um livro, visivelmente alterado.

— Espera aí. Pode ter sido uma dessas cerimônias malucas que não são legais.

Minty apertou o cinto do robe em torno da cinturinha fina e olhou com ar superior.

— Nathan, Poppy é adulta, e livre para fazer as próprias escolhas. O fato de não participar a você é triste, mas não é o fim do mundo. — Ela havia conseguido chamar a atenção dele. — Já lhe ocorreu que Poppy foi embora exatamente porque não queria sua interferência?

— Aposto que o cara forçou-a a fazer isso — Nathan coçava a testa e o nariz.

Minty levantou os olhos para o teto.

— Não seja tão antiquado. Poppy não foi forçada a fazer isso, ela tomou a decisão dela. Você não pode ficar bufando e alimentado teorias de conspiração porque não gosta do que ela fez.

De certo modo, Minty estava certa. Mas, por outro lado, ela estava errada e não compreendia — ou não podia compreender.

— Você não tem filhos — eu disse a ela.

Houve um silêncio na sala com um leve cheiro de mofo.

Nathan e Minty trocaram um olhar. Minty empilhou uns dois livros que estavam bagunçando a mesinha de vidro.

— Ter filhos não faz de você uma pessoa superior, Rose. Eu *estou* mais perto da idade de Poppy. — Ela jogou outro livro sobre a pilha. — Ter filhos não a coloca numa categoria superior da raça humana. Você não tem o monopólio da experiência e do bom senso. Nós, mortais inferiores, temos uma ou duas coisas a dizer sobre isso também.

— Minty — disse Nathan alertando —, acho...

— Está bem, Nathan.

Minty tinha me lembrado do que eu possuíra — aqueles longos anos, interessantes, cheios de amor, que nada e ninguém poderiam jamais me tirar.

Minty esfregou o carpete com o pé:

— Desculpe.

Nathan assoou o nariz.

— Eu nem sei o sobrenome de Richard.

— Sabe. É Lockhead — eu disse.

Nathan levantou-se e foi até a janela pouco generosa que dava para o terraço em frente, que tinha sido construído com deprimentes tijolos vermelhos. Ele parecia grande demais para as mirradas proporções da sala.

— O que vamos fazer?

Minty disse com impaciência:

— Para começar, vou acabar de me vestir... e você deveria fazer o mesmo, Nathan. Senão, chegaremos atrasados.

A porta do quarto bateu e Nathan se virou para mim.

— Não vá embora.

Quando Minty reapareceu numa saia de couro e *top* de *stretch* púrpura, sob o qual ressaltavam os bicos dos seus seios, ainda estávamos mergulhados numa discussão. Nathan era a favor de pegar um avião para Tailândia e arrastar Poppy para casa. Ele também tinha sido honesto o suficiente para dizer:

— Como ela pôde fazer isso com a gente?

Mão nos quadris, Minty ouvia.

— Não posso acreditar que estou escutando tanta bobagem. Que eu saiba, Poppy agora é uma mulher casada ou não? Vocês vão fazer um papel ridículo correndo até lá.

Arrisquei um olhar para Nathan. A reação dele tinha sido mais tranqüila do que eu havia imaginado, e isso era preocupante. Ele estava magoado, profundamente, com a crueldade de Poppy em nos deixar de fora de um acontecimento tão importante.

Minty insistiu. (Ela não sabia do arquivo no estúdio de Nathan com os orçamentos especulativos para a festa de casamento que planejava dar para Poppy.)

— Vocês não deviam estar se sentindo aliviados porque Poppy está segura, bem, feliz? Ela não pegou lepra nem nada. — Ela franziu os lábios. — Afinal de contas, Nathan, você anunciou suas surpresas, por que não Poppy? Ela provavelmente achou que estava pagando na mesma moeda.

Isto irritou Nathan o suficiente para arrancá-lo da sua tristeza.

Gélido, ele disse:

— Certo. Você disse o que queria.

Dei um salto e agarrei minha bolsa.

— Estou indo. Se quiser conversar sobre Poppy, sabe onde me encontrar.

— Rose, vamos conversar sobre isso amanhã, depois de eu ter digerido a notícia.

Nathan voltou a atenção para mim. Curiosamente, ele se controlava mais quando estava zangado do que quando estava triste, o que, eu penso, lhe permitia zangar-se com muitas coisas e, se você não o conhecesse, tirava uma parte da sua doçura em outras ocasiões. Era uma combinação fascinante, geniosa e eu estava acostumada com ela. Minty, não. Ela deu meia-volta e saiu da sala. A porta do banheiro bateu.

Fiquei sentada no carro uns cinco ou dez minutos, procurando colocar minhas idéias em ordem. Não era típico de Poppy retribuir na mesma moeda o que Nathan e eu fazíamos. Ou ela havia ficado tão abalada com o nosso rompimento que fugira em busca de segurança? Oh, Deus, sem se dar conta do que estava fazendo.

Enfiei a chave na ignição e a porta do apartamento de Minty se abriu. Nathan e Minty caminharam rapidamente até o carro dele, discutindo. Minty segurava com força uma jaqueta magenta curta sobre a saia de couro, e estava de cara fechada. De terno escuro e gravata de seda, Nathan tinha um ar ameaçador. Ele entrou do lado do motorista, bateu a porta e não esperou que Minty entrasse para dar a partida no motor.

E-mails frenéticos iam e vinham da Tailândia. "Para que tanto estardalhaço?", escrevia Poppy. "Não estão felizes por mim? O que papai pensa que está fazendo? Vamos sair em lua-de-mel pelo interior e pretendemos voltar no final de julho. Fora de contato até lá."

Com isso, tivemos de nos contentar.

A estada de Ianthe no hospital a fez conhecer todos os setores do local, mas, como uma grande mestre na arte, ela suportou com sua usual graça. Quando fui apanhá-la, ela estava refestelada numa área de estar no fim da ala, vendo os peixes no tanque, que tinham sido escolhidos por sua habilidade em parecerem desanimados. Na mesa estavam empilhadas revistas antigas, desmontadas. Enfermeiras rangiam pelo linóleo com seus sapatos de sola de borracha e um telefone tocava sem parar ao fundo.

— É você, Rose.

Sentei-me ao seu lado e falamos sobre como ela estava se sentindo. Em seguida eu disse:

— Mãe, é melhor eu lhe contar. Tivemos notícias de Poppy.

— A gracinha. Como ela está?

— A gracinha foi embora e se casou numa praia na Tailândia. Com Richard Lockhead.

— Ah. — Ianthe brincava com o botão de pérola do punho do casaco. — Que pena. Nenhum de nós estava lá. — Ela brincou um pouco mais. — Isso quer dizer... ela está grávida?

— Não que eu saiba. De qualquer maneira não acho que a geração de Poppy se case por causa de uma gravidez.

Peguei a mala de Ianthe.

— Foi um choque — eu disse com ar feroz —, mas estou determinada a ver isso como uma coisa excitante. Vamos ter de dar uma festa para eles quando chegarem. Quando o médico disse que quer ver você de novo?

— Daqui a uns 15 dias, quando os últimos exames ficarem prontos. Não vamos pensar *nisso*.

Ela parecia tão determinada a não falar sobre o assunto que não perguntei mais nada. Voltamos de carro para Pankhurst Parade atravessando uma cidade que estava se esvaziando para o verão. De tempos em tempos, eu olhava para ela. Sua cor parecia boa e o batom estava mais forte do que nunca, e eu só sentia orgulho pela minha mãe corajosa que tinha aprendido sozinha a lutar contra a solidão e a falta de dinheiro.

As notícias de Poppy despertaram as lembranças de Ianthe.

— Quando me pediu em casamento, seu pai subiu comigo o riacho até o tanque das trutas. Os narcisos e amentilhos tinham desabrochado e estava tudo muito bonito e tranqüilo, mas eu só pensava nos meus cabelos se arrepiando com a umidade. Estava chuviscando. Eu não tinha tido tempo de trocar de blusa e estava preocupada se estava cheirando... bem... a suor, porque tinha corrido para pegar o ônibus. — Ela sorriu. — Ele parecia tão doce e sincero no seu paletó de *tweed* e eu estava aflita porque achava que não estava fazendo a melhor figura, e queria que o momento fosse perfeito.

— Você estava perfeita no casamento — eu lembrei. — Está linda na fotografia.

— Estava chovendo naquele dia também, você acredita?

— Gostaria que ele tivesse vivido mais tempo — exclamei — Gostaria que você não tivesse sofrido.

— Não tem nada demais no sofrimento, Rose. É tão natural quanto o cabelo crescer. Temos apenas que lidar com ele, e seguir em frente.

O número 14 estava muito abafado e eu fui de um lado para o outro abrindo janelas, enquanto Ianthe preparava o chá.

— Uma das enfermeiras insistia em chamar isso de "Senhor Calmante". Não sei por quê.

Em seguida, ajudei-a a desfazer a mala. Havia muito tempo que eu não ia ao quarto de Ianthe. Uma fotografia de nós três, tirada do lado de fora de Medlars Cottage quando eu tinha oito anos, estava exposta bem em evidência sobre a mesinha-de-cabeceira. Um pote de creme para o rosto e um vidrinho de esmalte natural para unhas ficavam na penteadeira ao lado da escova de cabo de prata, tão antiga que muitas cerdas estavam faltando. O guarda-roupa continha seis pares de sapatos arrumados corretamente, o casaco de inverno de tecido espinha de peixe e os vestidos pendiam dos cabides. Ianthe observou-me examinando-os.

— Quando a gente fica velha, Rose, precisa de menos roupas.

— Que triste.

Eu abri uma gaveta para guardar sua camisola limpa e fiquei sufocada com um cheiro familiar.

— Lavanda. Tão forte.

— Isso me faz lembrar... — Ianthe procurava alguma coisa na prateleira do guarda-roupa. — Comprei uns saquinhos para você na festa.

Muda, fiquei com eles nas minhas mãos, atacada pela forte, inesquecível, nostalgia de lavanda.

Vee não tinha terminado comigo. O convite para o jantar de gala de verão para comemorar os melhores livros do ano chegou pelo correio. Durante anos eu tinha sido anfitriã de uma das mesas — os convidados e os lugares tinham ocupado muito tempo e debates. Vee rabiscara no verso do convite: "*Eu* tenho uma mesa. *Você* está nela."

Coloquei-o sobre a escrivaninha no meu estúdio. Era uma situação nova para mim, e senti um remoinho de excitação e nervosismo na boca do estômago, até de curiosidade para ver o que aconteceria e como eu iria reagir. Inegavelmente, nas últimas semanas, eu não havia pensado muito no meu mundo profissional, e ele ficara distante. Logo em seguida, o telefone tocou.

— Nada de desculpas — disse Vee. — Sei que é de última hora mas você está intimada a comparecer. E, Rose, vá ao cabeleireiro.

Eu estava orgulhosa de mim mesma enquanto me aprontava. Sem um momento de hesitação, tirei o vestido preto sem mangas do armário e escolhi os sapatos escandalosamente estilosos que tinha comprado em Paris. Passei base no rosto, pintei os olhos com sombra cinza, delineei de vermelho o contorno dos lábios e passei o batom.

— Pronto. — Dirigi-me ao resultado no espelho. — Nada mau.

Coloquei a mão sobre o estômago, deliciosamente chato ao toque. Meus lábios brilhavam, meu vestido flutuava ao redor dos quadris e meus pés arqueavam-se nos saltos altos. Para completar a visão, esvaziei o conteúdo da minha bolsa de mão sobre a cama, joguei fora lenços de papel amassados, catei os fios da escova de cabelos e coloquei-a junto com o batom e as chaves numa bolsinha com forma de vaso de flores.

Quando cheguei ao hotel, uma torrente de homens e mulheres, vestidos predominantemente de preto, dirigia-se para o salão onde serviam as bebidas. Uma garota estranha cutucou minha bolsa. "Tudo bem", ela falou.

Alguém mais disse: "Oi, Rose. Quanto tempo... não suma...", e desapareceu.

Com um par de brincos grandes e vistosos, Vee materializou-se no meio da multidão e me acenou.

— Você está fabulosa. Nem o mais leve sinal de mulher traída. Apresentações — ela gritou. — Esta é Rose.

Fui apresentada a um importante crítico teatral, que tinha escrito um livro chamado *Para onde foi o teatro?*, atualmente recebendo muita atenção, um homem vestido de couro dos pés à cabeça e uma romancista de cara amarrada numa saia-balão, um cinto largo e uma cascata de colares. O crítico teatral virou-se para o Homem de Couro e eu fiquei lutando com a romancista, que assinava com o nome de Angelica Browne.

— Você acabou de publicar um novo romance, foi o que eu entendi?

O mau humor dela aumentou.

— Está indo bem e estou bastante orgulhosa, exceto que... recebi umas críticas desagradáveis. Críticos, você sabe.

— Sei como são os críticos.

Ansiosa como os escritores são sempre, ela insistiu.

— Eu estava escrevendo sobre uma falha de projeto na natureza. As mulheres jovens são inundadas de estrogênio e oxitocina que as fazem férteis. Os homens jovens estão inundados de testosterona, que os arrasta em outra direção. Na meia-idade, quando os níveis da testosterona dos machos começa a cair, as fêmeas perdem o estrogênio e começam a produzir testosterona e deslancham, enquanto os homens se contentam em jogar golfe e conquistar prêmios por suas tacadas. Ficcionalmente falando, é disso que tratam as tragédias.

— Acho que sim. Macho e fêmea nunca se equilibram?

Ela deu de ombros impaciente.

— O problema é esse.

— Angelica — Vee nos acompanhou até uma enorme sala de jantar, com bolas de vidro enfeitando o teto —, diferença sexual é coisa obsoleta. Está fora de moda. Não pensamos mais nisso.

Eu me vi sentada entre o crítico teatral, cujo nome era Lawrence, e o Homem de Couro, um gráfico de Essex, que se inclinou e desdobrou meu guardanapo:

— Vamos mergulhar no vinho — disse ele com esperança.

Eu estava me entendendo muito bem com Lawrence, que estava em ótima forma, até que cometi o erro de olhar para a mesa seguinte. Nathan estava sentado ali de costas para mim. Uma cadeira distante dele estava Minty, cujo perfil eu podia observar — se quisesse. A mesa deles era composta de executivos seniores, incluindo Timon, do Vistemax Group, com suas esposas — entre elas a Boa Esposa, Carolyne Shaker

— e dois grandes autores e suas companheiras. Entre eles, Minty destacava-se como um polegar inflamado. Ela tinha escolhido um vestido num tom apagado de verde, decotado demais e que não lhe favorecia. Sua contribuição para a conversa parecia ser mínima.

Vee fazia caretas desesperadas do outro lado da mesa para mim. *Desculpe, desculpe.*

Era ridículo, mas o fato de Nathan não estar percebendo minha presença era o que mais me incomodava. Fez reviver o terror de estar me desintegrando, ficando invisível, dissolvendo-me nas paredes e no carpete. Reabri a questão: quem era Rose?

Concentrei-me em evocar a figura no espelho em Paris — aquela mulher interessante e bem vestida que tinha algo a dizer, que tinha administrado a maternidade, uma carreira, um lar, que tinha amado o marido, os filhos, a comida, o vinho, o mar... o jardim. Pouco a pouco, o pânico se dissipou e consegui respirar melhor. Baixei o olhar e descobri que tinha esfarelado o pãozinho no meu prato, arrumando-as num desenho, as menores, partes no meio, as maiores num círculo em torno da beirada do prato.

Fingindo escutar a diatribe de Lawrence sobre o teatro moderno — caro demais, sem senso de aventura, medíocre —, eu estudava Nathan. Ele parecia diferente. Mais solto, menos contido. Menos preso dentro de um molde que se enrijecera a seu redor depois que tinha sido promovido a editor adjunto. Um colega passou pela mesa, cumprimentou-o, e Nathan respondeu — à vontade e charmoso em meio à confusão de velas e copos. Sorrindo através da desenvoltura e da opulência.

Minha respiração ficou acelerada: não viver mais comigo o tinha feito ficar assim.

Minty remexeu na bolsa e aplicou mais uma camada de batom; sua boca era como um talho escarlate sob os olhos amendoados. Carolyne ergueu aos lábios sua taça e me enviou um sinal de solidariedade com a cabeça. O bife chegou, temperado e grande demais. Deixei quase tudo.

— Sem fome? — indagou o Homem de Couro.

Aliviada, virei-me para falar com ele.

Não registrei muita coisa dos discursos. As luzes baixaram, os flashes espoucaram e, sem dúvida, os vencedores foram discretos. Finalmente, a platéia bateu palmas pela última vez e a noite foi chegando ao fim. A mão de alguém tocou meu ombro.

— Oi, Rose, estava procurando você — disse Monty Chavet. — Está parecendo uma flor resplandecente. Posso colocá-la no meu vaso?

Ele foi me empurrando no meio das pessoas e bateu numas costas masculinas, cujo dono se virou.

— Oi, Monty — disse Timon, todo amável até me ver.

— Olhe aqui, Timon — Monty estava no auge da exuberância, o que era bastante exuberante, e eu fiquei emocionada com seu cavalheirismo —, você cometeu um erro livrando-se dessa garota. Ela era a melhor da cidade. Você devia pensar melhor.

Timon não perdia uma oportunidade:

— Rose fez um trabalho brilhante, não foi? Estou contente por você tê-la em alto conceito como nós. — Ele passou o braço sobre os ombros de Monty. — Um passarinho me contou que você vai lançar um livro no outono. Não deixe de mostrar para a gente. Mande para mim.

A batalha desenrolando-se no peito de Monty provavelmente era sincera, bem disputada, mas condenada.

— Sem dúvida.

Ele deu de ombros ligeiramente e eu sorri para ele para mostrar que não estava magoada.

Timon afastou-o dali.

— Tem alguém que eu quero que você conheça.

Senti um toque delicado no meu cotovelo.

— Oi — disse Neil Skinner, o jovem ministro de Saúde.
— Achei que haveria uma chance de você estar aqui.

Ele parecia ligeiramente menos tenso do que quando o encontrei em fevereiro.

— Estão dizendo que eu talvez fique com artes no próximo remanejamento, portanto dei um jeito de conseguir um convite.

Ele me olhava de cima a baixo com ar aprovador, o que era infinitamente estimulante.

— Pensei muito na nossa conversa depois que Flora Madder se matou — eu lhe disse.

Neil franziu as sobrancelhas.

— Sim, aquilo foi terrível. Claro, era segredo, mas todo mundo sabia que ela era uma maníaco-depressiva, e que há anos vinha ameaçando se suicidar. Charles tinha tentado sustentar a situação, apavorado que ela se matasse, mas foi só uma questão de tempo.

— Sinto muito. — Reconsiderei. Que idiota eu tinha sido em esquecer que a imprensa lida apenas com a aparência das coisas. — Mesmo assim, os jornais devem ter alguma responsabilidade.

Mais uma vez, ele tocou no meu braço:

— Você ainda está no comércio sujo?

— Fui despedida, mas vou procurar outro emprego.

— Mantenha contato, promete?

Foi com prazer que disse sim.

Quando fui pegar meu casaco, vi Minty. Ela estava tentando transpor os degraus para a chapelaria no seu vestido justo e nos saltos incômodos e, ao mesmo tempo, continuava conversando com Peter Shaker. Ela se movia com rigidez, e eu sabia que não estava se divertindo.

No alto das escadas, ela se virou. Seus olhos se arregalaram e eu captei... o que foi? Um sinal de pânico e... fúria. Seja o que for que Minty tenha prometido a si mesma, não se materializou.

O momento passou, e ela voltou a ser a Minty reconhecível. Ela inclinou-se para Peter, tocou no braço dele e ele redobrou a atenção. O rancor cresceu dentro de mim nítido e ácido, e lutei contra ele. Não era tanto que a vida tivesse se mostrado injusta — não era tão simples assim. A vida *era* injusta e uma areia movediça. Era mais do que a saída de Nathan tinha me ensinado e com que eu ainda não me acertara, e o meu domínio de mim mesma não era total.

— Rose.

O falar arrastado era familiar, e não era. Eu me virei.

— Rose. É Rose, não é?

Capítulo 17

— Hal!

— *É* Rose. Eu não tinha certeza.

Seus cabelos estavam mais compridos do que na fotografia, e mais bem penteados, mas estragados pelo sol. Também não acho que, nos três anos que o conheci, eu tenha visto Hal de colarinho de ponta virada e *smoking*. Parecia um próspero produtor de cinema.

Os convidados de partida fluíam à nossa volta como o mar Vermelho. Fiquei frente a frente com a pessoa que amei no passado mais do que tudo neste mundo, e o tempo deu um de seus saltos mortais. Fui transportada de volta para o quarto de hotel quente e abafado em Quetzl, onde, esfomeada por cada pedacinho dele, me deitei na cama e lhe disse que tinha decidido viver um tipo de vida diferente do seu.

— O que você está fazendo aqui? — perguntei.

Era uma pergunta idiota. Tão confuso quanto eu, Hal respondeu:

— Estou aqui como autor.

Recobrei a presença de espírito.

— Claro, e seus livros estão fazendo muito sucesso.

Fez-se um silêncio constrangedor enquanto considerávamos, em termos de uma conversa, onde nos aventurar em seguida.

Tipicamente, Hal se encarregou disso.

— Tem um minuto? Acho que precisamos de um drinque.

Sem esperar resposta, ele colocou a mão por baixo do meu cotovelo e refizemos nossos passos até a sala de jantar, onde ele convenceu um garçom mal-humorado que queria ir para casa a nos servir duas taças de *brandy*.

A antiga segurança ainda estava ali, os gestos rápidos, decididos, a impaciência e o charme. Ele me entregou uma taça.

— Li sua resenha de *Milhares de oliveiras*. Obrigado.

Sentamo-nos numa mesa vazia. Os garçons iam cansados de uma para outra, limpando os restos de taças de vinho, guardanapos amassados, pãezinhos comidos pela metade e baldes cheios de gelo derretido.

Hal sorriu para mim.

— Não sei ao certo por onde recomeçar, se esta é a palavra correta.

— Provavelmente "começar" é melhor.

— É, "começar" — ele concordou. — Faz muito tempo. — Ele me espiava. — Você não *está* tão diferente.

— Nem você.

Isso não era bem a verdade: de perto, ele estava mais

velho e havia uma cicatriz no seu queixo que era novidade para mim. Eu disse, com toda a calma possível:

— Sei que você está indo bem. Um dos autores de livros de viagens mais famosos da sua geração.

— É o que dizem.

Ele parecia bem. Magro, disposto e como se estivesse curtindo a vida. Teria sido mimado demais? Eu não saberia dizer mas estava me divertindo com minhas especulações, que eram muito mais interessantes do que pensar se a beleza dele ainda me deixava tonta. Quando o conheci, a questão dos princípios morais de Hal era a última coisa que me interessava. Vinte e cinco anos é muito pouco tempo — um estalar de dedos —, mas é o bastante para mudar de um estado para outro e eu queria saber qual.

Ele sacudiu os ombros:

— Tive um palpite de que esbarraria com você. — A fala arrastada era menos marcante do que eu me lembrava. — Não, não é verdade. Perguntei à minha agente se você estaria aqui.

— Você está numa turnê de divulgação?

Ele ficou me olhando um bom tempo.

— Eu me fixei no Reino Unido — disse ele —, depois que casei. Amanda me agüentou o máximo que pôde, depois me expulsou, mas eu continuei aqui. Me acostumei a viver numa ilha. — E deu uma pancadinha no nariz. — Para ser sincero, é melhor ser um peixe grande num lago pequeno do que o contrário. Mas, sim, eu consegui o que queria. Construí uma vida condizente comigo. E você?

O copo de *brandy* estava frio nas minhas mãos quentes. Escolhi palavras igualmente frias e, eu esperava, neutras.

— Estou desempregada no momento.

— E?

Não parecia haver motivo para mudar de assunto.

— Meu marido e eu nos separamos recentemente. Ele resolveu ir viver com outra pessoa. Estou me acostumando com a situação, depois vou pensar melhor.

Hal olhou para o conteúdo do seu copo.

— Valeu a pena?

Era uma pergunta injusta, mas era melhor acabar logo com aquilo.

— Sim. Sim, valeu.

— Ainda bem — disse ele.

Mudei a conversa para um terreno mais seguro.

— Onde você tem andado?

— Supervisionando escavações de poços na Namíbia. Há uma grande escassez de água e nenhum capital. — Ele passou o dedo no copo. — Mas, depois, tem um retorno aos territórios dos ianomâmis. Lembra deles?

Eu enrijeci.

— Claro.

Ele inclinou-se para a frente até nossos rostos quase se tocarem.

— Uma coisa eu sempre quis saber. Você teve filhos, Rose?

— Dois. Um filho e uma filha. E você, teve?

— Não, e não consegui chegar a uma conclusão se isso é um alívio ou não.

Fez-se um silêncio pensativo, e imaginei muitas respostas possíveis. De novo, preferi a mais neutra.

— Você tinha outras coisas para fazer, Hal.

Comecei a me sentir mais confortável com aquele encontro, e muito curiosa.

— Conte-me sobre a plantação de oliveiras na Itália.

Ele relaxou na cadeira.

— No momento a casa é uma idéia, mas o campo é maravilhoso. As árvores precisam de um pouco de atenção, o que estou esperando lhes dar. — Ele bebeu um gole do *brandy*. — Segunda pergunta: aquela muda de oliveira pegou?

— Pegou. Está no meu jardim.

Nossos olhares se cruzaram, e sombras do jovem Hal e da jovem Rose surgiram entre nós dois, atrevidas, exigindo readmissão. Um garçom passou pela mesa com uma braçada de toalhas e eu me concentrei nisso.

— É estranho ficar jogando conversa fora com você — acabei dizendo.

— Tudo bem. Vamos falar de outra coisa. Muitas vezes eu penso...

— Não — olhei para a minha mão esquerda sem aliança.

Ele acompanhou o meu pensamento.

— Não se aflija.

Ele falava naquele seu jeito doce, desconcertante, que eu conhecia tão bem.

— Eu não me aflijo. Não é uma boa idéia.

Era tão típico de Hal, e eu ri.

— Eu sabia que *você* não se afligia. Eu sabia que você estaria feliz, e você estava. Você ficou totalmente livre para fazer o que desejava.

— Sim e não. — Ele colocou a mão no meu braço e a pele se arrepiou sob seus dedos. — Não estou dizendo que não me importei, Rose, porque me importei. Mas você me ensinou que tinha de continuar sua vida. A gente transcende as situações. Elas não servem mais. Acontece. Claro que eu não sei o que aconteceu, mas você não deve se punir. — Ele avaliou o resto do *brandy* no copo. — Se for capaz, é melhor ver isso como uma oportunidade.

Ele estava facilitando as coisas, e eu comecei a me sentir ridiculamente aliviada.

— Você não mudou nada. Meu marido fugiu com um mulher *mais nova* e isso é uma oportunidade batendo na minha porta? — Coloquei meu copo sobre a mesa e notei que ele estava quase vazio. — Esse é o tipo de comentário que se faz anos depois, quando está tudo morto e enterrado. Mas Mazarine, lembra-se dela?, concordaria com você.

— Então, você acha que é uma atitude muito calculista ver as coisas assim?

— Mais ou menos.

— Mas você foi fria e calculista quando me deixou.

Ele falava tranqüilamente, sem maldade.

— Fria não, Hal. — Olhei para ele. — Na época, parecia ser pelo melhor dos motivos.

Ele rolou o pé da taça entre os dedos.

— Sinto muito que você tenha sofrido. — Ele sorria gentilmente. — Seu marido ter saído de casa seria menos terrível se a mulher fosse mais velha, e não mais nova?

— Só Deus sabe. Talvez. É útil ter uma figura de ódio, e se ela fosse uma bela viúva velhusca, pode ser que eu me sentisse diferente. — Afaguei com a mão o vestido preto sobre os joelhos. — Agora que o primeiro choque passou, fico pensando em coisas bobas, do tipo: como vamos dividir as louças e quem vai ficar com as botas de borracha? Temos um armário de botas de borracha. — Eu sabia muito bem que estava me desviando do assunto. — Na verdade, a mulher, Minty, era minha assistente e amiga, e nesse meio-tempo pegou o meu emprego.

Ele ergueu uma sobrancelha.

— Continue. Nosso bate-papo está muito interessante.

Bebi o último gole de *brandy*.

— Primeiro perdi Nathan. Isso já foi bastante ruim. Depois, foi como se tivessem agitado uma varinha de condão e eu fiquei invisível. De uma mulher com uma posição definida, como uma esposa e tudo o que isso significava, eu de repente tinha virado uma figura borrada no fundo de um quadro ou fotografia. Você sabe, um dos anônimos que sobraram para limpar a bosta depois que a cavalaria de Napoleão passou. Aqueles a quem se pede para esperar até serem os últimos a entrar no barco salva-vidas. Eu não me importo em ser um dos anônimos, que é provavelmente uma coisa muito boa para a alma, mas foi um choque.

Sem mais palavras estimuladas pelo *brandy*, olhei bem para ele.

— Hal, estou falando coisa com coisa? Não, acho que não, mas não importa.

A porta da sala de jantar se abriu.

— Hal — uma voz interrompeu —, você está *aqui*. Estava procurando por você.

Uma agente de publicidade que reconheci vagamente enfiou a cabeça pelo vão da porta.

— Estou com Jayson Verey, de Carlton, que quer ver você. Pode vir?

A sala tinha ficado fria e, sem o seu brilho, deprimente.

Abracei minha bolsa em forma de vaso de plantas. A agente olhou para mim e para Hal, sem muita certeza.

— É Rose, não é? — Sua testa franziu. — Tenho certeza de que nos conhecemos.

— Sim — eu disse. — Você veio a uma festa de Natal que eu dei o ano passado no jornal.

— É? — Sua expressão clareou. — Ah, *claro*.

Hal levantou-se, beijou-me no rosto e acompanhou a moça para fora da sala.

— Até logo — disse ele.

Se me pedissem para descrever minha mãe eu responderia que Ianthe era o tipo de pessoa que guardava em sua mente imagens vívidas que não ficaram menos nítidas com o avançar da idade. Jovem noiva, esposa e mãe feliz, a viúva cuja perpétua tristeza ratificava o que foi dito acima. *Seu pai era tudo. Não quero estragar isso. Não quero ninguém mais, Rose.*

No princípio, eu concordava com sua posição: ninguém poderia ter ocupado o lugar do meu pai, e eu adorava ouvir que ele era insubstituível e único. Só mais tarde, quando meu olho se tornou mais experiente, é que enxerguei sem compreender exatamente o que impedia minha mãe. Em vista da inata simpatia de Ianthe e da sua habilidade em lidar com os homens, o seu talento doméstico e o constante terror de engordar, era um desperdício deliberado. E por que ela nos mandou em exílio para o sul?

"Pensei que seria mais fácil perto da cidade grande", ela me falou. *Para você* ela queria dizer, a mãe pelicano arrancando as penas do próprio peito para acolchoar o filhote. Na hora, ela estava na cozinha em Pankhurst Parade, preparando a massa para os bolinhos. "Qualquer estrada, lar é onde você o constrói." Ela virou os bolinhos na grelha. A cozinha ficou imediatamente inundada de um cheiro delicioso. Quando eles ficaram assados, ela os cortou em dois, passou manteiga e estendeu a travessa azul e branca para mim.

Mas, para Ianthe, lar não era no sul. Lar era onde os muros de pedra abrindo-se em leque nas várzeas pareciam esqueletos de peixe, e as árvores cresciam tão próximas do riacho que seus ramos inclinavam-se roçando a água. Quando chovia, suas cascas ficavam pretas.

Ianthe podia fazer bolinhos ou um bife com torta de rins de olhos fechados. Sua vida doméstica era tão natural quanto respirar. Em Medlars Cottage, ela havia arrancado vegetais e ervas da horta. As batatas e cenouras tinham manchas e machucados, enquanto as ervilhas eram minúsculas e tinham gosto de açúcar e terra. Na cozinha, ela usava um avental que envolvia suas saias de *tweed* e pulôveres de cores pastel e era amarrado num laço nas costas. Ao som dos passos de meu pai de noite, ela o tirava rápido e passava a mão pelos cabelos. Naquela época, eles eram curtos e tratados com um permanente formando uma auréola.

Depois da morte do meu pai, a pilha de lenha diminuiu, as calhas se entupiram de folhas, o jardim se desintegrou e minhas mãos criaram frieiras. Quando eu esticava os dedos, a pele rachava. Mais de uma vez, descobri Ianthe chorando em cima das batatas, atacadas pela praga, ou um pescoço de carneiro gorduroso demais que Jo do açougue tinha lhe vendido pensando enganar a viúva. Ele não teria feito aquilo quando ela era casada. No entanto, Ianthe aceitava aquelas limitações que iam rapidamente se acumulando, e seguia o exemplo das imagens que tinha em sua mente. Viuvez era dor. Era sacrifício e perda.

Durante esse tempo, o permanente se desfez, deixando seus cabelos escorridos e feios de tristeza e esgotamento. Instalada em Pankhurst Parade, onde o dinheiro não sobrava para o cabeleireiro, ela desistiu de cortá-lo e frisá-lo, o que lhe caía melhor.

Ela sabia o que era o quê, e defendia seu direito de enfrentar o mundo com as suas próprias leis. "Essa mulher precisa de uma boa bofetada", ela declarou sobriamente, depois de escutar uma produção de *Casa de bonecas* de Ibsen pelo rádio. "Ele não vai assentar a cabeça nunca", ela dizia de Hal, a boca firme de um jeito que me deixava furiosa. "Homens como ele não se fixam."

Tivemos uma boa discussão a esse respeito. Do seu ponto de vista, Ianthe vencia irada e terrível. Mas não adiantava. Eu estava profundamente apaixonada, louca de paixão e excitada com a aventura num mundo novo, o mundo de Hal.

E durante aquele terceiro ano em Oxford, minha energia cresceu com veemência e eu me matei de estudar. "Que bom recebê-la de volta", escreveu o meu tutor. "Pensamos que ela tivesse se desviado para outros caminhos." Na primavera antes das provas finais, compareci a entrevistas de emprego. Uma era para uma posição júnior numa associação de imprensa onde fui convidada a discutir a natureza instável das notícias. Argumentei que as notícias quentes eram então transmitidas pelo rádio e pela televisão, os jornais deviam tratar de outras áreas de interesse. "Esta é a era dos artigos", concluí, o que pareceu cair bem porque me ofereceram um emprego — talvez porque ninguém mais seria bastante tolo para aceitar o mísero salário.

Claro que Ianthe não aprovou. Ela queria que eu optasse por uma profissão mais estável, como o magistério. Ela não confiava na mídia, ou não a compreendia. Naquela época, ela era o espinho na minha carne que espetava e feria, mas eu não prestava atenção nisso.

Conquistei meu primeiro emprego.

— Certo — disse Hal depois da festa de comemoração que durou a noite inteira. — Partimos na Grande Expedição. A verdadeira.

Ele estava me administrando uma cura para a ressaca, de colherinha em colherinha. Mesmo com a cabeça doendo, o estômago revirado e um tambor batendo na minha cabeça, eu observava cada movimento seu com dor no coração. Acima de mim, havia um fulgor de velas, e anjos batiam asas penugentas.

A colher de chá foi enfiada na minha boca e eu a mordi.

— Onde exatamente?

Hal arrancou a colher e me beijou.

— Espere e veja.

Ele lambeu o meu queixo e me beijou de novo, e dividimos o remédio para a ressaca de um modo bastante eficiente.

Eu estava pensando naquela época quando Nathan ligou e pediu para me ver.

Era um dia quente e abafado. Atravessei o parque a pé até a St Benedicta e parei diante da Nossa Senhora dedicada às vítimas da violência. A senhora esqueceu de mim?, eu a interroguei em silêncio. Sei que está ocupada e que a morte é epidêmica, mas sou egoísta o suficiente para desejar que não estivesse.

Acendi minha vela de costume e pensei nisso. Mas está bem, eu tranqüilizei os olhos grandes, pintados. Entendi. Com todos os horrores com que a senhora tem de lidar, eu entendo muito bem que os problemas de uma mulher não *tão* jovem assim não importa muito. Eu agüento a barra.

Peguei o ônibus até Mayfair e encontrei Nathan num bar bem na saída da Berkeley Square. Era uma área onde as lojas vendiam pastas para documentos caras e carteiras para cartões de crédito ou jornais em diversos idiomas, mas nada entre uma coisa e outra.

Nathan estava atrasado e chegou com sua expressão de executivo pregada na cara. Enfiou a maleta debaixo do banco.

— Desculpe. Reuniões de orçamento.

— Como estão indo as coisas?

— Mais ou menos. O jornal de Domingo ainda está no buraco.

— Estão fazendo alguma promoção?

— Bem, é só... — Ele olhou bem para mim. — Não estamos aqui para discutir problemas do jornal.

— Não.

— Eu a vi no jantar.

— Viu? Achei que não tinha me visto — eu acrescentei, com um ligeiro tremor na voz. — Você parecia estar se divertindo.

— É mesmo? — ele replicou. — Piloto automático.

Um segundo ou dois se passaram. Nathan soprou a espuma do café. Ela salpicou no balcão.

— Quem era o homem com quem você estava conversando?

Eu limpei o balcão com um guardanapo de papel.

— Lawrence Thurbe, o crítico teatral. — Pensei na minha frase seguinte. — Ou você está falando de Hal Thorne, com quem esbarrei depois?

Nathan concentrou-se num caminhão que subia a rua.

— Hal Thorne. — Ele suspirou. — Bem, como você disse, isso foi há muito tempo. — Ele mantinha o olho pregado no caminhão. — Estive pensando... — Outra grande pausa. — Agora que tivemos uma chance para pensar melhor nas coisas, vejo que exagerei na minha reação... a ele.

Aquele era Nathan no seu estilo mais dissimulado, e comecei a tremer. Tanto tempo havia sido desperdiçado nesse assunto. Para nada.

— Ah, Nathan. Sabe o que você fez? Introduzindo um grande espectro negro? — Minha unha enterrou no meu polegar. — Agora acredita em mim quando eu dizia, desde o início, que Hal desapareceu? Ele se foi porque eu estava feliz. — Olhei para ele. — Com você, Nathan.

Ele estremeceu.

— Nunca consegui me livrar da desconfiança de que o ponto de referência não era eu, mas ele.

Ele mexeu seu café e o afastou.

— Isso não é verdade. Tudo bem no início, mas quando você começou a trabalhar achei que você estava me dizendo que não se sentia feliz.

— Nathan, eu só queria usar a minha inteligência. Isso não era uma crítica a você.

— Era natural, eu suponho. — Ele suspirou. — Então eu comecei a pensar na minha própria vida, e depois...

— Depois o quê?

— Eu conheci Minty.

— E ela vinha sem bagagem?

Ele deu de ombros:

— Mas por que você falou sobre ele?

— Eu não falei.

— Você contou a Minty sobre ele. Ela me disse. Isso me provocou de novo. Começou tudo.

Eu disse furiosa:

— Não lhe ocorreu que Minty fez questão de lhe contar? Que ela queria que você tivesse uma idéia errada?

— Não precisa ficar irritada.

A máquina de café assobiava e fumegava. Os clientes entravam e saíam do bar. Deixei cair a cabeça nas minhas mãos. De uma referência insignificante, uma ligeira troca de confidências, algo muito maior havia — aparentemente — nascido.

— Nathan, todo mundo traz alguma coisa do passado.

Eu levantei a cabeça. Nathan estava me olhando. Lentamente, ele estendeu a mão e tocou no meu ombro, sua mão roçando de leve meu seio. Era um antigo gesto que eu adorava.

— Ele fez isso com você?

Virei o rosto.

— Rose — Nathan retornou ao seu modo formal de redação. — Sinto muito a respeito do problema de Hal. Acho que sou muito ruim para discutir esse tipo de coisa, e ele parecia conveniente e fácil de agarrar. Eu usei a idéia dele.

Fechei os olhos.

— Como você foi capaz de fazer isso?

— Todos nós fazemos coisas idiotas. Até você, Rose.

Ele pegou a maleta e tirou de dentro um maço de papéis.

— Fiz algumas listas... de coisas e de como devemos dividi-las. Leve com você e veja se concorda. Eu estou aberto a negociações. Temos também que conversar sobre a casa.

Ele empurrou os papéis na minha direção. Olhei para baixo mas deixei-os sobre o balcão.

Eu deveria estar dizendo: *Por favor, vamos pensar melhor. Vamos tentar*. Ao aceitar as listas eu estava aceitando que Nathan e eu tínhamos terminado.

— Por favor, examine-as — disse ele com frieza.

O equilíbrio se alterara. Alguma coisa estava morta e esmagada, e eu não podia mais consertar. E, sim, eu tinha feito uma coisa idiota. Não tinha notado que Nathan e eu estávamos nos afastando um do outro. Tínhamos estado no ponto de não nos darmos muita importância, no entanto não tínhamos chegado ao estágio em que estaríamos tão fortes que isso não era mais perigoso. Nossas arestas mais afiadas tinham ficado insensíveis, e eu tinha parado de procurar nos manter equilibrados... ou melhor, eu não tinha aceitado que Nathan estivesse mudando e, portanto, o prendi e não o deixei respirar.

Estendi a mão e peguei as listas. As cadeiras e o sofá para ele. Os espelhos e a poltrona azul para mim.

— Não sei — eu disse. — Vou ver. — Ergui os olhos para Nathan. — Não estou pronta ainda.

Ele mudou de posição no banco.

— Leve o tempo que quiser, é claro.

— Obrigada.

Esta pequena cortesia era confortante, uma bóia a que se agarrar, e eu vislumbrei um momento no futuro quando talvez fosse possível nos enfrentarmos pacificamente.

Em seguida estraguei tudo. O estado da camisa de Nathan estava me intrigando, não estava bem passada a ferro. Inclinei-me para a frente e toquei com o dedo o colarinho amarfanhado.

— Vocês não têm um ferro de passar no apartamento de Minty?

Nathan se irritou.

— Minty não é uma passadeira por natureza. Era a vez dela... e eu tentei lhe mostrar... você sabe, a respeito de camisas.

— Você fez isso? E o que Minty disse?

Nathan parecia atarantado.

— Quando lhe expliquei que o truque era passar da pala para fora, ela jogou de volta a camisa para mim.

— Ora, nunca imaginei. A livre-pensadora.

Ele fechou a maleta com um gesto brusco.

— Num minuto as mulheres dizem uma coisa, em seguida estão exigindo o contrário. Querem ser notadas, exigem homenagens. Então nós lhes damos, e nos vemos acusados de estupro ou algum terrível crime contra os seus direitos. Elas dizem que querem que sejamos livres, e elas querem ser livres, e, idiotas que somos, acreditamos nelas.

— Meu Deus — eu disse. — Não demorou muito.

Zangados e hostis, descemos de nossos precários poleiros nos bancos e seguimos nossos caminhos cada um para o seu lado.

Capítulo 18

EU SABIA QUE NATHAN negaria. Eu sabia que ele lutaria contra um sentimento que considerava errado e indigno dele, mas, olhando para trás, meu emprego introduziu um elemento de irritação no nosso casamento. Tinha a ver com o momento certo, porque mais tarde Nathan aceitou.

Acho que ele sentiu que tínhamos perdido uma inocência, que uma ilusão tinha mudado.

Seis meses depois de eu estar trabalhando como assistente na editora de livros, Sam ficou doente. Começou com uma febre alta. "É só um vírus", tranqüilizei Nancy, a esperta neozelandesa que ajudava de tarde e a quem eu tivera de subornar para ficar o dia inteiro. Agarrei minha sacola de livros e saí pela porta da frente.

No terceiro dia, Sam começou a vomitar e a febre alta ainda preocupava. Nancy ligou às oito horas para dizer que sentia muito mas não podia mais faltar às aulas da faculdade. Encurralei Nathan no seu estúdio. Ele podia pedir uma licença?, perguntei. Sendo nova no meu trabalho, eu não queria abusar. Nathan deixou cair uma pilha de envelopes numa cesta marcada "contas" e pareceu pensativo.

— Não exatamente — ele respondeu, e eu tive a impressão de que ele estivera esperando por um momento como aquele. — Não posso tirar uma licença assim em cima da hora.

Eu me preparei para enfrentá-lo.

— Por favor.

Se houvesse o mínimo risco de ele falar: "Eu lhe disse", eu sabia que ia perder a paciência.

— Eu lhe disse — Nathan falou, mas de um modo que a minha raiva foi abortada.

Aquela era uma divergência séria.

Fez-se um silêncio gelado.

— Não acredito que você disse isso.

Ele teve a graça de se mostrar constrangido.

— Desculpe. Mas você sabe o que eu penso a respeito do seu trabalho. Isto é *exatamente* o que eu previ que aconteceria. Eu lhe pedi para esperar até as crianças crescerem.

Ele virou as costas e grampeou uns documentos.

— Você percebe como tem sorte, Rose, de não precisar trabalhar?

— Vou perdoar a chantagem moral, Nathan. O que aconteceu com o "Eu ajudo você, você me ajuda"? Para onde foi isso?

— Não sei — ele respondeu.

Eu entendi a provocação.

— Você me ajudou a arrumar o emprego.

— Você estava decidida.

— Ótimo — falei. — Vou me lembrar disso quando você precisar de apoio.

Liguei para Ianthe e implorei ajuda. Encantada em servir, ela chegou trazendo um antigo quebra-cabeça da batalha de Maratona com o qual eu tinha brincado, mais um exemplar de *Os pioneiros*. Eu tinha dúvidas se Sam gostaria da história de uma menina pioneira no Oeste americano, mas quando voltei para casa de noite, Poppy estava empoleirada na cama dele, brincando de enfermeira e oferecendo-lhe goles de suco de laranja recém-espremido, enquanto ele lia em voz alta e febril. Ele ergueu os olhos quando entrei no quarto.

— Mãe, que história *malvada*.

Era uma visão tranqüilizante, digna de livro escolar.

Ianthe fazia a bainha de uma saia.

— Acho que ele está um pouco melhor.

Ela cortou a linha com os dentes, e eu dei um suspiro de alívio. A agulha mergulhava para cima e para baixo no tecido florido.

— O jantar está pronto — ela disse. — E está tudo lavado.

Ela estendeu a mão para pegar a tesoura e uma carretilha da máquina caiu da sua cesta, desenrolando o fio branco de algodão.

— Tudo sob controle.

Ianthe tinha sido excessivamente otimista, e naquela noite Sam piorou. Fiquei de vigília num quarto que cheirava a doença e desinfetante. Nathan entrava e saía na ponta dos pés, me ignorando. "Coitadinho", ele dizia para Sam, que estava tentando ser corajoso. À uma hora, Nathan foi para a cama, deixando as nossas diferenças esfriarem mais.

Sam resmungava e se agitava. De hora em hora eu media sua temperatura, e num determinado momento desci até a cozinha e esquentei água, que levei para cima no meio da escuridão tingida de branco e de silêncio. Pedacinho por pedacinho, eu lavei Sam, as pernas finas e brancas de menino, depois os braços, os dedos, o rosto pálido e exausto. Por favor, fique bom, eu não parava de dizer para mim mesma. Por favor, *por favor*, que nada de errado aconteça.

Às cinco e meia consegui fazer com que ele engolisse duas colheres de mel e ele cochilou. Eu caí no sono.

Fui acordada pelo som de uma ânsia desesperada de vômito e os soluços de Sam. Entrei em pânico. "Nathan", chamei. "Nathan." Ele entrou trôpego e sonolento no quarto. "Precisamos levá-lo para o hospital." Sem hesitar um segundo, ele entrou em ação.

Juntos embrulhamos Sam no velho robe verde de Nathan para agasalhá-lo melhor, entramos com ele no carro e partimos a toda velocidade para a Emergência do hospital St. Thomas. Ali ficamos uma hora amontoados em cadeiras, revezando-nos para manter sentado nosso filho que desfalecia.

Nathan falava baixinho com Sam para tranqüilizá-lo e beijava seus cabelos emaranhados. Falava comigo apenas o necessário.

Assim ficamos em meio a sangue, barulho, ar viciado e lutando com nossos pensamentos distintos. Sam escorregou para o meu ombro. Tão cansada que meus olhos ardiam, eu o abracei forte.

— Nathan — sussurrei. — Por favor.

Ele se virou e olhou para mim, para o que restava de mim.

— Ah, Rosie — disse ele. — Vou pegar um café para você.

Ele voltou com o café e colocou a minha mão livre ao redor do copo de isopor.

— Vamos, beba.

Ele acariciou meu rosto — o seu jeito de pedir desculpas. Agradecida, olhei para ele, que sorriu para mim.

— Vamos, beba — ele insistiu.

Sam foi internado no hospital para observação, e melhorou rapidamente. O pediatra não estava certo sobre o que acontecera, mas tinha certeza de que não era nada grave. "Ele pode ter tido um choque, ou uma reação alérgica, e seu organismo reagiu. Ele precisa de descanso, tranqüilidade e nada de aborrecimentos."

Às nove e meia liguei para o trabalho e disse que faltaria uns dois dias. Falei para Sam que ficaria com ele enquanto estivesse no hospital. Pálido e assustado, mas ainda esforçando-se muito para ser corajoso, ele sussurrou: "Estou contente porque você está aqui, mamãe."

Passei o braço ao redor dos seus ombros. Por um triz eu não tinha esquecido a maravilha e o terror de ser mãe.

"É só um vírus", eu disse a Hal, depois de vomitar no avião para o Brasil e em seguida no hotel quente e barulhento perto do aeroporto. Deitei-me na cama com um lenço molhado em água fria sobre os olhos.

O sol entrava de viés pelas pálpebras semicerradas, a luz e o calor incômodos como eu nunca tinha experimentado antes. Este era o continente de uma inclemência luxuriante, úmido e de um calor infernal, e com um rio fantástico.

Era a viagem surpresa de Hal, sua expedição secreta. Eu esperava que ele fosse para o Marrocos e para o deserto: eu ansiava por um lugar impetuoso, seco e inequívoco, mas Hal estava tomado pela sua paixão por ecologia. Esta era uma ciência nova, um passo à frente etc. etc. Alguém tinha de fazer isso, ele disse, mas eu achava que era o romantismo do tema que o atraía. O bem *versus* o mal. O anão lutando contra os gigantes. Nos últimos seis meses ele tinha trabalhado para obter financiamento para uma expedição a fim de monitorar os efeitos da derrubada de árvores na região dos ianomâmis, um povo cujo território se estende desde as florestas do Orenoco, na Venezuela, até o extremo norte da bacia do Amazonas brasileiro.

— Não espanta você não ter me dito — falei, quando ele me revelou esse destino surpresa. Eu estava empacotando minhas coisas para deixar Oxford pela última vez. — Não quero ir. Você devia ter me perguntado.

Ele tirou das minhas mãos a pilha de roupas que eu estava segurando, jogou-as sobre a cama e me puxou para os seus braços.

— Você estava em provas, lembra? Ouça, essas pessoas estão em perigo. Já foram reduzidas a algo entre 10 e 15 mil, e a população está diminuindo rapidamente. A extração de madeira está destruindo seu lar, e as grandes companhias não dão a mínima. — Ele encostou os lábios no meu pescoço. — Precisamos ver isso e alertar as agências que podem fazer alguma coisa.

Deixar Oxford ia ser um sofrimento e eu estava chorosa e irritada, fora de mim. Eu me livrei dele e enfiei um par de meias na minha mala.

— Você não pode esperar que eu largue tudo.

— Tudo bem — disse Hall tranqüilo, sem pensar muito, num tom de voz de "pegue ou largue". — Eu acho alguém para ir comigo.

Eu me virei de repente. Ele ergueu os ombros encerrando o assunto.

— Não se preocupe, Rose. Pensei que você fosse gostar da surpresa. Alguém vai gostar. É a coisa mais fácil.

Era uma ameaça, e eu entrei em pânico.

— Não, Hal — gritei. — Está bem. Claro que eu vou. Esqueça o que eu disse.

Hal era bom quando vencia: ao contrário de mim, ele não cantava vitória.

— Acho que você não vai se arrepender.

Ele se inclinou e me deu um daqueles beijos que reverberava por cada um dos meus nervos.

— A próxima é o deserto, OK?

Seus lábios foram descendo e, como sempre acontecia com Hal, eu cedi.

Eu o deixava me moldar, mas que importância isso tinha para mim? Hal era a minha poesia e a minha paixão. Ele era a juventude sonhadora, o sussurro de terras encantadas, o mágico que transformava a minha vida.

— Não tem nada errado? — ele me perguntou, dois dias depois.

— Não, não, nada.

— Tem certeza?

— Absoluta.

O estudo estava projetado para levar quatro meses,e nós combinamos que eu ficaria com ele durante as três primeiras semanas, depois voltaria para a Inglaterra para começar no meu emprego. Nós voamos para o Brasil e pegamos uma conexão para a pequena cidade de Quetzl, onde encontramos nosso guia. Passamos uma semana lutando com o problema da língua, acertando detalhes e um cronograma, e preparando os suprimentos. Depois disso, carregamos um monomotor e partimos para a floresta tropical.

Quilômetros e quilômetros se desenrolavam por baixo do avião num mundo de dimensões inimagináveis. A vegetação era tão cerrada que era impossível ver o chão da floresta, mas aqui e ali um afluente cintilava, lamacento e sombrio. Em alguns pontos, a névoa depositava-se espessa sobre as árvores.

O avião tremia no ar rarefeito e o piloto tomava goles freqüentes de uma garrafa térmica. Hal fez uma careta para mim, e eu tentei brincar. "Os chineses têm uma praga: que os seus sonhos se realizem."

O avião sacudiu mais forte e de repente o meu estômago revirou de náusea. As palavras secaram nos meus lábios e eu me debrucei para amarrar de novo o laço de uma das botas, sabendo que tinha mentido para Hal. Havia alguma coisa errada, e eu não tinha resolvido isso.

Só Deus sabe como conseguimos aterrissar na pista rudimentar, mas deu certo. A floresta corria para nos engolir, o avião ricocheteou sobre a superfície acidentada e lá estávamos nós.

Na manhã seguinte, seguimos a pé até o acampamento, que era um povoado deserto dos ianomâmis. Hal foi na frente com o guia, mantendo um ritmo animado e limpando os obstáculos pelo caminho. Atrás de mim, os carregadores vinham tão carregados que eu me sentia constrangida, mas eles pareciam não se importar.

A floresta era como uma gaiola, feita de placas verdes interpostas que não se encaixavam muito bem. Depois de muitas horas de caminhada estafante, comecei a sentir falta do céu, como se fosse um bom amigo. O chão era úmido e nossos pés eram tragados pela lama de consistência variada. As raízes retorciam-se para dentro e para fora, e estranhas flores estreladas de cores fortes floresciam entre os detritos. Era um hábitat alienígena, cujo calor grudava na pele.

De vez em quando Hal se virava fazendo com a mão um gesto de estímulo. Uma vez ele voltou se arrastando e refez o nó da bandana ao redor do meu pescoço para absorver o suor.

— Boa menina, Rose.

— Você está feliz? — perguntei.

— Muito.

Envoltos em mosquiteiros, passamos a primeira noite em redes estendidas entre árvores, e escutamos os barulhos noturnos da floresta tropical. Em intervalos, um dos carregadores levantava-se para cuidar da fogueira e patrulhar nosso acampamento. O meu estômago cheio e temporariamente quieto, a magia, a estranheza e os ruídos da floresta me tranqüilizaram.

— Tarzan ama Jane — disse Hal baixinho.

Eu não respondi. Neste grande e estranho mundo, as palavras não cabiam.

Depois de um segundo dia de marcha forçada, chegamos ao povoado ianomâmi, abandonado quando uma companhia de extração de madeira iniciou suas operações a um quilômetro e meio dali. As ocas permaneciam, com a forma de um bolinho coberto de folhas de palmeira. Cada uma delas acomodava um grande número de pessoas, às vezes umas duzentas, mas cada família tinha seu braseiro. A área central era separada para atividades comunitárias, tais como danças e cantos.

Eu escolhi um braseiro e larguei minha mochila no chão, que era de terra batida. A lama tinha secado de forma desigual, e suas cores iam do sangue ao carmim-escuro. Fervilhava de insetos. A qualquer minuto, a noite tropical desceria com a rapidez de me tirar o fôlego.

Hal apareceu com o resto das nossas coisas.

— A luz está indo embora.

— Vamos arrumar as coisas.

— Aqui. — Ele me entregou um saco de dormir de algodão.

Eu o ignorei, tapei a boca com a mão, corri lá para fora e vomitei na vegetação rasteira.

Senti que Hal estava atrás de mim. Estiquei o corpo e cruzei os braços sobre o estômago.

— Diga-me a verdade — ele falou. — Você está grávida?

— Não tenho certeza. É possível — murmurei. — *Não sei.*

— Faz quanto tempo?

— Mais de três semanas.

Sua mão cerrou-se áspera sobre o meu ombro.

— O que você vai fazer?

— Não está querendo dizer o que *nós* vamos fazer? — Fechei os olhos. *Era uma questão de querer, e eu queria que não fosse assim.* — Pode ser qualquer coisa. Acontece. O organismo se descontrola, depois se ajusta.

— Espero que sim — disse ele. — Nossa, como eu espero que sim.

A primeira das duas expedições programadas saindo do acampamento era de barco até Zaztelal, onde a madeireira havia também erguido um posto e onde ianomâmis tinham sido vistos.

Hipnotizada pelo espelho amarelo-esverdeado sobre o qual remávamos, fiquei sentada na parte de trás do barco. Hal estava na proa, tomando notas e tirando fotografias. Depois de cada foto ele registrava a posição buscando a referência nos mapas. Ele tirava fotografias minhas também, ou melhor, do chapéu que sombreava o meu rosto.

Faminta de amor, eu me refestelava com cada mínimo detalhe a respeito dele. Seus cabelos, já clareando ao sol, a sua excitação, as longas pernas retesadas contra o movimento do barco. Com a mesma fome eu me deleitava olhando um beija-flor, cuja plumagem era de um azul tão iridescente que quase doía os olhos, as flores que pendiam das árvores e as formas silenciosas dos peixes na água. O calor nos envolvia como uma segunda pele. De vez em quando nossa passagem era perturbada por um bolsão de gás metano na água, e o fedor enchia nossas narinas à medida que deslizávamos para a frente.

Em Zaztelal, o pessoal da aldeia veio nos receber. Durante uma refeição comunitária, eles nos contaram histórias sobre os ianomâmis, que tinham fama de ser agressivos. Eles também nos contaram sobre a riqueza das madeireiras, que choveu sobre eles, da estranha doença que matou muitas crianças, do choque quando os *conquistadores* foram embora depois de devastarem a floresta.

Hal escreveu "Sarampo?" no caderno.

Na manhã seguinte, fizemos um reconhecimento preliminar da área devastada, que tinha mais ou menos 16 quilômetros de diâmetro. Vários troncos de árvores cortados transpiravam seiva, a vegetação rasteira estava pulverizada, o solo poluído com óleo e substâncias químicas, e o céu visível demais. O guia explicou que a floresta estava se renovando, mas não muito rápido. Normalmente, se os ianomâmis estivessem por ali estariam cultivando suas plantações de banana-da-terra e mandioca. E macacos, veados e tatus também estariam na floresta.

Voltamos por um caminho alternativo, que girava para o norte e nos conduzia através da ponta norte de um lago em forma de arco. Aparentemente, as lontras costumavam escolher o lugar para construir seus esconderijos, e eu fiquei para trás, fascinada, enquanto Hal foi correndo pela ponte de cordas até o outro lado.

— Vem — ele disse.

No meio do caminho, parei: nunca tinha gostado muito de alturas. Encharcada de suor, agarrei-me na corda.

— Volta, Hal — eu chamei.

Ele veio na minha direção, e o movimento da ponte me fez vomitar. Eu olhava para a água. Quente, preguiçosa, lamacenta... estranha. Se um peixe pulasse dali para o meu colo, eu não o reconheceria. Um erro pensar em peixes — fiquei enjoada.

Hal esperou que eu terminasse, depois afastou os cabelos do meu rosto molhado.

— Ah, Rose — foi tudo o que ele disse, impaciente para continuar.

Eu peguei na mão dele, olhei para baixo — e gritei.

Repleta de entulho, a água diminuía de velocidade e formava redemoinhos. Flutuando na superfície de uma dessas poças estava uma mão humana com os dedos enrijecidos e abertos.

Apontei. Hal me puxou para fora da ponte, depois ele e o guia desceram para a água. O guia pegou uma vara e espetou com força. Ouviu-se um assobio, uma explosão de bolhas e gás, e um corpo veio à superfície.

O rosto estava decomposto, semidevorado e horrível.

Juntos eles engancharam uma corda ao redor das pernas e amarraram numa raiz.

— Vamos voltar para o acampamento e pedir ajuda — disse Hal, e anotou a localização no mapa. "Corpo aqui", ele escreveu. "Hora — 14:15."

No dia seguinte voltamos para o acampamento e Hal entrou em contato pelo rádio com a polícia de Quetzl.

Não era um grande mistério. Seis semanas antes um dos supervisores europeus da madeireira tinha desaparecido. Parece que ele havia deixado de pagar os salários devidos a dois empregados nativos. Eles tinham se vingado como acharam conveniente.

Depois disso tive pesadelos. Eu sonhava com o rosto do morto, os olhos hostis, que estava sendo perseguida pela estranha e perigosa floresta... e repetidas vezes sonhei comigo e Ianthe olhando os homens levando nossos móveis de Medlars Cottage.

Fiquei com olheiras e letárgica, e temia as noites quando eu virava de um lado para o outro na rede, escutando o farfalhar dos insetos no telhado de palha.

Durante a convalescença, Sam e eu lutamos para terminar a batalha de Maratona (mil peças), só para descobrir que estavam faltando as duas últimas peças.

— *Não posso* melhorar, mãe, se a gente não achar. — Sam me deu um sorriso pálido.

Eu acreditava nele e procurei pela casa toda, porque Ianthe jurava que o quebra-cabeça estava inteiro quando ela o trouxera.

Descobri as peças que estavam faltando, sim. Se eu não estivesse tão desnorteada, teria sido o primeiro lugar onde eu iria procurar. O peitoral do jovem que estava prestes a fugir do campo de batalha e entrar para a mitologia estava enfiado debaixo do travesseiro de Sam, junto com uma parte da oliveira que crescia ao fundo.

Com uma bandeja pousada sobre o joelho, Sam sentou-se na cama e fez um pequeno cerimonial colocando aquelas duas últimas peças no devido lugar.

— Queria que você pudesse ficar em casa — disse ele.

Capítulo 19

EU DESEJAREI que não seja assim.

Assim eu disse, assim eu acreditava, com a firme confiança e a ignorância dos 21 anos. Mas de nada adiantou, porque eu estava indo contra algo mais forte do que a vontade. Eu fora vencida pela biologia.

No fundo da floresta tropical, dei o passo decisivo. Quase louca por causa de meus hormônios, meu medo e meu amor, encurralei Hal depois de um jantar em torno da fogueira.

— Estou grávida.

Ele fechou os olhos.

— Eu sabia — e os abriu. — O que você vai fazer?

— Ficar com a criança. Não há dúvida. É nosso filho. — Senti uma onda de excitação, de ternura. — Nosso filho, Hal.

— Não — disse ele categoricamente. — Esse não é o plano. Não quero filhos.

Estava escuro e eu não podia ver seu rosto direito. Mas senti que um brilho teimoso, desumano, teria surgido nos olhos azuis enquanto os meus estariam refletindo confusão e raiva... sim, raiva.

— Bem, *não* podemos ignorá-lo. Não é um cheque sem fundos ou uma dor de cabeça.

— Eu não pedi isso.

— Você está sendo grosseiro.

— Estou. Se ser honesto é ser grosseiro.

— Mas aconteceu — eu estendi a mão para tocá-lo, mas ele se afastou. Minha mão caiu do meu lado.

— Nosso plano era trabalhar e viajar.

— Eu sei. Eu queria isso também, mas planos mudam. É preciso, às vezes. Então precisamos fazer outros.

Ele ficou me espiando através do crepúsculo por um bom tempo, e era como se estivesse dizendo: depois de todo esse tempo, não compreendemos nada um do outro.

— Mas eu não quero mudar meus planos, Rose.

Eu podia sentir sua rejeição, quase prová-la. Fragmentos de conversas anteriores passaram pela minha cabeça — uma alusão despreocupada à "gloriosa mentalidade nômade" e a declaração dele de que "a melhor vida, a única vida, é sem amarras" — que sempre me convencera do quanto a visão de Hal era intrigante, o quanto ele era diferente.

As implicações calaram fundo.

— Hal, imaginei que você ficaria horrorizado, com raiva talvez, mas que no final você diria: não é o que eu queria, mas vamos resolver.

Isso o magoou e ele se acocorou ao meu lado.

— Algum dia eu fui desonesto com você? Eu lhe prometi alguma coisa? — ele balançou a cabeça. — Não posso... sei que não posso. Não fui feito... eu preciso... Não, quero continuar com o trabalho que planejo fazer. A vida é curta, e eu quero ser livre para me concentrar nela. Mas sinto muito, Rose, que isto tenha acontecido.

Eu olhei para ele.

— Nós somos responsáveis por um bebê. Ele não tem mais ninguém.

— Só se eu aceitar a responsabilidade.

A perspectiva de ficar sozinha com um bebê me deixou em pânico, e escutei a voz de uma pessoa estranha, ignorante, desesperada — a minha — balbuciar. Não faria nenhuma diferença, eu argumentei, as palavras saíam de dentro de mim. Nada precisava mudar. Bebês são carregados de um lado para o outro em tipóias, deixados em vestiários, entregues para alguém cuidar. Um bebê podia ser tão insignificante, e tão tranqüilo, quanto a gente quisesse.

Ele escutava em silêncio. No final ele se mexeu.

— Até eu sei que não é assim.

Eu curvei a cabeça.

— OK — falei. — Não vamos mais falar sobre isso. Eu dou um jeito.

Obviamente, a discussão não terminou aí, mas era o quanto eu conseguia suportar. De qualquer maneira, eu precisava pensar.

Hal levantou-se para cuidar do fogo e trocar algumas palavras com o guarda. Eu fiquei onde estava. O suor acumulava-se debaixo dos meus braços e nas minhas costas. Mas por dentro eu sentia frio.

Fomos para nossas redes em silêncio. Aquela noite escutei Hal virando-se de um lado para o outro e resmungando no sono — aquela e as seguintes, quando eu ficava acordada tentando resolver o problema que tinha nas mãos.

Nós éramos educados e solícitos, quase estranhos. Ironicamente, comecei a me sentir melhor, menos enjoada, e acompanhei Hal nas viagens programadas. Isso foi o mais próximo fisicamente que estive dele, mas era a proximidade de duas pessoas que tinham escolhido ficar cada uma de um dos lados de uma linha divisória.

Na segunda-feira da terceira semana, acordei do meu costumeiro sono agitado sentindo uma forte câimbra na altura dos rins. Procurando na minha mochila, encontrei as aspirinas e engoli dois comprimidos.

Durante o dia, a câimbra passou para o meu estômago. Tomei mais aspirinas e continuei na marcha pesada. Essa noite, em desespero, implorei por um copo de *brandy* da garrafa medicinal no nosso equipamento. Hal ficou me olhando intrigado, com uma delicadeza diferente, mas não perguntou nada. Disse apenas:

— Temos um dia importante amanhã.

Tínhamos programado subir o rio novamente.

— Espero que você esteja disposta.

Eu me preparei para me defender.

— Você está sendo cruel.

— Sim — ele concordou. — Estou.

— Hal, foi um erro.

— Entendi. E eu *estou* me comportando mal. Mas nós viemos aqui para fazer outra coisa. Vamos fazer. Depois pensamos. — Ele suavizou um pouco. — Deixa eu me acostumar com a idéia, Rose.

Na hora de sair, era evidente que eu não conseguia descer da minha rede, quanto mais subir o rio numa canoa.

Hal debruçou-se sobre a rede onde eu estava, o meu rosto numa careta de desconforto. Sua fala arrastada parecia mais pronunciada.

— O que você quer que eu faça?

Tentei me sentar, mas não consegui.

— Hal, você acha que tem algum lugar onde eu possa me deitar direito? Preciso de chão firme debaixo de mim.

Ele afagou meu rosto e, por um minuto ou dois, voltamos ao que éramos antes.

— Vou ver o que podemos fazer. Depois, é melhor tirarmos você daqui.

— Acho que estou perdendo o bebê — eu disse. — Mas eu não quero, Hal. Ele tem o direito de viver.

Diga-se a seu favor que Hal não respondeu.

Ele e os guias começaram a construir um estrado grosseiro e me colocaram nele. Hal tentou se comunicar por rádio com Quetzl, mas uma tempestade tropical tornou a recepção impossível, e quando ele conseguiu, todos os aviões disponíveis tinham sido recrutados. Ele deu um jeito de falar com um médico, que achou que se eu descansasse haveria uma chance de impedir uma ameaça de aborto. Ele deu a Hal algumas instruções básicas e aconselhou-o a me levar para Quetzl o mais rápido possível. O que, ele perguntou a Hal, eu estava fazendo grávida no meio de uma floresta tropical? O pior foi que ele me proibiu de tomar mais aspirinas.

Hal debruçou-se sobre mim no estrado. Eu me mexia e sentia o suor escorrendo pelas minhas pernas até o chão de terra cor de sangue.

— Melhor?

— Pior.

— Pobre Rose.

Eu tinha a estranha sensação de que o meu corpo estava apodrecendo.

— Estou cheirando mal?

— Não. — Seus lábios tocaram o meu rosto molhado. — Você está linda.

— A luz é fraca — eu disse.

Hal adiou a viagem mais longa rio acima, mas eu o convenci a fazer uma caminhada alternativa de um dia para conferir a notícia de que índios tinham sido vistos por ali. Justiça lhe seja feita, Hal relutou, mas eu conhecia o procedimento e insisti.

— Não posso me mexer agora, mas não estou correndo perigo, então vá.

Ele pegou na minha mão.

— Desculpe — falou.

Parecia tolice ficar zangada e distante.

— Você é a minha alegria, Hal.

Ele respirou fundo.

— Você me dá a mais profunda alegria — continuei —, os sentimentos mais nítidos e ternos, e tem horas... em que penso que nos fundimos um no outro. Só quero que você saiba disso.

Ele ficou me olhando muito tempo. Depois, deixando água e comida ao meu alcance, deu instruções para o carregador que ficaria montando guarda. Através da abertura na oca eu o vi tomar a carga e partir.

O dia foi se arrastando. Eu fixava meu olhar numa árvore emoldurada pela porta. Suas folhas eram palmadas e brilhantes, e a casca era perfurada em arabescos que revelavam a polpa cor de carne. Tarde demais. Ela me lembrou o homem morto no rio.

Eu estudei o mapa. Era quase meio-dia, e Hal devia ter chegado ao ponto onde o rio fazia a curva, mas nunca se podia ter certeza de nada na floresta tropical. Às duas horas, ele estaria de volta.

O mapa caiu no chão de terra.

O carregador olhou para dentro e foi embora. Naquele momento, a chuva tropical caiu como lanças na clareira e depois sumiu. As folhas fumegavam de umidade e figuras se materializaram através da névoa — ianomâmis cantando e dançando, os pés transformando o chão da floresta numa lama cor de sangue. Acordei. Era um sonho. Virei-me de um lado para o outro.

Poucas horas depois, a dor voltou com uma força nauseante e, então, tudo se acabou.

Na escuridão que chegava, eu lutava contra meu corpo, que eu era incapaz de controlar. Nenhum anjo, nenhuma vela acesa.

Eu devo ter gritado, porque o carregador entrou de mansinho na cabana. Ele me olhou e voltou com uma bebida. Tinha um gosto desagradável, mas eu não estava mais me importando.

Conforme a noite ia caindo, eu adormecia e acordava. Estava encharcada de suor e molhada de sangue. Não havia nada, ninguém, a que eu pudesse me agarrar com minhas mãos escorregadias, nada exceto a minha perda. Nada exceto o escuro, pulsante, coração da selva.

Não bastava que Hal fosse a minha mais profunda alegria. Havia outras coisas importantes na vida. Eu queria as responsabilidades que Hal não queria. Acima de tudo, eu queria ter meus filhos. Essa era a minha liberdade — um pouco incerta talvez, um pouco circunscrita, mas possível. Minhas escolhas eram tão simples quanto as de Hal, mas diferentes.

Não havia sentido em procurar por Hal. Agora não, *nunca mais*. Ele estava firme no seu caminho, e eu não queria passar a minha vida amando e esperando, e depois, com o arrastar do tempo, apenas esperar. Nem eu ia caminhar pelas trilhas na selva e descer remando os rios com este corpo e suas limitações biológicas.

Este não era o lugar certo, nem a hora certa.

Acordei com um sobressalto quando Hal entrou na cabana trazendo um pote de água. Estava muito excitado.

— Rose! Nós os vimos e eles ficaram tempo suficiente para fazer contato. Tirei fotos fantásticas. Foi uma boa viagem, a melhor viagem. Uma ou duas bolhas no pé, que preciso cuidar, mas, primeiro, vou lavar você. Foi diferente de tudo que já fiz antes, foi...

Ele abriu o saco de dormir de algodão. Nossos olhos se encontraram.

Ele fez um esforço enorme para não deixar transparecer nada. Mas o súbito lampejo nos olhos azuis me disse o quanto as sombras do que poderia ter acontecido o assustaram.

— Posso lavar você, Rose?

Deus sabe como, mas Hal dera um jeito de esquentar a água. Como eu tinha desejado uma coisa tão simples como água quente! Com todo o cuidado, suavemente, ele me banhou com uma esponja e, no meu estado febril, imaginei que o chão estava ficando vermelho. Sem ter onde me esconder, sem defesa, permiti que ele fizesse isso por mim ao mesmo tempo que me encolhia por estar tão exposta, tão fêmea.

Hal continuou falando, baixinho, docemente:

— Estou dando atenção especial aos seus pés porque os pés são importantes. Se eles não se sentirem confortáveis, nada feito. Essa é a primeira lei do viajante.

Ele abriu à força os espaços entre meus dedos, a água escorreu por eles e depois os secou.

— Pés contentes?

— Meus pés estão muito contentes, obrigada.

Hal me fez virar de bruços e, milagrosamente, comecei a me sentir limpa. Ele passou a esponja sob os meus braços.

— Se você precisa de mais forro, eu rasgo uma camisa.

Ele me lavou toda e depois me beijou. Fraca, assustada e desesperada de amor, eu retribuí o beijo, mas foi um beijo de Judas.

Uma semana depois, voamos de volta a Quetzl no assustador avião e fomos para o hotel perto do aeroporto.

Durante a noite, eu disse a Hal que ia deixá-lo, porque o amava, amava-o tanto que não podia suportar a idéia de nos destruirmos um ao outro.

— Eu quero paz, estabilidade, uma família — eu lhe disse. — Mais cedo ou mais tarde vamos ter de lidar com essas questões, é melhor acabar logo com isso.

Ele estava de frente para mim no travesseiro e virou de costas. Não disse nada para me fazer mudar de idéia. Eu sabia disso. Ele suspirou e eu bati no seu ombro para que ele se virasse para mim. Chocada, vi que ele estava chorando.

— Não quero o que você descreveu — disse ele —, mas isso torna a situação ainda mais difícil.

No quarto de hotel na manhã seguinte, eu acordei tarde. O sol quente entrava pela janela e a colcha da cama ordinária era áspera e encardida.

Hal e sua mochila tinham desaparecido.

Fiquei deitada e imaginei-o caminhando pelas ruas estreitas e cheias de gente, parando para um café para clarear as idéias, ou para rolar entre os dedos uma pitada de especiaria numa barraca. Ele já estaria reconstruindo o presente, falando do futuro, prevendo a jornada de volta para a floresta tropical. Ele e eu sabíamos que ele tinha se libertado de anos de compromisso, desacordos, o espectro de mim esperando.

No caminho para o aeroporto, pedi ao chofer do táxi para parar. Saí do carro. O calor golpeou-me como uma broca, e o barulho e os cheiros esbofetearam meus sentidos. O céu era de um cinza-chumbo, vicioso, causticante. Nas laterais da estrada havia pilhas de lixo, vultos catando no meio delas, cavando com as mãos nuas.

Caminhei até a mais próxima e coloquei nela as minhas botas. Não tinham se passado dois minutos, alguém desceu correndo da pilha e levou-as.

Eu voltei para o táxi. A confusão da cidade passou, substituída por uma paisagem pontilhada de campos. Não olhei para trás.

Logo no início do nosso romance, Hal me fez um sermão dizendo que todos deviam viajar porque isso abria os horizontes. Cega de amor, concordei.

Ele estava errado, e como ficaria surpreso se lhe dissessem isso. Viagens estreitavam o horizonte. (Acho que foi Bernard Shaw quem escreveu isso.)

No vôo para casa, conheci Nathan.

Nathan ficara fascinado com a história.

— Por que — ele quis saber —, se você amava esse desgraçado, você o deixou?

Eu tentei explicar o que era não ter coragem para enfrentar cadáveres no meio da selva, ou melhor, o que eles representavam. E que também não desejava ser a que ficava em casa esperando o outro voltar. Eu não lhe contei que amava Hal tanto que, no final, eu não confiava nesse amor.

— Mas *nada* me impediria de casar com você — Nathan enfiou as mãos nos bolsos — agora que a encontrei. Eu não me importaria se você tivesse morado numa árvore.

— Talvez eu não tenha explicado bem — falei, e provavelmente não tinha, porque o assunto era insuportavelmente doloroso para mim e confuso.

Se Vee e Mazarine tivessem me perguntado como foi encontrar Hal de novo, acho que eu teria respondido: "Inevitável."

De algum modo, Nathan estava certo, porém não no sentido que ele temia. Uma vez adquiridos, hábitos não desaparecem totalmente. Eles ficam ocultos. Você pode percebê-los ou não, mas eles estão ali.

Passavam-se os dias, e o verão já estava bem avançado. Eu ainda não dormia bem embora não estivesse infeliz, apenas agitada com o resultado da grande batalha pela sobrevivência que tinha se travado dentro de mim. Uma noite quente escancarei as janelas francesas e entrei no misterioso mundo noturno da cidade.

O ar era como veludo, com apenas uma leve sugestão de frio. Uma raposa regougou a uns três ou quatro jardins do terraço, e parou ao me farejar. Deixando a marca dos meus pés descalços no orvalho, caminhei pelo pátio. Rosas brancas e cor de creme cintilavam como lâmpadas através da escuridão úmida. Na sombra, eu só distinguia a mancha escura das folhas curvas como cimitarras e o frouxo escarrapachar das plantas.

Eu estava banhada em suor e meu coração batia forte, pois estava me lembrando da excitação e estranheza da floresta tropical. Quando cheguei na fonte, sentei-me na borda de tijolos. Escutei um barulhinho na água. Na ausência de Parsley, um sapo tinha feito residência. Eu o tinha visto muitas vezes. Não sei quanto tempo fiquei sentada ali, mas devo ter ficado muito quieta porque o sapo veio saindo de mansinho da água.

Eu teria escolhido outra coisa nesta minha historinha? Acho que não. *Rosas são flores tão domésticas, Ianthe sempre disse. Lembre-se disso.*

A luz estava ficando mais forte. Levantei-me, estiquei o corpo e cheirei com prazer os perfumes da noite fria.

Hora da vigília do besouro-do-lírio. Melhor de camisola, eu descobri. As madonas cresciam num grupo de três vasos e eu me debrucei para inspecionar sua folhagem. Os besouros-do-lírio têm uma incrível capacidade de se multiplicarem e estavam ali, enfiados, terroristas de costas lustrosas com mandíbulas de aço concentradas em destruir a beleza do lírio.

Peguei um entre o indicador e o polegar. Era jovem, lustroso e guloso. Um besouro-Minty que não podia deixar de roubar e pilhar porque não sabia fazer outra coisa. Jardineiros meticulosos não adiantam de nada e, tendo sido doutrinada ecologicamente, eu não usava *sprays*. Para o bem do mundo, eu utilizava métodos mais cruéis. Com apenas um mínimo de remorso, deixei cair o jovem, brilhante e ladrão besouro-do-lírio sobre a pedra e o esmaguei.

Procurei outro.

Mazarine estava certa quando disse que devíamos experimentar o sofrimento, senão o encanto jamais teria o seu devido sabor, nem o prazer a sua doçura, nem o amor a sua dor agridoce — que era o que eu tinha querido desse espasmo convulsivo e estranho do amor.

Mas eu tinha aprendido a não confundir minha experiência com Hal com o dia-a-dia. A vida real era diferente. Era território conhecido. Tendo despelado uma camada de fantasia e desejo, eu estava livre para encontrar momentos de prazer, felicidade e afeto entremeados nas rotinas e nos hábitos. Não, olhando para trás, eu tinha buscado e aceitado o tormento e a angústia de Hal a fim de lembrar e guardar a ternura, a profunda alegria, o espanto de ter ficado tão abalada pela intensidade da paixão.

Claro que eu havia carregado comigo algumas dessas lembranças, o meu conhecimento, para a minha vida com Nathan. Foi assim que funcionou.

Encontrar Hal novamente tinha me lembrado.

Capítulo 20

MINHA ENERGIA VOLTOU. Limpei a casa de Lakey Street de cima a baixo. Examinei minha mesa no estúdio e joguei fora cada pedacinho de papel inútil. Subi para o sótão e vasculhei uma mala com roupas velhas minhas, separando a saia curta demais, o vestidinho de tricô que tinha de ser usado sem sutiã, a blusa justa — roupas que pertenciam ao passado — e levei tudo de carro para o bazar de caridade.

Até me aventurei a entrar no jardim com a intenção de *fazer alguma coisa* e, depois de algumas horas, um antigo prazer me recuperou. A mágica do coelho tirado da cartola. Eu me sentia em casa naquele lugar, e as regras não haviam mudado. A estação já estava muito adiantada para fazer qualquer reparo sério nas plantas abandonadas, mas isso era confortador: "É bom saber que você é necessária", informei a Vee, "nem que seja para o jardim."

Vee resmungou: "O que eu faria para *não* ser necessária?"

Durante 25 anos o pleno verão tinha significado Cornualha, mas não desta vez. Talvez nunca mais, porque eu não conseguia me ver voltando lá sem Nathan.

A idéia lançou uma sombra na minha presente tranqüilidade — e eu estava prevenida contra sombras — portanto telefonei para Sam e desci de carro até Bath para o fim de semana. Alice estava fora numa conferência importante, então partimos para o campo e caminhamos. Sam esforçava-se para explicar a frustração e perplexidade diante do lento progresso do seu romance.

Depois de algum tempo, ocorreu-me que Sam ainda falava de Alice com uma reverência pouco saudável, que àquela altura dos acontecimentos já deveria estar baixando de nível. As habilidades de Alice eram, sem dúvida, espantosas, mas não sobre-humanas. Então concluí que ele estava sofrendo de uma dose excessiva de amor cortês, trágico, talvez *não* tão raro na sua idade.

Ousei perguntar:

— Não acha que já é hora de mudar?

Ele balançou a cabeça e — tão parecido com o pai —, o rosto se fechou naquela sua expressão teimosa.

— Não.

Estávamos tentando vencer uma cerca de arame farpado. Sam empurrou para baixo o fio de cima e eu fiz uma ginástica para passar para o outro lado.

— Sabe, detesto desistir das coisas. — Uma idéia passou pela sua cabeça. — Você está dizendo que não *gosta* de Alice?

— Eu só estava pensando se você já não sofreu o bastante e se não é hora de se dar um pouco de espaço para respirar.

As calças de Sam ficaram presas no arame, e eu me debrucei para soltá-lo.

— Falou com seu pai?

— Papai?

— Quem mais é seu pai?

— Ele pareceu bem. Estava indo para a Grécia, mas perguntou por você.

Escorregamos por uma encosta seca até uma área no fundo e caminhamos na beira de um riacho. Um grupo de castanheiros tinha lançado seus galhos de um lado a outro, e a água estava fria e misteriosamente manchada. Uma libélula passou como um raio, o ondulante palpitar de uma borboleta branca, e nuvens de moscas enxameando sobre esterco de vaca.

— Acho que papai se sente dividido pela culpa, e se preocupa com você.

Sam parou sobre a ponte de pedra entre os campos e debruçou-se sobre o parapeito.

— Preocupado *comigo*? Eu estou preocupada com *ele*. — Parei ao seu lado e observei as libélulas roçando a água. — Sam... parece uma perda de tempo causar tamanha revolução e depois se sentir culpado.

Sam lançou-me um olhar.

— Fui vê-los.

Ele raspou uma mancha de limo na pedra, que deixou a unha preta.

— Não posso deixar de achar que papai está fazendo de tudo para se convencer.

— Não pense assim.

Ele raspou mais limo, e minúsculas aparas escorregaram pela pedra.

— Às vezes eu a odeio por exercer tanto controle sobre mim — ele explodiu. — Isso faz sentido?

Ele estava falando de Alice.

— Perfeitamente — eu disse.

Caminhamos de volta pelo campo até o carro.

— Na verdade, estou preocupada com Ianthe e Poppy. Ianthe é tão teimosa às vezes, e ela não me diz o que está acontecendo. Exceto que o médico está de olho nela.

— Tal mãe, tal filha — disse Sam.

— Quanto a Poppy... não sabemos nada de útil a respeito de Richard ou por que ela decidiu de repente se casar — falei.

Sam inclinou-se para colher uma folha de grama e sugar o talo.

— Poppy sempre acaba se dando bem. Quando ela volta?

— É exatamente isso. Não sei. — Mordi o lábio. — Gostaria de saber. Gostaria de saber como ela está.

A mão de Sam sobre meu ombro era infinitamente confortante.

Na hora que eu estava saindo, Alice chegou da conferência.

— Sinto muito não estar aqui — ela disse, e me beijou — mas vou fazer Sam convidá-la com mais freqüência.

Eu me surpreendi porque achei que ela estava sendo sincera. Sem parar, ela largou a bolsa perto da porta, levou o *laptop* para a sala de jantar e o abriu.

— Tenho certeza de que vocês dois se divertiram muito.

Ela levantou a tela.

— Desculpe, preciso fazer uma coisa. — E olhou para mim. — Já arrumou um emprego, Rose?

De volta a Londres, encontrei uma carta de Neil Skinner, que havia, como ele previra, sido transferido para o Ministério de Artes, perguntando se eu estava livre para fazer um trabalho de pesquisa de umas duas semanas para ele. O PS dizia: "O pagamento não é nenhuma maravilha, eu suspeito." Eu o procurei e ele me explicou que queria alguns fatos e números, mais uma avaliação ligeira de como a opinião pública reagiria à elevação das taxas do direito autoral, que estava atualmente sendo revisto.

Passei duas semanas exaustivas mas agradáveis pescando dados em relatórios e estatísticas e dando telefonemas para gente que estava sempre de férias. Uma delas foi para Timon. E daí?, pensei. E, diga-se a seu favor, ele atendeu.

— Ah, Rose — disse ele. — Um passarinho me contou que você está bem. Você está bem?

Informei a Timon que, considerando tudo, eu nunca estivera melhor, e resumi minhas perguntas: Ele achava que a imprensa apoiaria o caso? Ele daria espaço no jornal? Timon não hesitou.

— Eu não acho que alguém, muito menos na imprensa, daria a mínima se um autor recebesse um centavo a mais de direitos. Ou não. Eu não gastaria mais de um parágrafo nisso.

— Então quer dizer que o governo pode fazer mais ou menos o que quiser?

— Rose, você acha que a imprensa tem *qualquer* influência no que o governo pensa? — Ele riu e acrescentou: — Não é justo que não seja um assunto atraente, mas é isso aí.

— Era o que eu precisava saber. Obrigada.

— Rose, e por falar nisso, era sempre você quem decidia qual seria o título principal todas as semanas?

— Claro — respondi. — Quem mais?

— Tem acompanhado o caderno?

— Não, não tenho. Eu devia? Não está como você queria?

— Não vou responder a isso. Mas às vezes a experiência conta.

— Não me faça dizer o que não devo.

— Parece interessante. Você gostaria de vir almoçar comigo?

Fiquei surpresa.

— Na redação?

— Não seja tola. Num restaurante da sua escolha.

— Não, obrigada.

Timon deu uma risadinha.

— Vejo você no Caprice.

Neil gostou do trabalho que apresentei e me convidou para jantar na Câmara dos Comuns. Para minha surpresa, gostei de escutar as fofocas políticas. Depois ele me levou para tomar um drinque no bar antes de ir para casa.

— Tem alguém aqui que você talvez queira conhecer. Charles, posso lhe apresentar Rose Lloyd? Ela está fazendo um trabalho para mim. Rose, este é Charles Madder.

"Esta é a minha mulher, Rose", Nathan costumava dizer, mantendo a mão de leve e possessiva no meu braço. Depois que as crianças cresceram, isto é, quando ele decidiu que podia se orgulhar do meu trabalho. "Ela é editora literária."

Um homem alto e moreno estava encostado no bar.

— Oi, Neil.

Ele era magro como um caniço e seu rosto vincado e indizivelmente triste. Não era o rosto de um homem que se pudesse imaginar sustentando uma amante de gostos exóticos.

— Sinto muito o que aconteceu com sua mulher — falei.

Ele examinou o conteúdo do seu copo.

— Eu também.

— Espero que as crianças estejam... aceitando.

Ele me olhou como quem sugeria que podíamos muito bem dispensar os comentários medíocres porque só a verdade tinha algum sentido: as crianças não aceitariam durante muito tempo.

— Pensei na sua família por um motivo em particular — continuei —, porque na época eu trabalhava para o Vistemax Group. Muitos de nós sentimos certa responsabilidade.

As narinas finas se inflaram de desdém e cansaço.

— Você sabe que Flora foi procurá-los em primeiro lugar? Foi assim que eles entraram na história.

Olhei o bar em volta. Era um lugar masculino, com móveis estofados de couro, grandes cinzeiros e uma nuvem de fumaça.

— Eu não sabia.

Ele estudou o meu rosto.

— Você parece gentil demais para ter trabalhado para o Vistemax.

— Não se trata de gentileza. Tem muita gente que pensa corretamente, trabalhando para eles. Para qualquer jornal.

— É uma imprensa livre.

Estávamos tocando em várias questões, e este era um homem que tinha sido profundamente ferido na sua vida pública e privada. Eu disse com delicadeza:

— É uma imprensa que depende de histórias pessoais para animar suas páginas. Nesse aspecto, eles estão cumprindo sua tarefa.

Neil tocou-me no braço.

— Vou só dar uma palavrinha com uma pessoa ali — ele falou. — Já volto.

Eu disse a Charles Madder:

— Às vezes eu questiono se a liberdade de imprensa não resulta exatamente no oposto, porque todo mundo tem muito medo de se ver exposto para fazer ou dizer qualquer coisa com sinceridade. Nossos pensamentos honestos não suportam um exame pela imprensa ou se tornam reféns da sorte. Ou a honestidade é interpretada de uma forma tão errada que acaba virando mentira.

Charles Madder acendeu um cigarro e aspirou como se tivesse recomeçando a fumar naquele momento.

— O engraçado é que Flora levou a melhor. Você ouviu falar de policiais que atiram num suspeito armado e no final foi a vítima que montou tudo para se suicidar? Foi o que aconteceu com Flora. Ela provocou a imprensa para forçá-la a se suicidar. — Ele deu outra tragada. — Eu sei que ela fez isso. — Ele olhou a fumaça subindo até o teto. — Ela teve o que quis em quase tudo. Morreu como a esposa traída, o objeto de compaixão e piedade. — Ele deu de ombros. — Ela morreu. — Ele parou e depois continuou. — Flora foi esperta neste sentido e disfarçou o quanto ela era *louca*, e providenciou que a imprensa não deixasse ninguém saber disso.

Ele pretendia me chocar. E conseguiu. Pensei na linha estendendo-se entre a aparência e a verdade, e a facilidade com que eu havia tropeçado nela.

— Sinto muito.

— Você é casada?

— Não tenho certeza. Um meio-termo. Meu marido me abandonou por uma mulher mais jovem, mas pelo menos isso não foi alardeado em todos os jornais.

Houve uma centelha de interesse nos seus olhos escuros.

— Ah, isso explica por que Neil...

Olhei para o rosto cansado, ferido, de Charles Madder e a minha simpatia aumentou.

— Neil é um ministro casado, com ambições.

Charles Madder compreendeu perfeitamente. Ele sorriu para mim, e pude ver que ele tinha sido um homem atraente.

— Eu também fui, um dia. Eu também.

A agente de publicidade de Hal me ligou.

— Posso dar seu telefone para Hal Thorne? Ele está insistindo muito e achei melhor conferir.

Seu tom sugeria que eu seria maluca de deixar passar essa oportunidade.

— É bem típico de Hal.

O tom mudou.

— Ah, você o *conhece*.

Olhei pela janela. O verão estava chegando ao fim. As noites eram mais frias, mais escuras. O jardim tinha perdido sua inocência branca etérea, e estava agora enfeitado com os laranjas, vermelhos e azuis profundos do outono.

— Sim, pode dar o número do meu telefone para Hal — eu disse devagar.

Resolvi fazer um bolo para o Sr. Sears. Há muito tempo que assar um bolo não fazia parte da minha rotina e, enquanto lutava para forrar a fôrma com o papel-manteiga, lembrei-me por quê.

Quando fui lhe levar o resultado, ele estava escutando a transmissão do jogo de futebol. Como de costume, fui direto para a cozinha e comecei a trabalhar numa travessa grudenta de ketchup. Levei chá e bolo para o Sr. Sears.

Ele olhou o bolo de baunilha.

— Você deve estar mais animada.

Eu lhe passei uma fatia.

— Tome também um pouco de chá. Amanhã vou lhe trazer uma lasanha.

O Sr. Sears comeu esfomeado.

— Não gosto de comida estrangeira.

Eu conhecia aquele jogo.

— Se preferir, não trago nada.

— Eu não disse que não gosto da sua comida estrangeira.

— Então, tudo bem.

Bebemos o chá como bons companheiros. O Sr. Sears cortou um segundo pedaço de bolo.

— O que você vai plantar no túmulo de Parsley?

Seguiu-se uma longa discussão sobre o que seria adequado para ela. Narcisos eram muito formais, ciclamens muito humildes. Rosas não floresceriam. No final, decidimos por outro heléboro e eu voltei ao número 7 para pegar dois livros de jardinagem para mostrar as ilustrações ao Sr. Sears. Ele apontou para uma branca com marcas roxas.

— Isso é Parsley — disse.

Ele passou rapidamente um dedo com uma unha amarela por dentro da boca.

— Claro — falou —, agora que você não está mais casada vai ter muito mais tempo para vir aqui.

Quando retornei ao número 7 havia uma mensagem de Hal na secretária eletrônica.

— Sinto muito não ter encontrado você. Estou indo para os Estados Unidos numa turnê de promoção de livros. Ligo quando voltar. Rose... foi bom... não, foi ótimo ver você.

Naquela noite sonhei em cores fortes, artificiais. Eu dobrava a roupa lavada na cozinha. Pequenos pares de calças. Um vestidinho cor-de-rosa. Meias do tamanho de cogumelos. Eu estava gostando de alisá-la para voltar a forma natural e do cheiro de limpo e engomado. Mas não estava vendo nenhuma das minhas próprias roupas. A pilha estava ficando mais alta do que eu, e eu tinha uma dificuldade enorme para levantar a cesta. Senti que ela escorregava das minhas mãos.

Quando acordei, tive certeza de que estava sentindo o corpinho macio e quente de um gato dormindo ao meu lado.

Mais para o final do mês, Vee mandou dois livros para resenha, que, diante das minhas finanças, foram muito bem-vindos.

Um era a autobiografia de um ator que recebia instruções de Deus antes de subir ao palco. ("Que sorte", disse Vee. "Pelo menos ele sabe o que é o quê.") O segundo era um manual para o divórcio "amigável". "Data da matéria, 31 de setembro", ela tinha escrito. "Nem um minuto a mais." Eu estava dando os últimos retoques em ambos quando ouvi a porta da frente se escancarar e o barulho de uma mala caindo no chão.

— Mãe? — Poppy correu escada acima até o patamar. — Mãe, cheguei.

Levantei-me tão depressa que derrubei a cadeira. Com um misto de amor, medo e irritação sem palavras, abracei-a. Ossinhos de passarinho, pele macia, cabelos cheirando a especiarias e Oriente... essa era a minha filha. Abracei-a o mais forte que pude.

— Obrigada por me avisar.

Poppy achou graça.

— Aqui estou eu, uma mulher casada, de aliança e tudo.

Ela esticou o dedo relevante e não tinha aliança nenhuma, só uma tatuagem.

— Divertido e dura mais do que metal, o que eu acho que é importante, você não concorda?

A tatuagem era uma linha finíssima, quase invisível, envolvendo seu dedo. Acariciei seus cabelos.

— O noivo, onde está?

— Foi para o norte, visitar a família. Gostamos de fazer as coisas separadamente.

Depois de uma pausa, eu disse:

— É mesmo? Muito sensato.

— Sim, bem... — Poppy olhou para o tapete, e depois para a janela. — Eu queria ter você só para mim, não queria dividi-la com ninguém. Você compreende, não é?

— Claro.

Ela se animou e deu um giro que fez a saia de musselina flutuar num *frufru* colorido.

— Estou tão excitada. Acha que podemos dar uma festa para contar para todo mundo.

Algo na maneira como Poppy falou aquilo me disse que ela não estava tão excitada quanto queria parecer.

— Claro. Vamos abrir uma garrafa de vinho. Quero saber de tudo.

Mas Poppy insistiu em que eu lhe desse primeiro todas as notícias de casa. Obediente, contei-lhe as últimas de Sam e Alice, de Ianthe e do Sr. Sears. Sobre Nathan eu não disse nada e terminei com:

— Jilly ligou duas vezes. Ela chegou da Nova Zelândia e está procurando emprego. Divertiu-se à beça e quer vê-la assim que voltar. Ela não sabia da sua novidade, por isso eu não falei nada.

No passado, Jilly era sempre a primeira a saber de tudo a respeito de Poppy, e normalmente muito antes de Nathan e de mim.

— Certo. Talvez eu ligue. Quem sabe amanhã?

Ela tirou os óculos e limpou as lentes.

— E você, mamãe?

— Ótima.

— Ah, sim. Meu pai deixa a minha mãe depois de 25 anos e você diz que está ótima.

— Mas estou. Não ótima-ótima, mas ótima.

— Ah.

Poppy parecia preocupada por eu estar tão calma. Talvez eu devesse ter estremecido e chorado para deixar tranqüila a nova esposa; mas eu já tinha feito tudo isso.

— Querida, estou juntando os cacos. Agora, por favor, conte-me sobre você e Richard, o casamento...

Poppy disparou a contar sobre as viagens, que culminaram na história de uma cerimônia tropical com a comida servida em folhas de bananeira, os convidados dançando na areia e mergulhando, nus, no mar. Não falou, entretanto, muita coisa sobre Richard.

— Papai não teria financiado convidados nus — eu disse, pensando nos planos de Nathan. A boca vermelha de Poppy cerrou-se, um sinal de alerta, e eu mudei de assunto.

— Você sempre disse que não queria ficar "amarrada e desesperada". Como eu. Querida, você tem certeza, mesmo, de que Richard é o homem com quem você quer dividir o resto da sua vida?

— Dada a situação, o "resto da sua vida" não é um pouco ambicioso demais? Depois... depois de você e papai, eu não quero pensar *nesses* termos.

Eu me senti corar.

— Nós quase conseguimos. — Agarrei uma das suas mãos. — Quase.

Poppy soltou-se.

— Você está zangada comigo. Richard disse que ia haver discussão.

Desconfiei que Richard não tinha dito nada disso. Era Poppy que queria a briga.

— Eu não me importo como você se casou — menti com perícia —, desde que esteja feliz. Posso usar o chapéu no casamento de outra pessoa.

Ela não estava certa se eu estava implicando, ou amarga, rindo ou chorando; eu mesma não sabia.

Poppy estava atrás de mim e me abraçou.

— Foi tão fácil, mãe. A Tailândia é magia e luar. Parecia certo seguir os próprios sentimentos. — Ela se calou. — Eu fui conquistada.

— Desde que vocês dois estejam felizes.

Os braços de Poppy se apertaram à minha volta.

— Onde está Parsley?

Eu lhe contei e ela explodiu em soluços convulsivos, que eu desconfiei que fossem apenas em parte por causa de Parsley. Finalmente ela se acalmou e se sentou no sofá, o rosto doce e jovem livre das suas defesas.

— Você vai gostar de Richard, vai mesmo — disse ela. — Você ainda não o conhece.

Isso era verdade.

— Ele é *cheio* de surpresas, e papai começou mal fazendo todas aquelas perguntas sobre emprego. Despertou o pior nele.

— Entendo. A culpa é nossa então?

— Em cheio.

Poppy sorriu, e eu me senti melhor.

Capítulo 21

ASSIM QUE SOUBE, Nathan pegou o carro e seguiu para Lakey Street. Abri a porta e quase não reconheci a figura de camiseta e shorts amarrotados. Na Grécia ele tinha obviamente se queimado muito e a pele no rosto e nos braços ainda estava descascando.

Ele invadiu o vestíbulo e Poppy desceu feito uma doida as escadas e se jogou nos braços do pai. Nathan a abraçou emocionado.

— O que você fez, minha garota?

Ela bateu no peito dele com o punho.

— O que *você* fez?

Aquela era uma conversa particular, portanto eu os deixei e fui para a janela.

A fonte espirrava água em fortes jatos. Os delfínios tinham despontado um último e derradeiro espetáculo de sombrinhas azuis e brancas e a ligulária tinha desabrochado flores cor de laranja berrante.

— Rose?

Nathan apareceu no pátio. Havia lágrimas em seu rosto e ele as secava com as costas da mão, depois passou os dedos pelos cabelos.

— Não posso acreditar que ela se casou com aquele homem. Ele falou com você? Ele não me procurou. — Sua expressão era triste como nunca eu tinha visto antes. — Fizemos alguma coisa errada? Ou é a Poppy?

Eu queria puxá-lo para mim e lhe dizer que, sim, ele tinha sido um bom pai, o melhor, que era o que ele estava querendo saber. A sua culpa na situação.

— Não se trata de onde foi que nós erramos. Casar-se longe de nós não faz de Poppy uma menina má. Ou de nós, maus pais. Nós nos acostumamos a pensar em nossos filhos como crianças, não como pessoas distintas. Poppy nos lembrou disso, nada mais.

Nathan engoliu em seco.

— Ela tem vivido de quê, todos esses meses enquanto esteve vagando pelo mundo? Nós não lhe demos muita coisa.

A pergunta tinha passado pela minha cabeça.

— Parece que ela e Richard juntaram os seus recursos.

— Os recursos de Richard! Ele não reconheceria um recurso se ele lhe caísse no colo. Esse homem tem escrito pelo corpo todo a dependência de benefícios sociais.

Nathan só tinha estado com Richard três vezes, mas se orgulhava da sua avaliação instantânea do caráter das pessoas. (Para ser justa, ele quase sempre acertava.)

Eu fiquei olhando para esta grosseira reencarnação do pai vitoriano.

— Você não está falando a sério.

— Acho que não.

Um maço de canas de bambu estava no meio do caminho. Nathan pegou o mais próximo e o jogou selvagemente em direção ao canteiro de flores.

— Que se danem! Não vou lhe dar nenhuma festa. Ela que vá a um *pub*.

Com tato, esperei até Nathan tirar o lenço e secar o rosto e as mãos antes de dizer:

— Temos de aceitar este casamento, Nathan.

Ele pareceu ainda mais triste enquanto revia mentalmente as opções.

— *Você* está bem?

— Ótima.

Ele deu um chute no caniço ainda estremecendo.

— Aproveitando que estou aqui, Rosie, tenho de falar com você sobre a casa.

Eu me enrijeci e, porque estava assustada com o que viria em seguida, minha voz soou mais firme do que eu pretendia.

— Não me chame de Rosie.

— Mas... — ele deu de ombros, ofendido —, se você prefere assim...

Era ridículo estarmos brigando por causa de um apelido, mas eu perguntei, com toda a calma possível:

— Sobre o que você queria falar comigo?

Nathan endireitou as costas e assumiu a voz de redação; sempre um mau sinal.

— Por favor, pense no que vou lhe dizer. E se eu comprasse sua metade da casa? — Em seguida ele acrescentou, no mesmo tom macio: — Depois de ter sido avaliada por um profissional.

— *O quê?*

Nathan recuou para o banco do jardim, sentou-se e deu uma pancadinha no espaço ao seu lado. Eu ignorei o convite, o que significou que ele precisava erguer os olhos enquanto expunha o seu caso.

— Vai economizar dinheiro, que é o que você precisa. Podíamos fazer isso rapidamente e sem muitos intermediários. — Ele vacilou diante da minha expressão. — Temos de ser práticos.

Eu disse infantilmente:

— Eu não preciso ser. Agora não preciso mais.

— Sim, você precisa, Rosie... Rose. Por favor não deixe a raiva atrapalhar o que é lógico.

— Não vou deixar Minty colocar os pés na minha casa.

— *Minha* casa também.

— Mas você foi embora — disparei contra ele.

Fez-se um silêncio difícil, perigoso. Era como ser rejeitada de novo, mas pior: me fez sentir que Nathan tinha encolhido, e que o seu grande gesto de partir para a liberdade não era nada disso afinal de contas. Eu era capaz de compreender sua decisão impetuosa, radical, sua imprevisibilidade pouco característica, que pelo menos tinha sido ousada e corajosa, mas não esta tacada pusilânime, destinada a restaurar o *status quo*, com a exceção de ser com uma mulher diferente.

Dei-lhe as costas e entrei em casa.

— Quer me escutar? — Nathan correu atrás de mim até a sala de estar, onde caí sentada na poltrona azul.

Balancei a cabeça.

— Não precisa. Já entendi. Eu concordo em ceder nossa casa para você e Minty. É bastante simples, extremamente simples para você e para sua... Ora, não sei que termo usar para Minty. São tantos.

— A minha intenção é boa.

Pensei nisso e decidi lhe dar o benefício da dúvida, mas estava intrigada.

— Pensei que você queria romper.

Sensatamente, Nathan ignorou o comentário.

— Você vai ficar melhor longe daqui.

Ele inspecionou as janelas francesas.

— Isto está parecendo perigoso. É melhor eu chamar o Charles para vir consertar.

— Se quiser.

— Como não estou aqui para cuidar das coisas, seria o melhor. — Ele deu a última chacoalhada. — Estou contente por você entender meu ponto de vista.

— Eu não entendo. Não, isso não está correto. Eu posso ver muito bem que é conveniente para você, mas o que eu não consegui compreender é como você pode sugerir um acordo tão doloroso. Você sabe o que a casa significa... a *nossa* casa, Nathan. Pelo menos Henrique VIII decapitava suas mulheres.

— Que coisa ridícula você está dizendo.

Agora Nathan me olhava como se eu fosse alguém no trabalho que precisava ser tratado com rispidez.

— Sei que parece terrível, mas se você se der um tempo para pensar. — Ele espalmou as mãos no gesto prudente, negociador, que tinha decorado.

— Você sabe tão bem quanto eu que uma coisa muitas vezes é diferente do que parece quando se faz uma avaliação.

Certamente isso tinha sido verdade no caso de Flora Madder.

— Não está vendo? Eu não quero desistir da casa, embora saiba que vou ser obrigada... Com certeza não quero entregá-la a Minty.

Houve um grito sufocado audível. Ambos demos meia-volta. Poppy estava no vão da porta, a boca cerrada e pálida.

— Fiquei maluca ou você está sugerindo o que estou pensando, papai?

Nathan parecia ter sido atingido por um raio, e se esforçava:

— É entre mim e sua mãe.

— Não, não é. — Poppy avançou para dentro da sala. — Sam e eu temos que agüentar o que você fez também. Já é bastante ruim você ter ido embora, sem precisar transformar mamãe numa mendiga. Acho que tenho o direito de dar minha opinião.

Eu quase sorri; eu quase chorei.

— Poppy querida, seu pai e eu vamos resolver isso.

— Bem, fale o que você pensa, mãe. Não deixe que ele pise em você.

— Ele não está pisando, Poppy.

— Você podia ter me enganado. Fato: papai se manda com outra mulher e, não contente em fazer papel de bobo — embora, eu concordo, existam muitos outros homens fazendo a mesma coisa —, ele quer expulsar você da nossa casa para instalar sua mulher troféu aqui sem nenhum problema para ele. Ele não vai precisar nem fazer as malas. — Ela se virou para Nathan. — Nota dez para economia de esforço, pai.

Sob esse ataque furioso da filha, Nathan ficou branco.

— É verdade, não é, pai?*Não é*?

Agora Nathan estava cinza. Quando ele tomou Minty pela primeira vez em seus braços e se serviu daquele corpo sedoso, não poderia ter imaginado nem por um minuto que teria de enfrentar o açoite do julgamento da filha.

— Desculpe — disse ele, entre os dentes cerrados.

— Não, não desculpo. Eu estou fora da rede. Sou uma mulher independente.

— Bem, isso é bom. — Nathan perdeu a batalha com o seu humor. — Vou suspender a mesada. E se acha que vai ter uma festa porque quer comemorar ter se casado com aquele idiota, pode mudar de idéia.

Eu dei um passo à frente e coloquei a mão no seu braço.

— Nathan, *chega*.

Poppy arrancou os óculos e os jogou sobre a mesa.

— É bem típico de você — ela cuspiu de volta, os olhos arregalados de fúria —, "se não fizer o que eu quero...", pensei que você fosse meu pai que me apóia. Eu sabia. Eu *sabia*. Basta eu fazer alguma coisa do meu jeito... Richard me avisou.

— E o que Richard disse a respeito da nossa família, sobre a qual ele sabe *exatamente* nada?

— Talvez porque você nunca disse nem bom dia para ele sem deixar perfeitamente claro o que sentia. — Meio cega sem os óculos, ela avançou o rosto para Nathan. — Você abandonou mamãe de uma forma muito conveniente, e agora quer me abandonar, e não consegue ser gentil com meu marido. Bem, *ótimo*. — Ela tateou a mesa à procura dos óculos e os tirou dali. — É melhor eu avisar a Sam que ele é o próximo.

Ela saiu correndo da sala e subiu as escadas.

Nathan sentou-se abruptamente. Ele parecia muito mais velho, e cansado.

— Ela está certa — eu disse sem rodeios. — Você devia apoiá-la.

Nathan ficou olhando a fonte.

— Eu detesto esse negócio — disse ele. — Sempre detestei.

— Vou desligar.

Nathan não conseguia dominar os sentimentos, e eles transbordaram.

— Se me dissessem um ano atrás que eu me veria nessa situação, Rose, eu teria morrido de rir. Provavelmente nem teria escutado. Agora, eu me odeio. Por quê? Pensei que tinha tudo claro na minha cabeça. Minty veio do nada, e eu pensei que sabia por quê, mas não acho que soubesse. Ou sei. E não tenho tempo para ficar sentado resolvendo isso.

— É tarde demais para explicações. — Mordi o lábio. — Mas não entendo por que você deixou as coisas chegarem tão longe.

— Ela me enfeitiçou. Eu estava numa idade em que queria ser enfeitiçado. Um homem de meia-idade. É disso que se fazem as comédias. Muito simples, realmente.

Respirei fundo. *Ela ainda o fascina? Eu queria lhe perguntar.*

— Não é curioso, Nathan, como as crianças são mais disciplinadas e leais? Comportam-se muito melhor do que os adultos, com seus romances, divórcios e ações violentas.

Os lábios de Nathan se contorceram.

— Sobre a casa, Rose. Eu juro que estava pensando em você e em mim também. Poder lhe dar mais dinheiro.

Lá em cima, Poppy ia de um lado para o outro, abrindo e fechando gavetas. Ouviu-se uma explosão de música pop. Os sons eram incômodos e dissonantes. Em seguida ela desceu correndo para o vestíbulo, falando no celular.

— Você tinha razão... Ele é irracional... Eu o odeio. Meu pai...

Nathan estremeceu e seu rosto fez uma careta.

Um dia pensei que morreria quando deixei Hal, mas não morri. Pelo contrário, amadureci e, como a árvore verde da história, dei frutos e prosperei. Dependendo do ponto de vista, foi um final feliz. Mas eu tinha aprendido que não era o tipo de mulher em torno da qual a Fada Madrinha gravitava automaticamente: eu tinha de produzir meus próprios finais felizes. O que me levou de volta à questão da vontade.

Eu me plantei diante dele.

— Nathan, espero que Minty e o seu fascínio valham a pena. Você deve *fazer* com que eles valham. Não podemos passar por tudo isso só para você dizer que não sabe por que fez. Você não pode ser vago e indeciso enquanto tudo está sendo destruído.

Em resposta, ele deixou cair a cabeça nas mãos. Eu estava angustiada com aquela conversa, angustiada por causa de Poppy. Igualmente, eu sabia que não ia morrer de amor, abandono, ou por perder a minha casa. Não adiantava *pensar* na mãe pelicano arrancando as penas do peito ensangüentado para ajudar os filhotes. A minha fofa e preciosa filha precisava de ajuda, e alguma ordem precisava ser extraída do caos daquela família.

Fechei a porta da sala de estar.

— Agora me escute. Este é o acordo. Se você concordar em apoiar Poppy e lhe dar uma festa para mostrar ao mundo que estamos felizes e aprovamos, eu lhe venderei minha metade da casa. — Recostei-me na porta. — Mas insisto no preço total. Como você disse, preciso ser prática. Também insisto em ficar aqui até a primavera pelo menos. Você me deve isso.

A maçaneta da porta era lisa e fria sob os meus dedos. Fechei os olhos. Ela tinha vencido. A fria, a ladra Minty caminharia pela casa batendo os saltinhos. Invasora e saqueadora, suas mãos tocariam minhas coisas, meu abrigo, meus espaços.

Eu a compreendia melhor agora, muito melhor do que quando trabalhava para mim. As respostas tinham me chegado durante as noites, as noites de vigília, aquelas sem sonhos. Minty tinha ficado com medo da vida passando. Ela se preocupava por ter estado muito tempo ao sol e correndo o risco de secar.

— Nathan, Minty sabe deste plano generoso?

Ele teve a graça de parecer constrangido.

— Achei melhor acertar com você antes.

O que Minty diria? Seria tão fácil de compreender como Nathan tinha calculado? Provavelmente não, mas isso era problema dele. Eu disse rapidamente:

— Se você se comportar na festa, eu me encarrego dos outros detalhes o mais rápido possível.

Nathan se levantou e descansou as mãos na prateleira da lareira, matutando sobre os prós e os contras. O dinheiro. Ele poderia perdoar Poppy? Quanto tempo mais ele suportaria viver no apartamento apertado de Minty?

— Está falando sério?

— Sim, estou.

Senti um repentino alívio. Uma pústula lancetada. Eu estava livre.

Nathan mexeu em um pires de porcelana e em um bibelô, que era tudo que tinha sobrado na prateleira desde a retirada do vaso da mãe dele, e tirou do lugar a minha aliança, ali desde que eu a tirara fazia tantos meses. Ele a pegou, franziu a cara, e a rolou entre os dedos.

— Você vai substituir Parsley? Quero dizer, claro que você não pode *substituí-la*... mas vai arrumar outro gato um dia?

— Prefiro substituir um gato a uma aliança de casamento.

Nathan estremeceu.

— Entendo. OK. — Ele colocou o anel no lugar e pegou as chaves do carro. — Está combinado, então.

Ainda encostada na porta, explorei as curvas mais finas da minha cintura e das costas, que pareciam agradáveis.

— Por acaso, esta casa não vai ser grande demais para vocês?

Nathan brincou com as chaves, constrangido, e eu percebi a iminência de algo que tinha relação com a nossa conversa e que deveria ter sido mencionado antes.

— Na verdade, Rose, Minty quer começar uma família. — Nathan franziu a cara. — Ela é incisiva. *Muito* incisiva. E seria lógico ficarmos aqui.

— Acho que você ficou maluca.

Vee batia de leve, irritada, os saquinhos de chá de hortelã nas canecas.

Estávamos na sua cozinha rústica (isto é, rústica para a cidade), para onde eu tinha escapado. Uma coleção de ervas e panelas pendia de uma grade de aço inoxidável no teto, e havia um jarro em forma de ânfora com tomates secos ao sol no azeite, perto do fogão. Vee estivera lavando algumas roupas para se preparar para o outono. O lugar todo cheirava a *pashminas* úmidas ("caras demais para mandar lavar a seco"), que estavam dobradas sobre secadores de roupa. A nossa conversa era pontuada pelos gritos estridentes das crianças, assistindo à televisão numa das extremidades da cozinha.

— O que eles estão vendo? — perguntei.

Vee olhou na direção da televisão.

— É um vídeo de segurança. Ensina-os a não falar com estranhos, jamais aceitar doces, esse tipo de coisa, e informar um adulto se virem alguém parado em algum lugar.

Com o canto do olho, captei o quadro de um homem de capa de chuva bege sentado num banco de jardim e duas crianças fugindo dele.

Annabel estava deitada de bruços e tinha enterrado o rosto no chão. Mark estava brincando com um trem colorido, mas, de vez em quando, ele olhava para a televisão com o fascínio de um coelho apanhado pelos faróis dianteiros.

— Eles não se assustam, Vee, vendo esse negócio? Sem necessidade?

— Mas eles precisam se assustar, Rose. A vida é assustadora e perigosa. Eu não estaria cumprindo a minha tarefa se não os alertasse.

— Nesse ritmo eles não vão confiar em ninguém.

Vee sentou-se.

— Mas eles não devem. Você não acha? Eles *não devem* jamais confiar em ninguém. — Ela empurrou uma caneca para mim. — Você não acha que deixou aquela criatura passar por cima de você?

— Fiz isso por Poppy. Eu queria. Estou totalmente tranqüila a respeito disso. Não, não é bem verdade. Não posso acreditar... não posso aceitar Nathan e *ela* tentando formar uma família.

Vee olhou como se eu tivesse perdido o juízo.

— Queridinha, você precisa passar por isso e sair intacta. Aprenda com quem sabe. — Sua expressão ficou mais aguçada. — Eu era boazinha demais. Esse foi o meu vício. É o seu também.

No seu divórcio complicado, Vee tinha ganho a causa contra o réu Robert, o que significava que ele lhe entregava uma boa parte da sua renda não-tão-abundante, mais a casa. Eu sabia muito bem que, por trás da aparência de animalzinho assustado, ocultava-se uma considerável capacidade estratégica.

— Você não foi muito boa com Robert.

Vee arregalou ainda mais os olhos de corça.

— Ah, aquilo não fui *eu*. Foram os advogados. — Ela pegou sua caneca. — Ela está na sua casa — ela sibilou —, mexendo nas suas coisas. Dormindo na sua cama. Pendurando as roupas dela no seu armário...

Tomei um gole do chá de hortelã. Era doce e digestivo, quente e saudável.

— Eu pensei nisso — falei, e sorri.

Eu estava preparando um lanche para Poppy quando Kim Boyle ligou. Sentei em cima da mesa, coloquei os pés numa cadeira e me preparei para fofocar. Kim era um antigo colega que tinha saído para trabalhar com o rival *Daily Dispatch*.

— Estou indo para os Estados Unidos amanhã — disse ele —, mas quero ver você.

— Muito gentil.

— Pelo seu conhecimento de assuntos internos, é claro.

— Claro.

— E um possível trabalhinho ligado a isso.

Senti uma coceira familiar nos meus polegares.

— Você quer me pagar para divulgar os meus segredos sobre o Vistemax.

Gostei da idéia de ser uma mulher com segredos desejáveis.

— Queremos saber o que está acontecendo e aproveitar sua experiência.

Lembrei a Kim que eu estava sete meses defasada, mas sabia como eles pensavam. Kim disse que era isso exatamente o que *ele* tinha pensado e, se houvesse um serviço à vista e ele pudesse acertar as coisas nos próximos meses, quando eu poderia começar?

Concordamos que janeiro seria uma boa hora.

— Por falar nisso — ele acrescentou —, sinto muito a respeito de você e Nathan.

— Nathan decidiu-se por uma nova vida.

Kim estalou a língua:

— Papagaio velho não aprende a falar. Não consigo me decidir se é cômico ou trágico. Fé em Deus e pé na tábua.

Capítulo 22

APESAR DO TALENTO DE Nathan para pedir favores, foi difícil organizar uma festa para Poppy e Richard tão em cima da hora. No final, Simon Proffitt nos ofereceu sua galeria de arte em Kensington, que tinha uma grande estufa anexa. Era um lugar bonito, e de noite cintilava com a luz das velas e lampadazinhas brancas. Simon tinha uma teoria de que as pessoas sempre comprarão se os seus sentidos forem seduzidos. Eu entendi o que ele queria dizer.

Os convites foram despachados para a primeira semana de dezembro.

— Suponho que Poppy estará de branco. — Ianthe atacava o que era, para ela, a importante questão da cor.

— Um pouco tarde para isso, mãe.

— Você usou branco — ela observou.

A festa não seria sofisticada, mas nós serviríamos o melhor vinho que estivesse dentro do nosso orçamento. ofereceríamos bons quitutes e um bolo de noiva decente. Eu tive várias conversas perfeitamente polidas pelo telefone com Nathan sobre os detalhes, mas ele parecia cansado e tenso.

Poppy permaneceu em Lakey Street e Richard ia e vinha, o que não me deu qualquer chance de conhecê-lo. Ele detestava compromissos, Poppy explicou. Quando ele passava a noite lá, eu muitas vezes os escutava conversar até tarde. Certa vez, acordei levando um susto enorme, pois tinha certeza de ter escutado Poppy gritar.

Aos poucos, o quarto de hóspedes ficou cheio de roupas e presentes, e o quadro das rosas ficou escondido por eles. Mas eu estava feliz em organizar a festa e, o melhor de tudo, Poppy comportava-se como uma noiva convencional. Excitada e aterrorizada, ela emagrecia, gemia debruçada sobre cartas de agradecimento, experimentava diversos tipos de penteados, marcou consulta para lentes de contato e comprou um vestido extravagantemente elegante.

Na noite antes da festa, Sam chegou de Bath. Beijou Poppy e lhe deu os parabéns. Ela o beijou de volta.

— Com está Alice?

Sam ficou tenso.

— Ela chega amanhã. — Ele tirou o casaco e o dobrou sobre a cadeira da cozinha. — Está pensando em ir para os Estados Unidos por um ou dois anos. Provavelmente uma coisa boa.

— Sim — disse Poppy. — Que idéia boa.

Sam olhou desconfiado, mas deixou passar.

— Alice acha que este país está morrendo e não sabe. Ela acha que somos uma sociedade do não-pode, e não do pode, e é melhor cair fora.

— Ela pode votar — eu disse, seca.

Sam deu de ombros.

— Políticos. O que eles podem realizar? A única oposição efetiva é a imprensa, e que Deus nos ajude.

Eu me sentei e aninhei o rosto na mão.

— Você... você vai com ela?

Mas Sam desembestou a falar.

— Regras e normas são malucas, o transporte público caótico, as estradas impossíveis. Os políticos mentem. Veja a França, a Suíça. Eles conseguem se governar. Se eu entregasse ao meu patrão o tipo de serviço que o governo me presta em troca dos impostos que pago, já teria sido despedido há muito tempo. — Em seguida ele se redimiu sorrindo. — Portanto, é um risada no escuro.

A visão de mundo de Sam era decididamente ácida. Devia ser um reflexo preciso da situação dele e de Alice.

Pouco depois, Richard chegou. Tinha ido acompanhar os pais até Londres e acomodá-los num hotel. Poppy o fez entrar e o trouxe para a cozinha.

— Alô, sogra — Richard deu-me um beijo no rosto. — Desculpe o atraso.

Fiquei com vergonha dos meus olhos arregalados. Os cachinhos soltos de Richard tinham desaparecido, substituídos por um corte de cabelo que parecia, francamente, ter custado caro. Sumidas também estavam as roupas indianas, usurpadas por um terno de linho que parecia de estilista. O vendedor ambulante de quinquilharias parecia educado, bem vestido e penteado, quase perigoso.

Seu sorriso tinha um toque de gozação.

— Meu presente de casamento para a minha noiva. Como Sansão, sacrifiquei meus cabelos por uma mulher.

— Não... — recuperei a presença de espírito — ...que você vá ficar fraco.

— Não, mas talvez eu derrube a casa.

— Espero que poupe Lakey Street — eu disse rápido, servindo-lhe uma taça de vinho e anunciando que o jantar estava pronto.

— Não para mim — Richard aceitou o vinho. — Já jantei.

— Nem eu — gritou Poppy. — Eu não consigo comer nada.

— Sam?

Ele sacudiu a cabeça:

— Lanchei muito.

Examinei a galinha *chasseur* e a *mousse à l'abricot*.

— Mãezinha — gritou Poppy, agarrando minhas mãos e olhando fundo nos meus olhos —, não precisava ter se incomodado.

Os três passaram para a sala de estar e eu os escutava conversando. Na cozinha, desfiz os lugares arrumados na mesa de carvalho e coloquei a comida na geladeira. Guardei os jogos americanos e os guardanapos de linho creme e a sopeira de louça branca voltou para o armário.

Quelle gangorra, como diria Mazarine. Num minuto os filhos precisam de você a cada segundo, no outro, não precisam mais.

Passei a mão pela mesa. Sob os meus dedos, ela parecia cetim. Abri a despensa e senti o perfume de canela e baunilha. Nathan e eu deveríamos estar passando estes últimos momentos antes da partida de Poppy falando sobre os preparativos, cuidando dos convidados, repassando o discurso, dizendo um ao outro que nos sairíamos bem. Mas não estávamos.

Antes de chegarem os convidados, a família se reuniu na galeria. Ianthe escolhera um vestido verde-pistache, o que foi um pouco surpreendente, mas Poppy, os olhos arregalados com as novas lentes de contato, parecia muito diferente e deslumbrante no seu vestido Vivienne Westwood, com rosas creme nos cabelos.

Eu estava usando minha roupa íntima francesa, é claro, uma saia e um casaco com um decote profundo e cintura marcada que Madame Zou Zou tinha acertado com tanto cuidado em mim. Tenho de confessar que estava sentindo um prazer enorme com aquela obra de arte brilhante e felina. Nathan estava com seu melhor terno escuro e gravata. Ele beijou todo mundo e disse a Poppy que ela estava magnífica. Ela o abraçou com a antiga ternura e orgulho.

— Meu Deus — disse Ianthe, que, eu percebi, não tinha retribuído o beijo de Nathan —, você parece cansado, Nathan.

Nathan franziu a cara.

— Trabalho, como sempre — disse ele, e se virou para Richard. — Já tem alguma idéia de onde vocês dois vão morar?

— Estou tratando disso — falou o noivo. — Devo fechar negócio no começo do ano.

— O quê?

— O apartamento em Kensington.

Richard estava calmo.

O evidente espanto de Nathan não era lisonjeiro.

— Comprado? Como?

— Da forma usual. — Havia apenas uma leve ameaça na atitude de Richard. — Dois quartos. Vai servir para nós por enquanto. Liguei para meu pai quando estávamos na Tailândia e lhe passei as instruções.

— Ah, bom. Estava pensando se não deveria oferecer alguma ajuda... mas acho que não precisa.

— Não — concordou Richard.

Aquele não era o homem santo, imbuído do espírito da terra, que abraça árvores, que Nathan e eu pensávamos que fosse.

Richard acrescentou:

— Começo a trabalhar daqui a duas semanas.

Em geral tão controlado, Nathan só conseguiu dizer:

— Onde?

— Arthur Andersen. Já ouviu falar?

— Por que não me avisou? — Nathan sibilou para mim assim que pudemos trocar uma palavra em particular. — Ele já está com tudo acertado, e não tinha necessidade da cena do pai forte.

— Calma — toquei no seu braço. — Os convidados estão chegando.

As garçonetes colocaram-se a postos e serviram o champanhe com um delicado murmúrio. As velas concentradas brilhavam. No meio da sala, Poppy rodopiava, agarrando o braço de Richard, e eu tomava fôlego diante da beleza e do colorido.

Nathan foi detido por Clive Berry, um dos primos que morava em Lincolnshire. Os dois entabularam uma conversa sobre estradas.

— Você veio pela A12? — Nathan estava surpreso. — Não foi difícil passar por Boston e Eye?

— Oi, Clive. — Nós nos conhecemos há muito tempo, e eu lhe dei um beijo. Totalmente à vontade no início, Clive ficou tenso, pois não tinha certeza de como lidar com a situação. Com pena, tentei torná-la menos constrangedora. — Viu a noiva?

Naquele momento, Poppy apossou-se de mim.

— Oi, Clive. Que bom ver você. A gente se fala depois, preciso dar uma palavrinha com mamãe — e me arrastou para a relativa privacidade da área do bufê.

— Mãe — ela estava furiosa —, quem disse que aquela mulher podia vir?

— Que mulher?

— A mulher do papai. Ela está aqui. Como ela *pôde*? — A boca de Poppy estava pálida e cerrada. — Eu queria tanto que fôssemos só nós. Eu não quero gente notando e falando.

— Minty? Tem certeza? — Acariciei o rosto de Poppy para acalmá-la. — Claro que ela não foi convidada. Se está aqui, eu vou me livrar dela.

Esfregar a tatuagem no dedo tinha se tornado um hábito de Poppy e eu coloquei minha mão sobre a dela.

— Eu queria que fosse como se você e papai não tivessem se separado e pudéssemos fingir que somos uma família. Não quero todo mundo vendo que ele é um bode velho.

— Rose... e a encantadora noiva.

Sally Curry surgiu, arrastando atrás dela o marido que trabalhava com Nathan no jornal.

— Seu vestido é maravilhoso, Poppy, e o ambiente é tão elegante. Como fez isso?

— É mais fácil do que organizar um casamento tradicional.

A minha desleal filha soltou a mão da minha e desapareceu habilmente deixando Sally, que retinia com jóias de ouro, concentrar-se em mim.

— Mas apesar de tudo... — disse ela, solidária.

O marido de Sally cutucou a mulher, mas ela continuou:

— Miles e eu sentimos muito não termos procurado você, mas Miles diz — ela olhou para o estarrecido Miles —, Miles diz que, nestes casos, a gente tem de escolher. Não se pode ser amigo dos dois, e como Miles...

Eu não culpei Sally Curry. Ser fiel à parte de onde vem o feijão com o arroz talvez não seja o melhor tipo de fidelidade, mas é sensato. Mesmo assim, aproveitei para me vingar um pouco.

— Como não éramos realmente amigas, Sally, está tudo bem. É bom saber onde a gente pisa...

Eles se afastaram, deixando-me para refletir sobre o terreno pantanoso que a minha vida social tinha se tornado. Sam olhou por cima do grupo concentrado ao redor de Alice, soberba de vermelho-vivo, e se aproximou. Eu o puxei de lado.

— Sam, Poppy acha que Minty está aqui. Você a viu?

Sam colocou uma mão solidária sob meu cotovelo.

— Poppy deve estar imaginando coisas. Ela quer ainda mais espetáculo do que já está tendo. Não se preocupe, papai não faria isso.

— Acabei de ser grosseira com Sally Curry porque ela me disse que papai lhe é mais útil como amigo do que eu. Ela está certa.

— Então, ótimo.

Seu olhar se demorava em Alice, que estava agora flertando com o assistente de Nathan, um tipo simpático de agente de publicidade especializado em distorcer os fatos. Ele se aproximou e tocou-a no ombro. Sam encolheu-se e eu entrei em ação.

— Você não vê Jilly faz um bocado de tempo, não é? Desde que ela voltou da Nova Zelândia, pelo menos. Eu lhe digo, o patinho feio hoje é um cisne.

Arrastei Sam dali e fomos falar com Jilly, que olhou para Sam com uma expressão tão radiante de prazer e admiração que eu pisquei os olhos.

— Sam — disse ela, na sua voz leve e rápida —, eu queria *tanto* ver você.

Havia em Jilly uma característica terna, indagadora, que era difícil de descrever, mas muito específica no seu efeito. Os cabelos louros tocavam os ombros castanhos nus, e ela parecia jovem, fresca e ávida para ver o que ia acontecer em seguida.

O rosto de Sam se iluminou. Eu os deixei à vontade e fui em busca de Minty. Do meu ponto de vista, eu tinha duas opções: uma era me suicidar; a outra era imaginar de imediato uma regra de etiqueta para lidar com uma arrombadora de portas ladra de maridos.

Não precisei procurar muito.

No outro extremo da estufa, emoldurada por um dos arcos iluminados, Minty conversava com Clive. Ela estava usando saltos altíssimos, o que a empurrava para a frente, e um vestido preto sem mangas. Era a roupa da Boa Esposa — mas ela havia entendido tudo errado: era curta demais, justa demais e decotada demais. Ela parecia ao mesmo tempo terrível e maravilhosa, e Clive estava pendurado em cada palavra sua.

Ao vê-la, minha raiva, contra a qual eu tinha lutado, veio à tona. Ela fora longe demais, tomara uma liberdade excessiva. Enquanto eu abria caminho para chegar até ela, Minty virou a cabeça e me viu. Os olhos escuros, amendoados, se arregalaram com... o quê?

Eu ia descobrir.

Clive havia desandado a falar da ciência da turbina a ar, sua especialidade.

— Desculpe interromper — eu me plantei na frente deles. — Minty, posso falar com você?

Clive simplesmente olhou para mim e continuou falando, ignorando minha presença. Ao fazer isso, ele tocou na minha ferida. Naquele momento sombrio de obliteração, eu senti as pontas das asas da minha tristeza roçarem o meu espírito, e o surto do ódio amargo e forte, que eu esperava ter descartado.

— Nova tecnologia — disse Clive. — Rejuvenescimento regional...

Eu abri a boca para cuspir bile e raiva, mas nisso Minty me deu um dos seus olhares frios, cúmplices, um sorriso pairando no fundo dos seus olhos. Isso me levou de volta à redação — *Que cara chato. Tenha pena de mim.*

Agora que estava bem perto, eu podia catalogar as mudanças. Linhas finas e tensas tinham sido traçadas em torno da boca de Minty com um lápis fino. Uma sugestão de desapontamento? Havia um toque de desafio, rancor até, no modo como ela estava se controlando. Mas, principalmente, a determinação de compreender o que ela tinha começado.

Minty não tinha idéia da indescritível dor que havia causado — ou talvez tivesse, e essas rugas fossem o resultado. Mesmo assim, eu me surpreendi lamentando a mudança no rosto bonito e ganancioso onde as sombras tinham se instalado.

De novo, interrompo a história da turbina a ar.

— Se não se importa, Minty.

Clive foi apanhado no meio da torrente. Ele estava para fazer a opção do covarde saindo de mansinho quando Minty colocou umas das mãos no seu braço. Ela sempre teve excelentes instintos de luta.

— Claro — disse ela. — Eu falo com você em um minuto, Rose.

— Não — eu disse. — *Agora.*

Clive percebeu a chance e escapuliu.

— Então — eu disse —, o que você está fazendo de penetra no casamento de Poppy?

Minty molhou os lábios brilhantes.

— Olho por olho.

— E o que isso quer dizer?

Mas eu sabia.

Eu vesti branco no meu casamento, ao qual, por assim dizer, Hal compareceu, e pelo qual os pais de Nathan pagaram — com tato, é claro. Assim, eu não casei em Pankhurst Parade — nenhum prejuízo aí —, mas numa aldeia estranha de Sussex com uma igreja pitoresca.

Eu queria muito estar em Yelland, onde, naquela época do ano, a palha já estaria em fardos nos campos. Se fechasse meus olhos, poderia ver as imagens: a demão de tinta com cores suaves, os castanhos, os amarelos queimados, verdes cansados e o céu cinza-azulado. Lá em cima, o ar seria frio e puro e tudo tão mais simples. Mas talvez estivesse lembrando mal, através de um filtro infantil, e guardei meus sentimentos para mim.

Se Nathan era o noivo, Hal era o cavalheiro de vigília durante a noite de verão violeta. De algum modo ele descobriu onde ia ser o casamento. Talvez Mazarine tenha lhe contado. Se contou, ela nunca admitiu.

Hal foi o espectro da festa, a matéria sólida, bela, turbulenta do sortilégio do amor, a personificação da doce loucura e dos sentidos perturbados do poeta. Nathan era controlado, racional, seguro e amante. Ele era a rocha que Hal jamais seria.

Eu me lembrei da sua segurança em particular.

Lilases e lírios perfumavam a igreja saxônica.

No salão da aldeia com teto sustentado por vigas, um bolo cochilava em três caixas brancas de tamanhos graduados. Coberto por um lençol protetor, meu vestido pendia no guarda-roupa do quarto do hotel. Eu arrumei lenços de papel, batom, perfume sobre a penteadeira. A última coisa que fiz antes de ir para a cama foi colocar o meu anel de noivado de volta na caixa de couro.

Estava amanhecendo, e alguém tinha atravessado o caminho de cascalho na frente do hotel. Confiante e experiente. O passo de uma pessoa acostumada com a escuridão e o terreno irregular. Num segundo, eu sabia quem era.

Escorreguei da cama, abri as cortinas e vi a silhueta de Hal na luz cinza leitosa. Eu o vi nitidamente. Eu enxerguei através dele até, com a visão de raio X do meu amor e do meu desejo posto de lado.

Vesti-me e desci de mansinho a escada, que cheirava a ocupação e *pot-pourri* barato, e saí para o silêncio onde todos os sons eram amplificados.

Eu tinha amado Hal de tal maneira que não consegui suportar. Eu sabia que este amor era feroz e exigente demais para ter uma vida longa, e não confiei nele. Eu morreria por aqueles momentos quando, meus pés largando manchas pretas no pátio molhado de orvalho, corri para ele na manhã do meu casamento e nós nos abraçamos. A carne congelada e úmida, o hálito no rosto um do outro. Então o amor abrasador se consumiria, e a escuridão seria mais negra por isso.

— Você pode mudar de idéia — ele murmurou, cobrindo o meu rosto de beijos. — Você pode, você pode.

O Príncipe Hal de Shakespeare renunciou ao toque dos sinos à meia-noite, a loucura e a paixão. Eu também.

Mais tarde, com Nathan descansando a mão na minha cintura ali onde o vestido de cetim pesado curvava sobre o meu quadril, eu levantei os olhos do bolo que ia ser cortado e vi pela janela Hal caminhando pela rua. Ele não olhou para trás.

Com a mão firme, peguei a faca e afundei no bolo. Eu amava Nathan também, e estava muito, muito, segura.

Adeus, meu amor.

*

— Então você entende — Minty observou polidamente —, olho por olho. Nathan adivinhou que era Hal no casamento. Ele me contou, quando você estava cortando o bolo... Ele o viu pela janela.

— Viu?

— Sim, ele viu, e nunca mais esqueceu.

Eu fiquei olhando para o rosto odioso, mas agora sombrio. O que eu tinha feito da minha vida? Como tinha chegado a este ponto de mutilação, exausta, decadente, acabada? A amargura e o desespero cresceram e ficaram lado a lado com a paz e a tranqüilidade que tinha lutado para cultivar. Nós escolhemos entre certos caminhos que rotulamos como “bons” e “ruins”, e é importante que acreditemos na bondade e na ruindade. Ou assim eu penso. O que mais existe? Eu tinha acreditado em Nathan, e assim, também, tinha sido o que construímos juntos.

Nada dura para sempre.

Minty sorriu, um leve tremor de presunção nos seus lábios, e isso me fez explodir.

— Como você ousa? Como *ousa* vir aqui? Você não tem coração. Nenhum. Vá embora e leve sua curiosidade.

Açoitada pelas minhas palavras, os olhos de Minty se estreitaram. Ela olhou rapidamente em torno.

— Calma — murmurou, como Ianthe talvez tivesse feito. — As pessoas vão escutar.

Eu não prestei atenção.

— Você não tem nenhuma generosidade, Minty?

— E você detém o monopólio da bondade, eu suponho? Tanto que seu amante aparece no seu casamento. *Foi assim* que você usou Nathan.

— Não é problema seu.

Ela deu de ombros: indiferente, esperta, triunfante. Dei um passo na sua direção e Minty deu um passo atrás e o vestido justo demais subiu nos quadris.

— Você nunca vai ter o que eu tive com Nathan.

Ela ficou mortalmente pálida:

— Veremos.

Capítulo 23

VEE INTERVEIO. Ela estava observando a conversa e veio me salvar.

— Poppy me mandou buscar você. Hora do discurso.

Ignorando Minty, ela passou um braço pela minha cintura e guiou-me habilmente na direção do bolo de casamento.

— Não dê importância a ela — sussurrou. — De chapéu vermelho e sem calcinha, como diria minha avó.

— Ela não está de chapéu vermelho.

— Mentalmente está.

Eu me agarrei a Vee.

— Até vê-la, eu não sabia que seria capaz de cometer um assassinato.

— Guarde isso para você. — Vee mudou de assunto cutucando-me habilmente nas costelas. — Detesto ver você assim tão magra. Imagine a cena em casa e tenha pena de mim. Todo mundo atacando as batatas assadas besuntadas de manteiga e eu pastando uma folha de alface. — Ela riu, porque estava feliz com seu destino. — Tem notícias de Mazarine?

— Claro. Ela não pôde vir por causa de uma estréia. Parece que outra das nossas características nacionais é economizar no champanhe, e ela me alertou contra isso.

Vee olhou os convidados ao redor.

— Não precisa se preocupar.

O bolo de casamento era extremamente bonito e diferente — chocolate, com cobertura de glacê e decorado no estilo século XIX americano, com violetas e rosas naturais e fita de *voile*. Puro Louisa Alcott. Com as mãos na cintura um do outro, Poppy e Richard estavam a postos para cortá-lo.

Os aplausos explodiram quando eles cortaram a primeira fatia e, abafada pelo barulho, murmurei para Nathan:

— Livre-se de Minty. Isso não foi o que combinamos. Ela não devia estar aqui.

Nathan pareceu espantado, depois furioso.

— Eu não sabia que ela *estava* aqui. — Ele ajeitou os punhos da camisa. — Discutiremos isso depois.

Ele se adiantou para fazer o discurso.

As lentes de contato de Poppy a faziam piscar. Os brincos delicados de safira que eu lhe dera balançavam sobre os ombros delgados e ela olhava freqüentemente e com amor para o noivo. Richard, é claro, estava sorrindo e revelando, eu percebi, os dentes bem cuidados. Eu não tinha idéia do que ele estava pensando.

Minty estava no fundo da sala, fechando o círculo exterior de convidados, os olhos escuros fixos avidamente no quadro vivo ao lado do bolo de casamento.

Quem precisa de uma família?

Eu tentava, tentava de tudo quanto era maneira, mas meu olhar retornava sempre para ela e, enquanto Nathan fazia o discurso para nossa filha, Minty roubava minha atenção e isso era, quase, o maior pecado que coloquei na sua conta.

Mas Minty também estava me observando. Não Nathan, não Poppy ou Richard, mas a mim. Ela não deveria estar considerando o orgulho do seu amante pela filha, o carinho dele, o rosto público dele? Suas palavras? Ela não deveria estar arrepiada por dentro por ter ultrapassado os limites? Diante das palavras acusadoras que trocamos?

Eu não deveria estar concentrada na respiração ofegante de Poppy? No modo como Richard segurava sua mão. Eu não deveria estar totalmente focada no futuro da minha filha?

Minty e eu tínhamos chegado a um ponto onde éramos objetos de fascínio uma da outra. Tínhamos nos infiltrado no quarto, na cozinha, no banheiro uma da outra, e éramos as sombras lançadas, profundas e negras, sobre as vidas uma da outra.

Nathan fez uma piada, e a platéia riu. Poppy virou a cabeça, e seus brincos cintilaram na luz suave e radiante. Richard baixou o olhar para ela e lhe mandou um sorriso particular. *Aqui vamos nós.*

Nathan fez outra piada, e as risadas agitaram a platéia. Os convidados mudavam de lugar. Vee passou o braço pela minha cintura.

— Rose, por favor não fique tão triste.

Eu estava consciente de uma enorme decepção. Certamente depois de todo o sofrimento, meu e de Nathan, os mal-entendidos, as decisões penosas, isso deveria significar algo maior do que uma preocupação mundana com outra mulher.

Fechei os olhos. Por mais sangrento, por mais difícil que fosse, eu sabia que precisava arrancar de dentro de mim a escuridão e a raiva e jogá-las fora.

No entanto, enquanto Minty e eu nos observávamos dissimuladamente, eu sentia um constante calafrio de piedade. Todos nós usamos os outros, magoamos muito, traímos. Com freqüência, o esforço para tratar o mundo e as outras pessoas com atenção simplesmente não dava certo. Eu tinha sido culpada de sombrias preocupações, e tinha quase esquecido de que havia calor. Paixão, também, pela vida, comida, sol, conhecimento e outras paisagens pelas quais viajamos.

A unha do meu polegar feriu o indicador. Aos 20 anos, eu não teria ficado aqui refletindo desse modo, nem aos 30. Eu teria as palavras. Mas hoje? Na presença dos meus filhos, parecia que só restava ter amor e piedade. Lutar para ser generosa.

Exausta, voltei a minha atenção para Nathan. Ele era engraçado e breve, e evitava a óbvia armadilha de mencionar nosso casamento. Invocando o melhor de si mesmo para a sua filha, os gestos, as pausas nas horas certas, os sorrisos eram perfeitos. Eles eram para Poppy, não havia dúvida, e eu me derretia com os tributos que ele lhe prestava.

— Que orador bom — murmurou um convidado. — Tão doce com o casal.

Nathan encerrou:

— "Não há relacionamento, comunhão ou companhia mais amorosa, amigável e encantadora do que um bom casamento." Senhoras e senhores, não sei quem disse isso mas não importa. O que importa é o sentimento. Ergamos as nossas taças...

As pessoas aplaudiram e, com o rosto manchado de lágrimas e elétrica, Poppy rodopiou em direção ao pai. Com uma aparência menos descansada, menos fresca do que quando chegaram, os convidados se movimentavam, mudavam de grupo e continuavam a beber enormes quantidades de champanhe até que chegou o momento de partir, quando foram efusivos em seus elogios.

— Uma festa tão bonita — disse uma e, impulsivamente, eu me inclinei e lhe dei um beijo. Ela cheirava a champanhe.

— Obrigada — eu disse. — Acho que foi mesmo.

Poppy e Richard ainda estavam no centro de um grupo brincalhão. Eles iam passar a noite num hotel, depois uma pausa de dois dias em Bath, e um carro estava esperando. Richard falava enfaticamente, mas Poppy estava quieta, e sua boca estava pálida e cerrada. Ela olhou em volta procurando por mim.

— Mãe? Onde você está? *Mãe?*

Quando caminhei na sua direção, ela tirou a rosa que estava presa no seu vestido e a jogou para cima num arco para mim.

A equipe do bufê estava fazendo a limpeza. Os pratos eram empilhados e os copos voltavam para a colméia das caixas de papelão. Os garçons trocavam informações sobre empregos e gorjetas. As lâmpadas delicadas se apagavam nas mesas sem toalhas, cadeiras empilhadas e cinzeiros cheios. O lugar ecoava com despedidas.

"Uma noiva tão bonita..."

"Um discurso tão bonito..."

Eu sorria. Desde o início, quando ficou claro que as ambições de Nathan se realizariam, ele tinha praticado muito comigo. Nós economizamos, e Nathan teve aulas de oratória, o acordo sendo que ele passaria para mim o que tinha aprendido. Eu me acostumei com as declarações políticas de estadista, o blefe cerveja-e-sanduíches e, nos dias de intensa incerteza da união, o grito de convocação das tropas de Henrique V. Hoje aquilo tinha funcionado às mil maravilhas.

Exceto por um grupo resistente perto da porta, todos tinham ido embora e eu podia tirar sem medo os sapatos. Só por um segundo. O início de uma dor de cabeça latejava sobre meu olho esquerdo e eu o esfreguei. Um toque no meu ombro me fez virar.

— Terminamos nossa conversa? — Minty estava segurando uma bolsa com formato de vaso de plantas.

Abri a boca para dizer alguma coisa, mas uma voz interrompeu.

— Rose, querida — disse meu primo Henry —, muito obrigado. Você é, como sempre foi, uma anfitriã celestial e está deslumbrante. — Ele se inclinou para me dar um beijo. — E dane-se o Nathan.

— Esta é Minty — eu informei a Henry —, com quem Nathan espera se casar.

Minty empalideceu. Henry ergueu uma sobrancelha.

— Deus do céu — ele falou, e virou as costas para Minty. — Mas, como dizem, Deus não tem nada a ver com isso. Adeus, Rose.

Minty puxou o vestido para baixo.

— Brilhante. A primeira Sra. de Winter* idêntica ao original. Reconheça, Rose, de todos eles, é um bom papel.

— Você se esquece de que eu não morri.

A boca de Minty cerrou-se numa linha amarga e ela coçou o braço violentamente. As unhas deixaram listras brancas na pele, a pele que Nathan preferia.

— Não sei o que você pensou vindo sem ter sido convidada, mas Nathan não gostou e você conseguiu o que queria. Não estou mais zangada, mas é melhor você ir embora.

Ela olhou pensativa para meus pés descalços.

— Estão doendo?

— É, estão.

Ela sorriu e a antiga simpatia vibrou.

— Os meus também. — O sorriso dela despareceu. — Eu... não deveria ter vindo — reconheceu. — Nathan vai ficar roxo de raiva.

— Azar o seu.

Ambas contemplamos a perspectiva de Nathan com raiva.

— Não foi arriscado, Minty, vir aqui?

— Eu estava curiosa — disse ela simplesmente. — Não sabia por que eu tinha de ficar escondida dentro de casa, e queria ver este lado de Nathan. O lado que você tem, Rose, e eu não.

— Você não gosta de famílias.

— Bem, como você diria, uma garota deve fazer da necessidade uma virtude. As minhas se derreteram ao menor pretexto.

*Personagem do romance *Rebeca*, de Daphne du Maurier. (*N. do E.*)

— Sinto muito. — E eu sentia. — Mas não o bastante para dizer: "Sirva-se. Não se preocupe comigo. Fuja com o meu marido." Certamente não sinto o bastante para querer você na festa de Poppy.

Os olhos escuros me olhavam firmes.

— Acho que não. Mas, no final, isso não tem muita importância, tem? Muita gente fez questão de me ignorar. Muitos homens vieram colocar as patas em mim porque eu sou aquele tipo de garota e, por favor, não se esqueça: eu tenho a duvidosa distinção de agora saber mais do que qualquer outra pessoa na sala sobre o funcionamento da turbina a ar.

Eu dei uma risada de má vontade.

— Bem feito.

Naquele momento, Ianthe apareceu. Com a bolsa de crocodilo com o grande fecho dourado, comprada num bazar, pendurada no braço ela se posicionou ao meu lado. Como tinha chorado, havia um traço preto de rímel escorrendo sob um dos olhos.

— Rose, vou desmaiar se não for para casa.

Nisso ela percebeu com quem eu estava falando.

— Você — ela pronunciou, num tom excitado. — O que você está fazendo aqui?

Com o canto do olho, vi Sam ao lado de Jilly, falando com um último convidado. Gesticulei frenética.

Ianthe estava curtindo a chance de erguer sua bandeira e mostrar de que lado estava.

— Você devia ter vergonha.

Atacada, Minty transpirava desprezo e provocação, mas estava ainda mais pálida e eu fiquei com pena.

— Mãe, não. — Puxei Ianthe de lado. — Sem cenas. Veja, Sam está aqui. Ele vai colocá-la num táxi, não vai, Sam?

Ianthe me beijou mal-humorada.

— Sei que não é permitido, hoje em dia, dizer o que se pensa quando seu marido a abandona por outra mulher. Você pode achar que deve ser toda gentil e magnânima, mas *eu não*.

Sam entrou no meio e levou-a embora. Por uma fração de segundo, Minty e eu trocamos um olhar.

— Vê o que eu quero dizer? — ela murmurou e eu li decepção, arrependimento e um novo e mais selvagem elemento no seu humor.

— É melhor você ir, Minty.

— Eu quero dizer uma coisa, Rose. — Ela se endireitou cansada sobre aqueles saltos impossíveis. — Eu lhe devo isso.

Eu pensei em sair andando, mas ela deu a risada curta e sonora que eu conhecia tão bem e, eu suponho, o hábito e a curiosidade triunfaram.

— O quê?

— As coisas não estão fáceis. Nada fáceis.

No final, a situação era mais engraçada do que triste. Apoiei a mão no quadril.

— Mais considerações da vadia pela esposa de meia-idade descartada?

— Nenhuma — ela admitiu —, e esta é a tragédia.

Houve uma pausa.

— Desculpe, Rose, espero não ter estragado as coisas para você.

Eu fiquei pensando, e a imagem da Nossa Senhora erguendo as mãos muito rosadas sobre o terror, e o desperdício passou pela minha cabeça.

— Não — eu disse. — Você não estragou nada.

Os olhos escuros arregalados, mais suaves, disseram, não tenho certeza:

— Obrigada.

Eu me abaixei para calçar os sapatos e quando me endireitei de novo Minty tinha desaparecido. Mas a ironia tinha acertado no alvo. Nesse jeito curioso e descuidado que a vida tem de juntar coincidências e convergências, era evidente que Minty e eu tínhamos mais coisas em comum do que aquilo que nos separava.

— E foi assim. A história da vadia e da esposa enganada... e o surpreendente genro — eu disse a Charles Madder, depois de descrever o que tinha acontecido na festa de casamento. — Como... como o jornal chamou a sua amante, por falar nisso?

Charles havia me surpreendido ligando para mim e sugerindo um drinque. Não era sempre que alguém tinha uma chance de fazer novos amigos, ele observou. Certamente não na minha posição. Por que não?, eu pensei, e estávamos agora acomodados no bar da Câmara dos Comuns com duas tigelas de amendoim que Charles devorava.

— A minha amante? A dos gostos sexuais exóticos? Você não acreditaria como isso estava longe de ser verdade. Foi coisa da Flora, é claro. Suas mentiras desprezíveis. Kate é tão normal como qualquer um e a sua vida tem sido um inferno desde aquele artigo. — Charles parecia ao mesmo tempo derrotado e desconcertado. — Provavelmente vamos nos casar, mas as coisas mudaram. A exposição às luzes incandescentes da publicidade que retratam o inverso do que você é transforma uma pessoa.

— Sinto muito por Kate.

Ele colocou um cigarro na boca e o acendeu.

— É bom falar com alguém que é sincero no que diz. A maioria das pessoas... — ele olhou ao redor para o bar cheio de fumaça — não fala a sério. Como sei disso? Porque costumava fazer a mesma coisa. Por isso é bom escutar uma voz autêntica.

— Obrigada.

Charles insistiu para que eu tomasse um segundo drinque, e falava à vontade como se nos conhecêssemos há muito tempo.

Quando cheguei em casa, em Lakey Street, agradavelmente aquecida pelo vinho e a perspectiva de uma nova amizade, tinha uma mensagem na secretária eletrônica. "Estou de volta à terra", dizia a voz de Hal. "Quando posso vê-la?"

— Ei — ele falou, quando telefonei. — Tenho uma janela, como meu agente de publicidade diria. Podemos nos encontrar para comer, ou outra coisa?

Não havia nenhuma razão para não ver Hal e mais de uma para vê-lo. Combinamos que ele viria para o jantar, e eu ataquei as velhas rotinas de preparar uma refeição e arrumar a mesa. A casa estava cheia de flores da festa de Poppy, e eu passei um tempo retirando as rosas mortas e enchendo novamente os vasos. Ele me pegou com as mãos cheias de flores murchas.

— Oi — disse Hal, e ofereceu um maço de... rosas. — Na mosca, estou vendo — disse secamente.

Na cozinha, ele me fez largar as flores para poder me olhar direito.

— Não tive tempo de examiná-la naquele jantar, portanto não se importa se eu fizer isso agora?

Eu mesma examinei-o um pouco melhor. Queria catalogar as mudanças e definir as nuances exatas de disparidade entre a idéia que eu fazia dele e o homem de pé tão solidamente na minha cozinha.

— É muito interessante — disse Hal. — Você não ficou como eu esperava.

— Ah, é?

— Você era muito tímida antigamente. Pensei que se transformaria numa pessoa tranqüila, uma acadêmica talvez, alguém que preferia o campo. Você é muito mais esperta e metropolitana do que eu imaginei.

Portanto, a teoria do ciclo mental de sete anos não se sustentou.

— Nesse caso, eu mudei mais do que você. Você não mudou nada.

Mas Hal parecia indiferente ao fato de ter mudado ou não, o que era perfeitamente típico, visto ele nunca ter se interessado muito em sondar a psique. Eu lhe dei uma taça de vinho.

— Como foi a turnê do livro?

— Ótima, para quem gosta desse tipo de coisa. Não acabava mais. Mas eu me disciplinei a fazer isso com graça. Por que não? Quero que as pessoas leiam meus livros e fico agradecido por isso. — Ele me olhou. — Sei o que você diria.

— E o que eu diria?

— Isso é novidade. No passado, eu nunca fiz o que os outros queriam.

Ri, porque pensei exatamente isso. Ele continuou:

— E como eu já estava lá, aproveitei para visitar os parentes, que só confirmaram que eu não sou carne nem peixe, não sou mais americano nem sou inglês. É uma situação meio esquisita. Mas o exílio é sempre bom como assunto.

Fez-se um silêncio no qual descobri que compartilhar um passado com alguém é uma ilusão. Você pensa que sabe tudo que é importante a respeito dessa pessoa e, bem no fundo, você sabe, pois os fios de uma história passada são grossos e cheios de nós de questões precisando ser arejados e atados adequadamente. Mas na hora do toma-lá-dá-cá da conversa, as pequenas negociações em torno das falhas que iniciariam o processo, descobri que eu não sabia o suficiente.

— Por *onde* nós começamos? — perguntei.

Ele sorriu:

— Pelo jantar? Estou faminto.

Eu também estava.

De comum acordo, discutimos assuntos que não precisavam mais do que a troca de informações. Falamos sobre as viagens de Hal, seus projetos para o futuro, a fazenda de oliveiras na Umbria.

— Nada de especial, como lhe disse — ele falou. — Exceto que é muito especial porque a aldeia me deixou entrar em suas vidas. Há momentos em que eu quase não me sinto um estrangeiro, e não se pode querer mais do que isso.

— Então você está criando raízes?

— Acho que sim. Estou de volta ao meu caminho ecológico. Está acontecendo uma guerra entre os métodos tradicionais e as novas práticas intensivas, e eu quero estar lá.

— Você fala italiano?

— Aprendi o dialeto.

Durante o café, ele perguntou sobre meus interesses e eu lhe contei sobre a paixão pelo jardim, que ele havia iniciado, sobre minha carreira e a sua temporária suspensão e o novo emprego. Mas minha demissão tinha sido vantajosa, eu estava surpresa em me ver reconhecendo isso:

— Eu não percebia que estava numa camisa-de-força até ela não existir mais.

Hal reclinou-se na cadeira.

— São maus ventos — ele falou confortavelmente. — Deve haver outras coisas que você quer fazer.

— Sim, claro, mas não tive tempo para pensar nisso.

— Agora você tem.

— O outro choque é descobrir como esqueci rápido o verdadeiro processo de estar trabalhando. O levantar e sair, o voltar de noite. Passei dez anos fazendo o trabalho que eu mais queria, isso significava muito, senti demais quando o perdi. Mas o engraçado é que, depois de uma ou duas semanas, esqueci as rotinas. Sei que eu estava mergulhada num turbilhão por causa de Nathan, mas estar sem trabalho não me preocupa muito. Não está entranhado. Até que ponto isso é preocupante? Esquecer algo que tomou tanto da sua vida tão facilmente?

— Até que ponto isso *é* preocupante? — Ele falava sério, mas os olhos azuis sorriam.

Hal e eu ficamos nos olhando. Não era um olhar importante ou significativo, só uma troca relaxada de pensamentos — uma limpeza do terreno — mas, de repente, eu estava convencida de que seria possível ser feliz e inteira novamente.

— Para ser sincera, Hal, sinto falta de Parsley, minha gata, mais do que do trabalho. Tive de sacrificá-la no início do ano e penso nela quase todos os dias. Às vezes acordo e imagino que ela está na cama. — Baixei os olhos para minha mão sem aliança, um gesto que tinha se tornado um hábito. — Ela simbolizava tantas coisas. — Olhei para ele. — Como a mochila que você costumava guardar no seu quarto.

À meia-noite, Hal levantou-se para ir embora.

— Foi muito bom — disse ele. — Podemos repetir?

Ele se inclinou para me beijar no rosto e houve um segundo de expectativa — *e agora?*

— Somos amigos, você sabe. De muito tempo.

Isso era verdade? Hal e eu não tínhamos sido amigos e, sim, amantes, e falhamos um com o outro num ponto crucial. Então não houve tempo nem espaço para amizade. Mas "amigos" era uma boa palavra. Evocava a lealdade de uma velha convivência e conhecimento. Eu gostei. Podia ser carregada para minha nova vida.

— Posso telefonar?

Mais uma vez Hal se inclinou e me beijou. Um toque morno, cuidadoso no meu rosto que eu aprovei, mas minha pele, assumindo uma vida independente, teve outras idéias e reagiu com um arrepio. Seu dedo acariciou meu queixo.

— Já que começamos bem, posso telefonar?

Se você joga uma semente num solo bem adubado e umedecido, ela crescerá. Em geral, a não ser que dê azar, ela crescerá.

— Sim.

Capítulo 24

PENSEI MUITO NA CASA que ia perder. A casca e o que havia dentro dela. "Simples. Compre outra, comece de novo. A casa não é a coisa mais importante", argumentou Hal quando eu lhe disse o que sentia pelo número 7. Mas ele faria isso.

Eu pensava nas horas, nos anos, que tinha passado ali, felizes e criativos, nos seus espaços, seus cantos, os lugares onde o sol respingava para o interior e sobre os objetos. Minhas mãos traziam a lembrança de horas polindo e esfregando; minhas costas o peso de carregar meus filhos subindo e descendo as escadas; a cama de casal *king size*, as duas depressões onde Nathan e eu dormimos por tanto tempo.

Eu pensava no meu jardim, nos pequeninos botões de primavera e o lixo do outono, o ciclo de crescimento e morte. No passado, eu tinha lutado para colocar a casa e o jardim em ordem, para deixar limpa e fresca a moradia da minha família. Eu tinha me esforçado para me colocar em ordem. Talvez não haja nada tão forte quanto a paixão sublimada, a que é forçada para dentro da terra, que pulsa de vida secreta.

Richard e Poppy planejavam ficar em Lakey Street até o Ano-novo e acabaram ficando muito mais do que isso. Pelo visto, o apartamento em Kensington precisava de reformas e era mais fácil eles ficarem comigo enquanto isso. Richard tinha começado a trabalhar; ele saía de casa cedo e voltava tarde, e ficou acertado que Poppy, ainda desempregada, supervisionaria a mudança, e pintaria de novo a cozinha e o banheiro do apartamento.

O Natal veio e se foi, um Natal moderado, diferente, mas pacífico, e nada se fez no departamento de coisas encaixotadas, muito menos no de procura de emprego.

— Não fui feita para trabalhos manuais — protestava Poppy, quando eu a sondava. De qualquer modo, a tinta caiu nos meus óculos e não posso fazer isso de lentes.

Eu e ela sabíamos que era uma desculpa. A visão radiante que aparecera de repente diante de mim vindo da Tailândia tinha desaparecido. A substituta andava de um lado para o outro, colocando objetos dentro de sacolas de plástico de um modo vago, desconcentrado, e passava muito tempo ao telefone com Jilly; Jilly que, eu observei, tinha conseguido um emprego. "Que irritante", Poppy respondeu na mesma hora.

Consultei Sam a respeito do estado mental de Poppy. Sam, que atualmente parecia muito mais relaxado, feliz até, riu e disse que era nervosismo pré-casamento. Só que, sendo Poppy do jeito que era, tinha escolhido o momento errado.

Em meados de janeiro, entretanto, Richard tinha se habituado a bater a porta da frente ao sair de manhã e eu achei que era hora de agir.

Fui com Poppy até o quarto de hóspedes e fiz com que começasse a empacotar os presentes. Fungando um pouco, ela vagou por ali, recolhendo roupas e jogando-as no chão. O quarto, um dia imaculado, parecia como se uma tempestade tivesse entrado pela porta e saído pela janela.

— Você se lembra de quando se mudou para Lakey Street? — Poppy desistiu de qualquer tentativa de empacotar.

— Lembro. Depois de morar num apartamento, papai e eu gostamos tanto de ter escadas que corríamos para cima e para baixo.

— Ser adulto... é complicado. — Poppy curvou-se na cama. — Não é? Adultos são tão malvados e destrutivos.

— Você sempre disse que mal podia esperar para crescer.

Poppy dobrou a bainha do seu cardigã.

— Eu não sabia que a idade adulta dá um pulo e se agarra nas costas pelo resto da vida.

Interpretei aquilo como Poppy desejando ainda estar na Tailândia. Nunca se sabia ao certo o que Poppy estava pretendendo, mas a abordagem lateral tendia a ser mais produtiva.

— Você não gosta do seu apartamento?

— Não fui eu que escolhi. Mas isso não importa.

Ela torceu a pele do seu dedo da aliança com tanta força que eu estendi a mão e a fiz parar. Ela olhou para mim:

— Essa noite sonhei que era uma menininha de novo. Na caminha, aquela com as grades que desciam. No sonho, eu tentava garantir que o meu quarto continuasse o mesmo, mas alguém estava sempre mudando as coisas de lugar.

Portanto, Sam estava certo a respeito do nervosismo pré-casamento. Aproximei-me da arca e embrulhei um copo de vinho.

— Onde está a menina que tinha tantos planos?

Poppy ficou de pé.

— Onde *está* aquela cama, mãe?

— No sótão.

Ela se animou.

— Posso levá-la comigo? — Ela examinava uma pilha de moedores de sal e pimenta, toalhas de mesa, decantadores e um suporte de torradas com a forma do Domo do Milênio. — Você quer alguma dessas coisas? Acho que não dou conta de tudo isso.

— Como um ato de caridade, fico com o Domo.

Poppy empurrou-o na minha direção.

— É obsceno receber todas essas coisas de presente. Eu nunca deveria ter permitido. O que vou fazer com isso?

— O de costume.

— Pois é. Vou ter de usar e guardar tudo direitinho. Polir. Limpar. Controlar.

— Você tem sorte, Poppy — interpus, gentilmente.

— Eu *sei* que tenho sorte, portanto não comece com seus refugiados e tudo mais.

Puxei um fio dos seus cabelos.

— Medo da platéia, querida?

Tirando uma garrafa de cristal lapidado do meio dos embrulhos, Poppy a estendeu na minha direção. Refletidos na superfície curva havia dois rostos deformados, sobrenaturalmente redondos e lisos.

— Toma pra você.

— Não — fui mais brusca do que pretendia. — Mazarine mandou isso de Paris. — Meus lábios franziram — Aparentemente, é um clássico moderno.

Poppy examinou-o.

— *É* exatamente isso.

Houve uma pausa.

— Se não estava certa a respeito de Richard, por que se casou com ele?

Ao mesmo tempo irritada e achando divertido, ela devolveu:

— Você está parecendo a vovó.

— Então estou. E o lugar da mãe é sempre do lado errado.

— Tão *triste*, mãe. — Inquieta, ela rolou a tampa da garrafa entre os dedos. — Não é Richard. É a estrutura.

Eu estendi a mão para pegar outro copo.

— Você está certa num ponto. Richard é cheio de surpresas.

Imediatamente Poppy adquiriu uma expressão sonhadora:

— Sim, ele é.

— Isso é o principal — eu disse. — O resto pode ficar para trás.

Houve outro longo silêncio, mas não um silêncio bom. No final, Poppy explodiu.

— Espero que você não tenha sido muito boazinha com papai. Foi? Richard acha lógico que ele fique com a casa, mas eu não.

— Não fui forçada a isso, se é o que você quer dizer. — Passei para Poppy algumas folhas de papel de seda. — Pode embrulhar a garrafa?

Ela resmungou:

— E o *seu* orgulho, mãe?

A-ha. Aquele era o ponto crucial da questão, e eu tinha de pisar na ponta dos pés sobre cacos de vidro.

— O que está nos livros nem sempre se aplica.

— Tolice. Isso é uma desculpa.

Abandonei o terceiro copo e peguei Poppy pelos ombros.

— É verdade. Você pode esperar anos na fila, pacientemente arrastando os pés em direção ao topo, e aí alguém passa sua frente e lhe dá um belo pontapé. Você está muito feliz casada, e aí não está mais, e você imagina que vai morrer de humilhação e dor. — Sob meus dedos, os ombros de Poppy pareciam indefesos. — Mas você não morre, não do modo óbvio. E, além do mais, você pode se vingar; mas não da maneira óbvia. Você se vinga acreditando que, sim, apesar de tudo, você pode viver bem, talvez até melhor. Diferente, afinal de contas.

Poppy sacudiu os ombros livrando-se de mim.

— Ah, sim?

Aqui a teoria do ciclo mental de sete anos teria sido útil, mas Poppy não estava num estado de espírito bom para ciências evolucionárias.

— Cheguei à conclusão de que o orgulho é muito pesado para se ficar carregando por aí. E destrutivo — eu disse suavemente, mas falando sério.

Poppy cerrou a boca firme.

— Poppy, querida, você está me culpando pelo que aconteceu?

Com isso ela se virou para mim, visivelmente, perturbada.

— Você não lutou o bastante para ficar com papai. *Por quê?* Por que não pode fazer com que ele veja o papel de bobo que está fazendo? É como se eu tivesse ido embora com um homem da idade dele. Pense *nisso*. Que *papai* tenha feito isso e você tenha permitido.

Ela estava vermelha de indignação, e eu captei um vislumbre da Rose de 25 anos atrás, que tinha buscado a ordem e a segurança em meio à confusão e à desordem. A sabedoria convencional dizia que a juventude é aventureira. Eu duvido. De modo algum eu tinha sido aventureira *assim* Ou, melhor, eu tinha tentado ser, depois saí correndo quando as coisas deram errado. Do seu modo, Poppy estava me dizendo mais ou menos a mesma coisa.

Com um dos seus gestos mais dramáticos — e ela possuía um repertório excelente — Poppy caiu de joelhos.

— Mãe, *por favor*, tente de novo. Por favor, tente trazer papai de volta.

Eu me debrucei e tomei seu rosto molhado entre as minhas mãos. O meu também estava banhado de lágrimas, mas eu ria da sua veemência e da sua indignação, que eram injustas. Sua pele era tão macia como a do bebezinho que um dia eu abraçara tão forte.

— Calma — eu disse —, calma, Poppy.

Como havia o prometido, Kim Boyle ligou para mim.

— Correto, minha garota, é o melhor que posso fazer. Não um emprego de tempo integral, mas de meio expediente, para fazer periódicos. As finanças permitirão? Posso contar com você na próxima semana?

Às 6h30 do dia 21 de janeiro, o despertador tocou. Vesti uma saia de feltro preta, uma suéter vermelha e o par de sapatos com os saltos mais altos que eu podia suportar. De café-da-manhã comi aveia crua com banana e bebi duas xícaras de café preto forte.

Com o coração leve, retirei a sacola de livros do cabide e saí de casa. O loureiro crescido demais roçou os dedos molhados pelas minhas costas quando passei, e eu estava na redação às 9h20.

Kim chegou às 10h30. Sua assistente, Deirdre, já havia me instalado numa mesa e fornecido os crachás da entrada e da cantina. Estes couberam sem problemas no nicho surrado da minha carteira.

— Bom. — Kim passou os olhos pela minha figura de olhos brilhantes e animada. — Vamos nos dar bem. Acredito em molho para a gansa feminista e seu macho, e como quero ver as crianças de manhã, você chega cedo e eu fico até tarde.

A redação era menor e menos arquitetonicamente evoluído do que o do Vistemax Group, o que significava que era mais agradável para se trabalhar. O seu tamanho menor, entretanto, era indicativo do nível do *Daily Dispatch* na guerra dos índices de venda. Nada mau, pois havia um burburinho na redação e o som distinto de guerreiros afivelando suas armaduras.

— Aqui... — Kim me jogou um volume sobre Handel e uma biografia altamente confidencial de uma atriz pop escrita por um *ghost-writer*. — Vê o que você acha deles.

Proust pode ter tido sua *madeleine*, cujo sabor e perfume o incentivaram a escrever sua obra de arte de amores, ódios, desesperos e desejos passados. A minha *madeleine* era mais prosaica, menos delicadamente sensual, mas, certamente, tão poderosa quanto, as letras, as lombadas e a promessa dos livros me trouxeram de volta.

Handel era um homem interessante, mas a aparente falta de mulheres na sua vida chocou seu biógrafo. Mesmo assim, as personagens femininas das suas óperas eram invariavelmente atraentes, pois ele lhes dava paixões fustigantes e o dom da autenticidade emocional. Não que o jornal estivesse nem um pouco interessado *nisso*. Mas a história da atriz pop...

— Hmm — disse Kim, no final do dia. — Quanto a Handel, não sei.

— Imaginei isso, portanto concentrei-me no outro.

— Você pegou rápido a idéia.

Resisti à tentação de dizer "Claro que peguei a idéia". Ele folheou minhas sugestões e cravou a caneta aqui e ali nas páginas; o papel que antes era meu. Mas não me importei.

— Que tal voltar a trabalhar numa redação?

— Mais ou menos como vestir de novo um suéter velho, mas o preferido.

Kim empurrou o trabalho de volta para mim.

— Precisa de alguns acertos, nada importante, e atacamos. Eu aviso você sobre o orçamento.

Ele pegou sua agenda e saiu para uma reunião.

Eu me instalei na redação. No final da segunda semana, Deirdre e eu já estávamos quase amigas. Eu tinha verificado que ela usava perfume demais e guardava dois pares de sapatos de saltos altos lustrosos de cores diferentes na sua mesa. Ela tinha um faro para o que dava certo.

— E sobre isto? — Expliquei que tinha saído uma dieta dizendo que os indivíduos deviam comer de acordo com o tipo sangüíneo. Você podia comer proteínas ou carboidratos, e só os felizardos do grupo AB chegavam a algo que se assemelhava a refeições normais.

— Quer dizer que os meus quadris dois tamanhos acima do normal não têm nada a ver com o milhão de barras de chocolate que comi, mas sim com o meu grupo sangüíneo? — Ela debruçou-se sobre a minha mesa. — Dinamite, Rose. Se o meu grupo sangüíneo é o culpado, estou livre para me entupir de chocolate. *Publica.*

Poppy e eu finalmente conseguimos embalar caixas, trancar estojos e enfiar roupas em sacolas, e uma van levou tudo embora. Um dia Poppy e Richard enchiam a casa, no outro, tinham ido embora, deixando para trás uma enxurrada de papéis de seda, rótulos descartados e poeira.

No dia seguinte telefonei para as imobiliárias, e todas me prometeram enviar detalhes das “oportunidades” atualmente em suas listas. Sam veio a Londres e insistiu em examiná-las comigo. Levou dois minutos para ele localizar a “oportunidade” sensata em Clapham. “Essa”, disse ele.

Fomos ver no dia do aniversário de Poppy e estávamos discutindo os prós e os contras quando chegamos em Kensington para um jantar de comemoração. Excepcionalmente elegante num terninho cinza e jóias de ouro, Alice juntou-se a nós. Ela ofereceu o rosto para Sam beijar e manteve uma das mãos possessivamente no braço dele ao se virar para mim.

— Rose, você está com uma aparência melhor.

Poppy estava com um dos muitos vestidos de musselina flutuante, ao qual tinha acrescentado um monte de contas.

Eu a beijei, mas ela estava preocupada e, assim que nos acomodamos na sala de estar, desapareceu na cozinha.

Sam e eu trocávamos opiniões.

— Não confio no seu bom senso — ele dizia quando Richard, que estivera mostrando o apartamento para Alice, a trouxe de volta para a sala.

— Não acredito que Rose não tenha sempre bom senso — disse Richard, mas sua expressão sugeria que ele achava exatamente o contrário. Ele estava vestido com calças de veludo cotelê, um pouco justas demais nas nádegas, e Sam e eu trocamos sorrisos dissimulados. O novo Richard ainda precisava que a gente se acostumasse a ele.

— Poppy está precisando de ajuda?

Richard pareceu ligeiramente assustado.

— Poppy e cozinha não são uma combinação perfeita. É melhor eu ir ver.

Sam examinou a sala grande e elegante, que abrigava um par de cadeiras douradas estilo colonial americano, um espelho rústico francês com o vidro original, e uma mesinha de canto em forma de meia-lua primorosamente entalhada.

— Diabos — ele resmungou. — Pensei que eles estivessem de saias de palha, flores nos cabelos e esse tipo de coisa.

— É lindo — Alice brincava com o bracelete, uma pesada corrente de ouro. Seus olhos devoravam a sala famintos. — Os pais de Richard devem ter sido muito generosos.

— Não é da sua conta — Sam foi atipicamente cortante.

Eu me surpreendi e, se não me engano, Alice também.

A campainha da porta tocou e Richard foi atender.

— Nathan — escutamos ele dizer. — Estávamos esperando você?

— Pensei em deixar isto...

No seu terno de trabalho, Nathan surgiu no vão da porta carregando um pacote grande enfeitado com fitas. Ele parou:

— Não sabia que estavam tendo uma festa de família — disse, num tom frio e magoado.

Eu me levantei e o beijei, pois eu, de todas as pessoas, sabia quantas vezes Nathan tinha planejado surpresas para Sam e Poppy, e como ele sentiria ter sido deixado de lado.

— Papai — Sam o abraçou.

Num gesto de homem para homem que mostrava um grande orgulho pelo filho, Nathan descansou a mão no ombro de Sam e examinou-o paternalmente.

— Por que está na cidade?

Sam explicou que tinha vindo me ajudar a procurar apartamento, e o sorriso de Nathan se apagou.

— Muito gentil da sua parte, Sam — disse ele, inexpressivo.

Sem avisar, a velha dor parou de incomodar, e me senti inexplicavelmente cansada do processo de me desligar de Nathan que, não importa como lidássemos com aquilo, se prolongaria e estaria marcado de obstáculos.

Poppy materializou-se, despenteada e agitada. Ela se surpreendeu visivelmente ao ver o pai.

— Uma ligeira crise na cozinha. Oi, papai. Que bom. Oh, um presente. Pode ficar para o jantar? Preciso de duas mãos fortes.

Sam e Richard se ofereceram, deixando-me com Alice e Nathan. Alice sacou o celular.

— Vocês se importam? Esqueci algo urgente.

Ela iniciou uma conversa que tinha a ver com transações, corretagem, alavancagem e café-da-manhã.

— Não sabia que você estaria aqui — disse Nathan.

— Tudo bem no trabalho? — perguntei.

— Sim, sim — ele respondeu, com excessivo entusiasmo. — Os números estão subindo. Todo mundo está se comportando bem. Não podia ser melhor. — Ele enfiou as mãos nos bolsos. — Não podia ser melhor.

— Estou fazendo uns trabalhos para Kim do *Daily Dispatch*.

— Ah. — Ele pareceu surpreso. — Isso é bom.

Afundamos no silêncio.

— Sim — ele repetiu. — Tudo está absolutamente ótimo.

Poppy fez tudo para ele ficar, mas Minty estava esperando em casa e Nathan não pôde ser convencido. Eu me virei para Alice, que tinha terminado a conversa.

— Foi gentil da sua parte fazer esse esforço por Poppy.

Ela escorregou o telefone para dentro da bolsa.

— Não foi nenhum problema. Eu tinha uma reunião e sinto falta de Londres de tempos em tempos. — Ela passou os olhos direto de mim para Richard. — Como está indo o novo emprego?

— Não é só contabilidade, ainda bem. Estratégias, nenhuma misericórdia e muito dinheiro.

Eu me vi de olhos fixos em Richard, imaginando se o cinismo era real ou fingido e se, sendo real, Poppy poderia ser vacinada contra isso. Ou era uma constante implicância com seus sogros e cunhado?

— Conte-me mais — implorou Alice, e eu soube então que Bath jamais seria grande o suficiente para contê-la. — Quais são os seus setores?

Richard ronronou:

— Bases industriais, especificamente empresas têxteis nas Midlands, pequenos empreendimentos familiares que perderam contratos importantes. Nós os aconselhamos a diminuir o pessoal e terceirizar no Oriente.

— Pensei que você não aprovasse o capitalismo — acrescentei.

Richard debruçou-se na minha direção:

— Rose — disse ele gentilmente —, a realidade *é* esta.

Neste ponto, captei o olhar de Nathan e trocamos um sorriso hesitante.

Ele engoliu o resto do seu vinho.

— Preciso ir.

Beijou Poppy e Alice e então, depois de vacilar, beijou-me também.

A porta da frente fechou-se atrás dele, e o grupo reunido relaxou.

— Pobre papai.

Poppy tinha bebido muito vinho na cozinha. Ela me puxou para um canto e sibilou:

— Ele está sofrendo um bocado com o tratamento para infertilidade de Minty. Ele me contou tudo. *Horrível.*

Vários fatores agora se encaixaram. O seguro-saúde, por exemplo.

— É assunto do seu pai. Não é para ser discutido, Poppy.

Poppy me ignorou.

— Estão nisso há meses. Papai detesta tudo que está envolvido nisso — imagine, na idade dele —, e Minty é bastante impertinente. Aposto que estão rindo deles pelas costas no jornal.

— Shh — eu disse bruscamente, porque não suportava ouvir mais nada. Ergui minha taça. — Feliz aniversário.

— Obrigada, mamãe — ela esfregou a mão no rosto. — Com uma coisa e outra, eu me sinto com 110 anos.

Mais tarde naquela noite, eu me despi no meu quarto solitário. Ninguém estava enchendo a banheira ou escutando o rádio. Não havia Parsley, é claro, na cama. Até os canos de água estavam silenciosos.

Nua, parei na frente do espelho. O reflexo de uma mulher deu de cara comigo. Mas que mulher? Belisquei e dei pancadinhas numa dobra de carne na minha barriga e flexionei a perna como Minty fazia.

Seria possível encontrar recompensa, significado, conexão com outras pessoas em meio da confusão e das trapalhadas? Eu tinha tentado convencer Poppy de que era, mas eu tinha sido sincera?

Antigamente, em meio a uma crise, homens e mulheres enrolavam os pés em linho e couro e partiam em peregrinação ao túmulo de um santo. Ali eles rezavam, por saúde, pelos filhos ou para tomarem a terra do vizinho. Eles viam o leite da Virgem, o fragmento da Verdadeira Cruz tremeluzente de honestidade, os ossos de um santo, e davam graças por terem presenciado tais milagres. Quem sobrevivia voltava para casa, imensamente confortado e enriquecido.

Naquele ponto, comecei a tremer de frio e me senti mais do que um pouco ridícula. Enfiei-me na camisola e fui para a cama.

Antes de pegar no sono eu me disse: Claro que você sabe quem você é e onde você está. Claro que você sabe.

Espera aí. Não é engano. Você é a mulher no espelho, que se chama Rose, que está ótima. Simplesmente ótima.

Capítulo 25

Lakey Street fora avaliada, e eu recebi uma carta do advogado resumindo os detalhes do divórcio. "Sra. Lloyd", a carta terminava, "gostaria que a senhora soubesse que ele fez o melhor que pôde pela senhora".

Estudei aqueles detalhes mesquinhos. Era verdade: Nathan tinha sido mais do que generoso. "Culpa", disse Vee, "e valor agregado", mas eu não me decidia a ver as coisas assim. Preferia pensar que, contidas naquelas cláusulas cuidadosas, estava a prova de um casamento que um dia dera certo.

Mas de novo Sam veio correndo a Londres e visitamos o apartamento em Clapham pela segunda vez. Ele insistiu em que eu fizesse uma oferta.

— Tem um jardim — disse ele, como um argumento definitivo. — Você não vive sem um.

Eu fiz uma oferta, que foi aceita.

Foi Sam também que observou que a Páscoa estava chegando e, como nossa família não estava totalmente destruída, que tal fazer uma reunião em Lakey Street?

— Vai ser difícil. — Não gostei da idéia. — Percebe o que está pedindo?

Sam foi estranhamente insistente. Ele colocou as mãos nos meus ombros e disse, do seu jeito delicado e sério:

— Um lugar garantido no céu, mamãe. Sem perguntas e sem antecedentes levados em consideração. Você vai passar por isso incólume.

— Você está na profissão errada. — Eu toquei seu rosto. — Deveria ter sido um diplomata unindo continentes. Se acha que é uma boa idéia, tudo bem, mas a condição é: sem Minty.

Sam, o diplomata, iniciou as negociações e ficou acertado que nos reuniríamos em Lakey Street para jantar na Quinta-feira Santa. Ele até combinou apanhar Ianthe antes de partir para uma missão que não quis especificar.

— Explico depois — ele prometeu.

Ianthe estava indecisa se deveria estar presente.

— Acho difícil falar com Nathan — ela confessou, a tristeza desenhada no rosto. Eu detestava ver isso, e Nathan também não gostaria.

Convencida, e o clima da primavera sendo frio e cortante, ela chegou no seu casaco de *tweed*, cheirando a naftalina, e trazendo uma quantidade industrial de chocolates e nozes.

Pendurei o casaco no quarto de hóspedes e abri o fecho-ecler da sua maleta. Ianthe sentou-se diante da penteadeira. O vestido verde-pistache tinha saído do armário para a ocasião e ela colocara sobre os ombros uma echarpe azul-claro e amarela. O efeito era o de um beija-flor enlouquecido mas encantador. Ocupada em desfazer a mala, demorei um minuto ou dois para registrar que ela havia assumido a pose de espera. No mesmo instante desconfiei.

— Está tudo bem, mamãe?

Ela baixou os olhos para as mãos cruzadas.

— Estou querendo falar uma coisa.

Tirei sua bolsinha de esponja da mala.

— Fale.

— Os médicos são muito bons — disse ela, e olhou para cima —, e eu tenho muita fé. Mas estou velha, Rose. Você sabe disso.

Ela pegou a escova de cabelos e arrumou impaciente uma mecha fugidia, em seguida reaplicou o batom rosa-alaranjado, que eu nunca imaginei que acabaria gostando tanto.

— Só estou lhe dizendo, Rose, porque vou voltar para o hospital para me operar. Eles fizeram uns exames de acompanhamento. Mas *não* conte para os outros.

Caí sentada na cama.

— Ah, mamãe.

— Está tudo acertado. O médico resolveu tudo. Não tem necessidade de aborrecer Nathan de novo. Eu não gostaria.

— Não.

Ela se reanimou.

— Que bom comemorar a Páscoa.

Nossos olhos se encontraram no espelho.

— Indo e vindo — disse ela simplesmente. — É a vida.

Eu me vi de volta em Medlars Cottage, meu pai socando o cachimbo no fogão. Ianthe atravessava a sala trazendo bolinhos com manteiga numa travessa azul e branca, o avental amarrado num laço nas costas. Cachinhos parecendo salsicha balançavam na sua testa, vermelha do calor do forno. No fundo, um rádio tocava música para dançar.

Ianthe poderia ter reservas quanto a ver Nathan, mas cumprimentou-o com bastante educação e beijou Poppy e Richard. Eu tinha enchido o cômodo de flores e acendido a lareira, e a sala estava quente, cheirosa e, eu achei, linda. A atmosfera não era leve, mas também não era sinistra. Visto que a família tinha sofrido um abalo tão forte e adquirido inesperadamente um novo formato, era o melhor que se podia fazer.

Nathan ocupou-se das bebidas. Richard, descobrimos, sabia muito bem lidar com senhoras idosas e ficou conversando com Ianthe. Nathan aproximou-se de mim.

— Queria lhe dizer na última vez que a vi, Rose, gostei do seu cabelo. Você está mais magra também.

— Obrigada. Você está... ótimo.

Ele fez uma careta.

— Você quer dizer mais velho e cansado.

Não fiz nenhum comentário. Nathan estendeu a mão, na qual brotava uma mancha de eczema. Eu conhecia isso muito bem. *Faça alguma coisa, Rose. Não pode deixar isso se alastrar*. E eu passaria o creme que guardava especialmente para isso. *Você precisa relaxar*.

— Ainda tem aquele creme no armário de remédios se quiser pegar — eu disse, e eu sabia que Minty deveria ter feito uma cena porque ele vinha.

Ele enfiou a mão no bolso.

— Obrigado.

Ficar tão perto de Nathan me deixou inquieta, e eu agarrei um prato de nozes, empurrei-as para Ianthe e me mandei para cozinha. Ouviu-se um barulho significando que Sam e, eu achei, Alice tinham chegado, e entrei na pouco usada sala de jantar cor de terracota para dar os últimos retoques na mesa, que eu arrumara com velas brancas translúcidas, fitas tremeluzentes, travessas com passas e amêndoas confeitadas de branco e rosa, lírios brancos e toalha branca.

Era tudo muito sentimental e exagerado. Mas eu queria deixar uma marca, uma declaração de fé que nós sobreviveríamos, uma mensagem, teimosa e otimista, de que não tínhamos sido derrotados. De qualquer maneira, a mesa estava linda.

— Mãe. — Um Sam corado e excitado apareceu. — Tenho uma coisa para lhe dizer.

Eu me virei, pensando, *ele vai se casar com Alice*. Mas atrás de Sam escondia-se uma figura de saia curta vermelha e casaco que não era Alice. Era Jilly.

— Jilly — gritou Poppy em segundo plano —, o que você está fazendo aqui?

— Mãe... — Sam pegou a mão de Jilly e puxou-a para a frente. Muito pálida, Jilly ficou cor-de-rosa.

Eu me controlei e a beijei.

— Que surpresa.

Poppy raptou Jilly.

— O que *é* isso? Eu não sabia que você vinha.

— Não, você não podia saber porque eu não lhe disse.

Ianthe sacou seus melhores clichês, que ela guardava para eventualidades como aquela, quando ninguém tinha idéia do que exatamente estava acontecendo:

— Quanto mais, melhor. Jilly, venha sentar aqui do meu lado.

Evitando obviamente o olhar de Poppy, Jilly assumiu o posto; ou melhor, o de Alice. Sam desdobrou o guardanapo e pigarreou.

— Feliz Páscoa para todos.

Com um alívio no coração, eu sabia que alguma coisa tinha acontecido com Sam, e que era para melhor.

Jilly pediu água e tomou um gole.

— Vocês devem estar imaginando...

— Sim, estão — Sam colocou a mão no braço de Jilly.

Poppy esfregou um olho, o que a fez lacrimejar.

— Vocês devem estar querendo saber por que Alice não está aqui.

— Não se preocupe com a gente — disse a irmã. — Deixá-la pra lá, por favor.

Sam olhou para Jilly, e Jilly olhou de volta para Sam, um olhar terno e excitado. Sam pigarreou.

— Jilly e eu vamos nos casar.

— Meu Deus. — Nathan pousou a taça sobre a mesa.

— Que lindo. — Ianthe ecoou.

— Jilly e eu estamos nos encontrando desde a festa. Mais ou menos começou ali.

Um sorriso sem dúvida idiota, mas feliz, passou pelo meu rosto. Eu não pude evitar. O mesmo não aconteceu com Poppy, que estava furiosa.

— Pensei que dividíamos tudo, Jilly. Você não me disse nada.

— Não podia. Era... particular. — Uma sombra do que poderia ter sido culpa passou pelo rosto radiante de Jilly, mas apenas uma sombra. Ela se serviu de salmão defumado. — Eu não sabia o que ia acontecer, e quando...

Foi Richard, farejando o *coup de grâce*, que, inclinando-se para a frente, insistiu baixinho:

— E quando?

— ...descobrimos — Jilly cortou um pedaço enorme de salmão e espetou no garfo. — Eu estava grávida.

Sam parecia ridiculamente complacente e Poppy sufocou um grito. Uma vela começou a derreter na decoração de fitas. Frio e controlado, Richard podou o pavio entre o polegar e o indicador.

— Muito bem, Jilly. Bom trabalho.

Nathan ficou de pé.

— Desculpe — disse ele, e saiu da sala.

O guardanapo amarrotado no meu joelho. O que aconteceria com a bela, implacável, terrível Alice falando no telefone celular?

— Tem uma coisa — disse Ianthe, com um leve sorriso. Ela trocou um olhar comigo. *Indo e vindo*.

Nathan reapareceu e sentou-se tranqüilamente na sua cadeira.

— Desculpe — disse, evitando o olhar dos outros.

Por um segundo ou dois, movimentos e sons ficaram em suspenso em torno da mesa enfeitada. Em seguida explodiram. As palavras "casamento", "bebê", "datas" crepitavam para lá e para cá por cima da decoração, e as taças de vinho cintilavam enquanto bebíamos ao futuro.

Nós comemos, conversamos, planejamos. Evocamos novas ilusões para substituir as antigas, que, eu percebi com um enorme sentimento de gratidão, nos fariam muito bem.

Cerquei Sam na cozinha por cima de uma bandeja de café.

— E Alice?

O olhar inexpressivo que eu tinha começado a temer voltou.

— Eu queria falar com você, mãe. Ela não aceitou bem, e eu não compreendo. Pensei que tudo era porque Alice não me queria. Então eu encontrei Jilly. Agora Alice diz que se casa comigo, portanto tive de lhe contar sobre o bebê.

Tendo admitido que dois e dois são quatro, e Alice se desmaterializaria como uma consciência quando o seu dono recebe algo que realmente quer, meu inocente filho estava preocupado.

— Ah, *Sam*...

Poppy também cobrou de Jilly.

— Ligo para você de manhã cedo.

— Posso estar vomitando — disse Jilly feliz, e passou o braço pelo de Sam —, mas fique à vontade.

Quando todo mundo já tinha ido embora, percorri a casa limpando e colocando em ordem a bagunça. Ianthe estava lá em cima deitada, e eu arrumei os restos do jantar numa travessa para levar para o Sr. Sears no dia seguinte.

Alguém bateu na porta da cozinha. Abri.

— Posso entrar? Esperei no carro até todo mundo ir embora.

Nathan estava encolhido dentro do casaco e parecia exausto.

— É muito tarde.

— Achei que você diria isso. Pelo menos me dá cinco minutos para falarmos sobre nosso filho.

Afastei-me e Nathan entrou na cozinha com o passo polido de um estranho.

Ele olhou em volta. Um par de sacos de lixo estava encostado na pia e ele pegou um em cada mão.

— Aonde vai com isso?

— Você sabe.

Ele os carregou até os latões de lixo, voltou, fechou a porta e encostou-se nela.

— Como está Ianthe?

Virei-me para empilhar os pratos no armário.

— Não posso falar sobre Ianthe.

— Entendo — ele digeriu as implicações. — Sinto muito não ter podido ajudar.

— Eu não esperava que você pudesse.

— Rose, olhe para mim.

De má vontade, me endireitei e virei de frente.

— Posso beber alguma coisa? E depois eu vou embora.

— Acho que o vinho acabou.

— Tinha uma garrafa de uísque no seu estúdio.

— Já bebi faz tempo.

Ele fez um gesto rápido e, antes que eu percebesse, estava presa contra a mesa. É verdade que os cheiros, neste caso a loção de barba de Nathan, detonam lembranças e excitam os sentidos. Os olhos dele eram ardentes e desesperados ao dizer:

— Tudo o que fiz, Rosie... Rose, não foi contra você.

— Nathan, gostaria que você não tivesse vindo. Foi uma noite feliz. — Comecei a me sentir tonta de nervosismo e cansaço. Afastei-o. — Este não é o momento. Nem faz sentido. O que está feito, está feito.

Ele sentou-se com um baque numa cadeira.

— Eu me culpo. Eu fico com raiva de mim mesmo... por jogar tudo em cima da família, por não saber o suficiente sobre meus filhos...

Enchi a chaleira e liguei.

— Não adianta nenhum de nós dois culpar ninguém. Você não vê? Ambos erramos. Não foi só você. Eu deveria ter visto que alguma coisa estava errada e tentado consertar. Você não deveria se deixar atrair por Minty, mas provavelmente não teria sido se eu fosse mais rápida em compreender que você estava insatisfeito.

Ele suspirou, um som desesperado.

— Por que não falamos de Sam? Estou tão contente por ele. Você está? Jilly vai ser boa para ele, e trazê-lo para fora de si mesmo.

— Acho que sim.

Estendi a mão para pegar os saquinhos de chá.

— Você não parece entusiasmado.

— Foi de repente.

— Ninguém sabia. Não foi porque você estava sendo deixado de lado. Eu certamente não vi o que estava acontecendo. Detetive do Ano. — Dei-lhe um sorriso gelado. — Não. — Mergulhei os saquinhos na água quente e fiquei olhando uma mancha se formar em torno deles. — Você vai contar a Minty sobre o bebê?

— Ainda não. Não tenho energia. É difícil... — Ele olhou para cima. — É meio complicado...

Acho que ele estava querendo que eu fizesse perguntas, mas eu não ia lhe dar gostinho. O assunto era muito penoso. Seja lá o que Nathan e Minty estivessem planejando, era para o novo Nathan sobre o qual eu não sabia nada. As trocas e os hábitos do nosso casamento não cabiam mais. Coloquei o chá na frente de Nathan, que resmungou um obrigado e procurou o açúcar. Sua mão ficou parada com a colher cheia sobre a xícara quando, com um triste e desagradável choque, percebi que não o via mais como meu marido.

Num gesto que mandou o chá voando pela mesa, ele empurrou para longe a xícara.

— Não sei por que mente e corpo pregam essas peças, mas pregam. Quando a deixei, eu não a queria muito. Agora, penso em você o tempo todo.

O chá fez uma poça no carvalho polido. Fiquei sentada bem quieta. Uma veia pulsava onde o pescoço e o colarinho de Nathan se encontravam, e a mecha de cabelos grisalhos sobre as orelhas tinha ficado mais visível. Apenas seis meses antes eu teria dado um ano da minha vida para ouvir Nathan dizer aquilo. Eu teria escutado humildemente e com imensa gratidão. Mas agora as palavras caíam num ouvido interior ensurdecido pelos acontecimentos. Há tanta discordância naquilo que uma pessoa pode ouvir antes que as notas se tornem insuportáveis e percam a sintonia. É, eu acho, uma técnica básica de sobrevivência.

— Continue — ele insistiu, e agarrou minhas mãos. — Diga que eu sou um idiota.

— Larga, por favor. Ou conversamos sobre as crianças ou você vai embora, Nathan.

Ele me soltou na mesma hora.

— Desculpe... que vergonha. Sou um idiota. — Ele pegou a xícara, colocou-a no lugar. — Esqueça. Não estou pensando direito.

— Você quase me fez sentir pena de Minty — sussurrei, levantando-me para pegar o pano e secar o chá derramado.

Nathan observou a mancha na sua mão, que estava vermelho-escura.

— As coisas estão complicadas no trabalho e eu não posso falar com Minty. Ela vê as coisas de um ponto de vista diferente. Só posso dizer isso para você, Rose, mas é... difícil ser olhado de cima por homens mais jovens que mal podem esperar para colocar as mãos no seu emprego. Eles nem se dão o trabalho de serem civilizados na sua frente. Deus sabe o que dizem por trás.

Sentei-me do lado oposto dele.

— Você era a mesma coisa, lembra?

— Verdade. Mas pelo menos fui educado com Rupert enquanto esperava que ele caísse do galho. — O sorriso familiar do homem forte brilhou rapidamente. — É outra coisa, como você sabe muito bem, estar na outra extremidade do processo.

— Claro. Mas você tem experiência, e você é esperto.

— Mas isso não torna as coisas mais fáceis.

Nathan procurou no armário onde guardávamos as bebidas e tirou uma garrafa de vinho pela metade. Apanhou um copo.

— Esse cara é consultor. Primeiros lugares em Oxford e na escola de comércio saindo pelas orelhas e ele foi solto na empresa como um furão.

— Não fique tão nervoso. Você é mais do que capaz de lhe passar a perna.

— Você acha? — ele perguntou. — Acha mesmo?

— Sim. — Falar era fácil.

Nathan estava atrás da minha cadeira.

— Fico pensando... — Sua mão acariciou de leve meus cabelos e pousou no meu ombro. — Fico pensando quanto tempo vai levar para o machado cair.

Aquele não era o Nathan que eu conhecia. Cobri sua mão com a minha.

— Escuta. Você não vai desistir.

Retirei a mão.

— O que Minty diz?

— Não sei, Rose. Simplesmente não sei.

Minha cadeira arrastou no chão quando me levantei tropeçando.

— Ah, Nathan, depois de tudo, você *não está* feliz.

Ele se recostou na pia e balançou a taça de vinho.

— Quero dizer que estou deslocado, fora de mim, mas não posso. Não posso mandar o tempo voltar. Não posso dizer que quero um pouco de paz e espaço para respirar, quando preferi escolher exatamente o oposto. Não posso dizer a Minty que ela não deve ter um bebê porque eu deveria estar pensando em netos. Não posso me virar para você, Rose, e perguntar "O que eu vou fazer?". Não posso pedir para voltar.

Não, isso não era possível. Por mais que eu tentasse, não poderia colocar tudo de volta no lugar. Sair de um casamento não era tão simples como sair por uma porta afora. Destruía algo tão profundo, tão inserido no sangue e nos ossos: o amor que chega depois que o desejo ardente se apagou, a confiança, a familiaridade, o prazer do compromisso, e isso não pode ser reconstruído.

Mas alguma coisa podia ser salva... com sorte. Com generosidade e piedade também, que ambos precisávamos encontrar.

Espalmei minha mão sobre sua boca.

— Não.

Seus lábios moveram-se sob meus dedos.

— Me escute, Nathan. Já estamos nos acostumando a não estar mais juntos. Vai ficar mais fácil. De qualquer maneira, não vamos nos perder totalmente. Como poderíamos? — Passei os braços em volta dele e o abracei, como teria abraçado Sam. — Você me magoou tanto que pensei que ia morrer, mas isso passou. Entendi que o amor flui e se ajusta a diferentes formatos em diferentes tempos. Encontrar Hal outro dia — Nathan franziu os olhos — também me fez ver que as pessoas importantes jamais o abandonam. — Sacudi-o delicadamente. — Nathan, olhe para mim. Abra os olhos. Você tinha razão nesse ponto. Elas estão ali.

Nathan sussurrou:

— Cometi o erro de pensar que sexo era uma coisa que não era. — Ele olhou para mim, cansado e desconcertado. — Ou talvez eu jamais saberei por que fiz o que fiz.

Talvez nenhum de nós jamais saiba. E assim era a vida.

Eu fiz a piada, como a pequena sereia Ariel, que caminhou com os pés sangrando até o homem que não a queria, teria feito:

— Pelo menos você se divertiu errando.

— Cale-se, Rosie. — Nathan me segurava como se não fosse mais me largar, e murmurou com o rosto enfiado no meu ombro. — Minty está morrendo de medo de morar aqui.

Por um segundo ou dois, abracei o corpo familiar que não era mais familiar. Depois o soltei.

— Difícil.

Ele mergulhou as mãos nos bolsos.

— E você? O que eu fiz com você?

Demorou um segundo para eu achar uma resposta.

— E o que eu fiz com você, Nathan? Eu achei que o entendia perfeitamente e me ajustei em torno dessa forte noção assentada na minha cabeça. Mas devo ter deixado passar alguma coisa, o pedacinho de você que também desejava a grama verde do outro lado da cerca. Viajar, fazer algo diferente. Eu fiz aos 20, então por que você não fez aos 50? Mas eu me acostumei com você sendo previsível, e por que você deveria ter sido? — Baixei os olhos para minhas mãos, resolvendo que não faria deste gesto um hábito. — Talvez seja esse o verdadeiro problema dos casamentos. A rotina se torna tão desgastada e tão lisa que você se esquece de pensar a respeito. Como deveria. Penosamente. Até ser tarde demais. Mas não precisa se preocupar. Eu vou ficar bem. E você também.

— Os relógios não voltam atrás?

Balancei a cabeça:

— Você tem de pensar em Minty.

— Tenho.

Nathan pegou a taça de vinho, pensou melhor, colocou-a com cuidado no aparador e começou a chorar. Eram as lágrimas finais.

Uma hora depois, Nathan deixava Lakey Street. A essa altura já estava com os olhos secos e pálido. Ele me beijou de leve e disse:

— Manteremos contato, não importa o que aconteça.

— Claro — e acrescentei: — Vocês podem se mudar para cá assim que eu tiver resolvido sobre o apartamento.

— Tem alguma coisa impedindo você? Posso ajudar?

— Somente detalhes.

A porta da frente se fechou, e eu fiquei na casa quieta, sombria, que não seria mais a mesma.

Capítulo 26

Assinei o contrato para a compra do apartamento. Não falei muito sobre isso, e Sam e Poppy estavam proibidos de fazer qualquer referência a uma nova vida ou a um novo começo — que, é claro, era o caso. Bem de mansinho, para não assustar o passarinho, eu os instruí. Eu ainda estava sacudindo minhas asas úmidas, enrugadas, e queria que o rito de passagem se fizesse sem alardes e grandes gestos.

Comecei a empacotar minha metade da casa. Não demorou, e o patamar da escada estava repleto de caixas. Meu estúdio desapareceu e a ordem creme e branco da cozinha foi com ele.

No sótão, tropecei numa mala antiga de fecho metálico, com o rótulo "roupas de Jack", na caligrafia de Ianthe. Estava cheia de roupas de bebê, as que eu não me decidira a jogar fora. Um vestidinho com casinha de abelha. O primeiro macacão de Sam. Um par de sapatos vermelhos gastos.

A poeira me fez fungar; ou quem sabe eu estava chorando.

Bem no fundo, escondido em papel de seda onde poderia ter ficado esquecido, estava um boné de *tweed*. Do meu pai.

Enterrei o rosto nele. *Onde está meu passarinho?*

Devolvi o vestido, os sapatos, o macacão e o boné para a mala, com camadas de papel de seda, e arrastei-a até o patamar.

Uma primavera tranqüila marcava o tempo, um tempo de cura, pontuado por telefonemas do advogado e do agente imobiliário. Eu continuava trabalhando para Kim duas vezes por semana. Com freqüência Vee me mandava um livro. *Se emagrecer mais, eu mato você.* Neil Skinner ligou e agendou para mim mais trabalhos de pesquisa em junho, desta vez sobre o patrocínio nas artes. Um convite chegou pelo correio para o casamento de Charles Madder e Kate Frett. Um bilhete estava anexado: eu poderia aparecer para uma pequena reunião para almoçar na véspera porque Charles gostaria muito de me apresentar aos seus filhos?

Logo depois da primavera vinha o verão, uma orgia de cores e sensualidade.

Junto com o jardim, eu esperei também: esperei para me descartar de uma pele velha, para que aquelas novas asas secassem ao sol e eu saísse limpa e renascida. Por assim dizer, eu estava começando de novo.

Kim e eu estávamos discutindo os méritos e deméritos de um livro sobre projetos de interiores. Kim estava debruçado sobre a mesa e a gravata atrapalhava. Eu estava relaxada na minha cadeira bebericando um *cappuccino*. Nós nos divertíamos discutindo se paredes roxas e douradas tinham apelo popular. (Não.) Também falávamos de números e contratos, editores e leitores. Durante aquele agradável interlúdio chegou o telefonema de Poppy. "Mãe, preciso ver você."

Depois do trabalho, peguei o desvio para a casa de Poppy e toquei a campainha do que parecia ser um apartamento silencioso. A porta acabou se abrindo e revelando uma Poppy de óculos e o rosto marcado de lágrimas.

Ela me levou até a cozinha e eu quase tropecei numa pilha de roupas para lavar jogadas no chão. A pia estava até em cima de louças e uma surpreendente quantidade de copos de vinho. Alguma coisa estava fervendo numa panela sobre o fogão.

— Tristeza — eu disse.

Poppy franziu a cara.

— Eu estava tentando arrumar. Richard detesta bagunça. Eu não imaginava que ele era um maluco por limpeza. Nunca foi assim. De qualquer maneira, eu não consigo entender. Depois discutimos e ele chega em casa mais tarde ainda. Eu tenho todo o tempo do mundo, mãe, e não faço nada. Não sei para onde o tempo vai, e fico aborrecida e faço menos ainda.

Desliguei o gás debaixo da panela, peguei as luvas de borracha e disse, de uma forma prática:

— Eu lavo se você der um jeito no resto.

Poppy de uma meia-volta abrupta.

— Ah, mãe, não precisa exagerar.

— Não vai ajudar?

Poppy jogou duas toalhas de chá no chão.

— Não vejo por que eu tenho de ceder. Só porque ele tem um emprego, pensa que pode chegar em casa exigindo o jantar. — Ela levantou os olhos para o teto. — Acorda, Richard. Não estamos no século XIX.

Resgatei as toalhas e empurrei a pilha de roupa suja para um canto.

— Querida, é muito difícil trocar as viagens e a liberdade pela vida doméstica, mas isso pode e deve ser feito, pela maioria das pessoas pelo menos.

Poppy fungou, descrente.

— Se você tivesse um emprego talvez se sentisse melhor.

— Parece que eu também não consegui resolver isso.

Poppy tinha decidido tentar publicidade na área editorial.

— Na verdade, me ofereceram um lugar como assistente de vendas, mas achei bobagem fazer uma coisa que não tenho intenção de continuar.

— Não teria sido melhor tentar? Saber como os livros vendem deve ser muito útil, Poppy, e se você tivesse um emprego não dependeria tanto de Richard.

A voz de Ianthe, em alto e bom som.

— Você é um dinossauro, mamãe. Richard concorda comigo que não adianta assumir compromisso.

Eu suspirei:

— Então, qual é o problema?

— Não sei. — Poppy se encolheu numa bolinha perplexa. — Não sei por que estou me comportando tão mal.

Cedi ao impulso maternal e calcei logo as luvas de borracha. Eu sabia do que Poppy estava falando; claro que eu sabia. Oliveiras e mar cor de vinho escuro. Fontes ao luar. Eram papéis de parede mentais sedutores, radiantes. Eu disse com cuidado:

— Poppy, você escolheu se casar.

Ela saiu do seu torpor explodindo.

— Mas eu não queria me tornar chata e insossa. — Ela deu um chute na pilha de roupas. — Não posso compreender como Richard mudou. Ele não era assim antes. É como se ele tivesse sido engolido por alguma coisa e tem um impostor no seu lugar. Toda essa bobagem de "você prepara o jantar porque eu vou trabalhar". Eu *sei* que tenho sorte, e não estou passando fome e não sou uma refugiada e a minha família não foi massacrada, mas, sinto muito, isso não faz nenhuma diferença quando a alma dói.

Eu a abracei tão forte que o aro dos seus óculos espetaram meu rosto. Minha pobre Poppy. Ela teria de ser mais flexível e se curvar.

— Dê tempo ao tempo, Poppy. Por enquanto. Depois você se acostuma. Não confunda as coisas e não desista ainda. Você vai se arrepender se fizer isso.

Ela suspirou e se aninhou nos meus braços.

— O que eu faço, mamãe? Você sabe. Você passou por isso.

— Seu pai e eu tivemos sorte porque ambos sabíamos o que queríamos.

No meu caso, não foi preciso muita inteligência, e Nathan percebeu logo minhas necessidades. No nosso quinto encontro, ele estava sentado do meu lado no cinema e durante o *trailer* pegou na minha mão. "Quero mudar de vida, Rose, e acho que você serve." Ele ergueu minha mão e beijou meus dedos, um por um. "Quero me casar com você." Pouco mais tarde, ele pediu: "Leve-me até Yelland. Gostaria de ver onde você viveu quando criança. Depois compreenderei coisas importantes a seu respeito."

A força que tem a compreensão do outro! Opera milagres. Com que riqueza a imaginação pode construir o amor com palavras e imagens. Como eu fui grata por isso. Como eu me apeguei à promessa de ordem e amor que Nathan oferecia.

Beijei os cabelos desalinhados de Poppy e repeti:

— Não desista.

Suas sobrancelhas se entortaram.

— Ele é um demônio. Que diabos me fez casar com ele?

— Sou? — Richard apareceu no vão da porta, e tanto Poppy como eu nos assustamos. — Você não pensava assim antes. De fato, lembro bem do contrário na Tailândia.

Poppy se livrou de mim.

— Como ousa ficar ouvindo escondido?

— Mesmo se eu fosse cego e surdo, não poderia ter perdido esta cena tocante.

Nitidamente muito zangado, Richard avançou para dentro da cozinha. Estava usando o terno de trabalho e alguma coisa do antigo Richard era evidente nos dois botões que faltavam nos punhos da camisa.

— Tenho o direito de estar na minha própria casa.

Descalcei as luvas de borracha; sempre uma boa idéia numa briga.

— Oi, Richard.

Richard me ignorou e se dirigiu à esposa.

— Eu não pensei que você fosse do tipo de sair correndo para a mamãe.

Poppy colocou as mãos nas costas.

— Não sou. Mas se eu quisesse fazer isso, você não poderia me impedir.

— E a lealdade? — Ele deu um passo em direção a Poppy, que recuou. — Conhece essa palavra?

Ele arrancou o paletó do terno e colocou sobre uma cadeira. Eu captei um vislumbre da sua expressão magoada, intrigada.

— Poderia sair, Rose?

A discrição é a melhor parte da coragem, e eu fui me dirigindo para a porta.

— Eu proíbo você de ir — ordenou Poppy.

— Sua mãe não tem nada a ver com isso.

— Tem, se eu disser que sim.

Richard agarrou Poppy pelo braço.

— Quer que a sua mãe assista a isto? Somos um esporte com platéia?

— Mamãe fica.

Richard corou num tom perigoso de vermelho.

— Estou fora o dia inteiro ganhando o nosso pão e não gosto de chegar em casa e escutar confidências, e não me agrada... — ele disparou na minha direção um olhar justificadamente desagradável — ...ver você curtindo um assassinato moral com sua mãe.

Richard estava certo. Isso era assunto deles, e particular. Peguei a bolsa e bati em retirada. Quando fechei a porta atrás de mim, ouvi Richard dizer:

— Poppy, isso foi imperdoável... Como pôde fazer isso comigo?

E o som do soluçar frenético de Poppy:

— Richard, eu não quis dizer isso. Eu não quis magoar você...

No dia seguinte, de manhã cedo, Mazarine telefonou.

— Vendi a casa. Perdi dinheiro. Mas não agüentava mais.

Deve ter sido muito difícil para ela se separar de um bem tão valioso, que em situações normais ela teria apreciado tanto. Eu sufoquei um leve pesar por algo tão belo ter lhe escapado das mãos.

— *Dommage* — ela acrescentou.

— Você fez a melhor coisa.

— Acha?

— Sem dúvida.

Mazarine baixou a habitual guarda.

— Rose, fico contente por você ser minha amiga.

— Fico contente porque você é minha.

Ficamos pensando naquela agradável troca de palavras. No fundo ouvia-se o barulho de marteladas.

— Onde você está?

— Na galeria. Os meninos estão montando a exposição. Você precisa vir. É sobre as implicações neurolingüísticas do lixo. Você vai adorar. Precisa vir e ver, realmente olhar, e tentar compreender.

Ela parecia aliviada de um peso. Eu prometi que apareceria em junho e anotei a data na minha agenda. Também lhe contei as novidades sobre Sam e Jilly.

— A natureza abomina o vácuo — disse ela.

Eu tinha acabado de desligar o telefone quando alguém bateu na porta da frente. Para minha surpresa era Sam. Estava chocado e sem fôlego. Eu o fiz entrar e fechei a porta.

— Mãe, graças a Deus você está aqui. Não consegui pensar em mais ninguém. Preciso da sua ajuda. Acabei de receber um telefonema do hospital de Bath. Alice... pelo que parece... não posso acreditar nisso... tentou se matar. A faxineira a encontrou e ligou para mim.

— Vou fazer a mala.

O rosto dele clareou.

— Vai, mãe? Preciso de apoio moral.

— Onde estão os pais dela?

— Na Austrália. De férias. Vai levar um dia para chegarem aqui. — Ele passou a mão pelos cabelos. — Não suporto pensar em Alice sozinha.

A freira de plantão no hospital perguntou quem éramos e quando explicamos olhou fixo para Sam:

— Não acho que o senhor deva vê-la.

Entretanto, ela estava disposta a negociar comigo quando lhe mostrei que não havia mais ninguém.

— Devia haver *alguém* — eu falei.

Alice tinha sido isolada no final do corredor, num quarto particular que conseguia ser ao mesmo tempo abafado e frio. Cheirava a desinfetante e alguma coisa mais... Se o desespero tivesse alguma característica física, seria essa.

Quando entrei ela estava deitada imóvel com o rosto voltado para a janela. Puxei a cadeira dura de hospital e me sentei.

— Oi, Alice.

Nenhuma resposta, e eu tive um quadro mental vívido da Alice dourada, brilhante, se desmontando. Ela parecia magra e os cabelos louros espalhavam-se pela fronha do travesseiro, frágeis como pedaços de madeira à deriva. Tentei outra vez.

— Alice, é Rose.

— O que fez *você* vir? — ela sussurrou.

— Nós nos conhecemos um pouco. Pensei que deveria ter alguém aqui até seus pais chegarem.

Seus lábios mal se mexeram.

— Por que se incomodar? Não temos mais nada a ver uma com a outra.

Peguei uma das suas mãos moles entre as minhas.

— Sinto muito que você tenha ficado tão desesperada...

— O que você entende disso, Rose?

— Sei o que é ser abandonada. Deixa... deixa você sensível às outras pessoas que estão no mesmo barco.

Precisava tão pouco para destruir uma pessoa.

Houve outra longa pausa e ela pareceu se controlar.

— Não é engraçado? São as pessoas decentes, boas, que decepcionam você no final. Você se acostuma tanto com elas sendo decentes e boas que se esquece que por baixo somos todos iguais. Que elas cuidarão dos próprios interesses na primeira oportunidade, como todo mundo.

Isso não era justo com Sam.

— Ele esperou muito tempo, Alice, e acho que desistiu. Talvez tenha percebido que existe um limite para o tempo que se pode amar e ficar esperando que alguém se decida a vir junto. Ou cooperar. No final, ele tinha de seguir com a vida dele.

As lágrimas escorreram dos olhos de Alice, e eu me debrucei para secá-las.

— Estou me sentindo tão cansada — ela falou. — Idiota, também.

— Alice, as pessoas para quem você trabalha sabem onde você está?

— Não sei.

— Quer que eu fale com eles?

— Não me importo — disse ela. — Faça como quiser.

Depois de alguns minutos, deixei-a e fui falar com Sam. Entre nós dois inventamos uma história sobre um resfriado e ele ficou encarregado de lidar com esse lado da situação. Concordamos que eu ficaria com Alice até de noite, quando ele viria me pegar.

Voltei para o quarto triste. Um pouco depois, Alice cochilou, e a tarde foi passando.

Um carrinho passou com um som abafado pelo corredor. Telefones tocavam. Uma enfermeira enfiou a cabeça pela porta para ver como estava a paciente e foi embora de novo. No final, Alice abriu os olhos e olhou firme para mim.

— Pensei que Sam seria para sempre. Ele disse que seria. Pensei que eu poderia demorar o tempo que quisesse antes... bem, antes de ser arrastada para me tornar uma esposa e tudo isso. — Ela franziu o rosto. — Isso era o que Sam queria, mas por que ele tinha de fazer as coisas sempre do jeito dele? Eu devia saber que ninguém fica esperando para sempre.

Eu não tinha resposta para aquilo.

Uma segunda enfermeira apareceu com uma bandeja e ajudamos Alice a se sentar. Eu lhe passei uma xícara de chá.

— Beba — ordenei.

Ela tomou alguns goles e começou a parecer melhor. Arrumei um espaço no armário para a xícara e o pires.

Senti seus olhos queimando nas minhas costas.

— Por que não fiz as coisas direito? Não é o meu jeito. Em geral sou tão cuidadosa.

— Talvez não quisesse — virei-me para olhar para ela.

Um sorriso fraco tocou seus lábios pálidos.

— Você pensou nisso?

— Não.

Alice ficou calada, depois perguntou.

— Como é Jilly? O que ela tem que eu não tenho?

Escolhi as palavras com cuidado.

— Jilly é diferente de você. Ela é mais convencional... eu acho.

— Não precisa continuar. Posso imaginar o tipo. — Alice escorregou de novo nos travesseiros. Ela protegeu os olhos com um dos braços. — Sam merece alguém gentil, que o coloque em primeiro lugar. Eu nunca teria feito isso. Não sou gentil o suficiente. Eu preciso cuidar de mim também. Quem diz que não precisa está mentindo.

Obviamente, Alice fora internada às pressas e suas roupas estavam jogadas sobre uma cadeira perto da janela. Peguei suas calças de flanela cinza. Estavam manchadas e cheiravam a vômito. Uma suéter de *cashmere* preta estava no mesmo estado lastimável. As belas e caras roupas de Alice. Eu sabia que ela se importava com aquelas coisas. Delicadamente, com todo o cuidado, eu as dobrei.

— Vou mandar lavar e entregar na sua casa — falei.

Ela deixou cair o braço.

— Por que está fazendo tudo isso por mim, Rose? Você nunca gostou muito de mim.

— Detesto ver Sam magoado.

— Então por quê?

— Porque você sempre foi honesta — respondi. — Pode ter magoado Sam, mas nunca o iludiu. Nunca lhe prometeu nada que não pudesse cumprir.

Mas ela e eu estávamos unidas por uma experiência que não tínhamos buscado e, eu desconfiava, Alice levaria mais tempo para se curar. Escovei seus cabelos para trás.

— Alice, promete que não fará mais isso?

Ela corou.

— Quem sabe? — respondeu, com um toque da sua antiga arrogância. — Talvez eu tenha pegado o gosto.

Alice manteve contato. Depois de sair do hospital teve um mês de licença e, como se sentia deprimida e desesperada, ligou para mim. Era claro que, não se dava muito bem com os pais. Mas tive uma idéia brilhante e mandei-a para Mazarine, em Paris, para ajudar nas instalações.

Elas se deram muito bem.

— Pelo menos — relatou Mazarine — ela é capaz de grande sofrimento e paixão.

E acrescentou um (raro) elogio:

— Nesse aspecto, ela é mais francesa do que inglesa. Mas preciso levá-la para fazer compras.

Capítulo 27

FIQUEI OCUPADA ACENDENDO velas ao redor de Nossa Senhora na igreja de St Benedicta: para Poppy e Richard, Sam e Jilly, Nathan, Ianthe, Alice. Também acendi uma para mim mesma. Parecia justo.

Na redação de Kim o trabalho se acumulava. Em várias ocasiões, eu acabava entrando cedo e saindo tarde. Os rumores eram de que os números do *Daily Dispatch* estavam bons, e o departamento de publicidade estava eufórico.

Mas eu corria menos. Não havia necessidade. Naquele dia, ao atravessar o parque, curti os pássaros cantando, um tenso diálogo entre pai e filho, o zumbido de um avião descendo na pista de pouso. Meu pai tinha sido um bom ouvinte. Ele gostava de pássaros, do som das águas e do farfalhar da grama. Os sons que eu estava apreciando eram sons da cidade, mas eles também retribuíam a atenção. Eram uma linha de conexão com a vida: comum e simples.

No caminho que beira o rio, os botões no carvalho estavam crescendo bem. As tulipas cor-de-rosa floriam sob um bordo e eu me abaixei para examinar a mais próxima. Os afídios enxameavam sobre a pétala decorada com minúsculos veios verdes. Aquilo era bom: a natureza não desistira do seu trabalho.

Balançando minha sacola de livros, virei a esquina para Lakey Street e lá estava Hal. Inconscientemente, eu estava esperando por ele, portanto não me surpreendi. Era bem típico ele estar escarrapachado nos degraus de entrada, lendo o jornal da tarde. Ao lado dele havia uma cesta com alça dobrável.

— Faz tempo que você está esperando?

Ele olhou para cima e ficou de pé.

— Ótimo. Eu tinha lhe dado mais vinte minutos, e depois ia tentar de novo outro dia.

Um movimento dentro da cesta quebrou uma pausa constrangida.

— O que você tem aí dentro?

— Se me deixar entrar, eu mostro.

No corredor, ele colocou a cesta no chão e abriu.

— Vem cá. É um presente.

Eu ajoelhei nos ladrilhos frios, olhei para dentro e senti o meu coração apertar: era um gatinho, tão arrepiado e amarelo como uma criatura da selva. Estendi um dedo, toquei na sua cabeça; e mais uma vez eu andava pela casa, segurando meus bebês chorões, enquanto um gato dormia na prateleira sobre o aquecedor.

— Abandonado — explicou Hal. — Amanda, minha ex-mulher, encontrou-o na estrada. Mas acho que machucou a pata e não curou direito, portanto não tem muitos movimentos.

O gato deixou que eu o tocasse, mas senti que ele não era um espírito dócil. Seus olhos amarelo-esverdeados tinham a expressão ousada de um vagabundo acostumado a fazer o que bem entendia. Era um animal que exigiria tempo e manha para conquistar e domesticar.

Olhei para Hal.

— Sinto mais falta de Parsley do que posso confessar.

— Pode ficar com ele, se quiser. — Ele se agachou ao meu lado. — Coitadinho.

Nós o levamos para a cozinha semidesmontada e tentamos acomodá-lo. O machucado impedia os movimentos, mas depois de bufar e arquear as costas várias vezes ele se enroscou numa velha suéter minha e adormeceu.

Hal colocou a mão no meu ombro.

— Rose?

Ele estava pedindo permissão. Para continuar a troca de informações falando de coisas de peso maior? Eu não sabia, e não sabia o que ia perguntar em troca.

Sua mão apertou o meu ombro.

— Você está com boa aparência.

— Estou. — Notei as suas calças e o seu casaco que pareciam ter custado um bom dinheiro. — E você parece próspero.

— Na verdade — disse ele —, eu vim lhe perguntar uma coisa.

Havia um pote novo de mel sobre a mesa. Eu o peguei e coloquei no armário. De repente, sentia-me tímida como uma menina de colégio.

— Por que não fica e janta comigo? Posso preparar um macarrão. Depois você pergunta.

— Eu devia levar você para sair.

Fechei a porta do armário.

— Eu não teria convidado você se não estivesse falando sério.

— Bem, então... — disse ele. — Eu aceito. Mas se importa se eu telefonar para Amanda? Ela deve estar me esperando. Não se preocupe, ela não se importa. E o marido dela certamente não.

Enquanto Hal telefonava, corri pela cozinha, preparando molho à carbonara, fervendo o macarrão, colocando a mesa, e olhei por acaso para o jardim.

Estava bem menos arrumado, com uma dimensão esparramada e irregular estranha, mas a Marie Boisselot tinha montado todo um serviço de jantar de flores brancas em forma de pratos.

— O que você está pensando? — Hal tinha voltado para a sala.

A florada dos lilases estava pesada e com aparência de abandono, o *Solanum* trepava pela treliça e os botões no Iceberg perto da janela pareciam promissores.

— Que farei o meu próximo jardim com um pouco mais de cor. Vou fazer diferente.

Hal espiou lá fora, mas ele não sabia nada do período branco. Um dia talvez eu lhe contasse. A idéia acendeu uma centelha de interesse, excitação até. Eu o fiz sentar-se, deilhe um copo de vinho e cacei pela cozinha semi-empacotada algumas tigelas.

— Amanda gostou de você ter ficado com o gato.

Eu me ocupei escorrendo o macarrão e misturando o molho.

— Quanto tempo vocês ficaram casados?

Ele sentou-se à mesa.

— Nove anos. Amanda é uma pessoa boa, paciente, mas até ela não suportou as ausências. De qualquer modo, ela encontrou Edward e está muito feliz.

— Você se importou? — Coloquei um prato diante dele e me sentei.

— Sim, eu me importei. Muito. — Seus olhos encontraram os meus. — Eu fui um idiota.

Concentrei-me em enrolar o macarrão no garfo. Não queria colocar tudo em escaninhos — bom, mau, indiferente — mas era importante para mim que Hal tivesse sentido o fracasso do seu casamento.

— Parece que eu me especializo em ser um idiota, Rose, não é mesmo?

O meu garfo assumiu vida própria e caiu retinindo no prato.

— Está querendo dizer o quê?

Empurrando o prato de lado, Hal colocou as mãos sobre a mesa. Pigarreou.

— Vamos acabar com isso. Nunca pude pedir desculpas por você ter perdido o bebê e pelo modo como a tratei. É uma coisa que eu queria fazer. Agora posso.

> Na primeira curva do segundo degrau
> Virei-me e vi lá embaixo
> A mesma forma enroscada no balaústre...

Hesitei em discutir aquele assunto. Não suportava dissecá-lo nos mínimos detalhes.

— Eu não devia ter concordado em ir com você, Hal, mas estava doente de amor, e não pensei. Não sabia dos riscos. Era ignorante.

— Pelo menos eu deveria ter cuidado melhor de você. Não devia tê-la deixado em Quetzl, por mais que você implorasse. Achei que era a coisa certa, que mostrava que tínhamos tomado as decisões adequadas. Mas não foi uma atitude muito adulta.

Meu olhos travaram nos seus:

— Na época foi... a solução.

Hal não fez nenhum esforço para tocar em mim, e eu acho que ele queria vencer o abismo entre nós dois, mas isso era certo: precisávamos tratar desse assunto sem distrações.

— Sinto muito, muito mesmo. Nunca me perdoei por deixar você daquele modo. Naquele hotel repugnante onde poderia ter pegado uma doença terrível. Você estava doente, precisando de atenção. Mas eu estava muito desesperado para não... determinado a fazer o trabalho sobre os ianomâmis. Não consegui fazer a transição de um romance para algo que ameaçava me prender, e eu só conseguia pensar em mim mesmo. Então, optei.

— Foi a minha opção também — acrescentei, mas minha voz não estava totalmente sob controle.

— Sim, mas é uma vida mais justa, melhor, se somos capazes de pensar em nós mesmos *e* levar em consideração outras pessoas. Ou outra pessoa. Estou perdoado?

O telefone começou a tocar, mas ignorei. No final ele desistiu e o silêncio na cozinha era estilhaçante. Eu sorri para Hal.

— Eu o perdoei há muitos anos. Eu precisava, ou não poderia ter continuado casada com Nathan. Eu tinha de me livrar de você para viver com ele. Eu o empurrei para o fundo da minha mente e fui viver outra vida.

— Você se arrependeu?

— Não. Nunca. Fui muito feliz. E não queria que acabasse. Mas acabou.

A resposta pareceu agradá-lo, e ele concordou comigo. Os olhos azuis ainda eram como gencianas, um forte *surcote*, a cor da paz e da resolução.

Ele bateu no copo.

— Conte-me mais.

Se a idade significava perda, a perda da infância, da magia e da crença, o primeiro ímpeto de desejo e fé, ela também devolvia algo inesperado. Pois enquanto Hal e eu continuávamos falando, e moldávamos o passado em pedaços compreensíveis, o desejo reacendeu suas chamas e uma antiga ânsia e crença agitou-se. Eu não estava morta. Não estava acabada. Nem estava invisível ou derrotada. E o ar fresco estava soprando através do hábito e da expectativa.

Algum tempo depois, não sei quanto, tínhamos conversado sobre tudo que fizemos no passado, e sobre o que planejávamos para o futuro. O de Hal compreendia a Namíbia (de novo), os ianomâmis (de novo), e a plantação de oliveiras na Umbria. O meu era reconstruir meu trabalho (em outros termos), ganhar a vida e construir um novo lar.

— Eu preciso ir — disse ele, finalmente. — Quando posso vê-la de novo? Por que não vem ao meu apartamento? — Ele sorriu. — Não tem fantasmas. — Ele abraçou o casaco.

— Ou vem à plantação antes que o verão chegue com toda a força. É a melhor época.

Com a mão na porta, ele parou.

— Estou contente de ter me arriscado e vindo aqui.

Levei algum tempo para pegar no sono, mas quando adormeci sonhei que estava flutuando pelo ar ensolarado, leve e livre como uma pena escapando da asa de um anjo.

Quando desci as escadas na manhã seguinte, o gato ainda estava enrolado no suéter, mas senti que estava defensivo e inquieto. Ao me ver entrar, ele levantou a cabeça, e o pêlo era macio e dourado como se poderia desejar. Preparei logo uma refeição para ele com os biscoitos preferidos de Parsley, que ainda estavam escondidos num pacote dentro do armário, e um pouco de molho quente. Eu lhe disse que era uma bela criatura, e ele me ouviu.

Ele voltou para a cesta sem muitos problemas, mas protestou quando saí de casa e desci os degraus do Sr. Sears.

— É você, Betty? — ele chamou.

O tempo estava ficando quente, e o quarto estava abafado. Mesmo assim, o Sr. Sears estava encolhido debaixo das mantas. Parecia tão pequeno e derrotado pela vida e pelas suas incapacidades, e estava chorando, muito e baixinho. Ajoelhei-me ao lado dele e coloquei a cesta sobre a cama.

— Sr. Sears, trouxe uma coisa. Um presente.

— Se é do Conselho, manda de volta.

Eu abri a cesta, e o gato me presenteou com um brilho verde.

— Você fica bonzinho — eu o repreendi. — Saiba de que lado do seu pão está a manteiga.

Eu o soltei e o coloquei no colo do Sr. Sears.

— Ele precisa de um bom lar, e eu pensei que o senhor gostaria de ser amigo dele. Ele precisa de quem cuide dele porque está machucado. Se o senhor preferir, Sr. Sears, eu o levo para Keith examinar.

O Sr. Sears gritou alto e suas mãos correram para cima da manta. O gato ficou tenso, ergueu a cabeça e transferiu a atenção de mim para o lacrimejante Sr. Sears.

Ele estendeu um dedo com sua unha dura.

— Deitado — ordenou, contra todas as regras de treinamento de gatos. Por algum milagre, o gato simplesmente arqueou as costas, ajeitou a perna enrijecida e obedeceu.

O Sr. Sears olhou triunfante.

— Tem coisas que a gente não esquece.

Eu me retirei para a cozinha. Quando voltei, o gato estava acomodado na cama e ambos travavam uma conversa. Nem prestaram atenção em mim.

Liguei para Hal.

— Dei o gato — confessei. — Alguém precisava mais dele do que eu, mas também...

— Sim?

— Teria sido um retrocesso. Teria sido tentar reviver uma fase que já passou. Não posso explicar isso. Desculpe. Espero que não fique ofendido.

— Muito interessante — ele falou — e, não, não me importo.

Eu sabia que ele estava sendo sincero.

— Hal, você viria a uma festa para um amigo que vai se casar? Acho que vai se divertir.

— Com a condição que você venha fazer compras.

— O que primeiro?

— As compras.

Foi assim que, vestida no meu vestido de linho e usando a *lingerie* francesa, fui com Hal ao almoço de Charles Madder para comemorar seu casamento, que devia ser secreto.

Mas a imprensa estava atenta. Quando saímos, esbarramos numa multidão de fotógrafos. O resultado foi uma fotografia na primeira página do jornal do dia seguinte — de Charles e Kate deixando o restaurante, seguidos de Hal e eu. Eu estava segurando uma grande sacola, com as botas de caminhada mais macias, mais finas e caras que Hal podia comprar, e que ele tinha insistido em me dar.

Poppy veio examinar o novo apartamento.

— Recebi ordens de relatar tudo ao papai — disse ela. — E ele me mandou não dizer nada para você.

— Bem, não diga, então.

Poppy enfiou a cabeça num dos armários da cozinha.

— Está com um cheiro horrível. Espero que você arranque tudo isso e faça de novo.

— Não tem necessidade. Por baixo da pintura medonha tem uma madeira linda. Só precisa de cuidados.

Enquanto eu fazia as listas, Poppy revistava o restante do apartamento, mas eu desisti um pouco depois. Podia fazer tudo quando me mudasse.

— Está bom — disse Poppy, mas ela tinha dúvidas. — E o jardim é um pouco extravagante.

— Desde que o apartamento seja quente e à prova d'água.

— Tão diferente de você, mamãe. Você se esforçou tanto em Lakey Street. Gastou tanta energia para fazê-lo agradável. Promete que não vai entrar em decadência e não se importar mais.

— Estou parecendo decadente?

Poppy remexeu numa bolsa elegante e cara com a forma de um *croissant*.

— Bonita bolsa — acrescentei.

Uma expressão divertida passou pelo seu rosto.

— Não é?! Richard me deu. — Ela pescou artigos de maquiagem e um envelope de plástico transparente cheio de moedas. — Onde *está* o meu celular?

Eu balancei o envelope — não o envelope luminoso no qual eu pensava aos 16 anos, mas um infinitamente mais simples e prático.

— Por que todas essas moedas, Poppy?

— Richard diz que precisamos começar a economizar. Aposentadoria e outras coisas. De grão em grão a galinha enche o papo. Portanto, estou economizando minhas moedas.

Aquela era mais uma nova luz sobre a minha impulsiva, romântica, filha. Fechei meu caderno de anotações e toquei o cotovelo de Poppy.

— Como estão indo as coisas?

— Bem... tivemos uma enorme discussão outro dia. Fiz minha mala, mas Richard me parou na porta.

— Vocês estão se falando, ou não, no momento?

Houve uma pausa.

— Falando... mais ou menos. Tive uma entrevista de emprego, editorial, e Richard me comprou um terninho para usar na ocasião, portanto tenho de falar com ele.

— Ah, bem, então — eu disse. — Não pode ser assim tão ruim.

Levei Poppy de volta para Kensington no meu carro.

— Sam falou alguma coisa sobre Alice? — perguntei.

— Ele disse que ela ia ficar bem, mas sentia-se terrivelmente culpado e que não tinha idéia de que ela gostasse tanto dele.

Contornei um caminhão estacionado em local proibido.

— Gostei mais de Alice depois que Sam a deixou. Ela é honesta.

Poppy fez uma careta.

— Jilly está chateada. Acha que Alice resolveu arruinar a felicidade dela.

— Não acredito que Alice fez isso só para se vingar de Jilly. Acho que Jilly não tem culpa nessa história.

— Bem, isso vai deixá-la mais animada. — Havia um leve toque de malícia no tom de voz de Poppy. Talvez não a tivesse perdoado por não lhe contar nada. — Mas se você acha que Jilly não fez nada, você está errada. Jilly olhou uma vez para Sam na festa e partiu para cima dele.

Aquela era uma nova perspectiva sobre a luminosa Jilly.

Cada uma de nós ficou pensando na conversa até virarmos na rua de Poppy.

— Você não está planejando arrumar um cachorrinho ou começar a fazer tricô, nem nada disso, não é, mãe?

Atônita, olhei para ela.

— Não. Por quê?

— Mulheres que se aposentam do mundo costumam fazer esse tipo de coisa.

— Estou me aposentando do mundo? Eu não!

Ela examinou meu terninho elegante de linho e os cabelos mais claros.

— Não — sorriu. — Mas algumas pessoas fazem isso. Elas resolvem abandonar tudo.

— Bem, eu não. Tenho muitas coisas para fazer. Muitas coisas para ver. E tem alguém que gostaria que você conhecesse. É um velho amigo da universidade e pensei que talvez você o ache interessante.

Seu rosto fechou.

— Acho estranho pensar nisso, mãe. Você com um passado. Não acha — ela desabafou — não acha que pode voltar um dia para o papai? Ele fala muito de você quando Minty não está por perto.

Eu fiz a única coisa que podia fazer. Estendi a mão e peguei a dela, mantendo a outra no volante. Poppy olhava firme para a frente. Depois de um minuto ou dois, ela recolheu a mão, tirou os óculos e limpou as lentes.

Capítulo 28

TIMON LIGOU.

— Que tal honrar a primeira página? Pode comemorar comendo um sanduíche comigo na redação? Conferi com Jean. Nathan vai passar o dia numa reunião em Bournemouth. Você não se encontrará com ele.

Eu ri.

— Não precisa fazer mistério. Nathan e eu estamos na mais perfeita cordialidade.

Mais por curiosidade do que por outra coisa, aceitei o convite de Timon, mas me certifiquei de chegar mais de cinco minutos atrasada.

O prédio da redação não tinha mudado nada e, lá dentro, o cheiro era o mesmo, e o mesmo bloco de notas rosa pousava sobre a mesa de Timon, ao lado de um prato de sanduíches e água mineral.

Ele estendeu a mão:

— Pouca água passou por baixo da ponte.

Isto era tão evidente que não me dei o trabalho de responder. O sorriso de Timon foi ligeiramente sinistro.

— Tudo bem, Rose, vamos dispensar a conversa fiada?

— Tudo bem — respondi e fiz uma rápida revisão mental dos números que tinha visto sobre a mesa de Kim. — Como se sente com a queda da circulação?

A competição sempre atiçou Timon.

— Os números do *Daily Dispatch* não foram assim tão brilhantes.

— O *Daily Dispatch* não estava fazendo promoções.

Nos demos tempo para refletir sobre a discrepância a favor do *Daily Dispatch*. Timon ofereceu-me um sanduíche e serviu a água.

— Você não perdeu o juízo. Suponho que Nathan tenha deixado você bem.

Eu não achava que detalhes do divórcio fossem problema de Timon, mas eu o conhecia muito para compreender que a observação tinha sido bem-intencionada.

— Nathan tem sido mais do que generoso.

— Bem, esse é Nathan. — Timon mastigava um sanduíche de frango com abacate. — Sabia que Minty está sendo transferida para a seção de atendimento ao consumidor?

Sem dúvida havia um segundo motivo para aquele encontro, mas fiquei surpresa por Timon revelá-lo tão cedo.

— Não, não sabia.

— Você precisa manter a vantagem neste jogo. Não parar. Não sei se Minty ficou de olho na bola.

Um pedaço de abacate escorregou entre as fatias de pão e ele pegou antes que caísse. Limpando as mãos, ele disse:

— Você e eu sabemos que o que acontece dentro uma empresa não tem caráter pessoal.

Larguei meu sanduíche, chocada com o modo como Timon soava antiquado — um homem devorado e obcecado pelo trabalho.

— Isso é uma forma de ver as coisas.

— As regras da vida privada não se aplicam.

Numa vida anterior, eu tinha trabalhado com aquelas panacéias. Elas escorregavam facilmente da língua, eram convenientes e portáteis, como bagagens leves. Mas eu não tinha mais de carregá-las.

— Sim — Timon ergueu uma sobrancelha, o que o fez parecer mais uma caricatura do que desejaria. — Dirigir um negócio não deixa muito espaço para escrúpulos.

O telefone tocou, e Timon ignorou. Isso me fez ficar atenta: antes Timon jamais ignorava telefonemas. Ele continuou:

— As páginas da seção de livros têm sido decepcionantes. Acho que Minty andou tendo uns problemas de saúde. Do tipo que faz você tirar o olho da bola.

— Então?

— Se eu acenasse com a idéia, diante do seu lindo nariz, de que, possivelmente, seu antigo emprego estaria disponível, o que você diria?

Eu não podia negar a profunda, intensa satisfação. Estendi a mão para pegar a água mineral e me servi de mais um copo. Eu queria que esse momento se estendesse para sempre.

— Dê-me os detalhes.

— Mais dinheiro. Um contrato melhor. Kim está subaproveitando você.

— Kim e eu nos entendemos. Ele tem sido muito bom comigo.

Tim sacudiu os ombros.

— Ah, tudo bem. — Ele puxou para si o bloco e brincou com a espiral. — Tem outros.

Como ameaça, não me impressionou.

— Claro. — Mas eu estava curiosa. — Timon, o que Minty deixou de fazer exatamente?

Ele encheu uma página em branco com um enorme círculo.

— Tenho só um pressentimento de que ela perdeu o rumo. — Ele olhou para cima. — Meus instintos em geral não falham.

Um diabinho, um demônio, dançou alegre na minha cabeça.

— Você a colocou ali, Timon. — Peguei minha bolsa. — Obrigada pela oferta. Vou pensar e depois eu ligo.

Na porta, parei. Nós nos conhecíamos fazia muito tempo, e dividimos não poucas coisas. Bons tempos, maus tempos. Virei-me:

— Engraçado, foi bom ver você.

Ele já havia aberto um grosso fichário e estava folheando os documentos.

— Sinto muito que Minty não tenha dado certo.

Ele me fez um leve aceno e disse:

— Acontece. Algumas pessoas não se promovem bem. — Um canto da sua boca baixou. — Ela engordou também.

— Não é digno de você, Timon — eu disse, sem muita ênfase.

Pobre Minty.

Por acaso, esbarrei nela ao cruzar o salão de entrada.

Ela estava se dirigindo para a saída, os saltinhos escorregando no chão encerado. Os cabelos estavam cortados mais curtos, e a pele lustrosa tinha uma tonalidade cansada, doentia. Timon estava certo: ela havia engordado.

— Minty?

Ela se enrijeceu e virou-se.

— Rose. O que está fazendo aqui? — Em segundos, seu cérebro ativo somou dois mais dois e os olhos escuros amendoados tornaram-se duros como ágatas. — Ah, entendo. O gosto da vingança.

Uma garota de azul passou por nós e deve ter me reconhecido, pois ficou olhando para nós duas.

— Não tanto. — Eu não tinha pressa de dar respostas a ninguém. — Ainda não me decidi.

— O canalha.

— Você podia criar um caso.

Ela considerou.

— Eu diria que a sorte foi lançada. Você esteve lá, Rose, sabe como é.

Acertamos o passo e perguntei como estava Nathan.

— Obcecado com a política da direção. Mas você conhece o estilo. — Ela deu uma risada curta, infeliz. — O que é isso? Eu fujo com seu marido e ele se transforma no maior chato. Mais engraçado ainda, eu viro uma chata também.

Seus lábios estavam rachados e mordidos.

— Você parece um pouco cansada. Está bem?

Ela deu uma pancadinha na barriga.

— Dói, merda, tentar engravidar. É um procedimento muito sangrento. Pelo visto eu deveria ter tomado mais cuidado quando estava vadiando. Mas foi divertido. Eu não pensava nas conseqüências. — Os olhos escuros não piscaram ao me olhar. — A piada é que eu disse a Nathan que eu não vinha com um passado. Sem fantasmas, eu disse.

— Sinto muito.

— Não gaste suas energias.

Paramos nas portas giratórias. Como sempre, Charlie estava atrás da mesa de recepção. Quando me viu, cumprimentou e eu sorri de volta.

— Você fez tudo corretamente, Rose. Um bom marido, uma boa casa, dois filhos maravilhosos e uma carreira. Mas seja feliz, Rose, você está livre agora.

Retesei-me de indignação.

— Acho que você não viu algumas coisinhas.

O que exatamente? Humilhação, traição e uma quase infindável sensação de fracasso... O medo de desaparecer. Raiva, ácida e amarga. Desespero diante da idéia de ter sido pesada e avaliada por aquela mulher com a cumplicidade do meu marido. A morte de um casamento.

Mas o fracasso não tinha sido tanto o que dera errado no meu casamento com Nathan, mas o que não tinha dado particularmente certo. Nesse perigoso espaço, Minty tinha se enfiado de mansinho.

Minty raspava as unhas na minha manga.

— Nathan não pára de falar em ter um pouco de paz e de como não conseguimos isso. Mas eu digo que tenho o meu lado da equação para pensar. Só porque fugi com ele não significa que eu não tenha opinião. Eu lhe disse que mereço isso.

Tive uma visão de Minty e Nathan andando pela casa em Lakey Street, ocupando quartos separados, pensamentos separados, e não suportei isso por ele. Talvez esta fosse a última coisa que eu faria por Nathan, mas parti em sua defesa.

— Nathan vai ouvir. Se você não sabe disso, então não o conhece. — Eu queria dizer: não o merece. — Você me disse um dia que ele era um homem bom, um gatinho.

Ela mordeu o lábio, e uma pontinha de sangue brotou.

— Essa foi a fase do encantamento.

Senti que havia aberto a porta de um quarto que continha algo muito desagradável.

— Minty...

Ela se virou para mim furiosa.

— E não quero morar na sua casa também. Não quero você me espiando pelos cantos. Não quero seu horroroso papel de parede.

— Mude.

Os olhos dela se estreitaram com raiva.

— Nathan diz que não pode pagar.

Dei um passo na sua direção:

— Escute, você ajudou a destruir um casamento. Você teve o que queria. Agora faça com que funcione.

Ela ergueu para mim aqueles olhos que não piscavam, mas não havia mais conforto na sua escura profundidade. Isso tinha desaparecido.

— A piada é que — as palavras caíam dos seus lábios rachados — eu não contei a Nathan ainda, mas, apesar de tudo... apesar do que eu mereço, é o que os médicos dizem... eu *estou* grávida. As agulhadas e cutucadas funcionaram.

O medo e o desespero travavam uma batalha no seu rosto.

— Estou grávida de gêmeos. Como Nathan vai receber isso?

Liguei para Timon no dia seguinte e lhe disse que não aceitaria a oferta. Ele suspirou.

— Você não está me prestando nenhum favor, então, eu não podia esperar isso de você.

Eu disse algo que me surpreendeu:

— A gente se fala.

Falei com Ianthe sobre o convite de Timon e a minha resposta quando a levei de carro até o hospital. Ianthe estalou a língua:

— Você não precisa de um emprego direito, garantido?

— Pode ser, mas não esse. — Olhei de lado. — Não me importaria de viajar um pouco.

— *Isso* de novo! — Ianthe olhava fixo para frente. — Você vai se cuidar, não vai? Não vai se meter em confusão?

Por confusão ela estava querendo dizer Hal.

— Acho que não. Não dessa vez.

Ianthe não se impressionou e tentou mais um ataque.

— Tem certeza de que não devia falar com Nathan?

— Tenho.

O hospital apareceu e Ianthe ficou ofegante.

— Rose, não quero entrar. Podemos dar mais uma volta no quarteirão?

Finalmente entramos no estacionamento e nos ajeitamos numa vaga. Desliguei o motor e ficamos sentadas em silêncio.

— Venho vê-la todos os dias, mãe.

— Não quero incomodar ninguém. — Ianthe agarrou a bolsa de crocodilo sobre os joelhos. — Venha quando puder.

Não quero ninguém fazendo rebuliço. Não quero ninguém fazendo agitação.

Aquilo era um pouco como dizer a um floco de neve que não derretesse ao sol, mas eu me inclinei e a beijei. Reuni cada parte do meu autocontrole e disse.

— Vai dar tudo certo, e logo, logo você sairá daqui.

— Seu pai era uma negação nas doenças. — O leve sorriso sonhador que sempre aparecia quando ela falava dele passou pelos seus lábios. — Interessante, para um médico.

— Médicos sabem demais.

Ianthe sorriu para mim.

— Estou contente porque você está me trazendo. Ele não teria servido de nada.

Esse foi o maior elogio que minha mãe poderia fazer. Eu engoli em seco.

— Mãe, você entra, eu sigo com as coisas.

Ianthe desceu. Eu dei a volta até a porta-malas do carro e tirei sua maleta. Ali estava ela, emoldurada nas portas do hospital que se abriram automaticamente. Com a bolsa pendurada no braço, Ianthe entrou e as portas se fecharam atrás dela.

As ruas da cidade estavam cheias de mulheres jovens quando dirigi de volta na noite quente. Radiantes, sofisticadas, tensas, elas vestiam saias curtas, blusinhas decotadas e sapatos de tiras com saltos altos. Tinham pés delgados e unhas multicoloridas. Nos olhos e nas expressões ansiosas refletiam-se o desejo, a energia e a cobiça. Nenhuma tristeza ainda. Ou elas escondiam muito bem. Andavam em grupos, ou deslizavam sozinhas pelas calçadas com sacolas farfalhantes de supermercado, mochilas e bolsas a tiracolo. Algumas sugavam garrafas de cerveja, outras garrafas de água.

O sol mergulhou no céu e o suor se acumulava no meu lábio superior. Pensei em café forte e música. Em ler livros e no brilho de rosas brancas ao crepúsculo. Pensei no sofrimento profundo, dilacerante, depois lembrei — e antevi — a exaustão após uma noite de amor, e pensei na tristeza e nos seus efeitos, e na beleza das velas acesas. Pensei em Parsley, e na parte da minha vida que tinha acabado. Pensei em como era possível ao mesmo tempo encolher e expandir, como eu tinha experimentado as duas coisas, e como a expansão aos 48 anos era alegre e inesperada. E continuaria por muito tempo.

Eu pensei, com mais vivacidade e saudosa, nos meus filhos. Aquele primeiro vislumbre de Sam. Ainda confusa com a dor e a violência do parto. Eu tinha aceitado sem interesse a trouxinha colocada nos meus braços. No início, nenhum dos dois registrou o outro. Depois, quieto antes que a aventura da sua vida seguisse em frente, o bebê fixou o meu rosto. Naqueles olhos abertos, calmos, havia surpresa e espanto diante da perspectiva do novo mundo onde ele havia entrado. Um olhar que me levou de volta ao início, pronta para começar de novo.

Quando voltei para Lakey Street, a secretária telefônica estava piscando. "Mãe", Sam parecia feliz, "podemos aparecer para o jantar? Jilly e eu acertamos os planos e queremos conversar." "Rose", Timon entrou, "esqueci. Eu lhe devo um almoço no Caprice..." "Mãe", esta era a indignada Poppy, "onde você está? Estou ligando e ligando. Preciso do seu conselho, atenda o telefone." "Rose", Vee estava aflita, "tenho algo que é para ontem. Liga *pronto.*"

O próximo era Nathan. Parecia muito distante. "Rose, tudo pronto para a mudança semana que vem. Tem umas coisas que precisamos esclarecer. Pode me ligar para a redação? Jean coloca você na linha."

Finalmente, Hal, parecendo mais perto: "Rose, tem um bilhete de ida e volta para Pisa para você no correio. Sem perguntas, estou pagando. Eu lhe devo isso. Encontro com você lá na quinta-feira. Boa sorte na mudança."

Quando eu estava encaixotando Lakey Street, a última coisa em que mexi foi uma caixa de livros largada no armário debaixo da escada. Bem no fundo, coberto de poeira, estava a brochura sobre política sul-americana que Nathan estava lendo no avião quando o conheci.

Ele havia me dito na época que não dava muito valor ao autor, mas quando abri o livro, agora amarelado e esfarelando, ele estava coberto de anotações com sua letra. Eu só podia concluir que ele havia mentido. Talvez aquela mentirinha tivesse sido dita para me impressionar. Funcionou: eu fiquei impressionada.

Coloquei o livro na prateleira da sala de estar onde era o lugar dele.

Depois que as minhas coisas foram levadas para Clapham pelos homens da mudança, saí para o jardim pelas portas francesas. O *Solanum* corria risco de sufocar o *Iceberg*, um delfínio precisava ser escorado, e a grama carecia de um bom corte.

Caminhei pelos 14 metros que, um dia, fora preciso domesticar e que, sem dúvida, precisariam disso novamente no futuro. Irrevogavelmente, o jardim mudaria. Nem Minty nem Nathan lhe dariam atenção.

Ajoelhei-me perto do montinho sob o lilás e limpei as gavinhas de trepadeira que o cobriam.

— Durma bem, Parsley.

Tinham levado embora a oliveira e a minha última tarefa era limpar a fonte. Algumas folhas tinham caído dentro, então eu as tirei com uma peneira e coloquei-as no monte de adubo. Em seguida fiz uma boa faxina na bomba, enchi de novo a fonte de água limpa e liguei para testar.

A água jorrou espirrando dentro do tanque. Sempre mudando, mas sempre a mesma.

Desliguei, e a fonte se calou.

Entrei em casa, fechei as janelas francesas e as tranquei atrás de mim.

Três dias depois, eu descia de um carro para caminhar em direção a uma encosta e mergulhar numa explosão de luz, calor e fragrâncias. Flores brotavam como espuma sobre as pedras, as oliveiras dançavam e tremeluziam, e havia uma cascata de folhas e plantas — jasmins, rosas e lírios. Ipoméias, bunganvílias, gerânios e lavandas. Cores que, ao sol, eram resplandecentes e fortes.

Eu me senti nadando em direção à luz, um momento fluido, ensolarado, de alívio e prazer.

Este livro foi composto na tipologia Usherwood Book,
em corpo 11/16, e impresso em papel
off-white 80g/m², no Sistema Cameron da Divisão
Gráfica da Distribuidora Record.